IL FAUT LAISSER LES CACTUS DANS LE PLACARD

www.editions-jclattes.fr

Françoise Kerymer

IL FAUT LAISSER LES CACTUS DANS LE PLACARD

Roman

JC Lattès

ISBN : 978-2-7096-3562-2

Première édition octobre 2010.

À Roland.

« Ne demande pas que ce qui arrive
arrive comme tu le désires ;
mais désire que les choses
arrivent comme elles arrivent
et tu seras heureux. »

Épictète, *Manuel.*

Paris, septembre

« Papa est mort. »

Silence.

« Lise est toujours à la clinique, elle ne pourra sûrement pas monter à Paris, bredouille Anne, en larmes au téléphone mais Maman sera à l'enterrement.

— Ça ne m'étonne pas d'elle, lui dis-je.

— Je suppose que tu ne viendras pas ?

— Non. »

Un long moment de blanc.

« Je m'en doutais », répond finalement Anne.

Silence, à nouveau.

Je ne sais que dire de plus, alors je réconforte ma sœur comme je le peux d'une formule convenue. Et je raccroche.

Devant moi sur la terrasse, mon acacia doré se balance au vent, dans son bac de bois brut, encore tout luisant de la pluie qui vient de s'arrêter.

Au-delà, le gris des toits à perte de vue. Le dôme des Invalides vient juste de s'illuminer, et la nuit tombe, tranquille.

Face à la grande baie vitrée, la laque noire du Bösendorfer réfléchit la pâle lumière et emplit tout l'espace. Je pose le téléphone et, en passant, comme on caresserait son fidèle cheval, je lisse le bois brillant du plat de la main. Ce superbe et majestueux piano de concert est le cœur de la vie d'Alex, l'âme de notre maison et notre compagnon depuis toujours. Fidèle et sûr, lui.

Mon père est mort.
Ainsi soit-il.

I

La découverte

Anne

Port-Manech, septembre

Papa est mort !

J'avais beau y penser de temps en temps... N'empêche, ça me tombe dessus brutalement. Pourtant, c'est dans l'ordre des choses à quatre-vingt-treize ans. Et puis, il n'allait pas si bien, ces derniers temps.

Quand même. J'ai vraiment du mal à l'admettre. Celui qui m'a fait ne peut pas disparaître. Ou alors, c'est un peu de moi qui part avec lui. Et là... Non ! Ça me fait trop peur, comme si le sol se dérobait, brusquement, sous mes pieds.

Je tourne en rond, je ne me fixe sur rien, tout m'énerve, tout m'exaspère. J'ai envie de pleurer pour un rien. Et nerveuse... Nerveuse... C'est rien de le dire.

Je suis sortie marcher, mais même ma grande promenade en plein vent sur le sentier des douaniers n'a pas réussi à me calmer. Moi qui l'aime tant, la mer, moi qui vis avec elle, et qui ne changerais pour rien au monde ma petite parcelle de paradis pour les plus beaux palais de la terre... Rien à faire, je n'arrive pas à m'en remettre.

Mon père me quitte, et me laisse sans repère. *Débrouille-toi toute seule.* Même si depuis belle lurette, je me suis passée de lui. Même s'il n'a jamais été à proprement parler un père, je porte son nom. Je suis Anne Vautrin, sculpteur, bretonne d'adoption et fière de l'être. Heureusement, d'ailleurs, parce que si j'attendais une quelconque reconnaissance de mon statut d'artiste pour exister, je n'aurais pas été bien loin.

Ici, le repère, c'est le phare, à côté de la maison. Cette maison, je l'ai choisie à cause de lui. Parce qu'il avait l'air imposant et rassurant à la fois. Je me suis sentie bien, contre lui. J'ai tout de suite aimé l'idée de vivre tout près de celui qui guide les marins par tous les temps. Qui éclaire sans jamais s'arrêter. Qui protège. J'aime l'idée de dormir tranquillement sous sa garde, balayée par les rayons de ses signaux. Un peu comme dormir sous le regard bienveillant d'un père.

Justement. Que mon père disparaisse, c'est beaucoup. Mais ça ne suffit pas, il faut que le sort s'acharne contre moi. Depuis hier, la vraie, l'énorme tuile, la catastrophe : le phare ne me protège plus, lui non plus. Mes propriétaires m'ont appelée, ils ont décidé de *vendre* ma maison.

Vendre ma maison !

Vingt ans que j'habite là, un endroit magique, et pour pas cher du tout, je le reconnais. La mer à perte de vue, la lande à ma porte, les murs de granit, épais, solides, les toits d'ardoise les uns dans les autres comme souvent en Bretagne, la terrasse qui surplombe l'embouchure de la rivière… Un bonheur.

Et mes camélias ! Mes trois camélias, que j'ai plantés tout petits quand je me suis installée ici. En poussant, leurs branches se sont entrelacées, et leurs fleurs aussi : rose, blanc, rouge. Ils sont magnifiques, maintenant. Au printemps, tout le village en parle. Et surtout les marins qui passent à leurs pieds en rentrant de la mer. « Qu'est-ce qu'ils sont beaux, tes camélias, Anne… »

Tout ce que j'aime. Un rêve...

C'est chez moi ici, depuis le temps. J'ai trouvé mon équilibre, sans l'aide de personne. Ici, tout se crée et se recrée en permanence, l'air, l'eau, la terre, tout vit à l'unisson et se combine en d'innombrables harmonies. Nulle part ailleurs, je n'ai senti une telle dimension du possible. Je peux déployer ce que j'ai en moi, sans limite, je n'ai qu'à me laisser porter... Mes mains travaillent toutes seules.

Non, définitivement non : impossible de m'imaginer ailleurs ! Il faut que j'aille vite les voir, les propriétaires, leur expliquer que je ne peux pas habiter autre part, qu'on trouve un arrangement, quelque chose, je ne sais pas, moi. Quelque chose qui fasse que je reste ici.

C'est simple : je n'ai pas dormi de la nuit.

Et c'est fou ce que j'ai mal à la tête, ce matin.

Il faut dire qu'hier soir, une vraie fontaine, le trop-plein s'écoulait par vagues... Incapable de m'arrêter de pleurer. Du coup, j'ai liquidé la bouteille de Muscadet et avalé deux tablettes de chocolat avec des noisettes, mes préférées, il me fallait bien ça. Je devais avoir l'air fin, toute seule dans ma cuisine. Mais j'ai des excuses, des vraies.

À quelle heure est l'enterrement déjà ? Dix-sept heures ? Ou dix-huit... Je ne sais plus. Pas moyen de mettre la main sur le faire-part. Perdu, évidemment. Il ne me reste plus qu'à téléphoner à Maman, elle se souvient de tout, elle. Et puis on pourra y aller ensemble, je passerai la prendre à l'hôtel en sortant de la gare.

Dire qu'il va falloir que je me coltine la grand-messe, moi qui ai horreur de toutes ces cérémonies mortuaires. Sermon, orgue, encens... L'orgue me tape sur le système et je déteste l'odeur de l'encens. Tout cela, pour qu'en fin de compte, on finisse par enterrer le corps quelque part, juste pour pouvoir se recueillir sur des restes en décomposition, ça me dépasse. Moi, je suis pour le petit tas de cendres qu'on balance au vent, en pleine mer. Au moins, c'est propre, c'est net et c'est discret.

Le cimetière, ensuite. J'ai peur de voir le cercueil disparaître sous terre, je sens que je ne vais pas supporter, claustrophobe comme je suis, je ne sais pas comment je vais réagir.

Évidemment, pas la peine de compter sur Marie. Elle m'a quasiment raccroché au nez, quand je l'ai appelée pour lui annoncer la nouvelle. Quant à Lise, je suis presque sûre qu'elle ne pourra pas venir. Comme d'habitude, c'est encore moi, la bonne poire. *Allez Anne, vas-y, fais-le pour nous…* Cette petite phrase, je l'ai entendue toute mon enfance. Facile ! Juste parce que j'étais la plus gonflée des trois, que je partais souvent comme une flèche… et que je me retrouvais toute seule. Là, c'est autre chose, mais le résultat est le même. Moi aussi, je pourrais bien me défiler : je n'ai pas un sou devant moi. Qui va me payer le train ? En plus je ne vois pas ce que cela peut bien lui faire, à Papa, qu'on soit là ou pas.

J'ai quand même envie de lui dire adieu. Jamais je ne me suis créé des obligations pour lui. Mais là, c'est la dernière fois.

Même si la mort me fait peur. Même si j'ai des tas de bonnes raisons pour ne pas y aller. Si je n'y vais pas, je vais me sentir encore plus mal.

Oh ! Et puis, j'en ai assez de réfléchir. Je n'arrête pas de pleurer, je ne sais même pas pourquoi exactement, et je me sens horriblement vulnérable.

Tout de même… Je suis sacrément dans la mouise, pour ne pas dire autre chose. Pas de sous. Mais ça, ça ne change pas : je n'en ai jamais eu. Je me débrouille, je commence à avoir l'habitude. Yann m'apporte du poisson, j'ai mon petit potager, mes combines. Et je me dis qu'un jour, on découvrira quelque chose de beau dans mes sculptures. J'y travaille tout le temps, tous les jours. Et comme de toute manière, je ne peux pas faire autre chose que ce que je fais, la question ne se pose pas. Mais sans ma maison, qu'est-ce que je vais devenir ? Il faut que je trouve quelque chose. Vite.

Comme si j'avais le temps d'aller à Paris.

Papa, quand même, tu aurais pu trouver un autre moment…

*
* *

J'ai dû m'écrouler comme une souche, je ne m'en suis même pas rendu compte. Pas étonnant, après une nuit blanche. Tant mieux, ça m'a fait un bien fou, j'en avais vraiment besoin.

Quelle tête ! Je me fais de la peine, j'ai l'air effondré. Ces yeux bouffis, rouges… Et ces rides… Ces affreuses rides, profondes comme les pattes d'oiseaux sur le sable. Une calamité. Quand je me vois dans la glace, j'ai toujours le même choc, l'impression d'un énorme malentendu : cette femme-là, devant moi, est tellement plus vieille que dans ma tête. Vu de l'intérieur, j'ai dix ans de moins. Pas pour me rajeunir ou être plus belle. Tout simplement parce que je me sens comme ça. Cette femme toute plissée, ce n'est pas moi, non. J'ai envie de dire à ceux qui me regardent : « Ne vous laissez surtout pas tromper par mon apparence. » Ce décalage est insupportable, ces rides sont un mensonge. Mais rien à faire pour les planquer. Impossible de lutter contre ce vent salé qui sèche la peau. Et le soleil qui la brûle. Et puis je commence à avoir les cheveux blancs. « Essaie le henné, c'est super. » Elle avait raison, ma voisine. Mes cheveux sont devenus franchement cuivrés, virant sur le rouge. Ça me donne un petit côté kitsch, pas sérieux, plutôt sympa je dois dire. Déjà, avec ma tête toute ronde, mes yeux noirs, et ma tignasse frisée, je ne passais pas inaperçue. Là, j'en rajoute, mais c'est justement ce qui me plaît.

Maman va détester, je le sais d'avance. Elle va encore me dire que ça manque de classe et que je fais une fixation sur mon âge depuis que j'ai cinquante ans. Elle peut bien parler, elle qui passe son temps à surveiller son look et à se faire refaire le portrait.

Yann, lui, il aime bien. Il me trouve marrante, il dit que ça me rajeunit, c'est gentil de sa part. Il est jeune, lui, il en a encore pas mal, des années de réserve avant la cinquantaine. Et bien sûr, comme moi à son âge, il ne se rend pas compte qu'elles filent à une vitesse folle, les années. Je lui dis tout le temps : profites-en ! Alors il me tapote le dos de la main, l'air de dire que je m'en fais pour rien. On verra, quand il y sera…

En attendant, je ferais bien de préparer mes affaires.

Pour m'habiller, facile. Pas besoin de me creuser la tête : ma jupe noire plissée, et mon large manteau noir en laine, parfait. Et en plus, il cachera mon… disons, mon surpoids. Mes vernies noires sans talon, très bien, il faudra juste leur donner un petit coup d'éponge, elles ont encore de la terre collée dessus. Et puis, un foulard aussi, il peut faire froid dans une église, en septembre ; ce n'est pas le moment d'attraper la crève. Mon foulard a un peu trop de couleurs, mais bon, tant pis, il est joli. Et puis il est chaud.

Quand je pense qu'il faut cinq heures de train pour y aller. Lorient-Paris, c'est horriblement long. Insupportable. Les sièges sont trop étroits et il y a trop de monde dans les wagons.

Pourvu que je sois près de la fenêtre ! Cinq heures à ne rien faire, je vais encore gamberger.

Je pourrais emporter le livre que Marie m'a envoyé, ça me passerait le temps, si j'arrive à lire. C'est quoi, déjà ? Ah oui, *Adèle, l'autre fille de Victor Hugo*. Pas la vie d'un artiste, pour une fois. Elle aime bien ça d'habitude, histoire de me faire comprendre qu'il n'y a pas que moi qui rame. Souvent un peu rasoirs, ses livres, trop intellos pour moi, mais celui-là, il a l'air bien. J'ai envie de savoir qui était cette belle Adèle, qui vivait dans l'ombre de sa grande sœur morte et que son père n'a jamais aimée. Et qui a réussi à s'enfuir pour suivre un beau militaire jusqu'au bout du monde. Oui, ça va me plaire, les vies banales me cassent les pieds. D'ailleurs, moi, quand j'achète des livres, c'est toujours des polars, surtout des intrigues psychologiques : Minette Walters, Mankell, Connelly… et Harlan Coben pour passer une nuit blanche. Il faut voir comme je les dévore, je n'en sors qu'à la dernière page. Marie, elle est tenace, elle essaie de me faire changer de genre. Dès qu'elle peut, elle me donne des livres « intéressants ». Grande sœur, elle n'a toujours pas renoncé à s'occuper de mon éducation culturelle. Si ça l'amuse.

Yann est à la maison ce soir, je vais pouvoir lui laisser Miquette. Pauvre petite bête, elle est malheureuse quand je ne suis pas là, elle déteste rester toute seule, elle aussi. Mais je suis tranquille, il est gentil, Yann. Pas vraiment soigné, mais doux. Calme. Tendre… Ce n'est pas lui qui me fera des ennuis, je n'ai pas toujours eu cette chance. C'est vrai, quand il me caresse, ses mains un peu rugueuses m'accrochent la peau. Mais il a ce qu'il faut là où il faut, ce n'est déjà pas si mal. Et il me réchauffe le lit quand il vient à la maison, après sa pêche. Et puis il sent la mer et j'aime l'odeur de la mer.

Et en plus, il adore les chats.

Oui, pas si mal… Pas mal du tout, même. Je ne vais pas faire ma difficile.

*
* *

Tiens, le voilà qui revient du port. Déjà ? Bizarre, il est tôt, encore.

Oh… mais il a un panier plein. On va pouvoir remplir le congélo. Et puis comme ça, il m'accompagnera au train.

Quel vent dehors ! Il y a longtemps qu'on n'a pas eu un temps pareil. Normal, quand on est voisin du grand phare, on prend de plein fouet toutes les humeurs du large. Il faut savoir ce qu'on veut, mais moi, le vent ne me dérange jamais. Je suis aux premières loges pour les grands spectacles, et aujourd'hui, c'est vraiment grandiose : un ciel gris de plomb, et la mer tellement grise, elle aussi, qu'elle se confond avec les nuages à l'horizon. Les rafales font siffler les branches, des feuilles se détachent et tournent dans l'air, comme des oiseaux affolés. Et pas une mouette dans le ciel.

La nature dans toute sa supériorité. Royale, sauvage.

Ici, on ne plaisante pas avec le vent. Des jours comme celui-là, je m'incline, je me fais toute petite et je passe par la porte de derrière, protégée par la ruelle. Yann, rien à faire. Quel que soit le temps, il ouvre en grand le portail de bois et traverse le jardin sans se presser. Quand je lui demande pourquoi, il sourit, mais il ne me répond pas. Peut-être qu'il ne veut pas capituler, lui. Au fond, les vrais patrons, quand on est pêcheur, ce sont eux : le vent et la mer. Pas question de paraître une mauviette.

Le voilà, mon homme, emmitouflé dans son éternelle veste de travail bleue, délavée par les embruns. Plutôt pas mal, je dois dire. Séduisant, même, avec ses épaules de déménageur et sa démarche chaloupée, comme dans les films, la tête légèrement penchée de côté, on dirait qu'il veut faire oublier qu'il est grand. Et sa longue mèche blonde qui lui tombe sur l'œil… J'aime bien quand il la redresse d'un coup sec du menton, dès qu'il se sent intimidé, mon travailleur de la mer.

Cher petit Yann – enfin, petit, façon de dire pour une grande baraque comme toi – je suis bien contente que tu sois entré dans ma vie, ça me fait du bien. Heureusement que je t'ai, avec tout ce qui m'arrive en ce moment.

Six mois, déjà… Le temps passe vite. Même si je sais bien, tout au fond de moi, que je ne suis pas vraiment amoureuse, je sens que je m'attache à toi. Toi, au moins, tu es confortable et sans histoire. Peut-être que je commence à vieillir, après tout. Parce que, même s'il m'arrive encore de rêver au prince charmant, j'ai fini par ne plus y croire du tout.

Et puis, j'aime te demander de poser nu pour moi pendant des heures. Quel beau modèle ! Je me régale, c'est merveilleux ce que tu m'inspires. J'aime aussi après… Quand tu n'en peux plus et que tu te jettes sur moi. Et même si je ne te vois que de temps en temps, seulement les jours où tu n'es pas là-bas, loin sur la mer, je m'en contente, c'est déjà ça.

*
* *

« Le chalutier est en panne. Quelque chose ne va pas dans le moteur, je vais être obligé de le faire réparer au chantier de Concarneau. Il faudra au moins deux jours pour les travaux ! En attendant, tiens, c'est pour toi : j'avais mis au frais les plus beaux poissons de ma pêche d'hier. Tu vas encore nous faire un de tes plats-surprise, dis ? »

Tout joyeux, tu m'as serrée contre toi. Tu as plaqué ta large main dans mon dos, et tu as enfoui ton menton mal rasé dans mon col. « Mais pas de panne pour mon moteur à moi, nous avons la journée pour nous, ma princesse… » Ton désir m'a fait frissonner. Et je ne t'ai rien dit : la mort de Papa, la maison à vendre, mon voyage à Paris… Non, je ne t'ai rien dit, j'avais un énorme besoin de retrouver mes certitudes, d'oublier tous mes problèmes, de plonger au centre de moi-même. Je t'ai laissé me soulever de terre et m'emporter sur le lit.

Et c'est comme ça que j'ai raté mon train, et que je suis arrivée en retard à l'église. Juste à la fin de la cérémonie, au moment où tout le monde fait la queue pour déposer une goutte de regret sur les pieds du mort.

Pardon, Papa. Mais tu t'en fiches, hein ? Déjà, quand tu vivais, on ne t'intéressait pas beaucoup.

Yann, lui, je l'intéresse, tu comprends.

Alors…

Lise

Saint-Laurent, septembre

Papa est mort.

Anne m'a appelée à la clinique. Elle avait l'air triste. Énervée aussi. Elle est toujours énervée, Anne. Elle m'a demandé de venir à l'enterrement, j'ai dit non. Maman m'a appelée aussi, j'ai encore dit non. Mal comme je suis, je ne supporte pas l'idée de me retrouver au milieu de toute la famille. J'ai besoin de me cacher. De me faire oublier. De ne pas exister.

Aucune envie de sentir sur moi des regards qui me jugent.

J'ai raté ma sortie. Au fond c'est dans la logique des choses, j'ai toujours tout raté. Même disparaître, je n'ai pas réussi. C'est nul de rater sa sortie, pire que tout, blessant au-delà de l'imaginable.

Raccrocher, remonter la pente comme ils disent, c'est déjà assez dur comme cela, pas besoin de témoins. Des semaines que je me cache dans cette clinique. J'ai dit à Pierre que je ne voulais pas rentrer à la maison ; il n'insiste pas, ça l'arrange, sûrement.

Au moins ici, c'est calme. Et propre. J'ai même la chance d'avoir une belle vue : de ma chambre, je peux voir un petit bois de pins maritimes, serrés les uns contre les autres comme pour mieux lutter contre le vent et qui me rappellent que je suis toujours sur les bords de la Méditerranée. Derrière eux, le maquis et sa fausse tranquillité. Un maquis, c'est débordant de vie, pour qui sait y regarder de près. Ça me change du garage, sale, puant, graisseux, je ne connais pas d'endroit plus laid au monde. Ici, les infirmières sont gentilles avec moi, elles me laissent dormir. Le psy aussi, mais il ne comprend rien. C'est normal, je ne lui parle pas. Je n'ai pas envie de déballer mes affaires. *Je ne lui ai même pas parlé de toi.*

Anne m'a appelée une deuxième fois en insistant lourdement. Il fallait que je vienne. J'ai essayé de me protéger derrière les infirmières, mais même elles, elles s'y sont mises : mais si, c'est important, un notaire. Il faut y aller. Vous verrez, un aller-retour, cela ira vite. Vous reviendrez juste après. Je n'ai pas eu le courage de lutter. J'ai dit oui. On m'a donné tout un tas de pilules à prendre pendant le voyage. Je suis plutôt du genre obéissant, et soumis. Je prends mes doses.

Je n'ai pas voulu que Maman m'emmène à l'aéroport, c'est le psy qui l'a fait. Marie m'attendait à l'arrivée, on était très mal à l'aise toutes les deux. Rien à se dire ; je n'ai pratiquement pas ouvert la bouche, juste bonjour, et on est allées chez le notaire. En conduisant, Marie n'arrêtait pas de frotter son front avec le bout de ses doigts. Elle fait souvent cela, Marie, quand ça ne va pas. Elle ne parlait pas non plus, elle a seulement dit : même mort, il faut encore qu'il exige, on est convoquées toutes les trois, présence indispensable.

J'avais ma sœur à côté de moi et je la regardais comme une étrangère. Je ne ressentais rien en la voyant, comme si la clinique avait tout effacé, nos souvenirs d'enfance, nos ressemblances, notre intimité.

Enfin… nos ressemblances… Elle, elle avait l'air chic, responsable, très femme d'affaires, tailleur gris ou quelque chose du même genre ; sa frange blonde se balançait légèrement au-dessus de ses lunettes. C'était joli. Moi, à côté d'elle, je devais avoir l'air d'un sac. Tout ce que j'avais à mettre, c'étaient les vêtements que je portais quand je suis rentrée à la clinique, un vieux jeans et un sweet noir trop grand, tout délavé, parce que j'ai refusé que Pierre vienne m'apporter d'autres affaires. Je ne veux pas qu'il mette les pieds à la clinique. Et puis, c'est le sweet de Théo, je ne mets que celui-là, maintenant.

Tu m'as quittée pour elle, Théo. Qu'est-ce qu'elle a de si génial ? On était bien, tous les deux. Tellement inséparables. « Vous deux, cela finira mal… », répétait tout le temps Pierre. « Vous êtes trop collés l'un à l'autre. »

Marie était silencieuse et moi aussi, je ne disais rien. On roulait sur l'autoroute, c'était ma première sortie depuis longtemps. J'avais des moments de vertige, toutes ces voitures me donnaient la nausée. Les voitures, je les déteste, elles me rappellent le garage de Pierre. Elles me rappellent Pierre.

On est arrivées chez le notaire, Anne était déjà là. Elle m'a sauté au cou, « Ma petite Lise chérie, comme tu as mauvaise mine », mais je n'ai rien répondu. J'aurais voulu lui dire que j'étais contente de la voir, mais ça ne sortait pas et je sentais les larmes monter. Alors je me suis assise à côté de Marie et on a attendu.

Le notaire trifouillait dans ses papiers et Anne tortillait une mèche de cheveu dans ses doigts, elle s'impatientait. C'est seulement là que je me suis aperçue qu'elle avait teint ses cheveux en rouge. J'ai trouvé cela amusant, c'est même la seule chose qui m'a amusée depuis longtemps. Anne adorait se déguiser quand on était gamines, elle continue ; au moins, elle, elle n'est pas complexée, cela m'a fait du bien de penser ça. Moi, j'avais envie d'être transparente, envie d'être tellement petite que personne ne me remarquerait.

Un homme est rentré, élégant. Il s'est assis derrière nous sans dire un mot, et mes sœurs n'arrêtaient pas de se retourner pour le regarder.

Et puis le notaire a commencé à lire son papier. « Testament de M. Charles Vautrin. » J'essayais d'écouter, mais tout se mélangeait dans ma tête, je n'arrivais pas à me concentrer. J'ai commencé à penser à Papa. Je me suis dit, Papa est mort, oui, il est mort, c'est pour cela qu'on est là, mais je n'arrivais pas à réaliser. Je ne me sentais même pas triste, juste bizarre, je me disais, la vie est mal faite, moi je voulais partir et je suis là, et c'est lui qui s'en va.

Quand le notaire a terminé de lire son papier, tout le monde était figé. Comme si les mots prononcés étaient trop énormes pour entrer dans les têtes. Moi, je n'avais rien écouté, je ne savais pas ce qui se passait, mais l'ambiance était affreusement lourde. Je me suis sentie de plus en plus mal, tout tournait, j'attendais qu'il nous dise que c'était fini, j'avais vraiment envie de partir.

Et puis, brutalement, Anne m'a attrapé le bras. Elle était rouge à exploser, « Tu te rends compte, tu te rends compte », je ne savais pas de quoi elle voulait parler. Anne m'a dit, « Tu te rends compte, j'hérite d'un immeuble ! » Anne m'a expliqué aussi qu'une partie de l'héritage était donnée à ce monsieur derrière nous. Je me souviens de son nom, Lis-Reminovski, je ne sais pas pourquoi je m'en souviens, je l'ai trouvé joli. Quelquefois, il y a des noms qui me restent, comme ça, des noms comme des petites musiques, Monsieur Lis-Reminovski…

Et c'est là, juste après, que je suis tombée, je me suis sentie partir, j'ai vu le plafond danser, j'ai basculé en arrière, un grand flash lumineux. Mon cerveau s'est complètement ramolli, Anne a crié, Marie s'est précipitée sur moi, et puis plus rien.

Quand j'ai rouvert les yeux, j'étais dans une chambre chez Marie. Elle m'a dit, « Ne t'inquiète pas, ce n'est rien, juste un petit malaise, on t'a fait une piqûre, tu vas dormir un peu et puis tu iras mieux ». Elle m'a donné à boire de l'eau bien fraîche, c'était bon, cette eau fraîche, et elle m'a dit que Anne était repartie en Bretagne.

« Tu vas rester quelques jours à la maison pour te reposer, et puis quand tu iras mieux, tu reprendras l'avion et tu retourneras à la clinique si tu préfères ne pas rentrer tout de suite chez toi, je leur ai téléphoné, ils sont d'accord. » J'étais soulagée qu'elle dise cela.

Au bout de deux jours avec Marie, j'ai eu envie de partir, je ne me sentais pas bien chez elle. Elle était gentille, pourtant, mais j'avais l'impression que je lui posais des problèmes, qu'elle ne savait pas quoi faire de moi. C'est vrai, je ne disais rien, mais je n'avais rien à dire, alors je restais dans mon coin. Marie, elle voudrait me faire réagir, je sais bien qu'elle ne supporte pas que je reste des heures à ne rien faire, allongée sur le lit. Le premier soir, quand elle est revenue de sa librairie, elle est tout de suite montée pour savoir comment j'allais, et elle a posé un livre sur le lit, cela me changerait les idées, paraît-il. Je ne sais plus trop ce qu'elle m'a raconté, elle n'arrêtait pas, je me souviens vaguement, l'Inde, le Tibet, les voyages, la liberté, une femme libre… Elle insistait : « Mais si, tu verras, une femme géniale, cette Alexandra David-Néel ». Pour lui faire plaisir, j'ai pris le livre et j'ai ouvert la première page, mais je l'ai refermé dès qu'elle est sortie.

Il est là, à côté de moi, maintenant. Il fait une fenêtre de couleur sur la table de nuit toute blanche de la clinique, la couverture est jolie. Je le garde comme un morceau de la vie du dehors, un peu de Marie près de moi, Marie qui a réussi à s'en sortir. Marie et ses livres, c'est quelque chose.

Le lendemain, je lui ai dit, « Marie, je voudrais repartir à la clinique, je ne me sens pas bien, ici chez toi, quand tu es à la librairie j'ai l'impression que je gêne ton mari quand il travaille son piano ». Je lui ai menti, je sais bien que je ne le gênais pas, Alex, je ne sortais pas de ma chambre, mais je n'ai pas osé dire à Marie que je ne supportais pas de l'entendre répéter toute la journée.

J'ai ajouté : « Je m'ennuie, et puis ce temps gris, c'est triste, j'ai envie de retrouver le soleil. »

Elle m'a dit d'accord, je crois qu'elle était contente que je parte. Mais avant, elle a voulu m'emmener au Luxembourg, « On est tout près, cela te fera du bien, une petite promenade ».

J'ai dit oui. L'idée de cette promenade dans le jardin de mon enfance avec ma sœur m'a fait plaisir, je me sentais protégée, prise en charge par elle, comme il y a très, très longtemps. Marie m'avait prêté un gilet rouge, incroyablement doux. Cela me faisait tout drôle d'être en rouge, c'est une couleur que je ne porte jamais. J'avais l'impression d'être dans la peau de quelqu'un d'autre. C'était déjà l'époque des marrons, ils roulaient des arbres et les enfants couraient après eux en riant. Moi aussi, quand j'étais petite, j'ai couru après les marrons, ils étaient mes amis, je leur racontais des histoires, je caressais dans ma paume leur peau acajou toute neuve et toute douce. Un cœur brillant enfermé dans une coque pleine d'épines. Je suis comme eux.

On s'est assises sur un banc du côté du jardin anglais, au bord des grandes pelouses épaisses, une vraie moquette, ils venaient de tondre, cela sentait l'herbe humide et fraîche. Marie a commencé à me parler. Elle m'a dit : « Tu sais, Lise, on n'a pas souvent l'occasion de parler toutes les deux, et je vois bien que tu es très triste à cause de Papa. » *Je l'ai laissée dire et je n'ai rien dit de toi, Théo.*

Elle m'a expliqué pourquoi elle ne voyait plus Papa, à cause d'Alex, comme si je ne le savais pas déjà, et je ne lui ai pas dit non plus ce que Papa disait, lui, quand il parlait d'elle. Cela lui aurait fait trop mal et c'était extrêmement injuste, on savait tous à quel point Marie avait été gentille avec lui quand tout le monde lui a tourné le dos après ce qu'il avait fait à Maman. Lorsqu'il s'était retrouvé tout seul, si Marie n'avait pas été là pour l'aider, on se demande comment il s'en serait tiré.

Je laissais Marie parler, cela lui faisait du bien, et moi, ça m'était égal, tout ça. Je ne l'écoutais pas. Je regardais les oiseaux qui tournaient autour de moi en piaillant. Ils se disputaient un morceau de gâteau. On aurait dit des enfants, mêmes petits cris, mêmes bousculades, mêmes coups de becs, mêmes concordances aussi. Mes sœurs et moi, petites. Cohésion et chamaillerie. J'ai pensé, si seulement je pouvais être un de ces moineaux. Un coup d'aile et hop... disparue... trois petites miettes à picorer pour vivre. Et le reste du temps, planer au-dessus du monde... Au-dessus de la Chine.

À un moment, Marie m'a dit : « Cet héritage, tu as vu ce qui s'est passé, toujours les embrouilles, cela continue, je vais m'en occuper, ne t'inquiète pas, on saura qui c'est, ce Gabriel. » Elle l'a appelé par son prénom, M. Lis-Reminovski, j'ai trouvé cela étonnant, peut-être qu'elle ne se souvenait plus de son nom, elle. Marie m'a dit : « De toute façon, ça ne change rien pour toi, toi aussi, tu as hérité, tu as son appartement à Paris, c'est bien pour toi, cela te fait de l'argent de côté, tu pourrais en avoir besoin, on ne sait jamais, si un jour tu veux quitter Pierre. » Elle m'a dit ça comme ça, clairement, « Si un jour tu veux quitter Pierre. » Elle non plus, elle ne l'aime pas. Personne ne l'aime, Pierre, à part ses copains de moto, sa bande de loubards, comme dit Maman. Un dur, Pierre, pourtant je n'ai jamais pu le quitter. D'ailleurs, je ne vois pas comment j'aurais pu faire, je n'ai jamais su gagner ma vie, je n'ai pas de métier, je n'ai jamais eu un sou à moi. « Un parasite » comme me répète Pierre dès qu'il peut... Et pour aller où ? Je ne fais rien, à part essayer de tromper mon angoisse : cigarette, alcool, télé... Avant, il y avait Théo.

J'ai dit à Marie, « Le quitter pour faire quoi, ma vie part en morceaux, et moi, je ne sers à rien, un bouchon qui flotte ou plutôt une pierre qui coule. Je serais mieux dans une caisse sous terre, moi aussi, comme Papa ».

Tu m'as quittée pour cette femme que tu ne connais presque pas. Tu m'as dit que tu reviendrais, mais je ne te crois pas.

Papa aussi, il est parti. Il était vieux, tellement vieux, Papa, c'est comme s'il avait dépassé le temps, franchi la limite des âges, jamais je n'ai imaginé qu'il pourrait mourir un jour. Je me suis mise à penser que je voudrais encore être une petite fille. Une toute petite fille que son Papa prendrait par la main quand elle a peur. J'ai pensé à tout cela, et je me suis mise à pleurer.

Marie m'a prise contre elle, elle m'a consolée, elle m'a dit qu'il fallait que j'aie confiance en moi, tout était là, simplement je n'avais pas eu de chance avec les hommes, entre mon père et mon mari, tous les deux passaient leur temps à me dévaloriser sans arrêt, pas étonnant que j'en sois là. *Elle m'a dit aussi un mot sur toi, gentil, très gentil, que tu étais quelqu'un de très bien, mais j'ai fait comme si je n'avais pas entendu.*

Et puis, elle m'a attrapé le menton, comme on faisait quand on était petites, et elle m'a dit, « Ma petite Lisette, tu es toujours aussi mignonne tu sais... » Elle m'a parlé de mes fossettes – j'y tiens, à mes fossettes –, de mes cheveux coupés n'importe comment. Qu'ils étaient trop courts et vraiment trop mal coupés, on dirait un garçon, il ne fallait pas que je me laisse aller.

Je lui ai répondu que j'ai fait exprès de les couper très court, je l'avais fait moi-même. Déjà que je suis maigre et que je n'ai pas de formes, pas de seins, pas de hanches, des jambes trop longues, eh bien si j'avais l'air d'un garçon, tant mieux ! Moi, j'aurais mille fois préféré être un garçon. Marie a soupiré, et elle m'a dit, « Il faut rentrer, il est tard... Écoute le sifflet du gardien qui ferme les portes du jardin ».

Et maintenant, voilà, je suis à la clinique, de nouveau. Le psy m'a dit que j'allais mieux. Si, si, vous verrez, vous pourrez repartir bientôt, tout ira bien.

Moi, je préférerais rester encore, je ne veux pas rentrer chez moi, alors je dis à tout le monde que je ne vais pas bien du tout, que j'ai encore *besoin* de temps. Mais cela n'a pas l'air de les faire changer d'avis.

Je crois qu'eux aussi, ils en ont assez de me voir.

Marie

Paris, septembre

À Rachel Lis-Reminovski

« Chère Madame,

Dix fois que je refais cette lettre.

Il m'est bien difficile de vous écrire. Et pourtant, je ne saurais rien faire d'autre. Peut-être parce que nous vivons toutes les deux par et pour les mots.

Par où commencer ? Tout est si confus.

Vous ne me connaissez pas, mais moi, je sais qui vous êtes. J'ai une grande admiration pour votre travail ; votre nom est pour moi une garantie de qualité quand il est mentionné sous le titre d'un ouvrage. Je ne connais aucune traductrice qui égale votre sensibilité dans ce domaine si difficile de la littérature de l'Europe de l'Est. Littérature peu connue, à laquelle je m'intéresse beaucoup.

Votre dernière traduction de Stanislaw Lem, *La Magnétude imaginaire*, m'a totalement séduite. Après celle de Marc E. Heine, puissante et virile, la vôtre est fine, en demi-teinte, délicate et va si bien à Lem. Exercice difficile de restituer l'univers scientifique, précis, technique, rébarbatif parfois, dans un ouvrage de science fiction onirique et tellement poétique.

Quel auteur extraordinaire ! *Solaris*, déjà, m'avait subjuguée. Je m'étais laissé engloutir dans son monde vertigineux et anticipateur. Les êtres et leur mémoire, leur culpabilité, leurs rêves, cette mer omniprésente. Vous avez magnifiquement restitué l'ambiance si particulière que j'avais déjà beaucoup aimée dans votre traduction du *Carnaval cosmique.*

Excusez-moi, je détourne ma pensée, je m'échappe, je fuis dans ma passion.

Tout d'abord, permettez-moi de me présenter, que vous sachiez au moins qui vous écrit : je suis Marie Steinitz, libraire, fille aînée de Charles et Abigaelle Vautrin, mariée à Alexander, pianiste, et mère de deux filles, Sarah 29 ans et Elsa, 25 ans. Deux adorables filles, très différentes l'une de l'autre, mais toutes les deux d'un caractère bien affirmé. Elles ont déjà quitté le nid familial et vivent pour le moment à l'étranger : l'une habite à Londres et l'autre à New York. Et pour que vous puissiez vous faire une idée de celle qui vous écrit, je précise que je suis blonde aux yeux noirs, et que j'ai une frange et les cheveux coupés au carré juste au-dessus des épaules. Des lunettes aussi.

Lorsque j'ai entendu prononcer votre nom de famille par le notaire, j'ai tout de suite fait le lien avec vous. Et j'ai vite découvert que Gabriel Lis-Reminovski était votre fils. Il m'a suffi de téléphoner à votre éditrice, que je connais bien et que j'apprécie beaucoup – une vraie merveille, cette collection “À l'Est, tant de nouveau”, qu'elle vient de lancer. “Oui, m'a-t-elle assuré, Rachel Lis-Reminovski a en effet un fils, Gabriel.”

Imaginez la scène. Mon père meurt, le notaire nous convoque, mes deux sœurs et moi. Un homme est parmi nous, beau garçon silencieux, discret, visiblement mal à l'aise.

Lecture du testament : votre fils hérite de la société paternelle. Dès la lecture du testament terminée, il disparaît, les yeux baissés, il coule comme un serpent vers la porte et s'enfuit. Stupeur. Mes sœurs et moi sommes sans voix. Qui est cet homme ?

Ma sœur Anne assure l'avoir vu au cimetière, parmi le personnel de l'entreprise ; il avait l'air grave, visiblement affecté. Anne est une artiste bohème, elle vit en Bretagne au bord de l'Océan, sculpte depuis toujours – sans grand succès, malheureusement.

Ma petite sœur, Lise, sort tout juste de clinique, où elle est restée plusieurs semaines pour tenter de se sortir d'une grave dépression. Pauvre Lise, elle si frêle déjà, elle n'a plus que la peau sur les os.

Toutes les deux sont bien incapables de prendre les choses en main, aussi m'est-il revenu la charge d'éclaircir la situation.

Il faut que vous sachiez que la tâche n'est pas du tout facile pour moi : je ne sais plus qui est mon père depuis des dizaines d'années. Mes parents ont divorcé il y a bien longtemps. Divorce violent, âpre, douloureux. Mes sœurs sont parties dans le Sud vivre avec ma mère, et mon père s'est retrouvé seul, désemparé, et il n'a plus vécu que pour son entreprise, chroniquement en difficulté. Les premières années qui ont suivi la séparation de mes parents, je me suis beaucoup occupée de lui, et je prenais en charge toute son intendance.

Et puis, il y a eu ce… Disons, cette « discussion » entre mon père et moi. Et je ne l'ai jamais plus revu.

Mon père est un sujet que je n'évoque plus. Revenir vers lui dans ces circonstances à ce point inattendues m'est tout à fait pénible. J'avance vers vous à reculons… et je préfère vous le dire simplement, afin que les choses soient claires entre nous dès le départ : je ne tiens pas du tout à me rapprocher de lui ni à m'immiscer de quelque façon que ce soit dans son histoire. Simplement, mes sœurs et moi voulons savoir pourquoi votre fils Gabriel a hérité de notre père.

Notre père a toute sa vie été un homme mystérieux ; dès lors, toutes les hypothèses sont possibles. Qu'allons-nous découvrir... Une vengeance à notre égard ? Une décision d'homme d'affaires ? Le reflet d'une vie qui nous a échappé ?

Je le sais bien, la chose la plus normale aurait été que je m'adresse directement à votre fils. L'appeler, le voir, lui parler. Les jours passent et je n'y suis pas arrivée. Quelque chose m'arrête. Peut-être est-il trop impliqué dans l'univers paternel.

Je me rends bien compte que ma lettre peut être ressentie par vous comme intrusive. Après tout, c'est votre fils qui est concerné, pas vous. Mais peut-être aurez-vous envie de parler avec nous. Peut-être avez-vous des choses à nous dire.

Soyez assurée qu'en aucun cas je ne prendrais ombrage si jamais vous préfériez ne pas répondre à ma lettre. D'ailleurs, je ne sais pas ce que moi-même, j'aurais fait à votre place.

Bien sincèrement,

Marie Steinitz »

Anne

Port-Manech, septembre

Bien contente d'être rentrée chez moi. J'adore ma famille, mais… ouf, j'ai eu ma dose. Je respire, enfin. Ma Bretagne, c'est mon oxygène.

La mort, l'enterrement, ma mère, mes sœurs… Ça m'a complètement vidée. Peut-être parce que je n'ai plus l'habitude de l'agitation, et que je vis trop isolée dans mon territoire du bout du monde ; sur mon rocher celtique. Ou bien alors, c'est parce que j'ai tellement d'espace autour de moi, le ciel, la mer à perte de vue, que j'ai besoin de cette immensité au quotidien. C'est devenu une nécessité, un besoin vital, je ne peux plus m'en passer.

Enfin, tranquille chez moi. Cela devenait urgent. D'autant qu'il faut que je me concentre, j'ai du mal à mettre de l'ordre dans tout ce qui m'arrive.

Reprenons. D'abord, l'enterrement. J'ai pas mal pleuré. Normal, quand on perd celui qui vous a mis au monde, ça fait un choc. J'ai aussi eu beaucoup de mal à l'accepter sous terre, comme je l'avais prévu. Mais je suis fière de moi : au cimetière j'ai eu le vertige, mais je me suis bien tenue, personne n'a rien remarqué.

Maman à l'enterrement ! Il fallait la voir. Très chic, comme d'habitude, tirée à quatre épingles. Tailleur noir bien serré à la taille, collants sombres, talons hauts, chapeau, la totale. Pas une larme, quand même. Je l'ai même entendue dire tout bas entre ses dents « Adieu, Charles… Et sans regret » quand on a commencé à le descendre dans le caveau. Je l'ai regardée, ahurie. Un cas, ma mère.

Bien sûr, pas de Marie.

Lise, je l'ai vue chez le notaire, mais elle plane, on ne sait plus trop ce qui la touche, elle paraît insensible à tout. C'est sûrement tous ses médicaments qui l'abrutissent. Pauvre petite sœur, complètement repliée sur elle-même, impossible de communiquer avec elle. Et ces épaules rentrées, ce dos rond, ce regard vague, absent, impénétrable…

Le départ de Théo ne l'a pas arrangée, c'est le moins que l'on puisse dire. Personne n'a compris ce qui s'était passé. D'après Lise, il paraît qu'il ne tournait pas rond, Théo, depuis quelque temps. Mais avec elle, difficile de savoir, elle ne dit jamais rien de précis. Et puis, elle le couve tout le temps, son fils chéri a toujours raison. Pierre est dur avec lui. N'empêche que je n'ai jamais su pourquoi il avait passé plusieurs jours en tôle. Drogue ? Bagarres ? D'après sa mère, il y a eu une erreur. Bon. Mais pourquoi, juste après, son mariage précipité avec une Chinoise dont on n'avait jamais entendu parler ? Et son départ en Chine, comme ça, sans explication ? Moi je trouve tout ça bizarre ; très, très bizarre, même ; beaucoup trop pour Lise, en tout cas. En quelques semaines, elle a coulé à pic. Sans son Théo, elle n'est plus rien. J'ai bien essayé de la faire parler un peu, mais je n'ai eu droit qu'à : « Oh, Théo… Sa mère, tu sais… Il a autre chose à faire que de s'occuper d'elle. Maintenant, il a sa famille à lui, là-bas. Sa mère… » Lise avait les yeux pleins de vide en disant ça.

C'est dur aussi pour elle de se retrouver seule avec son abruti de mari, cette espèce de brute prétentieuse et grossière au sourire de carnassier. Je le déteste. Il me le rend bien d'ailleurs. Pour lui, je suis une hippy à moitié piquée. Évidemment, avec Lise, cela ne nous a pas rapprochées. Sa grande gueule, son côté militaire, sa voix grave et ses poils partout, non, il n'a rien pour me plaire, pas du tout mon type. Notre chère petite Lise, il a fallu qu'elle tombe sur lui. Elle si fine, si spirituelle, si sensible, je me demande comment elle peut tenir le coup avec lui. Toutes ces années perdues avec ce macho de garagiste qui ne s'intéresse qu'au moto-cross et aux courses de Formule 1. Et qui vote Front National, j'en suis sûre. Quelle tristesse !

Un désastre, Lise. Et puis, qu'est-ce qu'elle a maigri. Elle qui n'était déjà pas grosse, là, c'est le pompon. Une ombre…

Quant à Marie, je l'aime beaucoup, mais elle m'étouffe. Tout est trop impeccable chez elle. Déjà, son look : sa coiffure, tiens, on voit bien que c'est un vrai pro qui la prend en main ; moi je sais voir ça, j'ai l'œil, c'est pile à la bonne hauteur pour l'équilibre du visage. Et puis les beaux tissus de ses vêtements : harmonie parfaite. Et son appartement chic et bien rangé : parfait. Exactement le contraire de moi. Ça me gêne et ça m'épuise, ce contrôle sur tout. Moi j'en suis incapable, je ne sais pas comment elle fait.

Tiens, son dîner, quand on est revenus de chez le notaire. Il faisait doux, elle avait mis la table sur sa belle terrasse en teck. C'était superbe, la nuit, les éclairages dans ses rangées d'arbres en pot. Elle avait sorti de ravissantes assiettes en Nevers, une nappe en lin, des verres en cristal d'une finesse incroyable. Alex était allé chercher à la cave un vin sublime. Dîner on ne peut plus raffiné. Direct de chez le traiteur mais quand même, un régal, je dois reconnaître. Oui, tout l'inverse de moi, avec ma manie de tout faire trop vite, d'improviser au dernier moment, et de toujours casser quelque chose dès que je commence à sortir de la vaisselle.

Moi, je vis dans le dépareillé, le rafistolé, le bancale. Pourtant, comme elle, j'aime le beau et même... j'essaie d'en créer. Mais j'ai besoin de mon bazar, jamais je ne pourrais faire la moindre sculpture chez Marie, tout est trop sous l'emprise de la raison. Il me faut mon chaos au quotidien, mon milieu instable pour que ma créativité s'éveille.

Bon, j'aime beaucoup Marie, mais passer trois jours dans son sillage m'a épuisée. La seule chose qui me fait du bien avec elle, mais vraiment du bien, c'est qu'elle aime ce que je fais. Chez elle, les sculptures que je lui ai données sont parfaitement mises en valeur, et ça, ça me va droit au cœur. Je sais qu'elle apprécie et qu'elle comprend ce que j'ai voulu faire, à la manière dont elle les place dans l'espace.

Elle m'a encore offert un livre, mais celui-là, c'est vraiment rasoir de chez rasoir. *Le moindre pas de nos yeux, ou la lumière sur Alberto Giacometti.* Tu parles d'un titre ! À peine snob. Et puis, ces sculptures filiformes, je n'aime pas du tout. Moi, je penche plutôt du côté Botero, j'aime les formes pleines et les lignes arrondies. Qu'est-ce qu'elle voulait, Marie ? Me faire passer le message que je suis trop grosse et que je dois faire un régime ? C'est bien son genre. J'ai lu des bouts, au hasard : Giacometti, le maître de l'angoisse. Non merci ! j'en ai assez comme cela, des angoisses. Quant à son érotisme sadique, « le spectacle abstrait d'un viol en cage », il peut se le garder. J'aimais mieux Adèle Hugo, avec ses folies romantiques.

Ensuite, il y a eu Maman, Abigaelle la belle Niçoise, l'élégante de la baie des Anges. Épanouie, gâtée-pourrie par son Gustave. Dieu sait s'il a les moyens, lui : la côte d'Azur, pour un chirurgien esthétique, c'est une véritable mine d'or.

Incroyable ce qu'elle a pu changer, Maman. Plus du tout la même femme depuis qu'elle a fui de chez Papa en nous kidnappant, Lise et moi, pour rejoindre son beau Gustave, son prince charmant aux yeux pâles, bleus comme un ciel d'hiver. Je n'ai pas oublié la Maman de notre enfance, belle, oui, mais silencieuse dans l'ombre de Papa, ternie par un mari qui ne lui donnait ni la parole, ni un sou… et bien sûr, pas un regard. Elle l'a fichtrement prise, sa revanche, Maman. Elle brille comme un diamant : un diamant, ça renvoie la lumière seulement si on lui en donne. Et elle a bien raison d'en profiter de sa vie de star, le golf, les sorties en mer, et les soirées mondaines entre copines. Le problème c'est qu'elle vit dans un milieu tellement différent du mien et qu'on a souvent du mal à se comprendre, elle et moi. Parce que moi, pendant ce temps-là, je galère sec, et je cherche désespérément à faire comprendre ce qu'il y a dans mes sculptures. Si j'avais fait les Beaux-Arts comme elle le voulait, la vie aurait été plus facile pour moi. Peut-être, oui. Expos, galeries, on m'aurait repérée, j'aurais pu devenir une artiste à la mode, une star aussi, pourquoi pas, une star à ma manière. Elle me l'avait dit : « Tu ferais mieux de rester avec nous, plutôt que de courir après tes rêves. Ne fais pas comme moi, ne gâche pas tes études. » Mais moi, à dix-sept ans, j'avais d'autres choses à faire dans la vie que de rester chez eux, coincée au milieu de leur amour tout neuf. Il me fallait de l'air.

C'est dommage qu'on ait tant de mal à communiquer, toutes les deux. On finit par louper complètement les moments qu'on passe ensemble. Par exemple, quand on est sorties du cimetière, on est allées prendre un pot dans le bistrot le plus proche. Maman m'a prise par le bras, elle se balançait sur ses talons aiguilles. Et c'est là qu'elle m'a glissé à l'oreille : « Chérie, tu es ravissante, aujourd'hui. » Je lui ai rappelé vertement que je fais plus de soixante-quinze kilos et que cela n'a rien de ravissant. Je reconnais, j'ai été franchement désagréable, et j'ai bien vu que j'avais réagi un peu fort : elle s'est tue immédiatement et m'a regardée avec tristesse. Mais quand même, elle aurait pu trouver autre chose à me dire. Ravissante… Et puis quoi encore ! Il ne faut pas croire, je sais très bien à quoi m'en tenir et ce qu'il en est de mon look. Je sais aussi qu'elle déteste ma nouvelle couleur de cheveux, juste à la façon dont elle m'a regardée.

Le plus bête, c'est qu'elle a sorti ça pour dire quelque chose de gentil. Une gaffe. Une gaffe parmi tant d'autres, la spécialité de Maman, c'est toujours de parler de choses qu'on n'a pas envie d'entendre, ou de mettre le doigt sur ce qu'on a envie de cacher. Et le pire, c'est qu'elle ne fait pas ça pour contrarier ou par désir d'ingérence, elle se laisse seulement guider par son intuition, tout simplement. Je m'en passerais bien. J'aurais préféré qu'elle me demande des nouvelles de mes sculptures.

Mais, à part ça, un cœur grand comme ça, Maman. Accueillante et disponible comme on n'en connaît pas beaucoup ; et généreuse en plus. Elle m'a encore parlé de ses petites vieilles. Je l'imagine très bien, faisant ses tournées chez ses « chères petites amies » comme elle les appelle, les bras pleins de fleurs et de surprises, les bichonnant, leur racontant des histoires. « Je les maquille, je les coiffe, je leur fais les ongles, elles adorent… » Maman leur donne une chose infiniment précieuse, certainement la plus importante pour elles : de la *joie*. Je sais que beaucoup l'ont réclamée, avant de partir. Elles ont fait le grand saut, dans une belle chemise de nuit, avec un peu de fard sur les joues. Grâce à Maman. « Combien, déjà ? » Pour me répondre, Maman m'avait montré l'étagère de sa cuisine et sa collection étrange. « Tu vois, là, ce sont leurs tasses de petit déjeuner. Elles me les ont données en souvenir d'elles, c'est moi qui leur avais demandé. Parce que c'est l'objet de leur intimité qui me fait le plus penser à elles. »

Sur l'étagère, il y avait toutes les classes sociales, du bol ordinaire à la belle tasse fine en porcelaine. Moi, je ne voyais que des tasses, mais Maman, elle retrouvait des visages, et m'énumérait les prénoms « Marguerite… Paulette… Jeannine… Sophie… ».

« Pourquoi tout ça, Maman ?

— J'apprivoise la mort. »

Réponse pudique, gravité imprévisible, c'est elle, ça aussi.

Et enfin, et surtout, il y a eu le notaire. À part cette incroyable surprise, cet homme – très beau, j'aurais bien sculpté son visage –, ce qui m'a littéralement transformée, c'est quand j'ai réalisé que j'héritais d'un immeuble.

Un immeuble ! Rien que ça ! Je me suis renseignée depuis. Un bon paquet. Comme par hasard, c'est en gros ce que veut mon propriétaire, un peu plus, même. Il m'en restera pour des travaux. Enfin, je crois…

Et voilà : je suis partie à l'enterrement la mort dans l'âme. Non pas tellement à cause de Papa, soyons franche, mais parce que je venais d'apprendre que ma maison était en vente et que je n'avais pas du tout les moyens de l'acheter. Et je reviens avec l'argent qu'il faut. Un vrai miracle.

Quelle culpabilité ! C'est la mort de Papa qui me permet d'accéder à mes rêves, comment garder la tête froide ?

Depuis, je n'arrête pas de faire des plans, ce n'est pas croyable ce que je suis excitée. Et puisque je l'achète, cette maison que j'aime, je vais en faire quelque chose de magnifique. Un vrai bijou. D'ailleurs, grâce à elle, mon idée de donner des cours de sculpture n'est plus irréalisable : si j'arrange les granges en ateliers, je vais pouvoir faire des stages... qui me rapporteront des sous.

Des sous ! Gagner de l'argent, moi, en faisant quelque chose qui me plaît. Pas possible... Jusqu'à maintenant, à part m'ennuyer à mourir dans les petits boulots alimentaires, je n'ai jamais réussi à faire mieux.

Il y a un début à tout, c'est sûr, mais quand même.

Yann m'aidera, j'en suis certaine. Lui aussi adore cette maison. Et puis il aime bien bricoler, il a toujours un outil à la main pour arranger quelque chose : « Non, attends... là, vraiment... Tu ne peux pas rester comme ça ! »

Du calme, du calme... Par où je commence ?

Question notaire, c'est réglé, en ce qui me concerne. Moi, je m'en fiche complètement, du Gabriel Lis-quelquechose. Marie nous a dit qu'elle s'en charge, elle veut en savoir plus, mener son enquête. Elle a bien essayé de m'expliquer ; trop compliqué ses histoires juridiques. Les murs, les fonds de commerce, je n'ai rien compris. Ce que j'ai compris, c'est qu'elle aurait préféré ne rien avoir du tout. « J'hérite de ses poubelles », m'a dit Marie. C'est leurs affaires. Elle n'a pas besoin de ça, Marie, elle s'est très bien débrouillée sans Papa, c'est même celle de nous trois qui s'en sort le mieux. Elle a son Alex, elle. Ses livres, leur musique, son métier qui marche, sa famille top, une super maison. Tout, quoi !

Qu'est-ce qu'elle veut de plus ? Je n'ai pas tout ça, moi. Et Lise non plus.

Si ça lui fait plaisir, qu'elle s'en occupe, et qu'elle la fasse, son enquête ! Du moment que j'ai de quoi acheter ma maison, le reste, je m'en fiche complètement.

Quand même. Il nous a bien eues, Papa. Jamais je n'aurais cru ça de lui. On pense connaître sa famille et pof ! La surprise du chef ! Qu'est-ce qu'il a encore traficoté, Papa. Il a toujours fait ses choses en douce. Moi, je le sais depuis un bon bout de temps. Mais là… Un héritier-mystère, rien que ça. Je connais Marie, elle ne va pas lâcher, elle ira jusqu'au bout pour savoir. On verra bien.

Il faudrait aussi que je trouve de bonnes combines pour faire les plans et les travaux pour pas trop cher. Un copain architecte, c'est ce qu'il me faudrait. Oui, c'est ça, un copain architecte. Où est-ce que je pourrais bien trouver ça ? Et vite, je n'ai pas du tout envie d'attendre.

Allez, c'est décidé, je n'attends pas les papiers. Demain, je téléphone au propriétaire. Je lui signe tout ce qu'il veut quand il veut.

… Je vais être bientôt chez moi. Chez moi !

Tiens, si j'invitais des copains à dîner. J'ai envie de faire une méga fête. Je vais leur mijoter une de ces lottes à l'armoricaine, ils n'en reviendront pas. Et mon gâteau au chocolat moelleux que je fais si bien et que Yann adore.

En attendant, je vais finir mon buste. Là, je me sens vraiment en forme pour m'attaquer au dos. J'ai gardé le plus dur pour la fin, arriver à transmettre ce que je veux faire passer, une féminité spirituelle dans le haut des fesses, à l'endroit où les petites fossettes se creusent, au-dessus des renflements. C'est au moins le dixième que je fais, mais je ne suis pas complètement satisfaite. C'est pas mal mais je veux plus de fluidité ; plus de tonicité, aussi. Je veux qu'on ait envie, irrésistiblement envie, de lui donner une petite tape amicale en passant ; enfin… amicale… Disons, de convoitise plutôt.

Des jours et des jours que je me bagarre avec cette image, une petite nymphette que j'ai vue marcher sur la plage devant moi ; délicieux dandinement, impertinence de la jeunesse.

Allez, hop… Au travail !

Oui… Oui… Oui ! Ça démarre bien, aujourd'hui.

La vie est belle ! Merci, Papa !

Marie

Paris, novembre

« Passeur de Lumière ». Oh, c'est une toute petite boutique, mais j'en suis très fière. Ma librairie est une vieille dame solide, digne, apaisante ; une vieille dame élégante, avec sa devanture sobre, peinture vert sombre et enseigne dorée. Les années y ont déposé une douce patine, ce sont ses rides à elle, ses belles rides d'expression.

Elle ouvre à qui le veut son intimité hors du temps, son odeur de cire, son parfum de vieux papier et les craquements de son parquet usé. Il suffit de passer sa porte pour se laisser séduire par tous ses trésors : « Livres anciens et d'occasion ». Beaux, rares, intéressants, originaux. Mes livres. Mes horizons infinis, mes milliers de fenêtres sur le monde.

Chaque matin, la même joie. Joie de retrouver mes hôtes, mes locataires, mes protégés, sagement en attente d'une destination inconnue, choisie par une main inconnue, qui quitteront, un jour, on ne sait pas quand mes épais rayonnages de chêne.

Marie Steinitz, libraire.

Quand j'ai commencé à travailler chez lui, mon patron

me disait : « Vous verrez. Être libraire, c'est être commerçant, oui. Mais c'est aussi passer des messages, défendre des idées », en appuyant sur le aussi. « N'oubliez pas ce que dit l'enseigne : Passeur de lumière… C'est le plus beau métier du monde, Marie. Ce sont les libraires qui sont les garants de la liberté de penser, les dépositaires des progrès de l'Humanité et les diffuseurs des idées nouvelles. Ne l'oubliez jamais. » Et il concluait, avec son petit sourire facétieux : « Cela n'empêche pas de gagner de l'argent… »

Aujourd'hui, nous sommes vendredi, c'est le jour où je change ma vitrine. Chaque semaine, un nouveau pari, un jeu : créer des envies, découvrir des talents, ressortir de vieux textes oubliés, trouver l'heureuse harmonie entre mes coups de cœur et les concessions à l'air du temps.

Cette fois-ci, j'ai choisi mon thème sans hésiter, il s'est imposé à moi : « Le Père. » Je place bien au centre de ma composition l'un de mes livres favoris : *L'Empereur du Portugal* de Selma Lagerlöf. Récit magnifique de l'amour d'un père pour sa fille. Épuisé. Introuvable.

Père n'est plus. Un cocktail d'émotions tente de m'envahir, mais je le chasse hors de moi, comme on s'ébroue d'un mauvais rêve. Comme on expulse une force négative. Les années ont passé, la mémoire leur résiste.

« Je me souviens
Des jours anciens
Et… »

… je ne pleure pas.

Heureusement, j'ai Alex. Et ma librairie. Mes deux remparts pour protéger mon bonheur. L'amour d'Alex est un don du ciel, ma librairie une source de joie inépuisable. Comme un saltimbanque sur son fil, ils sont mes deux points d'équilibre, et je traverse la vie le cœur plein d'or.

Pour ne pas avoir le vertige, il suffit de ne pas regarder dessous.

Tiens, voilà mon client d'hier. Depuis plus d'une semaine, il tourne autour des œuvres complètes de Racine, ma très belle édition 1783 de Didot l'Aîné. Trois volumes superbes en maroquin vert de l'époque. Affaire rare, exemplaires très bien conservés ; il les cherche depuis des années. Un peu cher, me dit-il, il attend que je lui fasse une autre proposition. Mais je ne baisserai pas mon prix. Ce sera 6 900 euros, je ne bougerai pas.

« Oui, d'accord. Vous reviendrez demain. C'est entendu. »

Pas question de céder. C'est ce qu'il vaut, et je ne suis pas pressée.

« Au revoir, monsieur, à bientôt. Mais oui, prenez le temps de réfléchir. Une belle édition comme celle-là, c'est un vrai bijou, une valeur sûre. Vous ne ferez pas d'erreur ; mais il faut aussi qu'elle vous plaise vraiment. »

Je suis sûre qu'il reviendra et qu'il l'achètera. Je peux même dire que, dans sa tête, il l'a déjà achetée : une pièce de cette qualité, on en tombe amoureux.

*
* *

Une heure et demie déjà, je n'ai pas vu la matinée passer. Sarah m'attend depuis un moment, elle doit s'impatienter. Heureusement, j'en ai pour une minute. « Le Petit Zinc » est à deux pas, c'est mon quartier général.

À la maison, c'est toujours Alex qui se charge de la cuisine. Lui, il adore aller au marché, inventer des recettes, mijoter des petites sauces, essayer toutes les cuisines du monde. Moi, je sais à peine faire une omelette, je l'avoue. Quand il n'est pas là, je me replie sur ce restaurant à deux pas de la librairie. J'aime son ambiance bistrot tout simple, l'odeur de pain frais qui y flotte toujours parce qu'ils le font eux-mêmes, un vrai délice. Et aussi ses nappes à grands carreaux et le petit bouquet du jour sur la table. Je me sens chez des amis. « Bonjour Marie ! Ça va aujourd'hui ? »

Le restaurant est bondé. Je n'ai pas du tout envie de m'immerger dans toute cette agitation. Mais, je lui souris ; je suis heureuse, j'ai rendez-vous avec ma fille et je ne l'ai pas vue depuis longtemps.

Sarah s'est installée à *ma* place, celle qui m'est réservée, près de la fenêtre. Elle ne m'a pas vue arriver. Je me faufile discrètement vers elle entre les tables pour profiter de la scène : fenêtre, table et jeune fille dans un rai de lumière. Elle s'est déjà commandé un verre de vin, elle tient le verre ballon légèrement surélevé, appuyée sur un coude, et regarde dehors tout en grignotant un morceau de pain qu'elle coupe en tout petits morceaux de ses doigts agiles. Un oiseau qui picore. Je contemple la scène comme on admire un tableau, une œuvre d'art. Qu'elle est belle, ma fille…

Comme son père, énergie et sensibilité en même temps. La même noblesse un peu altière dans le regard, dans l'allure. De moi, les épaules étroites. De sa grand-mère Steinitz, son long cou gracile, le grain très fin de sa peau et ses boucles d'un précieux blond vénitien. Derrière son assurance désirée, affirmée, revendiquée, une délicatesse toute féminine transparaît malgré elle ; une certaine fragilité, même, trahie par ses gestes rapides et gracieux.

Je ne connais pas ce nouveau chemisier. Jolie soie bleue, coupe parfaite, bravo Sarah, bon choix. Et, ce qui ne gâte rien, ses beaux seins ronds explosent de jeunesse dans l'échancrure ouverte. Pas de doute, ma fille n'est plus la mignonne petite espiègle de ces dernières années ; sa beauté de femme resplendit sans qu'elle en ait encore véritablement conscience, et c'est précisément ce décalage qui lui donne un charme tout particulier, sûrement très troublant pour un homme.

« Coucou, P'tite Mam'. Ça fait super longtemps. Comme je suis contente de te voir ! » Deux mois déjà qu'elle est en mission à Londres. Sarah me saute au cou, ses bras légers m'entourent de sa tendresse.

« Depuis le temps… J'ai tellement de choses à te raconter. »

Sarah a toujours mille et une choses à raconter.

« Comment va Papa ? J'arrive tout juste de Londres. Je suis passée à la maison, mais il n'était pas là.

— Ah bon ? Ton père est très tendu en ce moment, tu sais ; c'est sûrement son important concert qui le travaille.

— Et c'est quand, ce concert ?

— Dans trois mois.

— Mais c'est loin encore !

— Oui, je sais. C'est le festival Chopin, il y aura beaucoup de monde, et surtout ce fameux critique qui n'avait pas été tendre avec lui la dernière fois.

— Pauvre Papa. Il lui a vraiment fait mal, cet article. Quel imbécile, ce journaliste. Et en plus, il est d'une telle injustice. Et Elsa, tu as des nouvelles ?

— Oui, ta sœur a l'air de se plaire à New York. Il y a un drôle de vide à la maison depuis qu'elle est partie. On en est presque à regretter son désordre, c'est dire ! Enfin, ça passe vite, un an. Elle m'a dit qu'elle reviendrait cet été, pour les vacances. Elle a bien fait de partir. Puisqu'elle veut se spécialiser en maladies tropicales et qu'elle nous dit que c'est là-bas qu'elle doit être, il faut être logique. Il paraît qu'ils sont forts, les Américains, et qu'elle a eu énormément de chance de rencontrer le patron de l'hôpital qui l'a prise dans son équipe. Et puis, elle est bien accueillie chez ses cousins Steinitz. Deborah, tu sais, la cousine d'Alex, est une fille très sympa. Et comme cela, Elsa connaîtra mieux sa famille paternelle, ce n'est pas si mal.

— Sacrée Elsa, tout de même. Avec son petit air de ne pas se prendre la tête, et de lambiner pour tout, elle trace vraiment bien sa route. Tu crois qu'elle deviendra un grand Professeur ?

— Pourquoi pas ? Tu le sais bien : avec elle, il faut s'attendre à tout !

— Oh, que oui ! Je le sais bien. »

Derrière son volontarisme, Sarah se cherche encore. Elle ne l'avouera jamais, mais elle envie beaucoup sa sœur, qui sait ce qu'elle veut faire depuis toujours, sans se poser de question : ce sera Médecine et c'est tout. Sarah, elle, se persuade qu'elle a trouvé sa voie, mais je la connais assez pour savoir que ce n'est qu'une façade. Et pas question de perdre la face…

Enthousiaste et volubile, Sarah me raconte sa vie à Londres. « Très sympa, cette ville, tu sais. La vie y est cool mais surprenante en même temps. Les Anglais sont des gens vraiment étonnants, pleins de contradictions, à la fois complètement rigides et débordants de créativité : on sent tout le temps dans l'air un petit vent de liberté, derrière leur côté guindé, et il y a un tas de choses passionnantes à découvrir. Tiens, la semaine dernière, je suis allée voir la Tate Modern. Incroyable, ce musée, un énorme soleil rouge dans un hall aussi grand qu'une cathédrale, une ambiance hallucinante, on se croirait sur une autre planète. Il faudra que vous y alliez avec Papa, ça vous plairait. » Ses yeux pétillent d'entrain. « Pourtant, tu vois, je suis contente d'y passer quelques semaines mais je n'aimerais pas y vivre tout le temps. Je préfère Paris et de loin ! Et puis, leur bouffe est réellement infecte. »

Sarah entame un nouveau morceau de pain. « Hmm ! La baguette… Quel bonheur de la retrouver. » Son plaisir est communicatif, j'en attrape un ; moi aussi, j'aime le pain. « Côté boulot, ça se passe plutôt bien, mon boss est content. Jusque-là, ce qu'il m'a donné à auditer n'était pas trop dur. C'est un labo qui en rachète un autre, il faut juste checker les comptes. Et le soir on a le temps de faire la fête. Comme ma coloc est sympa, on rigole bien, je me suis déjà fait pas mal de copains… »

J'écoute son babillage avec amusement. Même si je sais qu'elle souffre de ne pas avoir encore trouvé un amoureux « qui fait vibrer le palpitant » – ce qui la protégerait de la solitude qu'elle a en horreur et fuit en permanence – Sarah sait faire oublier ses contrariétés et c'est sa grande force. Du reste, elle est rarement seule, son caractère positif lui attire une ribambelle d'amis, avec qui elle compense sa condition de célibataire. Comme Maman, elle a, en elle, cette légèreté, cette inépuisable et juvénile joie de vivre, bulle de champagne qui remonte du plus profond d'elle-même et éclate à la surface.

Mais autant Maman est déroutante par ses intuitions, autant Sarah me surprend toujours par son côté imprévisible. Elle « sort du cadre » sans arrêt, finement la plupart du temps, avec suffisamment de tact pour qu'on ne lui en veuille pas trop. Et pour garder mon intimité avec elle, il faut la laisser venir, et respecter avant toute chose son indépendance. Si je pose trop de questions, Sarah continuera à sourire, son moi intime s'enfuira comme une gazelle, et je ne saurai rien d'elle.

« Et ici à Paris, quoi de neuf ?

— Pas grand-chose. Si, une. Ton grand-père, mon père, est mort. Il avait quatre-vingt-treize ans.

— Ah… Bon. »

Un petit silence. Sarah plisse les sourcils.

« Tu aurais pu me prévenir, tout de même. C'est arrivé quand ?

— En septembre. Mais à quoi bon te prévenir, tu ne l'as pas connu.

— Oh, je ne vais pas te dire que ça me fait de la peine, il n'était rien pour moi ; et pour ce que tu m'en as dit, ce n'est pas une grande perte. Mais quand même, c'était mon grand-père. Et toi, Maman, ça te fait quoi ? Tu es triste ? »

Je lui prends son verre.

Père n'est plus. Jamais plus, je ne pourrai faire la paix avec lui. Sa vie est passée, et il a emporté tout espoir de réconciliation. Nos chemins se sont écartés et pas un geste de sa part. Du mien non plus, d'ailleurs. Seul cet homme chez le notaire pourra me dire quelque chose de lui, je le sais. Une vague de tristesse me traverse.

« Triste, non, pas du tout. Ce que je ressens, c'est autre chose, de plus général. Certainement pas une sensation de perte. Sa disparition ne me prive pas de sa présence. Non, c'est plutôt l'idée de la mort qui me fait quelque chose, l'irréversibilité qu'elle crée : un être, mon père, a quitté la terre, définitivement. Une impression curieuse. Une flamme qui s'éteint, un maillon d'une chaîne qui s'en va, et qui rend plus visible le maillon suivant. Moi.

— Ne dis pas de bêtises, Maman… tu es en pleine forme.

— Bien sûr !… Mais ça n'a rien à voir. Je ne suis pas inquiète à l'idée d'être la prochaine victime de la Grande Faucheuse ! C'est juste le temps qui passe. Inéluctablement. C'est maintenant moi qui porte la famille, je suis l'aînée. »

Sarah me fixe intensément.

« Maman, justement… Ça fait longtemps que je voulais t'en parler, mais je n'osais pas. Je ne sais rien de lui, tu en parles si peu, à part que tu ne le vois plus à cause de Papa et qu'il était dur et austère. Mon grand-père maternel est un grand point d'interrogation, j'ai l'impression qu'il y a un quart de mes racines qui est plongé dans le noir. Le noir, finalement, c'est pire que tout : quand on ne sait pas, on invente. Ton père a toujours été un sujet tabou à la maison ; mais moi j'ai envie de savoir d'où je viens, y compris de son côté à lui. Tu comprends ça, n'est-ce pas ? S'il te plaît, Maman, parle-moi de lui… »

Il fait beau, une tache de soleil joue avec une boucle qu'elle lisse du bout de ses doigts. Dommage d'être enfermées, j'irais bien me promener. Aucune envie de parler de mon père. Des images de lui me reviennent du temps où je le voyais encore, il y a trente ans, trente ans déjà. Son allure sèche, furtive, mais tonique, comme mue par une constante énergie nerveuse, sa démarche élastique de chasseur, féline, presque féminine. Ses traits austères, son regard sombre et dur sous ses sourcils épais qui se rejoignaient presque, sorte de haie blonde enchevêtrée qui lui barrait le front ; la broussaille impénétrable de sa barbe courte mais dense, blonde aussi, de laquelle émergeaient de fines lèvres bleutées qui ne souriaient pas. Ses mains aussi, probablement héritées de toute une lignée de travailleurs du bois, la menuiserie coulait dans le sang des Vautrin depuis si longtemps : de larges mains, doigts courts, forts, grands ongles carrés toujours impeccables. Sa fierté : des ongles parfaitement propres, toujours. Mon père, irrémédiablement rustique, malgré ses efforts pour paraître un citadin aux bonnes manières.

Ma fille ancre son regard dans le mien. Avec douceur, mais détermination, trait de caractère que je lui connais bien, et qui la fait avancer dans la vie à grands pas. Difficile de lui échapper. Aujourd'hui, je ne peux pas me défiler, c'est moi qui ai mis le sujet sur le tapis.

Mon père.

Ce que je sais avant toute chose, c'est que j'étais pour lui une étrangère, avec ce que cela comporte de méfiance, de retrait. Tout ce que j'ai pu découvrir à son sujet, ce fut malgré lui, voire à son insu.

Je ne sais donc pas grand-chose sur la façon dont il a mené son existence : rien sur ses pensées, un peu sur sa famille.

Sa famille… Un sujet tabou, déjà pour lui, aussi. Il fuyait la conversation dès qu'elle tournait autour de ses origines. Je sais qu'il n'en a jamais parlé à mes sœurs, mais moi, je l'avais beaucoup interrogé quand Maman est partie. J'allais souvent le voir pour lui donner un coup de main, toujours en quête d'un signe d'affection, et j'en avais profité pour lui poser pas mal de questions, l'air de rien. Petit à petit, j'avais accumulé des fragments de son histoire familiale. Je disposais de quelques repères. Mais jusqu'à présent, j'avais tout gardé pour moi. Et voilà que ma fille force mes résistances, avec ses grands yeux de biche.

« Ton grand-père Charles était un homme austère, oui c'est vrai. Et très dur. Oui, aussi… »

Silence.

« Mais sa vie a été difficile dès qu'elle a commencé. Et le passé a dû peser lourdement sur lui ; si lourdement que je me demande s'il aurait pu être différent. Je ne dis pas ça pour l'excuser, cela n'excuse rien, je connais des personnes formidables qui ont eu une enfance épouvantable. Mais peut-être que lui, il avait trop de casseroles à traîner derrière lui ; des tares insurmontables… Qui sait ? Notre père était un personnage obscur, difficile d'accès, ne parlant jamais de lui. Il traversait des périodes de totale excitation pendant lesquelles il devenait tyrannique avec nous, rien ne devait lui résister, pour retomber ensuite brutalement dans de longues phases de dépression, et il était alors complètement taciturne, indifférent, amer, aigri. J'ai regretté toute ma jeunesse de ne pas avoir eu un père normal, un père comme tout le monde, un père qui protège ses enfants. Ensuite, en grandissant, pour me consoler peut-être, pour me rassurer aussi, certainement, je lui ai trouvé des tas de raisons, des causes extérieures à lui, surtout après ce qui est arrivé avec Maman. Et puis un jour, brusquement, j'ai cessé de chercher à le comprendre. Il m'a menacée, et je n'ai pas cédé. Nous ne nous sommes plus revus, c'est tout !

— C'est tout… Mais, ça veut dire quoi, c'est tout ? Oh Maman, je t'en prie, raconte-moi ! C'est important, tu sais… » implore Sarah. En une fraction de seconde, elle change imperceptiblement de ton, et ajoute, l'air bien plus sérieux : « Et puis, tu n'as pas le droit de me priver de choses que je dois savoir. C'est ma famille à moi aussi, après tout ! Et je ne suis plus une gamine.

— Oui… » Je lui réponds en baissant les yeux. Elle a raison, bien sûr. « Il est bien normal que tu veuilles savoir qui était ton grand-père. » Je capitule.

Alors, je plonge. Et je remonte aussi loin que je connais son histoire. Je lui raconte que les arrière-grands-parents de mon père vivaient dans une région très boisée des Ardennes, près de la Chartreuse du Mont-Dieu. Un nom de lieu qui allait bien à cette famille extrêmement catholique. La famille Vautrin possédait une scierie et les affaires tournaient bien. Plusieurs dizaines de bûcherons travaillaient pour eux toute l'année.

« Il faut se représenter toute cette petite assemblée vivre plus ou moins en autarcie autour de la scierie. Les ouvriers habitaient dans un grand bâtiment sévère qui ressemblait beaucoup aux monastères du coin. Rien de gai. Un réfectoire, des chambres spartiates, et deux ou trois sanitaires. Père m'avait montré des photos de l'époque. »

Les images me reviennent. Je me souviens : mon insistance, la boîte à chaussure sortie enfin d'un placard, les quelques rares photos que j'avais eu le droit de voir, que mon père triait avec le plus grand soin. Et surtout, celles qu'il me cachait. « Ça, ça n'a rien à voir… » Elles disparaissaient prestement de ma vue : ces photos-là, je ne les verrai jamais.

Ma fille me ramène gentiment au présent.

« Oui ?…

— M. et Mme Vautrin avaient une fille unique, Charlotte. Elle aidait ses parents depuis toute jeune, et c'est elle qui servait les repas au réfectoire. Je ne crois pas qu'elle soit jamais allée à l'école. Imagine-la : deux grandes tresses blondes ramenées au-dessus de la tête, comme la Heidi des romans de Johanna Spyri, et un long tablier sombre pardessus sa jupe de toile grise. Pratique, pour les parents, d'avoir un petit personnel gratuit qui les arrangeait bien. Comme elle était très jolie fille, Charlotte mettait du baume au cœur à ces pauvres ouvriers exploités jusqu'à la corde. Le repas était leur seul moment de plaisir dans leur vie réglée comme celle des moines. Charlotte est vite devenue la petite mascotte de cette rude communauté, les hommes frustrés devaient la dévorer du regard. Et je suppose qu'elle devait baisser les yeux et se faire toute petite, mais ça ne devait pas éviter les mains baladeuses et les plaisanteries grasses.

L'année de ses seize ans, il se passa quelque chose d'épouvantable : Charlotte se fit violer par un bûcheron, qui travaillait depuis des années à l'exploitation. C'était un très bon ouvrier, qui avait un rendement exceptionnel, mais il était emporté et alcoolique – il descendait paraît-il des quantités effarantes de vodka. On la retrouva inanimée entre deux rangées de tables du réfectoire, la jupe arrachée. L'homme avait une quarantaine d'années et s'appelait Piotr. Le jour même, il disparut et personne ne le revit. »

Sarah est suspendue à mon récit, le menton sur ses mains jointes.

« Comment savait-il tout ça, ton père ? C'est loin, des arrière-grands-parents ! Je suis sûre que Papa ne sait rien du tout des siens, peut-être même pas où ils habitaient.

— Oh, ça c'est sûr ! Mais tu sais, ton père n'est pas intéressé par le passé. Quand il a quitté les États-Unis, il a tout laissé là-bas, y compris ses souvenirs. Ce n'est que beaucoup plus tard qu'il a renoué avec ses cousins de New York. Et encore, ce sont eux qui sont venus vers lui. Mon père, c'était autre chose, il passait un temps infini à accumuler des documents et fouiller le passé, de façon maniaque. Que cherchait-il, pourquoi ce travail de fourmi ? Je ne sais pas. »

Il amassait sans relâche des cartons et des cartons de papiers, des documents de toutes sortes, amoncelés partout chez lui dès qu'il y avait un espace disponible.

« C'est ainsi que la petite Charlotte mit au monde Émile Vautrin en 1880, continué-je. Je te l'ai dit, ses parents étaient des catholiques très pratiquants. Charlotte, après cette abominable épreuve, se détacha du monde des hommes et se tourna définitivement vers Dieu, murée dans le silence et passant le plus clair de son temps en prière. L'enfant grandit à la scierie, élevé par ses grands-parents.

— Pauvre Charlotte, quelle tristesse ! »

Ma fille en est toute retournée.

« Et à cette époque, on ne pouvait pas se faire avorter… pense-t-elle tout haut.

— Hélas pour elle, non, bien sûr ; en ce temps-là, il fallait porter toute sa vie le poids de ce genre de drame. Émile était l'enfant de la honte, il n'a probablement pas été vraiment accepté. Il était paraît-il d'un caractère très renfermé dès son plus jeune âge, et lui aussi avait des accès de colères extrêmement violentes, qui devaient sûrement rappeler à tous – ce qui n'arrangeait rien – ce terrible Piotr.

— Émile, m'interrompt Sarah, c'était ton grand-père, c'est bien ça ?

— Oui, c'est bien lui.

— Tu l'as connu ?

— Je l'ai connu quand j'étais petite, il est mort l'année de mes huit ans. On ne le voyait presque jamais, mais je me souviens bien de lui. C'était un homme petit, râblé, parlant très peu. Il ne regardait jamais les gens dans les yeux, son regard fuyait au-delà de vos épaules, ou bien se baissait vers le sol. Il était un monde clos sur lui-même. Il me faisait très peur.

— Tu as des photos ?

— Non, je n'en ai pas, et je n'en ai jamais vu. Si elles existent, elles sont sûrement chez mon père. »

Sarah m'écoute tellement intensément que j'en suis gênée. Pour faire une petite interruption, je suggère : « On pourrait commander le déjeuner, qu'en penses-tu ? » Sans demander mon avis, Sarah appelle le garçon et commande deux plats du jour et deux verres de vin.

« Continue, Maman… »

Je continue.

« Émile a dû grandir sans amour, solitaire et révolté. Jeune homme, il se sauve de la scierie ; pas de trace de lui pendant des mois, les Vautrin le recherchent en vain. Qu'a-t-il fait ? Personne n'en sait rien, mais il ne retournera plus dans les Ardennes et ne reverra plus jamais sa mère ni ses grands-parents. On retrouve sa trace à Paris deux ans plus tard, où il travaille comme manœuvre dans une ferblanterie. Tu sais, les fabriques de boîtes en fer-blanc, on mettait les gâteaux secs dedans, quand j'étais petite. Non ? Tu ne vois pas ? Ça ne m'étonne pas, il n'y en a plus tellement maintenant, ils ont été remplacé par les tupperwares !

Ensuite, on sait qu'Émile monte son affaire quelques années plus tard, une sorte de menuiserie, il vend du bois, il fabrique des meubles, il fait un peu de tout ; et il épouse une certaine Valentine, une jeune lingère. Le mariage est célébré en 1910, à la mairie du XIe arrondissement. Les témoins sont des agents de la mairie, d'après mon père.

— Des témoins inconnus ? Mais pourquoi ?

— Je ne sais pas. Ils n'avaient peut-être pas d'amis. Ou bien ils se sont mariés dans la précipitation. C'est probablement ça, parce que peu de temps après, Valentine met au monde un garçon. On peut supposer qu'Émile l'a épousée parce qu'elle était enceinte. Toujours est-il que, nouvelle tragédie familiale, Valentine meurt pendant l'accouchement. Tu vois, Sarah, il y a des destins sur lesquels le malheur s'acharne. La mère de mon grand-père l'avait abandonné aux mains de ses parents, Émile avait grandi seul, sans père ni mère, et lui, à son tour, se retrouvait avec un fils à élever seul. Émile appela son fils Charles, sans doute en souvenir de sa mère Charlotte. Ce qui est pathétique, car c'est une preuve de l'attachement certainement très fort d'Émile pour cette maman dont il était totalement privé, inaccessible dans sa tour de prière. Il a dû se sentir malheureux d'être abandonné par elle.

— Quelle histoire, Maman, on dirait un vrai film ! C'est à peine croyable. Dire que ce sont mes ancêtres. Des personnages qui sortent tout d'un coup de nulle part. Piotr l'alcoolique, Charlotte la mystique, Émile l'ours solitaire, et ton père Charles… Des gens sombres, des destins sinistres… »

Le garçon nous apporte deux assiettes fumantes de saucisses aux lentilles vertes du Puy. Leur odeur me chatouille les narines. C'est terriblement appétissant, j'ai faim, je commence à manger. Mais Sarah me supplie du regard, je reprends à regret.

« Bon, la suite... Je te dis l'essentiel : Émile éduque son fils Charles à la dure, dans un isolement total. Surtout pas de catéchisme, lui, il est très anticlérical ; une façon de rejeter sa famille, sûrement. Il ne l'envoie pas non plus à l'école et le fait travailler tout jeune avec lui à la menuiserie. Tout ça sur fond de la guerre de 14-18, ça n'a pas dû être facile. Je ne sais pas comment Émile s'est débrouillé pour ne pas être mobilisé, mais il ne quitte pas son commerce qu'il transforme plus ou moins en atelier de réparation de meubles, mais aussi en brocante, dépôt d'antiquités, semble-t-il.

À cinq ans, Charles range les boîtes de clous, à six, il tient la caisse quand il y a trop de monde, et à sept, il fait les petites livraisons sur son tricycle. À la maison, Émile s'occupe de tout lui-même, cuisine, ménage, et il enseigne à son fils les bases scolaires, lire, écrire, compter. Aucune femme dans son environnement.

— Grand-père n'a donc jamais connu l'univers des femmes ni la douceur d'une mère... commente Sarah.

— Exactement. Tout comme son père. Ça peut bien sûr expliquer son caractère froid, rigide et misogyne. Mais c'est étonnant comme parfois les générations se suivent et ne se ressemblent pas. Et même font exactement l'inverse de leurs parents ! Ton grand-père Charles, lui, au contraire, a été rapidement attiré par la religion – peut-être par esprit de contradiction, ou pour trouver un peu de chaleur dans sa triste vie. Ou alors, c'était l'influence de Charlotte et de ses parents qui avait sauté une génération ! À vrai dire je n'en sais rien. Mon père ne m'a pas donné d'explication. Je sais qu'il a été un catholique très pratiquant toute sa vie, et en secret de son père. C'était un traditionaliste, de ceux qui n'admettent que les messes en latin. Je m'appelle Marie parce que l'aînée d'une famille doit s'appeler Marie, c'est la coutume dans de nombreuses familles catholiques. Et aussi parce que Père avait un véritable culte pour la Vierge Marie. Le 15 août était pour lui la journée la plus importante de l'année : la fête de la Vierge et l'anniversaire de naissance de sa grand-mère, Charlotte. Il passait sa journée entière à l'église. Même plus tard, avec nous, il est resté très discret sur ses activités religieuses. Certains soirs, il disparaissait de la maison sans donner d'explication.

— Et que faisait-il ?

— Mystère. Tout ce que faisait mon père était auréolé de secret et de non-dit. Maman nous disait toujours qu'il était à l'église quand elle ne savait pas où il était.

— Et toi, tu y allais aussi ?

— Oui. Et au catéchisme. Avec mes sœurs.

Processions enfantines, jet de pétales de roses dans les allées menant à l'église de l'école, robes blanches de communiantes, quêtes entre les rangs de chaises alignées, bancs cirés durs et rigides du chœur, eau bénite et brioche sacrée, sermons interminables et chants liturgiques dont nous ne connaissions que l'air et approximativement les paroles, oui, nous avions partagé tout cela, mes sœurs et moi. Nos rendez-vous avec le divin avaient un air de kermesse et de colonie de vacances. Dieu était une lumière rouge allumée en permanence dans une chapelle, un disque blanc déposé sur nos langues avec componction, le Maître de tous ses serviteurs en noir qui nous regardaient d'un air sévère. Dieu n'avait pas l'air commode.

Nous suivions toutes les trois le flot de ses petits fidèles, bible en main, sans bien chercher à comprendre. Notre mère ne tentait pas de nous en faire une lecture à notre portée, et notre père trop absorbé par ses préoccupations personnelles pour se soucier de nous en donner une signification attirante.

Nous sommes toutes les trois passées à côté. »

Je vois bien que Sarah fait un gros effort pour se figurer une éducation religieuse. Chez nous, aucune trace de ces années d'enfance et de nos enseignements spirituels : je suis devenue une agnostique convaincue. Quant à Alex, il affirme être foncièrement athée, bien que d'une famille juive pratiquante. Nos positions respectives, dont nous revendiquions chacun le bien-fondé, faisaient d'ailleurs souvent l'objet de débats animés entre nous.

« Malgré leur différend sur les questions religieuses, ton grand-père Charles et son père sont restés très proches toute leur vie. Ils ont travaillé ensemble jusqu'à ce que Émile soit emporté par une crise cardiaque, en 1960.

Mon père a développé l'entreprise d'Émile et ouvert des magasins tout autour de Paris. Il passait sa vie à travailler, mais il a quand même trouvé le temps d'épouser Maman et de lui faire trois filles. Maman, Abigaelle Dufresnoy, était une jeune oie blanche provinciale. De souche canadienne du côté de son père, mort dans un accident quand elle avait un an, elle avait été élevée dans la grande famille bourgeoise de sa mère, gâtée et surprotégée. Abigaelle venait tout juste d'arriver dans la capitale. Elle avait vingt-deux ans et lui, quarante et un…

— À partir de là, je sais, m'interrompt Sarah, Mamie Abigaelle m'a raconté leur rencontre. Mais elle n'a pas l'air de savoir grand-chose de lui. Chaque fois, la même réponse : Ah… Tu sais, Sarah, Charles était tellement, tellement secret. En fait, je me suis souvent dit que Mamie Abigaelle n'avait pas envie d'en parler. Mais dis-moi, Maman, que s'est-il passé exactement entre toi et lui ? Pourquoi ne voulais-tu plus le voir ? »

Ce qui s'est passé entre lui et moi. Espérer surmonter un néant d'indifférence, attendre un témoignage de considération, en vain. Et pour finir, la cassure.

Une fois encore, je fuis, je fais diversion :

« Ça, Sarah, c'est encore une autre histoire. Je te le dirai, mais une autre fois. Il est tard, je dois retourner à la librairie, j'ai un client qui doit passer. Mais je t'ai déjà dit beaucoup de choses. Désormais, tu en sais autant que moi sur la famille de mon père. Ton grand-père Charles s'intéressait énormément à la généalogie, il en savait sûrement encore plus, mais c'est tout ce qu'il a bien voulu me dire. J'ai pas mal de points d'interrogations dans l'histoire de notre famille : d'où venait ce fameux Piotr ? D'Ukraine, ou de Biélorussie, ou encore de Pologne ? On ne sait pas très bien ; ton grand-père faisait des tas de recherches sur la Pologne. Qui était cette lingère ? On ne sait rien d'elle. Il faut s'y faire, il y a des trous dans notre arbre généalogique. »

Sarah me prend la main à travers la table et la serre fort. Elle est émue. Le doux soleil d'automne fait briller les mèches rebelles qui dansent sur son front. Elle les redresse en arrière, geste qu'elle fait souvent quand elle veut reprendre le contrôle d'une situation.

« Merci Maman. Merci. Depuis quelque temps, j'éprouve le besoin de me situer. De connaître mes origines, même si elles ne sont pas géniales. Peut-être que je vieillis, hein Maman ? »

Repoussant un peu sa chaise, Sarah s'apprête à se lever, songeuse. Certainement toute à la nouvelle famille que je viens de lui livrer d'un coup et qu'elle digère comme elle peut.

Je l'arrête :

« Attends… Autre chose, encore… »

Sarah se penche en avant, comme pour mieux entendre.

« Comme je te l'ai dit, mon père a toujours été énigmatique, impénétrable, pour nous, ses filles. Il parlait très peu de lui, et nous n'osions pas lui poser des questions. Il était un personnage distant et froid, qui vivait au milieu de nous, sans être là. Eh bien, après sa mort…

— Dis-moi… »

Je raconte à Sarah la séance chez le notaire.

« On ne sait rien du quatrième héritier, je cherche à comprendre. Mais surtout, promets-moi, ne dis rien à ton père. Je n'ai pas encore prévenu Alex que Père est mort.

— Mais pourquoi ?

— Je ne sais pas, je n'ai pas trouvé le moment. Il ne va pas bien, je te l'ai dit. Je n'ose pas le déranger, j'ai peur de le perturber un peu plus avec mes histoires. Et le concert qui approche… Ne lui parle de rien, c'est promis ?

— Oui, Maman, c'est promis. Mais je ne vois pas ce que ça pourrait bien lui faire que ton père soit mort… Avec tout ce que tu m'as dit sur lui ! »

Lise

Saint-Laurent, octobre

Dans le garage, j'ai pris une voiture décapotable, la plus belle, celle des années 50 ; je ne sais pas ce que c'est comme modèle, je n'y connais rien. Mais c'est une de ces voitures qu'on voit dans les films d'Hitchcock, une superbe femme au volant, Grace Kelly par exemple, avec de grosses lunettes noires et un foulard de soie à fleurs sur la tête noué autour du cou. Un client de Pierre l'a déposée hier, « Je veux qu'elle soit éclatante, monsieur, c'est pour le mariage de ma fille et je viendrai la prendre samedi matin ». La voiture est magnifique, bleu ciel avec des sièges blancs et des chromes partout. Si Pierre savait ça, il serait fou de rage.

Mais aujourd'hui, je m'en fiche totalement. Aujourd'hui, c'est mon anniversaire et personne ne me l'a souhaité. Pas Pierre, évidemment. Quant à Théo, qu'est-ce que je suis encore pour lui ? Dans la boîte aux lettres, je trouve de temps en temps des cartes postales de Chine qui ne disent rien, trois mots banals, trois mots vides ; je les jette immédiatement. Maman est en Italie, elle a oublié. Marie m'enverra un livre, comme d'habitude. Et Anne me téléphonera peut-être ce soir, comme presque tous les soirs. « Ma Lili, comment vas-tu, je pense à toi tu sais, tiens le coup, il reviendra ton

Théo. » Elle est gentille, Anne, elle se fait du souci pour moi. La mort de Papa ne changera rien : il oubliait toujours nos anniversaires. Le seul dont il se souvenait, c'était celui de sa grand-mère. Il disait : « Pauvre Charlotte, elle est née le 15 août, jour de la Vierge. » Une fois, je lui ai demandé pourquoi il ne trouvait pas ça bien d'être née le jour de la Vierge, mais il m'a laissée avec mes questions. Il s'est contenté de hausser les épaules, comme il le faisait souvent.

Une année de plus me tombe dessus. Quarante-sept ans de… de quoi, je ne sais pas trop, mais j'ai envie de dire des mots comme ennui, monotonie, platitude. Le psy m'a fait beaucoup parler à la clinique, il m'a interrogée sur ma vie, mon enfance, Qu'est-ce que vous auriez voulu faire quand vous aviez dix-huit ans ? C'est drôle, je ne m'étais jamais posé cette question ; je ne savais pas quoi répondre, je suis restée un bon moment à réfléchir. Je crois que je ne voulais rien faire de particulier. Tout ce que je voyais autour de moi ne me disait rien. La vie de Maman, celle d'Anne, celle de Marie, celle de Papa encore moins. Leurs vies me paraissaient inintéressantes, étriquées, banales, mais je n'avais pas d'autres idées. Alors, autant laisser aller les évènements, qu'on choisisse pour moi, c'était plus simple. Finalement, je lui ai dit un truc fou, presque par défi, pour qu'il ne voie pas ce vide que je sentais en moi, et qui me gênait. Je ne sais pas où je suis allée chercher ça. « J'aurais voulu être Christophe Colomb. »

Il m'a aussi demandé pourquoi j'avais épousé Pierre, et là, je lui ai répondu sans hésiter, « parce qu'il avait les ongles noirs ». Le psy m'a regardée d'un drôle d'air, cette fois c'était lui qui ne savait pas quoi répondre. Je lui ai expliqué que Pierre était le contraire de mon père ; il avait les ongles sales, il jurait à tout bout de champ, fort, très fort, et il disait, tout simplement, ce qu'il pensait vraiment, même si c'étaient des énormités.

« Pierre était mon antidote, mon contrepoison, je trouvais ça confortable. » Là, le psy a eu l'air d'être intéressé. Il m'a demandé de préciser, j'ai dit, ça me libérait des méandres de Papa, de ses manipulations, de son hypocrisie quand il essayait de se cacher derrière ses bigoteries. Ça me libérait aussi de son côté obsessionnel, du temps qu'il passait à se frotter les ongles, avec la brosse, tous les matins, pendant un quart d'heure. Je ne pouvais pas supporter quand il s'entêtait sur des arguments, quand il m'engloutissait dans ses raisonnements en tortillant sa barbe, même s'il avait tort et qu'il le savait, juste pour affirmer son autorité sur moi. Je lui ai raconté comment j'essayais de lutter ; je sentais la duperie, et à douze ans on a besoin de vrais repères. Je sortais de mes discussions avec lui épuisée, écrasée, presque KO. Même si tout avait été dit sans élever la voix ni prononcer un mot grossier.

Pierre, lui, au moins, il ne cherchait pas à me démonter, il ne me voyait même pas. « Déjà tout jeune, il avançait dans la vie comme au volant d'un bulldozer. » Ça a fait rire le psy, alors j'ai rajouté, « Vous savez, en vieillissant, il a changé le bulldozer pour les Formules 1, mais c'est le même principe : ça passe ou ça casse, tant pis pour les choses fragiles ». Le psy a repris son air sérieux et il m'a répondu : « Vous savez, vous n'êtes pas une chose fragile. » C'est bête, mais j'ai bien aimé qu'il me dise ça.

Après on a parlé du divorce, de la vie avec Maman et Gustave. Maman m'anesthésiait dans sa légèreté, Gustave ne prenait pas la place du père. Avec eux, c'était doux, joyeux, insouciant, je papillonnais, mais je n'ai rien résolu, la preuve, il m'a fallu quand même sombrer dans les ongles noirs.

Je n'ai pas attendu qu'il me donne son avis, j'ai dit au psy : « Je le sais, je n'avais rien compris à la vie à deux, on n'épouse pas quelqu'un pour se guérir de quelqu'un d'autre, le mariage, ce n'est pas une cure de désintoxication. » Je l'ai réalisé assez vite, mais je n'ai pas eu le courage de m'avouer que je m'étais trompée ; alors je me suis mise en roue libre. Je n'avais plus qu'une chose à faire, laisser filer, les jours, les évènements, mes rêves, mes envies de grandes choses, mes envies d'être quelqu'un d'intéressant. Je m'étais dit : il faut laisser les cactus dans le placard, pas la peine de remuer tout ce qui fait mal, à quoi bon.

Ce jour-là, le psy a eu l'air très content de moi.

Oui, j'ai parlé de moi comme je ne l'avais jamais fait. C'est peut-être pour ça qu'aujourd'hui, j'ai eu le culot de prendre cette voiture dans le garage.

Je n'ai rien fait de ma vie. À part Théo, mon miracle, arrivé comme une bouée de sauvetage. Le dieu de Papa avait-il eu pitié de moi ?

Mais Théo est grand maintenant et il est loin. Maintenant, je sais qu'il ne reviendra jamais vivre avec moi. Sans lui, je ne suis que la femme de Pierre. C'est-à-dire rien.

Quarante-sept ans !

Saint-Laurent s'éloigne derrière moi, la ville, les autoroutes, la foule, toute cette agitation qui me fatigue. Enfin un peu de calme, mais j'entends encore le brouhaha de la côte, un bourdonnement sourd, continu. La route attaque la pente et monte en lacets. Je roule vers l'arrière-pays, le vent dans la figure.

L'idée me vient, là, dans le virage, de lancer la voiture à toute vitesse, de mettre les gaz à fond. J'irais tout droit, je quitterais la route, je resterais un moment suspendue dans les airs, et puis, hop, je dévalerais la pente en faisant d'énormes bonds… Un superbe crash, un immense plongeon. Au moins, quelque chose de bien. Une *belle* fin. Au lieu de ça, je roule très lentement, même si je connais cette route par cœur. C'est ma préférée. Je venais souvent par là avec Théo. Cette route s'enfonce loin dans les terres arides, austères, nues, là où tout est immobile sous le soleil de plomb. Univers de pierre et d'herbes rases, desséchées par le soleil, pur de toute trace humaine. L'homme, ça abîme tout. Il n'y a que la nature qui soit vraiment, complètement, belle.

Ici, c'est le seul endroit de la région où on trouve la paix. Nice, la côte, pas la peine d'y penser, ça grouille comme des fourmis autour d'une poubelle, il n'y a plus aucun endroit sauvage. Béton, frites et plages aménagées. Je déteste.

Mon coin à moi est tout là-haut sur la colline, on y monte par un petit sentier de terre vers une ancienne bergerie en ruine. Il ne reste que les quatre pans de murs, le toit est défoncé depuis des années par deux figuiers sauvages qui se sont installés à l'intérieur. Dès qu'il fait chaud, ils se dilatent, leur parfum rend l'air plus épais autour d'eux. Je m'approche et je sens leur odeur, l'odeur des figues séchées au soleil à leurs pieds. C'est comme s'ils me parlaient, voulaient me séduire, je me laisse faire, je me laisse envelopper par leur douceur sucrée. Personne pour me déranger, aucun compte à rendre. Ici, c'est *moi* qui oublie tout le monde.

Mon banc de pierre est là, il m'attend tranquillement, devant l'entrée, juste à côté du vieil olivier qui rafraîchit un peu la terrasse de son ombre maigrichonne. J'ai dérangé une petite chèvre. Elle bondit hors de la maison, enfin de ce qu'il en reste. Pauvre petite, qu'est-ce qu'elle fait là ? Elle a dû se perdre. La voilà tout affolée, qui se prend les sabots dans une racine, trébuche, complètement paniquée. Tout d'un coup, je me sens forte, presque solide à côté d'elle. Pourtant, il n'y a vraiment pas de quoi.

La petite chèvre file tout droit, vers le bleu, à l'horizon.

La mer.

Bleu intense, immuable. De loin, comme ça, elle a l'air d'un calme imperturbable. Toujours la même depuis des siècles. Notre immense mémoire à tous. J'imagine les grands navires quittant Nice les cales vides pour faire fortune à l'autre bout de la terre, je vois leurs trois mâts hisser leurs voiles, le vent s'engouffrer dedans. Je m'invite avec eux, m'installe à l'avant pour mieux sentir la mer, et je laisse tout derrière moi, sans regret.

Ne jamais revenir. Théo ne reviendra pas, je le sais bien. Comment aurait-il pu rester. Pierre me disait, « Surveille-le ton fils, plutôt que de le protéger tout le temps, tu n'as que ça à faire ». Elle est arrivée au bon moment, Li la petite Chinoise. *Ton copain Jeff me l'a dit quand il est venu me voir pour m'expliquer, « Il faut qu'il se fasse oublier, Théo, vous comprenez, madame, il faut qu'il parte le plus vite possible, et puis Li, c'est une fille bien, elle ne touche pas à tout ça, elle ».*

Elle.

« Prenez de la distance. » Oui, je vais essayer. Je suis là, sur mon banc de pierre, je regarde la mer, je suis accoudée au bastingage, je pars vers l'inconnu avec l'équipage, c'est ma première sortie en mer. Je suis loin de Saint-Laurent, loin de tout.

Tu vois, Théo, ce qui m'a fait vraiment mal, c'est quand tu m'as dit, « Je pars, je n'ai plus que ça à faire, tu ne peux rien pour moi ». Oui, quand tu m'as dit, « Tu ne peux rien pour moi ».

C'était nouveau, avant, je pouvais tout pour toi.

Ton regard était dur quand tu m'as dit ça. Tu m'en voulais, c'était la première fois que tu étais dur avec moi. Jusque-là, on jouait toi et moi. Déjà tout petit, tu tirais des taffes de ma cigarette, c'était notre jeu à tous les deux. Toi tu savais bien que c'était interdit aux enfants, mais avec moi, on pouvait tout faire. Les enfants ont besoin de limites, disait le psy. *Avec moi, tu n'avais pas de limite. Après, quand tu as grandi, on a continué comme ça, à jouer avec l'interdit. Tu te souviens, ta période rhum-chocolat, tu adorais ça, tu n'avais pas quinze ans. Le soir, tous les deux devant la télé, un carré de chocolat, une goutte de rhum, un carré de chocolat, une goutte de rhum, un carré de chocolat, une goutte de rhum... Et moi je ne t'arrêtais jamais.*

Et puis, ensuite, tu as cherché à aller un cran plus loin. Tu as rapporté des choses à fumer. Essaie, tu me disais, essaie, c'est super. Tu me racontais toutes tes folies et moi j'admirais l'énergie que tu puisais en toi pour te frotter à l'impossible. Mais je ne savais pas tout, je ne savais pas les risques que tu prenais. J'ai bien su que tu avais passé quelques nuits au poste, je suis même allée te chercher, heureusement, ton père n'avait été au courant de rien, sinon, ça aurait été la catastrophe. « Attention, madame, votre fils, vous avez intérêt à lui faire comprendre qu'il doit se calmer. Ça va pour cette fois encore, mais je vous préviens, attention, je ne laisserai pas faire. » Et bien sûr, tu n'as rien écouté, ta jeunesse a filé à une vitesse folle, et un jour, tu m'as dit, « Voilà, Maman, il faut que je parte. Que je parte vite, ne me demande rien, je me marie, tu vois c'est Li, Li je l'aime, tu ne peux pas comprendre. »

Non, Théo, je n'ai rien compris.

Marie

Paris, octobre

Alex est parti très tôt ce matin. Ce n'est pas du tout dans ses habitudes.

Il n'était déjà plus là quand je me suis réveillée. Le petit déjeuner m'attendait dans la cuisine avec un mot sur ma tasse : « Je reviens. »

Quand quelque chose ne va pas, Alex n'explose pas, ne fait pas de grands discours, ne se retire pas dans un bouquin : il marche. Des heures. Il arpente Paris et essaie de dissoudre ses anxiétés en marchant vite et à grands pas pour se retrouver. Il aura certainement enfilé sa vieille veste de daim qu'il traîne depuis ses vingt ans. Sa veste fétiche qui le rassure, parce qu'elle passe les époques sans faillir et qu'elle lui fait oublier les marques de son âge, qu'il n'aime pas : le gris dans ses cheveux, la légère inclinaison de sa nuque et les taches brunes sur ses mains magnifiques. Une chance pour lui, il fait encore très beau.

Quel silence. Dès qu'Alex n'est pas là, notre maison est muette, sans vie, elle si gaie d'habitude avec ses cascades de gammes. Les partitions répétées tous les jours sont sa respiration : sans le travail d'Alex au piano, elle devient froide, comme morte.

Pour secouer cette inertie désagréable, je n'ai rien trouvé de mieux que d'ouvrir la porte sur la terrasse pour faire entrer l'animation de la rue. Piètre compensation. Heureusement, la profusion des plantes, leur exubérance naturelle, ce petit coin de nature reconstituée en pleine ville, me réconforte. Je compose un petit bouquet dans mes plates-bandes que je dépose sur le piano d'Alex. Son Bösendorfer et lui ne font qu'un.

Le festival Chopin, c'est le grand rendez-vous d'Alex en février. Il y aura beaucoup de monde, la télévision en direct, la presse, et tous les critiques qui font et défont une réputation. Alex doit donner le meilleur de lui-même. Il jouera dès l'ouverture. Mais, on le sait très bien tous les deux, Chopin lui donne du fil à retordre depuis toujours alors qu'il est tout de suite à l'aise avec Beethoven.

Pour s'en imprégner, il ne joue plus que Chopin ; j'entends les *Nocturnes* du matin au soir. Mais Alex n'est jamais content de lui : « Non, là, ça ne va pas du tout. Dans ce passage, ce qu'il faut, c'est de la légèreté. De la mousse vaporeuse, de la fine dentelle, de l'organdi… De la transparence ! Mais en même temps, une tension, à fleur de peau. Les deux en même temps, tu comprends ? »

C'est difficile à vivre, évidemment. Mais je l'envie. Je ne peux pas m'empêcher de penser à la chance qu'il a de pouvoir accéder à cette dimension fabuleuse qu'est l'Art. Que peut-on faire de mieux au monde que de créer du Beau ? Le seul domaine où le divin est visible, disait Malraux. S'élever au-dessus de soi-même. Moi, je ne suis qu'un médiateur, je ne sais rien faire d'autre que de mettre en valeur la création des autres. Je fais un métier d'intermédiaire, avec ses effets de séduction pour aboutir au transfert d'un porte-monnaie à un autre.

Alex, lui, ne triche jamais. Quand il joue, il donne tout de lui, il se met à nu ; cela n'a pas de prix. Mais c'est vulnérable, très vulnérable.

Anne aussi est vraiment douée. Son buste de femme nue, tête en arrière, relevant ses cheveux avec ses mains ouvertes derrière la nuque est une merveille. Quelle délicatesse dans les doigts légèrement écartés, quelle grâce juvénile. Je l'ai fait monter sur une colonne de marbre. Personne ne passe indifférent à côté d'elle.

À part chez moi, et un peu chez Maman, ses sculptures ne sont exposées nulle part. Mais on dirait qu'elle s'en moque, Anne ne fait rien pour se faire connaître. Elle est née avec son talent et depuis toute petite, elle s'en accommode comme elle peut. Vivre loin de l'agitation du commerce de l'Art, retirée dans son coin de Bretagne, c'est son choix… ou plutôt son obligation : « Je n'y peux rien, il n'y a que là que je sculpte vraiment comme je veux », me dit-elle toujours. « Et puis, de toute façon, je serais bien incapable de respirer en ville. »

Oui, je les envie, tous les deux. J'envie leur détermination, leur aptitude à n'agir qu'en fonction de leurs intuitions ; seulement ce besoin vital de s'exprimer, quoi qu'il advienne. Des êtres qui ont, en eux, beaucoup plus que tous les autres.

Je ne suis que libraire, il faut bien que je m'y fasse, je me suis déjà assez battue pour en arriver là. Au départ, c'était seulement pour Alex ; pour qu'il puisse vivre dans son monde, protégé, pour qu'il garde intact son talent, qu'il ne s'occupe pas des questions financières. J'étais sûre qu'il réussirait. Je lui avais promis dès le début : « Un jour, tu seras un grand pianiste, tu verras. Moi, je me débrouillerai toujours pour nous faire vivre. » J'ai tenu ma promesse. À certaines époques il m'a vraiment fallu tenir bon. Ce fut parfois au prix de certaines combines… pas toujours très estimables. Mais personne ne le sait, et je ne regrette rien. Et c'est loin, tout ça, maintenant. Depuis, j'ai fait quelques très bonnes affaires et ma librairie tourne rond. Je gagne ma vie, plutôt bien même ; mais je ne m'en vante pas, il faut savoir être discret dans ce métier. La fibre commerciale, comme on dit. Je tiens peut-être ça de Père. Lui, la menuiserie ; moi les livres.

Père et moi.

Tout s'est joué entre nous sur un regard : celui qu'il m'a lancé quand je suis arrivée dans le bureau enfumé du juge. Un regard de désarroi, mais chargé de cette fierté arrogante qu'il affichait la plupart du temps. J'ai senti en lui l'animal traqué prêt à se saborder si ça tournait mal, je le croyais capable de tout. Ce regard me faisait porter la responsabilité de ce que j'allais répondre. Alors quand le juge m'a demandé : « Eh bien, dites-moi, que s'est-il passé, ce soir-là ? », lâchement, j'ai répondu que je n'avais rien vu, j'étais arrivée après ; non, mon père n'était pas un homme violent du tout, plutôt posé, même, en général.

C'était la première fois de ma vie que mon père avait besoin de moi, ou tout au moins je le supposais. Je ne pouvais pas refuser cette chance. Dans ce moment extrême, il m'était donné d'exister, d'être reconnue. Je n'ai pas hésité une seconde, quel qu'en soit le prix.

Après, j'ai dû vivre avec cette réponse. J'avais trahi ma mère, mes sœurs, tout cela pour protéger celui qui ne m'adressa pas le moindre signe de reconnaissance.

Ensuite, il m'a fallu assumer. Quand il s'est retrouvé tout seul, moi j'étais la seule qui ne lui avait pas tourné le dos. Les rôles se sont inversés, c'est moi qui me suis mise à veiller sur lui. Que serait-il devenu si je n'avais pas été là pour le soutenir pendant les mois qui ont suivi le départ de Maman ? Père était complètement anéanti, il n'admettait pas d'avoir été lâché par une femme. Je l'ai aidé à tenir bon, mais pourquoi ? Je ne le sais toujours pas. C'est ce regard chez le juge qui avait tout enclenché. J'allais chaque semaine éponger chez lui ses monologues narcissiques, mais lui ne s'intéressait pas le moins du monde à ma vie, nous ne parlions jamais de moi. Sauf une fois, une seule et ultime fois. Pour en arriver à cette scène abominable…

Père. Oui, moi, je dis « Père » quand je parle de lui, bien que ce soit très rare. Mes sœurs continuent à l'appeler Papa, mais pour moi, non, c'est trop intime. Père, c'est déjà beaucoup, je pourrais même dire M. Vautrin, ce serait mieux.

La page aurait dû être définitivement tournée… Mais maintenant, il y a ce Gabriel. Un *garçon*, ce n'est pas un hasard, j'en suis sûre. Dans une famille comme celle de Père, les filles n'ont aucun intérêt. Pauvre Maman ! Elle n'a jamais *réussi* à faire un fils. Et pourtant, ce n'est pas faute d'avoir brûlé des cierges à l'église pendant ses grossesses. Je la vois trop bien, jeune mère honteuse, tête basse devant son mari et son beau-père dédaigneux, qui ne cherchaient même pas à cacher leur déception. « Ah… Une fille… encore… » Sûr, si on était nées en Chine, on serait toutes enterrées derrière la maison. Anne, Lise et moi… Trois petits tas d'os.

Que vient faire le fils d'une traductrice de cette qualité dans un univers aussi fruste que celui de Père ? J'ai posté ma lettre, je verrai bien si elle me répond. Puisque j'ai reçu en héritage les murs de ces boutiques, et ce garçon, les fonds de commerce, on devra se concerter : à lui l'activité, à moi l'immobilier. Autant prendre les devants. Je vais devoir éclaircir tout ça, mais connaissant Père, je parie que ce ne sera pas une partie de plaisir. J'imagine l'état des dossiers qui vont me tomber dessus et je m'attends à tout. Ce n'est pas le genre de Père, de laisser les choses nettes.

Je n'ai toujours rien dit à Alex, j'espère que Sarah a tenu sa promesse. Aucune envie d'ouvrir à nouveau la discussion sur le sujet, ce n'est vraiment pas le moment, Alex est trop à vif… À l'époque, il m'avait déjà reproché de m'en faire pour « cet égoïste qui n'a jamais levé le petit doigt pour toi ». Alors je reporte de jour en jour le moment de lui en parler, ce n'est vraiment pas la peine de le replonger dans toute cette histoire.

Je pense, je pense… Et le temps passe ! Voilà dix minutes que je suis debout devant mon armoire ouverte, à ressasser tout ça. Devant *mes* armoires, je devrais dire, Alex me taquine assez avec mes armoires. « Mais, chérie, que fais-tu de tous ces vêtements ? N'en as-tu jamais assez ? » Non. Ces étagères remplies sont ma palette intime, j'y trouve toujours quelque chose à rajouter pour rendre encore plus subtile ma composition. M'habiller est le moment important de ma journée : je réalise une œuvre éphémère et futile, jusque dans les moindres détails, pour mon plaisir.

Que mettre aujourd'hui ? D'habitude, tout coule de source. En me réveillant, je sais dans quelle couleur je vais vivre ma journée. J'harmonise mon âme et mes vêtements. J'ai des jours perroquets et des jours gris, pastels ou géométriques, stricts ou osés. Plus mon être intérieur et mon apparence correspondent, plus mon assemblage est réussi, mieux je me sens.

Mais ce matin, je n'arrive pas à me décider. Rien ne va. Rien, de mes dizaines de tenues, et des centaines de combinaisons possibles, rien n'est en écho avec mon humeur. Tout de même, il faut que je me décide. J'aurais bien choisi mon gilet en mohair rouge, mais je l'ai donné à Lise, elle avait froid, et rien à se mettre, comme d'habitude. Allez, va pour mon petit ensemble Issey Miyake noir et chocolat. Et mon collier de bois d'ébène africain. Parfait. Un coup d'œil dans la glace. « Miroir, qu'en dis-tu ? » Le miroir me dit que je suis une vraie Bobo. J'assume. C'est ma tenue de travail. Elle me rassure et impressionne mes clients. Je me sens plus forte, c'est l'essentiel, après tout. Parce qu'avec certains acquéreurs, il est important d'être sûre de soi.

Et j'ai rendez-vous avec un gros client, tout à l'heure…

Lise

Saint-Laurent, octobre

Chez moi, au-dessus du garage de Pierre, c'est laid. Pierre l'a voulu comme ça, ici tout est fonctionnel. Fonctionnel, c'est son grand mot. Du moment que c'est fonctionnel, il n'y a rien à redire. Je n'ai même pas essayé de rendre tout ça moins laid depuis toutes ces années. C'est comme pour ma vie, j'ai laissé faire.

De chez moi, par les fenêtres, on voit la cour du garage et les voitures, des pneus entassés et des bidons rouillés, toutes les fenêtres donnent sur le garage. Toutes sauf une… là-haut. C'était notre planque à nous, Théo et moi. Dans un coin de sa chambre il y a une trappe au plafond, et par cette trappe on grimpe avec une échelle dans les combles qui courent tout le long de la maison. Théo en avait fait sa tanière, et je l'avais aidé à s'installer. On avait récupéré plein de vieux tapis, un grand matelas et un hamac. Du côté de la lucarne qui donne sur les collines, les pins et le soleil, il a fait son *coin Marrakech,* comme il disait ; les tapis recouvrent tout, ils tapissent les pans inclinés du toit, le sol, et couvrent aussi le matelas qu'on voit à peine sous une avalanche de coussins. Et bien sûr, la télé et tout son équipement sophistiqué. Théo ne m'avait pas dit comment il les avait eus et je ne lui ai jamais demandé d'explication.

Dans le fond, il avait monté une grande bibliothèque faite de planches et de briques de chantiers, pour ranger l'incroyable quantité de cassettes, DVD et autres, qu'il rapportait comme des trésors ; tous des dessins animés, Théo en était fou.

À l'autre bout du grenier, son *coin labo*. J'ai tout laissé en plan, depuis son départ. Les bacs sont encore là. Son bazar est intact, les films, les photos en désordre, celles qui sèchent sur un fil, des photos de moi épinglées partout. L'appareil que je lui avais donné, un vieux Leica cadeau de Papa, Théo ne l'a pas emporté, il est là, il pend par son cordon à un clou, orphelin.

Quand Pierre travaillait dans l'atelier, ou bien quand il était sorti pour aller s'entraîner sur les circuits de courses de voiture, Théo et moi, on montait là-haut ; on y restait des heures, on était bien, on laissait aller le temps, on laissait aller nos rêves, Théo affalé dans ses coussins devant ses dessins animés et moi lovée dans le hamac, parce que de là, je voyais la colline.

Théo avait arrangé un système qui sonnait quand Pierre ouvrait la porte de l'appartement, et là, on avait pris l'habitude, on descendait à toute allure dans la chambre de Théo, le temps que Pierre arrive jusqu'à nous, lui était à son ordinateur, et moi assise sur son lit avec un journal. « Tu vas bien Papa, tu vois je fais mes devoirs. »

Hier, Théo me manquait trop, alors je suis montée là-haut, j'ai allumé une cigarette, je me suis allongée sur le matelas et j'ai mis un dessin animé. Le matelas, ce n'était pas ma place, c'était la sienne. J'ai commencé par des petites goulées de whisky, directement à la bouteille, pour me donner des forces en attendant que la soirée arrive. L'après-midi devant moi était un grand trou blanc, rien à quoi me raccrocher, il faisait gris, horriblement gris, impossible de faire avancer le temps, on aurait dit qu'il patinait sur place. L'angoisse montait, je devais la faire reculer absolument, la tenir à distance, la dompter comme un fauve. Hop, la bouteille, une rasade et je retournais sur le matelas. Le temps collait de plus en plus, je me suis rendu compte que j'avais descendu plus de la moitié de la bouteille. Je ne savais plus l'heure qu'il était, j'étais obsédée par l'idée qu'il fallait absolument que je descende : si Pierre montait, il casserait tout. Je ne sais pas comment j'ai fait pour ne pas tomber de l'échelle, j'ai réussi à fermer la trappe, j'ai reposé l'échelle contre le mur et là, j'ai perdu l'équilibre et je n'ai pas pu me remettre debout, tout tournait, un vertige terrible, incapable de bouger, je suis restée comme j'étais, affalée par terre, j'ai dû m'endormir.

Réveillée par des coups de pied dans le dos. Pierre a fini par me soulever par un bras, il m'a giflée de toutes ses forces et m'a jetée sur le lit de Théo. J'ai entendu la porte claquer, je ne sais pas où il est parti, je ne l'ai pas revu depuis. C'était la première fois que je ne pouvais pas me relever, jusque-là je m'en sortais à peu près, je m'endormais le soir devant la télé – celle de Pierre, pas la nôtre –, je m'endormais l'air de rien.

*
* *

Ce matin, j'ai l'œil tout gonflé et la joue bleue, j'ai dit au facteur que j'avais reçu un haut d'armoire sur la figure. Une main de fer me tord les reins, je dois sûrement avoir un hématome.

Pierre a pris sa moto, elle n'est plus dans la cour. Quand il est énervé, il la pousse à fond et il se venge sur elle, il fait ça de plus en plus souvent. Même Théo était inquiet, quand il voyait son père claquer la porte et sauter sur sa machine.

Avec la douleur, une bouffée de honte monte en moi. Je devrais réagir, mais je sais d'avance que je n'en aurai pas la force. Je suis de plus en plus prise dans un piège, un piège indolore, feutré, incapable de résister. Une voix perfide me murmure que c'est mon châtiment, ma punition parce que je ne suis pas comme je devrais être, la bonne petite femme comme il faut. Je suis un poids, un boulet que Pierre supporte. Même Théo, il est parti le plus loin possible de moi.

J'ai honte, je suis en colère, mais je n'arrive pas à me rebeller. Pierre m'a giflée, hier, il m'a donné des coups de pied. Brutal et grossier, comme avec un chien qui l'aurait énervé. Il m'a montré tout le mépris qu'il a pour moi, et moi je ne réagis pas et je suis encore là ce matin, à me ronger les sangs et à me sentir mal.

Si je n'avais pas peur que Maman devine ce que je n'ai pas envie de lui dire – elle devine *tout*, Maman –, j'irais me réfugier dans son monde à elle... En cinq minutes je serais à Nice et je pourrais dissoudre mon angoisse dans sa gaieté. Elle me dirait, « Allez, viens, ma petite Lise, on va faire un tour en ville ».

Maman... Je l'ai vue, moi, cette horrible nuit. Cette nuit qui a bouleversé mon enfance. J'avais à peine onze ans et je me souviens de tout. Elle était terrée sur le fauteuil de leur chambre, et Papa lui tapait la tête avec une ceinture de cuir. Clac, clac, il fouettait ses joues, son crâne, son nez, ses épaules aussi. Maman sanglotait, elle se protégeait avec son bras comme elle pouvait, elle le suppliait d'arrêter. Dès qu'elle ouvrait la bouche, il redoublait de rage et tapait encore plus fort. Moi, j'étais dans ma chambre, juste à côté, l'œil collé contre la serrure, terrorisée. Je n'osais pas sortir, j'avais tellement peur que je n'avais plus de voix pour appeler. Marie est sortie comme une furie de sa chambre, « Qu'est-ce que tu fais, Papa, tu es devenu fou, arrête, arrête »… Elle tirait sur sa manche. Le nez de Maman s'est mis à saigner, sa bouche aussi, et là, Papa a reculé. Il a jeté la ceinture et il est parti.

Maman est restée un moment sans bouger, les yeux ouverts. Anne est arrivée elle aussi, elle s'est mise à crier, « Maman est morte, Maman est morte », alors Marie a couru au téléphone, elle a appelé la police, « Vite, vite, venez vite, notre mère va très mal ». La Police est venue, puis une ambulance, et Maman est partie avec eux.

Marie m'a couchée, elle m'a dit : « Pauvre puce, endors-toi, c'est fini maintenant. » Je me suis mise en boule dans mon lit, je tremblais, incapable de dormir. Au bout d'un moment, je suis allée dans la chambre de Marie et j'ai tellement trépigné qu'elle m'a mise toute habillée sous la douche froide. J'ai pleuré sans m'arrêter, je voulais voir Maman.

Il commençait à faire jour, Marie a dit, « Bon, on y va, d'accord on va aller voir où est Maman ». Je crois qu'elle aussi, elle avait envie de savoir. Elle a réveillé Anne, « Habille-toi, on y va ». Et on est parties toutes les trois, trois bouts de bonnes femmes au petit matin dans Paris vide, Marie avait pris les choses en main. À l'hôpital, je l'ai aperçue dans un lit, endormie. « Tu vois bien, qu'elle est là, maman, elle se repose, c'est tout », m'a dit Marie. Je n'ai pas voulu partir de l'hôpital. Je voulais attendre qu'elle se réveille. Je m'accrochais aux portes, je recommençais à hurler. On m'a installée dans la salle d'attente, et je me suis endormie. Au réveil, j'étais dans un lit à côté de Maman, tout près d'elle,

elle me tenait la main. « Ne t'inquiète pas, chérie, tout va bien… » Maman aussi, elle avait plein de bleus sur la figure.

Oui Maman, toi et moi, on sait ce que c'est, un homme fou de colère. Toi et moi, on ne sait pas se défendre. Mais toi, c'est Gustave qui t'a sauvée en te volant à Papa. Ton sauveur, tu l'appelles. Tu as eu de la chance, petite Maman, tu es bien, maintenant, si bien.

Qui me sauvera, moi ?

Anne

Port-Manech, novembre

J'ai décidé de retrouver Clara.

Clara, c'est mon amie. Et en plus, son mari est architecte…

Perdue de vue depuis des lustres, mon amie d'enfance : je dois même dire que je l'ai complètement laissée tomber. Quand elle s'est mariée, je lui ai tourné le dos. Je n'ai plus répondu à ses lettres ; la famille, les enfants, le mari, son destin de petite bourgeoise… Non, la vie dont elle rêvait m'ennuyait. Et puis, j'ai eu d'autres choses à faire, c'est tout. Moi, c'était la sculpture qui me faisait rêver.

Je n'ai même pas l'excuse de l'éloignement. Clara avait quitté Paris et s'était installée ici, dans la région, bien avant moi, pour suivre son Breton de mari ; elle aurait pu tomber plus mal, c'est mignon, Pont-Aven.

Je me suis dit qu'elle y était peut-être encore, après ce paquet d'années. Elle est du genre stable, Clara, ce n'est pas comme moi. Rien n'a dû changer dans sa vie, de grosses racines lui ont certainement poussé sous les pieds.

Elle a fait plusieurs tentatives pour me retrouver ; il y a une dizaine d'années, j'avais reçu une lettre chez Maman, elle me racontait sa vie avec son mari architecte. Mais je n'ai pas répondu. Je m'en veux, aujourd'hui, c'est idiot d'être aussi peu fidèle. C'était *mon* amie, ma grande amie d'enfance, ce n'est pas rien, une amie d'enfance. Comment ai-je pu laisser filer une telle chance, gâcher toutes ces années ? Ses enfants (elle en a sûrement trois ou quatre) doivent être plus âgés que nous, quand on était inséparables.

Il a fallu que je retrouve son adresse. J'ai regardé sur les pages jaunes : Pont-Aven, *Architecte*. Son nom, je m'en souviens parfaitement : Le Gouil, comme Gueule. Je disais à Clara « Ah, Ah…, tu sors avec Belle Goueul', ce soir ? »… ça la mettait dans des rages folles ! Mais alors, son prénom, impossible de m'en souvenir, je l'avais complètement oublié. Pas un architecte de ce nom à Pont-Aven. Mais dans les pages blanches, qu'est-ce qu'il y en avait, des Le Gouil ! À croire que toute la famille s'est groupée là-bas.

Finalement, je suis tombée sur quelqu'un qui connaissait une Clara Le Gouil, la femme de Loïc Le Gouil (*oui !* Loïc, c'est ça !). C'était son cousin. Ils habitent à Quimper.

*
* *

Et voilà.

Nous avons rendez-vous ce soir pour dîner dans la Ville Close à Concarneau. En tête à tête. Elle avait l'air émue au téléphone, très émue, même. Dire qu'on ne s'est pas revues depuis nos seize ans. Ça n'arrive pas tous les jours, ce genre de situations.

La nuit est claire et la lune se lève au-dessus de la « petite cité médiévale entourée d'eau » comme disent les guides, c'est très romantique. Magnifiques, les illuminations sur les murs d'enceinte... On dirait un énorme navire en pierres d'or rattaché au quai par une passerelle. J'entends l'eau noire du port clapoter aux pieds de la muraille.

Allez, une petite pause, sur ce banc, juste devant le pont-levis qui relie la Ville Close au quai, ce sera parfait. J'ai marché trop vite, je souffle un peu. Et puis il me la faut, cette pause, et pas seulement physiquement. J'ai une petite appréhension à l'idée de retrouver Clara, je me sens assez mal à l'aise.

Avec le recul, je n'ai vraiment pas de quoi me sentir fière de moi. Les enfants sont cruels quelquefois, je savais à quel point elle m'aimait et j'en jouais. J'ai même été souvent très dure. Et puis, après, quand on a grandi... Elle était encore à l'école quand elle est tombée folle amoureuse de son Loïc. Et moi, je l'ai dragué sans qu'elle s'en aperçoive, je ne voulais pas qu'elle m'échappe, il fallait absolument que je m'interpose entre eux deux.

Son Loïc, je sentais bien que ça lui pesait d'attendre jusqu'au mariage pour prendre son pied. Même s'il était sous le joug de la sévère loi de Clara et de sa famille, il aurait bien pris un petit acompte en attendant, j'en étais sûre. Oh, ce n'est pas à cause de moi si mon plan a capoté, je ne demandais que ça, moi aussi. Et il a failli marcher le fameux soir où il m'a raccompagnée du lycée jusqu'à chez moi et que je lui ai dit de monter. Mais c'est pile ce soir-là qu'il y a eu toutes ces histoires à la maison, tout a commencé à dégénérer à une vitesse dingue entre les parents, et je suis partie dans l'affolement général avec Maman et Lise. Ensuite, je l'ai oublié, le beau Loïc. J'avais seize ans et la vie s'ouvrait devant moi.

Après, je ne sais plus, je n'étais plus là pour troubler leur histoire. Est-ce qu'ils ont tenu finalement ? Ceinture jusqu'au mariage ? Ça ne m'étonnerait pas de Clara, avec tous ses principes.

Huit heures et demie, déjà ! J'ai une demi-heure de retard. Ça commence bien, je ne trouve rien de mieux que de la faire attendre, après tout ce temps. Prendre encore l'avantage sur elle… Vraiment, c'est trop minable. Allez, assez perdu de temps. Oh là là ! Je n'ai plus l'habitude de courir. Tous ces kilos à trimballer. Je n'arrive plus à reprendre mon souffle.

Ah ! Voilà Clara qui arrive ! Elle court elle aussi, elle arrive par l'autre bout du quai.

Nous voilà l'une en face de l'autre, devant le pont-levis, hors d'haleine.

Moment d'incertitude.

C'est Clara, oui, bien sûr. Même silhouette, encore menue et légère, elle. Et toujours son sourire franc, sain, ses lèvres naturellement rouges, cette impeccable petite rangée de dents nacrées. Mais est-elle encore ma Clara ? Ses beaux cheveux longs, qu'en a-t-elle fait ? Ils sont tout courts maintenant. Et surtout ils sont tous devenus blancs. Sans moi.

Je la serre dans mes bras. Son parfum. Non. Pas possible. C'est sûr, je le reconnais : *Pino Sylvestre*, celui que je lui avais offert pour ses treize ans ! Peut-on garder le même parfum toute une vie ? En bloc, tout revient, l'école, le Luxembourg, nos folies, oh oui, nos folies…

« Clara… »

Une petite gêne. Toutes ces années entre nous, ça en prend de la place.

« Désolée d'être si en retard, bredouille-t-elle, resserrant son grand châle de tricot noir autour de son cou. Tu m'attendais à l'entrée du pont ? Je n'avais pas compris ça, je croyais qu'on avait rendez-vous directement au restaurant. Il y a eu un accident sur la route, un embouteillage monstre, je n'arrivais pas à m'en sortir. Ma pauvre Anne, vraiment, je suis désolée. Tu as dû avoir froid, en m'attendant dehors. »

Je la prends par le bras et je l'entraîne.

« Pas du tout, j'ai l'habitude du grand air ! Viens, allons dîner... »

C'est elle qui a choisi le restaurant. Douillet, chandelles, carte gastronomique... Tout ce que j'aime. Je ne vais jamais dans ce genre d'endroit, évidemment, mais aujourd'hui, c'est décidé, c'est moi qui invite. Ça va coûter bonbon, mais il y a des circonstances où il faut savoir être large. Tout ce qu'il y a sur cette carte me donne l'eau à la bouche : comment choisir entre l'aumônière de crabe chutney de pignons de pin, la dorade en tartare de foie gras, le rouget pané à la cacahuète et au sésame, et le turbot rôti citron confit cumin cannelle ! Si je m'écoutais, je prendrais tout...

Clara tortille sa serviette.

« Ça me fait drôle d'être là. Tu sais, je n'en ai pas cru mes oreilles quand tu m'as appelée. J'avais fini par me dire que ça n'arriverait plus jamais. Quand tu m'as dit que tu étais tombée par hasard sur l'adresse de l'agence de Loïc, je me suis dit que la vie voulait qu'on se retrouve. Trop bête de s'être perdues de vue si longtemps.

— D'accord avec toi, Clara. Et j'en suis bien consciente, c'est entièrement de ma faute ! Ce qui s'est passé, c'est que, quand Maman a quitté Papa pour Nice, moi, je n'ai pas voulu rester avec elle et je suis tout de suite partie en Espagne. Un coup de tête. Ça me plaisait, l'Espagne, va savoir pourquoi. Et là-bas, j'ai rayé mon passé. Tout oublié. Rappelle-toi, on était juste après 68. Tout renier pour la liberté, c'était dans l'air du temps. Brûler ses amours, briser ses liens, c'était même très bien vu. Mais je n'ai aucune excuse. Quand j'y pense, quel temps perdu. Et puis, ensuite... La vie. Oui... Tout de ma faute. Complètement de ma faute.

— J'avoue que je n'ai rien compris. On était comme les deux doigts d'une main, on ne se quittait pas et tout d'un coup... plus rien. Sans prévenir. Je t'en ai beaucoup voulu, tu sais.

— Ça ne m'étonne pas. C'est normal. Et d'ailleurs moi, je ne t'aurais pas pardonnée ! Pour dire vrai, Clara, je ne sais même pas si je serais venue aujourd'hui si j'avais été à ta place. Une fois j'ai téléphoné chez toi. Je suis tombée sur un inconnu, tu avais déménagé depuis longtemps. J'avoue, je n'ai pas cherché plus loin. En vérité, la vraie raison, je crois, c'est que, quand je suis partie pour l'Espagne, j'étais très mal dans ma peau. Le divorce des parents a été horrible. Je ne supportais plus mon père, ça m'a énormément perturbée. Je lui en voulais à mort de ce qu'il avait fait subir à Maman. Il est mort il y a deux mois.

— Oh ! s'exclame Clara.

— Oui. Mais il était âgé, tu sais. On s'y attendait. Il craignait par-dessus tout de finir dans une maison de vieux. Comme il vivait seul depuis le départ de Maman... Au moins, il aura évité ça.

— Je me souviens de ta Maman, je la trouvais très belle, surtout la dernière année, avant votre déménagement. Et tellement gentille avec moi.

— Elle était resplendissante, tu veux dire ! Pour moi, c'était évident, elle avait un autre homme dans sa vie, ça se voyait, rien qu'à la regarder. Papa, lui, je crois qu'il avait compris aussi. Mais à mon avis, ce n'est pas parce qu'il avait remarqué des changements chez Maman, il se fichait pas mal d'elle et n'était presque jamais là : il partait tôt et rentrait très tard pour s'enfermer dans ses comptes ou son journal. Chacun dans leur monde, ils ne se parlaient presque pas. Non, je crois plutôt qu'il a dû surprendre Maman, un soir, parce que du jour au lendemain il est devenu ignoble avec elle. On aurait dit qu'il voulait la faire craquer par tous les moyens. Il était inadmissible qu'elle lui fasse ça, à lui.

Et pourtant, à côté de ça, je peux te dire qu'il avait sa petite vie bien à lui. Je m'en étais aperçue depuis longtemps… Mais même à toi, je n'en avais jamais parlé. Mon grand secret, je le gardais jalousement pour moi toute seule. C'était probablement une façon de me protéger. J'avais un avantage sur lui qu'il ignorait, un peu comme une arme, une grenade que je pourrais dégoupiller au cas où. Je te raconte ?

— Bien sûr ! dit Clara, qui retrouve son petit air complice et amusé, avec la même douceur dans le regard qui me séduisait tant quand nous étions gamines.

— Eh bien voilà. À dix ans, j'avais découvert son manège : je m'étais rendu compte que le mardi, il ne rentrait jamais à la maison pour dîner ; il avait toujours des bons prétextes. Maman s'en fichait pas mal, mais moi, ça m'intriguait. Une fois, je me suis cachée derrière l'abribus à côté de son bureau et je l'ai espionné. Je m'en souviens comme si c'était hier. Lui qui rentrait toujours très tard à la maison, il a quitté son bureau en pleine après-midi. Avec un paquet de gâteaux sous le bras. Mon père, acheter des gâteaux ! Ce n'était pas du tout, mais alors pas du tout son genre. Quand j'ai vu ça, j'ai trouvé la chose drôlement louche. Le mardi d'après, je me suis à nouveau planquée. Encore les gâteaux… »

Clara me regarde en souriant.

« Je l'ai surveillé pendant plusieurs semaines. Et tous les mardis, gâteaux. Il montait dans sa voiture et disparaissait avec son petit paquet. Pour moi, c'était devenu un jeu, le mardi, allons voir… Eh oui, gâteaux ! Ça a duré des années. Jusqu'à ce qu'on le quitte. Ensuite, je ne sais pas. Et ce qu'il faisait de ses gâteaux est toujours resté un mystère. Mais ce dont je suis sûre, c'est qu'il ne les mangeait pas tout seul.

— C'est fou cette histoire. Si je ne te connaissais pas, je penserais que tu te fiches de moi. Mais je te crois, évidemment. En fait, moi aussi, j'ai toujours trouvé que ton père était un homme bizarre. D'ailleurs, tu sais, Anne... Puisqu'on en parle, je peux bien te le dire aujourd'hui, je le détestais. D'abord, il avait l'air sévère, il me faisait horriblement peur ; il ne me disait jamais bonjour, comme si je n'existais pas. La seule fois où je l'ai vu gentil, c'est quand j'étais venue chez toi avec mon petit frère Marc. Il lui a ébouriffé les cheveux et lui a dit : "Ça va, mon petit bonhomme ?" J'étais vexée, je n'avais jamais eu droit à ça, moi. Au fond, il ne devait pas aimer les filles.

— Tu dis ça en riant, mais je crois que tu as raison. Moi aussi, j'ai remarqué qu'il avait une attirance pour les garçons. Qui sait, il était peut-être un peu homo. Avec lui, on peut tout supposer. C'était un grand dissimulateur, avec ses petits airs lisses. Et je peux te dire qu'il laisse un sacré bazar après sa mort. C'est tout lui, ça, je te raconterai.

Enfin, bref, c'était devenu insupportable à la maison. Ça m'a énormément soulagée quand Maman nous a emmenées, juste après une terrible scène de Papa. Lise, la pauvre, elle en a pris plein la figure, elle qui chantait tout le temps. On aurait dit un petit chat mouillé. Quant à Marie, elle est restée à Paris, elle a trouvé un job dans une librairie et elle a pris une chambre quelque part. Papa est resté tout seul. Il a eu de la chance que Marie s'occupe quand même de lui.

Moi, je n'ai pas supporté de vivre à Nice avec Lise, Maman et son Gustave. En fait, je crois que j'étais jalouse. J'avais des tas d'envies inassouvies, et elle... Sous mon nez ! Je suis partie tout l'été avec des copains à Ibiza. Une fête géante pendant deux mois... À la rentrée, pas question de revenir en France ; je me suis inscrite dans une école d'art bidon et j'ai dit à mes parents que j'avais une amie très riche qui m'hébergeait et qu'il n'y avait que les frais de l'école à payer. J'avais même fait un reportage photo pour eux, un peu truqué, je dois dire, pour qu'ils acceptent, et ça a marché. Comme ils avaient autre chose à faire que de s'occuper de moi, tout le monde était content.

Sauf que je n'ai rien fait, pendant tout le temps où je suis restée là-bas et tu vois, Clara, je le paie encore. Parce qu'on ne peut pas dire que j'ai une vie facile. Je suis sculpteur, je fais pas mal de choses. Le problème, c'est que je ne vends rien.

Mais... Je parle, je parle... Je ne parle que de moi... comme d'habitude, c'est moi la bavarde, et toi, tu te tais, tu ne peux pas en placer une ! Alors dis-moi... Et toi ? Qu'est-ce que tu es devenue, pendant toutes ces années ? »

Clara rougit légèrement. Petite, déjà, elle n'aimait pas avoir la parole.

« Oh moi... Pas très original. C'est même tout simple. Études d'archi, moi aussi. J'ai suivi Loïc ; on s'est mariés rapidement, dès qu'il a eu son diplôme. Nous avons cinq enfants.

— Cinq enfants !

— Oui ! Trois filles et deux garçons. Les deux derniers sont des jumeaux, on n'avait pas prévu. Mais comme le cabinet marchait bien, j'ai arrêté de travailler depuis la naissance des garçons. Je mène la vie bien tranquille d'une mère au foyer... Et je suis très heureuse comme ça ! Je donne des petits coups de main à Loïc de temps en temps, quand il est débordé, je lui prépare des dossiers, ses plans... Et sinon, je m'occupe de mon jardin. Tu vois, ma vie n'a rien de passionnant. Je n'ai pas des grandes choses à raconter, comme toi. Loïc sera content de te revoir, il me parle souvent de toi, tu sais. Tu viendras dîner à la maison, un soir.

— Ça va me faire drôle, après tant d'années. Mais, oui, bien sûr, je viendrai, quand tu voudras... D'ailleurs, ça tombe vraiment bien, j'aurais quelques conseils à lui demander. Tu crois qu'il pourrait m'aider, Loïc ? Avec l'héritage de Papa, je suis en train d'acheter ma maison et je voudrais transformer les granges en atelier de sculpture. Mais il faut que je me débrouille toute seule, je n'ai pas de sous pour me payer un architecte.

— Mais bien sûr, il t'aidera. Et il pourra sûrement te donner de très bonnes idées, il a fait beaucoup de chantiers de restaurations pour des maisons anciennes. Et moi aussi, je pourrais t'aider, si tu veux…

— Écoute, tu sais ce qu'on va faire ? C'est *vous* qui allez venir chez moi, comme ça, vous verrez la maison. J'adore faire la cuisine et il paraît que je me débrouille plutôt bien. Si vous êtes libres samedi, venez déjeuner à la maison et je vous préparerai un super repas. Il fera jour et vous verrez le jardin et les granges.

— Bonne idée. J'en parle à Loïc. S'il n'a rien prévu, d'accord pour samedi. Tu me montreras tes sculptures ? Tu étais déjà si douée quand tu étais petite, j'admirais tant tes dessins. D'ailleurs, j'en ai un dans ma chambre ; tu sais, celui où je suis en train de me coiffer devant la glace. Loïc le trouve très beau.

— Non, je ne vois pas. Mais tu me montreras. Quand même, dire que nous habitons à quelques kilomètres l'une de l'autre depuis des années. Quel temps perdu. Je suis si heureuse de t'avoir retrouvée…

— Moi aussi, tu sais. Tu m'as manqué, souvent. Très souvent. Et tes sœurs, qu'est-ce qu'elles deviennent ?

— Ho, elles sont très différentes de moi. Marie est une super femme d'affaires, elle a une librairie de livres anciens et elle se fait un paquet de ronds avec ça. Son mari est pianiste ; pas une star internationale, mais il est bon quand même, et sympa en plus. Elle a de la chance, Marie, d'avoir tout de suite trouvé le bon, moi, je cherche toujours. Au départ,

Papa leur a mis des bâtons dans les roues, mais maintenant tout va bien pour eux.

— Comment s'appelle t-il ?

— Steinitz

— Pas une star, tu exagères. Je le connais bien, Steinitz, j'ai des CD de lui et je le trouve excellent, très sensible.

— Ah bon, tu le connais ? En fait, la musique classique, ce n'est pas tout à fait mon truc. Moi, ce que j'aime, c'est la musique folklorique, tu sais, celle qui te fait bouger les sangs et t'empêche de rester assise, tant tu as envie de danser.

— Toujours la même, hein, Anne.

— Et toi aussi, toujours la même ! Un petit air bien sage, et derrière ça, plein d'émotions qui se bousculent, pas vrai ?

— J'aurais aimé être comme toi, capable de prendre un crayon et de faire ce que je voulais avec. C'est la même chose pour la sculpture. J'ai un peu essayé, mais c'est immonde, ce que je fais.

— Tu veux que je t'apprenne ?

— J'adorerais… Mais tu sais, je ne suis pas du tout, mais alors pas du tout douée.

— Qu'est-ce que tu en sais ? Quelques fois, il manque quelques bases pour démarrer, c'est tout. Allez, c'est décidé, tu viens chez moi et on s'y met. Quand tu veux. Moi, j'adore donner des cours. Je trouve ça formidable, de donner envie à d'autres, de les aider à trouver leur façon de s'exprimer. Comprendre qui ils sont, et les mettre sur le chemin, leur chemin. Les guider avec la technique qu'il leur faut. Avancer ensemble. J'apprends autant que mes élèves, tu sais ! C'est un vrai bonheur pour moi.

— Tu es gentille, Anne, on verra. Il faut d'abord que je me décide. Et Lise ? Elle était si mignonne, ta petite sœur, une vraie poupée avec ses adorables fossettes.

— Oh… Lise… La catastrophe. Elle nous a fait très peur, le mois dernier. Son mari était je ne sais où ; heureusement Maman s'est occupée d'elle. Dépression, clinique et tout, c'est trop triste. Sa vie est sinistre, elle n'a pas eu la chance de Marie, elle… Un mari garagiste. Elle vit coincée au milieu d'un tas de voitures pourries à Saint-Laurent, tu sais, la ville surpeuplée à côté de Nice. Elle a un fils qu'elle adore, Théo. Mais il lui en a fait voir de toutes les couleurs. Il n'a rien trouvé de mieux que de s'amouracher d'une Chinoise et de planter sa mère, sans explication, pour suivre la petite jusqu'en Chine. Il s'est même marié avec elle ! Une famille très riche, paraît-il, concessionnaire automobile, ou quelque chose comme ça. Lise n'a pas supporté. Depuis le départ de son fils, elle a perdu pied. Tu vois, elle a raté sa vie, Lise. Elle aurait dû être grand reporter, ou quelque chose de ce genre ; parcourir la planète, sac au dos… Tu te souviens, toute petite, c'était un vrai garçon manqué. Rien ne l'arrêtait, elle adorait se faire peur. Et elle regardait pendant des heures les reportages d'aventure qu'elle enregistrait à la télé. Au lieu de ça, elle tourne en rond toute la journée dans son appartement ou au milieu des carrosseries entassées dans l'entrepôt de son mari. Un homme grossier, vulgaire, les deux pieds enfoncés dans la glaise, pas la moindre once de fantaisie. Tout le contraire de Lise. Je ne sais pas comment elle peut s'en sortir. Elle est encore jolie, tu sais, elle a gardé son côté femme-enfant. Une petite femme toute fluette, coiffée avec un pétard, pas coquette pour un sou mais nature avec ses éternels jeans et tee-shirts. Elle n'aurait pas de mal à se trouver un homme, si elle voulait. Mais elle ne rit plus, Lise, ses yeux sont tout éteints. »

Lise… Tout d'un coup, elle est là, près de moi, petit bout de chou accrochée à mon bras. Elle a six ou sept ans peut-être : « Dis, Anne, tu resteras toujours avec moi, hein, tu me le promets ? Parce que moi, je t'aime beaucoup, beaucoup… » Moi aussi, je t'aime beaucoup, ma petite Lili. Et pendant que tu en baves, je suis là, bien tranquille, à papoter avec ma copine d'enfance. Tu l'aimais bien, toi aussi, ma copine Clara, tu étais la complice de tous nos plans. « Motus, Lise. Sinon… gare à toi. » On faisait le signe et le pacte était scellé.

Loin, si loin, l'image de Lise heureuse.

Marie

Paris, novembre

Enfin, la voilà.

Ce matin, devant ma porte, une épaisse lettre en kraft. Pas d'adresse au dos, je suis sûre que c'est elle. L'écriture est élégante, très féminine, bien droite, appliquée. Les *a* et les *r* sont tracés d'une manière inhabituelle, étrangère.

Je glisse la lettre dans mon sac et je file à la librairie, émue. Je vais apprendre des choses, étant donné la taille de l'enveloppe. Une chance, le jeudi matin, c'est plutôt calme, je serai tranquille.

Il tombe des cordes, la pluie dégouline à seaux sur la vitrine. Pas un chat dans la rue déserte, à part une jeune maman imprudente, tête nue et trempée, qui traverse la rue en courant derrière sa poussette. Les feuilles mortes collent au trottoir en couches épaisses, il fait froid, très sombre. On se croirait presque à la tombée de la nuit. Je ne trouve pas la clé dans mon sac et de grosses gouttes glacées se glissent dans le col de mon manteau. Une triste journée d'automne nous attend. Mais ça m'est égal. Je sais que, dès que j'aurai franchi le seuil de la librairie, je serai hors du temps : à l'intérieur, l'atmosphère y est chaleureuse toute l'année, comme dans les pubs irlandais. J'ai beaucoup travaillé l'éclairage, et plein de petits spots mettent en valeur la matière sensuelle des reliures de cuir, la chaude harmonie de bordeaux, beige, brun, miel, vert foncé, bleu sombre… Ma librairie est un monde en soi.

Voilà mon premier client. C'est mon vieil habitué au dos voûté qui me rend visite chaque semaine depuis des années. Je l'aime bien, cet homme, il a besoin des livres pour vivre, ça se voit. Comme toujours, il se faufile à petits pas au fond du magasin sans dire un mot ; il y reste un bon moment, regarde longuement les titres, en choisit quelques-uns. Une pile de livres se forme devant lui… et, finalement, il les remet soigneusement à leur place. Tous sauf un, qu'il me tend, pas très sûr de lui. Toujours de très jolis textes ; aujourd'hui il a choisi *Le Piéton de Paris*.

À la caisse, il fait le tour des poches de sa veste élimée en tweed gris ; la même veste, quelle que soit la saison, je ne lui en connais pas d'autre. Comme chaque fois, je glisse dans la pochette un livre d'occasion que je garde exprès pour lui, près du comptoir. Cette fois-ci, ce sont des poèmes d'Aragon. Un battement de paupières, discret remerciement. Ça suffit. Je sais que j'ai fait un heureux.

« Bonne lecture, monsieur. À la semaine prochaine ! Portez-vous bien. »

Je retourne à mon bureau. La lettre est devant moi. Je la déplisse, la retourne, la hume. Sent-elle quelque chose ? J'ai le nez fin, j'aime bien pêcher les odeurs. Rien de particulier, à part, peut-être, un léger parfum de vieux papier…

J'ouvre l'enveloppe. En dépliant les pages, un joli vélin gris clair, j'ai l'impression d'entrer dans un livre. Savait-elle que j'apprécierais ? Une attention à mon égard ? Le hasard ?

« Clamart, 6 novembre

Chère Marie,

Permettez-moi de vous appeler par votre prénom. C'est une vieille femme de soixante-dix-huit ans qui s'adresse à vous, je pourrais être votre mère.

Votre lettre m'a émue. Et fait du bien. Vous avez eu le courage d'établir le lien, pas moi.

Sachez que mon fils Gabriel et moi-même sommes très malheureux de la disparition de Charles. Mais aussi très troublés : nous ignorions complètement qu'il avait des enfants. Pourtant, nous nous connaissions depuis si longtemps...

Une chape de tristesse s'est abattue sur notre petite vie paisible. Mais c'est comme si cette tristesse n'avait pas le droit d'exister, comme si nous nous trouvions brutalement rejetés dans une sorte de clandestinité.

Aussi, le ton très franc de votre lettre me rend moins pénible cet état dans lequel je me sens depuis que je connais votre existence.

Vous évoquez un drame, à la suite duquel vous avez, si j'ai bien compris, rompu vos relations avec votre père. Vous me dites que vous ne voulez pas savoir, "ne pas vous immiscer dans son histoire"... Autrement dit, ce que je pourrais vous apprendre sur sa vie – que vous ne connaîtriez pas – ne vous intéresse pas. J'ai bien saisi votre souhait. Mais en même temps, vous venez vers moi pour comprendre les raisons qui ont fait de Gabriel un héritier de Charles.

Marie, vous me demandez l'impossible !

Et vous le savez bien… Comment vous parler de moi, de mon fils, sans évoquer nos relations avec votre père ?

J'en conclus qu'il s'agit de votre part d'une expression de votre discrétion à mon égard. Je vous en remercie, j'y suis sensible. Mais je ne pourrai pas ne pas vous dire certaines choses. Et pour commencer, la façon si curieuse dont je l'ai rencontré.

Il y a de nombreuses années (j'avais alors trente-quatre ans), un homme m'a appelée. Il cherchait à faire traduire un livre polonais et mon éditrice lui avait donné mes coordonnées. C'était votre père.

Votre père m'a précisé que le livre traitait de la vie alpestre dans les Carpates au siècle dernier, et je lui ai répondu que les essais ou documentaires n'étaient pas du tout ma spécialité, puisque je traduis seulement des œuvres littéraires.

Mais lorsque j'ai su que le livre apportait un tas de précisions sur les métiers du bois, abattage, menuiserie, ébénisterie, lutherie… j'ai été immédiatement intéressée. Et cela pour une raison bien simple : ma famille est d'origine polonaise, et mon père, et avant lui mon grand-père, étaient luthiers. Tout ce qui touche à la fabrication de ces instruments dans cette région me passionne depuis toujours.

Je lui ai proposé de m'envoyer le livre, mais il a refusé, au motif qu'il s'agissait d'un ouvrage de grande valeur. Quelques jours plus tard, un homme d'une cinquantaine d'années, à l'allure plutôt modeste, sonnait à ma porte. Je le revois encore : mince, nerveux, une veste en flanelle noire toute déformée, un pantalon sombre, son chapeau en feutre gris dans une main et sa mallette de cuir noir élimée dans l'autre, on aurait dit un représentant en assurances qui faisait du porte à porte.

Il s'est assis sur un bout de chaise, il avait l'air mal à son aise, sa réserve m'embarrassait. “Voilà le livre. Je vous le confie." J'ai estimé le temps qu'il me faudrait pour en faire la traduction intégrale. L'ouvrage était conséquent, et difficile. Ce serait long. Je lui ai proposé de faire des livraisons par chapitres, s'il le souhaitait ; environ tous les mois. J'ai aussi avancé un devis.

Votre père a été d'accord sur tout. Mais en fait, je me suis rapidement rendu compte qu'il me répondait sans véritablement écouter ce que je lui disais. Son regard furetait partout avec une incroyable curiosité. Il examinait en détail les objets qui se trouvaient dans mon salon, et en particulier notre menora – notre magnifique chandelier à sept branches – posé sur ma cheminée, sur laquelle ses yeux revenaient sans cesse.

Le mois suivant, la traduction du premier chapitre était prête. Rien de passionnant : la géographie détaillée des Carpates, de la Biélorussie à la Pologne, et la description des courants migratoires des populations entre ces deux régions. Quelques passages intéressants sur les communautés juives qui s'étaient installées dans les régions frontalières.

J'ai avoué à votre père que je m'étais un peu ennuyée pendant cette traduction et que je n'avais fait aucun effort littéraire. Il tournait les pages et paraissait satisfait. Soudain, il leva son regard vers moi et me dit : "Vous êtes d'origine polonaise, vous me l'avez dit. Juive, n'est-ce pas ?" La brutalité de sa question m'inquiéta. Je ne répondis pas.

Il poursuivit : "Figurez-vous que je m'intéresse à l'immigration polonaise et en particulier aux communautés juives ashkénazes qui se sont réfugiées en France. Je participe à une étude sur leur intégration et je fais des enquêtes auprès des familles qui ont vécu cette situation. Accepteriez-vous de répondre à quelques-unes de mes questions ?"

J'étais sur la défensive, mais je voulais rester polie.

“Tout dépend quelles questions… lui dis-je pour tenter d’esquiver sa demande.

— Oh, des questions toutes simples et bien banales, juste pour me permettre d’établir quelques statistiques : la région d’origine de vos parents, la date de leur arrivée en France, leur âge à cette époque, leur métier, le nombre de leurs enfants, leur famille à l’étranger…”

Ce jour-là, je suis restée silencieuse. Mais la fois suivante, il est revenu sur la question et je me suis résignée à lui répondre. Et c’est ainsi que tout a commencé…

Votre père était un habile enquêteur.

Au début, je lui ai seulement donné les indications qu’il souhaitait : mes parents avaient quitté la Pologne pour la France en 1919, mon père était luthier, j’étais fille unique et je n’avais pas de famille à l’étranger. Il s’est dit satisfait de mes réponses et ne m’a plus posé de questions.

Et puis, au fil des visites, il s’est débrouillé pour me mettre en confiance et en savoir chaque fois un peu plus.

Je le recevais dans la maison de mes parents, où je suis née ; j’y vivais seule depuis leur disparition et je n’avais touché à rien. Chaque objet était pour Charles l’occasion de me questionner : d’où il venait, qui l’avait possédé dans ma famille avant nous, ce qu’il représentait pour la culture juive, etc. Il était très attentif, voulant connaître les détails, les dates des évènements, la chronologie, comprendre les situations. Il prenait de temps en temps des notes dans un petit carnet.

Je ne comprenais pas pourquoi tout cela l’intéressait autant. Et, sûrement par orgueil, j’en ai conclu que c’était moi qu’il cherchait à connaître à travers toutes ses interrogations…

Charles était mon seul visiteur.

Au fil du temps, je me suis mise à lui parler spontanément. Et j’ai fini par lui raconter que mes parents et moi avions quitté

Clamart en juillet 1942 après la rafle du Vel'd'Hiv' pour nous réfugier à la campagne, chez un client violoniste de mon père. Un soir, le 31 janvier 1944, en rentrant des champs, j'ai croisé sur la route une voiture de la Gestapo. Mes parents étaient à l'arrière. En vain, je les ai attendus… J'avais dix-huit ans.

Après la guerre, je me suis glissée dans leur maison, à la recherche de leur chaleur qui me manquait tant. Je ne supportais pas ce silence lourd entre ces murs, qui jadis résonnaient constamment des airs de violons. Il m'a fallu m'habituer à ce nouvel état ; j'ai mis du temps, beaucoup de temps, à l'accepter sans pleurer.

J'avais toujours été une enfant calme et un peu solitaire il est vrai, mais heureuse de vivre. Après cette effroyable disparition je suis devenue une ombre, vivant dans la méditation et le souvenir. J'avais fermé ma porte au monde. Je ne supportais pas l'idée que mes parents aient été sacrifiés dans d'horribles souffrances et que moi, je leur subsistais. Une culpabilité terrible me paralysait, je ne me donnais pas le droit, moi, de vivre normalement ; tout juste de survivre. Je me devais de vénérer leur mémoire et chaque fois que la vie m'apportait un peu de joie, je me le reprochais. J'avais de terribles crises d'agoraphobie, sortir dans la rue me terrorisait, je me faisais livrer mes courses.

C'est pour vivre avec eux que j'ai commencé mon métier de traductrice. Cela me permettait de rester toute la journée dans leur univers et de gagner ma vie modestement mais suffisamment, à l'abri des regards. Pendant des années, j'ai refusé tout contact avec l'extérieur. Je lisais beaucoup, surtout des livres de la littérature juive d'Europe de l'Est qui me ramenaient aux origines de ma famille. Et tout naturellement, je me suis spécialisée dans les traductions de ces œuvres.

Votre père avait été le premier à réussir à franchir le mur que j'avais dressé entre le monde et moi. Parce qu'il avait un livre ancien sur le métier de luthier en Pologne et qu'il était très curieux de mon passé.

Il m'obligea à y retourner, et du même coup, déverrouilla des portes closes depuis des années. Lui parler de mes parents les faisait revivre, parfois douloureusement. Mais en même temps, je faisais enfin mon deuil de ces deux êtres que j'adorais.

Mon père avait été un extraordinaire artisan et les violons qu'il fabriquait, de véritables petites merveilles. Il se procurait les bois les plus précieux, l'érable de Bohême, l'épicéa, qu'il travaillait avec une précision d'orfèvre. Enfant, j'avais le droit d'entrer dans son atelier à condition de rester assise, sans faire le moindre bruit. Je restais des heures à le regarder.

Ma mère ne travaillait pas. C'était une femme douce et silencieuse, attachée à ses racines, très pratiquante. Elle ne connaissait que quelques mots utilitaires en français, me parlait en polonais ou en yiddish.

Chez nous, la culture française s'arrêtait au perron et toute l'âme ashkénaze de ma mère nous enveloppait. Elle avait recréé l'univers de Varsovie qui lui manquait tant, au beau milieu de la banlieue parisienne et nous y vivions reclus dans un îlot de bonheur.

Un jour, alors que j'arrivais au dernier chapitre de son livre, j'ai proposé à Charles : “Je suis en train de traduire le texte d'un auteur juif polonais très intéressant, aimeriez-vous que je vous en fasse la lecture ? Vous pourriez en même temps me dire ce que vous en pensez.” Il a accepté avec empressement, manifestement mon idée lui plaisait.

Et c'est ainsi que s'est instaurée une tradition entre nous qui a continué jusqu'à… jusqu'à ces derniers mois, jusqu'à sa mort.

Une fois par semaine, il venait le soir à la maison, nous dînions. Ensuite, il s'installait confortablement dans le fauteuil favori de mon père, celui en cuir rouge bordeaux près de la cheminée, les jambes allongées et la tête basculée en arrière. Je lui lisais mon travail, il fumait sa pipe silencieusement. Pour moi, cet exercice était très salutaire : mes textes prenaient une dimension étonnante et je décelais à la lecture à voix haute les moindres petites maladresses. Quand j'avais terminé, sans jamais me faire de commentaire, il rentrait chez lui, satisfait et visiblement heureux.

Les mois et les années passant, il ne m'a pas reparlé des recherches qui l'avaient conduit à prendre contact avec moi. Mais j'avoue que je ne lui ai pas non plus demandé d'autres explications. Par la suite, j'ai constaté qu'il s'intéressait à la généalogie, quand il a voulu approfondir le lignage de ma famille. Mais Charles n'était pas un homme à qui on pose des questions.

Au fil du temps, votre père a trouvé sa place dans ma vie, puis dans celle de mon fils, lorsqu'il est né, en 1965. Gabriel a été privé de père, je l'ai élevé seule ; vous comprendrez que la présence de Charles nous a été d'autant plus précieuse. Ami discret, mais fidèle, sur lequel on pouvait toujours compter. Il n'entrait pas dans notre intimité, mais nous profitions de sa bienveillance qu'il nous prodiguait chaque semaine avec une régularité sans faille.

Mon fils Gabriel avait une vénération pour votre père, qui trouvait à chaque visite quelque chose à lui apporter pour lui faire plaisir, et surtout les fameux éclairs au chocolat dont ils raffolaient tous les deux.

Quel homme différent de celui que vous me décrivez. Attentif à ses moindres progrès lorsqu'il était enfant, il commentait les résultats de Gabriel : “Eh bien… Continue ainsi et tu iras loin, mon bonhomme.” Et je dois dire que si Gabriel est aujourd'hui ingénieur, s'il a pu faire des choses hors du commun, c'est grâce au soutien moral – et aussi financier – de votre père, qui a poussé constamment mon fils à se dépasser.

Gabriel travaille aujourd'hui dans une grande entreprise de Travaux publics, grâce à un client de votre père. Je sais qu'ils étaient en relation avec Charles pour des marchés, mais pas grand-chose d'autre.

Le fait d'avoir hérité de son entreprise le perturbe énormément. L'existence de ses trois filles encore plus, je crois. Depuis votre rendez-vous chez le notaire, nous nous parlons peu. Je le sens inquiet, désorienté.

Pourquoi Charles ne nous a-t-il rien dit à votre sujet ?

Pourquoi n'a-t-il pas prévenu Gabriel de son intention de lui léguer son entreprise ?

Tout à coup, la silhouette bienveillante de notre ami de toujours, pipe aux lèvres, silence attentif, se nimbe d'un halo obscur. Les contours deviennent vagues. Pour nous aussi, les questions se bousculent dans nos têtes.

Je dois vous dire encore que je suis handicapée suite à une vilaine attaque cérébrale, il y a quelques années. Je ne me déplace plus qu'avec difficulté, mais je m'accommode en fait fort bien de ma paralysie, puisque je peux lire, écrire et contempler mes roses, bonheur si précieux que m'apporte ma petite parcelle de jardin.

Je ne suis pas à plaindre, Gabriel est un fils merveilleux, il prend soin de moi comme une mère. Et comme cela fait bien longtemps que je ne vois plus personne, la solitude ne me pèse pas du tout.

Chère Marie, je ne vous connais pas, mais quelque chose m'attache déjà à vous. Vous êtes la fille de Charles, ce n'est pas rien pour moi. J'ai pour votre père un immense respect. Et, comme je vous l'ai dit, j'ai été profondément touchée par votre sincérité. Dès votre première lettre, vous m'avez ouvert votre cœur. Aujourd'hui, je vous livre le mien.

Pardonnez-moi d'avoir été si longue, mais je n'aurais pas su vous en dire moins. Il fallait que vous compreniez à quel point votre père a été un ami précieux, un soutien inestimable qui m'a sortie d'un isolement absolu.

Je le savais secret, et il parlait très peu de lui et de la vie qu'il menait, en dehors de la soirée que nous passions chaque semaine ensemble. Nous ne savions pas ce qu'il faisait les autres jours. Je le croyais vieux célibataire. De là à imaginer une vie de famille, des enfants…

Votre désarroi atténue celui que je ressens. Nous sommes au moins deux à nous le dire.

J'espère vous lire bientôt.

Bien à vous,
Rachel

P.S. : Merci de vos compliments sur mon travail et de votre enthousiasme pour la littérature de l'Est. J'ai eu la chance de rencontrer Stanislaw Lem. C'est un homme extraordinaire. »

Lise

Saint-Laurent, décembre

On m'a renvoyée à la clinique.

Une petite cure rapide, rien de bien méchant, juste quelques jours. « Dormir, vous reposer, ça vous fera du bien, vous verrez. »

Au point où j'en suis, je me laisse faire.

Une cure de sommeil d'une semaine ? D'accord. Ici, j'aime bien, c'est tranquille et, au moins, on me fiche la paix. À la clinique, c'est comme lorsque j'ai bu beaucoup d'alcool, mais en doux : les draps sont doux, la lumière est douce, les gens qui me parlent sont doux, le temps flotte, tout est vaporeux, et je ne sais plus ce qui est vrai ou pas. Aucun effort à faire ; je n'ai qu'à plonger dans le blanc, le vide, le silence et l'isolement.

Je sais ce que c'est, j'y suis déjà passée. Juste, se laisser porter, sans résistance.

*
* *

J'émerge.

Petit à petit, je sors de ma bulle ; la vie revient, comme le ressac d'une vague dans ma conscience.

Anne m'a appelée ce matin pour me dire de m'accrocher. J'avais envie de lui dire : à quoi ? mais je n'ai rien répondu. Anne est une fonceuse, elle, je ne sais pas où elle trouve toute son énergie. Dire qu'on est sœurs... Elle qui mène sa barque toute seule, comme une grande, et moi, dans les jupes de ma mère ou sous la coupe de mon mari, parce que je n'ai jamais réussi à me prendre en charge. Parce que je ne sais rien faire d'autre que d'être en émerveillement devant mon fils.

Marie m'a envoyé des fleurs. Elles sont belles, mais surtout elles sentent bon. Marie aime beaucoup les fleurs, ça se voit, elle sait toujours bien les choisir. Et un livre, aussi, évidemment. Il est là, sur la table de nuit, à la même place que l'autre la dernière fois, mais celui-là, je ne l'ai pas regardé, je ne sais même pas ce que c'est.

Pas de nouvelles de Théo. À part les cartes postales, une par semaine depuis qu'il a commencé son voyage à travers la Chine ; je ne les jette plus maintenant, je les garde alignées sur le radiateur de la cuisine. Pierre m'a envoyé la dernière à la clinique, « Tout va bien, Shanghai incroyable, bises ».

Bises. Presque cinq mois qu'il est parti, cinq mois sans le serrer dans mes bras. *Mon Théo, tu me manques tant, si tu savais...* J'ai interdit à Pierre de lui dire pour moi. Pas la peine qu'il sache, ça servirait à quoi, de toute façon ?

Maman m'a dit : « Quand tu sortiras, viens donc passer quelques jours à la maison, une petite convalescence avec moi, je te dorloterai. » J'aime autant ça que de me retrouver coincée avec Pierre. Sans Théo, la maison est invivable. Maman passera me prendre dans l'après-midi. J'ai préparé mon sac ; il est là, sur le lit, j'attends, j'ai un peu peur de sortir d'ici. Le psy n'était pas là, je n'ai pas pu le voir cette fois-ci, ça m'a manqué. J'aurais aimé parler avec lui comme la dernière fois. J'avais des choses à lui dire, c'est dommage. J'aurais voulu lui parler de Papa, je rêve de lui tout le temps, il est furieux contre moi, il me dit qu'il me trouve minable, boire comme ça, une femme en plus, quelle honte, quelle honte, comment peux-tu être ma fille, moi qui ne bois jamais une goutte d'alcool. Il est immense, plus de deux mètres de haut, moi je suis toute petite, à la hauteur de son genou et il me menace avec une ceinture. J'ai peur, je veux appeler Théo, j'essaie de toutes mes forces, mais aucun mot ne sort de ma bouche. Sans arrêt, le même rêve.

« Chérie… » Voilà Maman.

« Coucou, c'est moi. Allez viens, je t'emmène, tout est prêt. » Elle m'attrape le bras comme si j'étais une petite vieille, « Viens ma petite Lise, la voiture n'est pas loin ».

La lumière m'aveugle, tout m'agresse : les gens qui sont là, dans l'entrée de la clinique, le vert trop vert des arbres, la rangée de voitures sur le parking, bien alignées. J'ai envie de courir à toutes jambes et je me traîne.

*
* *

Chez Maman, c'est doux comme à la clinique, mais j'étouffe à l'intérieur, j'ai envie d'être dehors, dans le jardin. Elle fait tout ce que je veux… Alors on va dehors.

Je suis vautrée au milieu de tous les coussins qu'elle a installés pour moi sur la terrasse. « Voilà, comme ça, tu seras bien, ma chérie. »

« Maman… » Le doux soleil d'hiver me réchauffe, il passe à travers mon sweet noir. *Ton sweet noir, Théo.* « Maman, où elles sont les photos de nous quand on était petites ?

— Celles que j'ai prises à ton père avant de partir ?

— Oui. Si on les regardait…

— Si tu veux, Lise, elles doivent être dans un placard.

— S'il te plaît, va les chercher. »

*

* *

« Oh… et là… à côté de toi, sur le scooter, c'est qui ?

— Un homme.

— Oui, mais *qui* ?

— … un ami. Un ami rencontré sur la plage.

— Très bel homme.

— Tu trouves ?

— Beaucoup de charme. Bien plus que Papa. Mais moins que Gustave, quand même ! Tu l'aimais bien ?

— On peut dire ça.

— Hmm… Et Papa, il en disait quoi ?

— Oh, lui… à part son bureau…

— … et donc, tu t'ennuyais et tu t'amusais comme tu pouvais, c'est ça ? Regarde ! On dirait une star d'Hollywood.

— Merci, ma chérie, tu es gentille. Une star, peut-être pas mais je reconnais que j'étais pas mal. Tu as vu ce maillot de bains ? J'en raffolais, c'était le tout début des bikinis. Je l'avais acheté en cachette. Qu'est-ce que je fais jeune. Je devais avoir trente ans, à peine. Dire que ton père s'en fichait complètement. Jamais un compliment. En fait, tu sais, je crois qu'il ne me regardait pas avec les yeux d'un homme. Enfin, tu vois ce que je veux dire : le regard d'un homme sur une femme mignonne. C'est banal, pourtant ! Eh bien, non, pas lui. Ni moi, ni les femmes en général, d'ailleurs.

— Il n'aimait pas les femmes, Papa ?

— Si tu veux mon avis : pas du tout.

— Et les filles ?
— Les filles… Tu en penses quoi, toi ? »

Qu'est-ce que j'en pense ?

Je cherche dans mes souvenirs de petite fille. Tiens… là… sur cette photo. J'avais oublié cet instant, il me revient, précis, incroyablement présent. J'ai environ six ans, je joue dans un jardin, je suis assise par terre, ma poupée Lucie près de moi ; Lucie, c'était ma préférée, son doux regard de porcelaine bleue me fascinait. J'ai étalé une dînette sur un torchon, bleue avec des filets jaunes, en vraie faïence. Dans mes assiettes, j'ai préparé une salade : des brins d'herbe arrachés à la pelouse, avec du sable pour le sel, de la terre pour le poivre, et de l'eau pour la sauce. Très fière de mon idée, un vrai festin pour Lucie et moi. Je devrais être heureuse mais je regarde l'objectif avec la bouche tordue d'un enfant qui va pleurer.

Oui, je me souviens. J'étais assise aux pieds de Papa, qui « travaillait » son Leica, celui qu'il a fini par donner à Théo pour ses dix-huit ans. Quand Papa travaillait sur son appareil, il ne fallait surtout pas lui parler. Mais, j'avais quand même transgressé l'interdit, « Dis Papa, tu viens manger avec nous, regarde ma belle salade ». Sa réponse, je l'entends encore, j'entends même le ton de sa voix, sèche, coupante : « Pas question, je ne suis pas une vache. Et d'ailleurs je ne connais rien de plus idiot qu'une dînette. »

À la suite de quoi, il a fallu que je lui fasse un beau sourire pour ses essais de photos. Rien de plus idiot qu'une dînette.

« Tes amis, eux au moins, ils aimaient bien jouer avec moi. » Eux au moins, ils me trouvaient intéressante. J'adorais grimper sur leurs genoux quand ils venaient à la maison, l'après-midi. Déjà, je n'étais pas dupe, ce n'était pas pour me faire plaisir qu'ils disaient à Maman : « Quel amour d'enfant, qu'elle est adorable, ta petite… » Tout comme ceux, au square, qui s'extasient sur les petits chiens pour séduire la maîtresse. Je n'étais pas dupe mais j'en profitais quand même, je minaudais le plus que je pouvais, j'aimais qu'on me dise des choses agréables.

Mais je n'étais contente qu'un temps ; parce que ça se terminait toujours de la même façon, il y avait un moment où Maman s'impatientait, « Bon, allez, Lise, ça suffit maintenant, c'est l'heure de la sieste, va dans ta chambre dormir un peu ».

J'entendais des rires étouffés derrière la porte ; ils me troublaient tellement que je me bouchais les oreilles avec l'oreiller pour ne pas entendre. Des rires qui me faisaient peur…

On n'a jamais reparlé de ça, Maman et moi. Ses rendez-vous d'après-midi ont toujours été un souvenir esquivé, comme s'ils n'avaient pas existé. Pense-t-elle que j'ai oublié ? Que mon cerveau de toute petite fille ne comprenait rien, ne voyait rien ? Ou qu'il vaut mieux les laisser dormir, là où ils se trouvent, ces souvenirs ? Ce passé est resté hors d'atteinte, au-delà d'une limite infranchissable. Et si… maintenant… Oui, maintenant.

« Maman, as-tu eu des amants ? »

Voilà, c'est dit. J'ai osé. Des années que je voulais le faire.

« Lise…

— Ne sois pas gênée avec moi, Maman. Je ne suis plus ta petite fille.

— Pourquoi me demandes-tu ça ?

— Cet homme, sur la photo, c'en était un, hein ?

— Non. Enfin, oui… Un peu.

— Je le savais, tu sais. Je les ai tous repérés, tes amants.

— … Ah ?

— Mais oui, bien sûr. »

Je n'ai pas envie d'en dire plus. Maintenant, elle sait que je sais, ça me suffit.

« Et là, Maman. Marie, Anne et moi, en robes roses, toutes les trois. Pourquoi on est habillées pareil ?

— J'aimais bien, ça m'amusait de vous faire faire les mêmes vêtements, je trouvais ça chic. Tu as vu ? Même les chaussettes sont les mêmes ! Je les lavais tous les soirs. Vous voir avec des socquettes blanches impeccables, c'était ma fierté. »

La photo a un petit air vieillot, celles de ma grand-mère ont les mêmes bords beiges dentelés. Elle est donc déjà tellement loin, notre jeunesse ?

« On ne se ressemble pas toutes les trois, tu ne trouves pas, Maman ?

— C'est vrai, j'y pense souvent moi aussi. Marie, c'est l'intello de la famille. Anne, l'artiste. Et toi…

— Oui ?

— Eh bien, toi, tu es…

— Je suis quoi ?

— … tu es ma fille chérie ! »

Sa fille chérie. Je suis la fille de ma mère, la femme de mon mari, et la mère de mon fils.

Et à part ça, je suis qui ?

Anne

Port-Manech, décembre

Plutôt spécial, mon déjeuner avec Loïc et Clara.

Je m'attendais à recevoir des copains, je ne m'étais pas plus fringuée que ça. Mon vieux pantalon ample, une veste de laine grise que m'a offerte Yann, genre veste de mer irlandaise bien chaude. Et voilà qu'ils débarquent sur leur trente et un, costume cravate, petit tailleur pantalon. Et les fleurs par-dessus le marché. Un énorme bouquet ! Naturellement, je n'avais pas de vase assez grand, il a terminé dans un seau. Pas vraiment chic, mon vase.

Je devais avoir l'air un peu décalée, parce que – un comble, tout de même – Clara s'est confondue en excuses. « On a un vernissage cet après-midi… » J'ai demandé qui, mais ils n'ont pas su me répondre, un ami à eux, qui avait une galerie à Pont-Aven, et faisait souvent venir des artistes de Paris. J'ai insisté : « Des sculpteurs, aussi ? » Clara a dit oui, alors je me suis vue arriver dans cette galerie avec toute ma collection de dos de femmes aux fesses bien rebondies. J'en ai pas mal, maintenant. L'idée m'a tentée. Je me suis dit : Tiens, j'en parlerai à Clara, on ne sait jamais, si ça lui plaît, elle pourra peut-être convaincre son ami. Et puis, discrètement, dans son dos, j'ai jeté un coup d'œil sur sa silhouette à elle ; je n'avais pas fait attention, la dernière fois, il faisait nuit. Sa veste très courte dégageait le pantalon bien ajusté presque jusqu'à la taille. Pas de chance, petite Clara, tu n'as pas changé, toujours ces petites fesses étroites en gouttes d'huile. Ça ne m'inspire pas du tout, ce genre de morphologie.

Il faisait froid dehors, un vent glacial d'hiver, bien humide. J'avais mis le chauffage à fond, et j'arrivais à peine à 17 degrés. Moi ça me suffit, mais je me faisais du souci pour eux. Je ne voulais pas faire du feu – quand même, pas en pleine journée – alors j'ai demandé à Yann de me bricoler le poêle à gaz qui ne marche plus mais que j'avais gardé dans le hangar, on ne sait jamais.

Yann a réussi à le réparer, il a tout branché et il est parti vite fait, il avait des casiers à relever. Je crois surtout qu'il ne tenait pas du tout à rencontrer mes « amis architectes ». Ça l'impressionne, timide comme il est.

Le problème, c'est que le poêle s'est mis à dégager une odeur âcre, insupportable. Du coup, j'ai dû ouvrir les fenêtres en grand, et j'étais en train de me démener avec ce chauffage de malheur quand ils sont arrivés. « Ne t'inquiète pas, passe-moi un pull. Je ne suis pas si frileuse que ça. » Toujours gentille, cette Clara.

Ça m'a fait drôle de revoir Loïc. Passer du tout jeune homme de mes souvenirs à l'homme mûr qu'il était devenu, sans transition, c'était bizarre. J'avais l'impression d'être en face d'un étranger, mais en même temps, il y avait un fond de connivence entre nous, un espace d'intimité toujours là. Un homme imposant, Loïc, sérieux, sévère presque ; la petite bedaine et la couronne de cheveux autour du haut du crâne, lisse comme un œuf. Un vrai notable.

Loïc ne me quittait pas des yeux, j'en étais gênée. On a fait un tour de jardin, il m'a demandé combien j'allais acheter la maison. Quand je lui ai dit le prix, il s'est exclamé « incroyable, quelle affaire ! ». Je sais bien que mes propriétaires sont sympas avec moi, pour le prix, ils ont fixé quelque chose de raisonnable. Depuis le temps qu'on se connaît... Je leur porte leur journal tous les matins, je le glisse dans leur boîte aux lettres, en passant, et je leur fais quelques courses de temps en temps. Ils m'aiment bien, et puis, ils n'ont pas d'enfant, tout ce qu'ils veulent, c'est pouvoir s'acheter leur petit deux pièces dans leur résidence pour vieux. Ils n'ont pas envie de me saigner, ils savent comment je vis. Mais Loïc, lui, il ne voit que « la valeur du bien ». Il n'arrêtait pas de répéter « Quelle affaire... Mais quelle affaire ! ». Moi, la seule chose que je vois, c'est que je vais pouvoir rester vivre là où je suis bien. Je m'en fiche pas mal de faire une affaire.

Je lui ai expliqué mes projets, il a eu l'air de trouver ça intéressant. « Oui, oui, c'est faisable. Il faudra travailler l'aménagement intérieur. Et les ouvertures. Avec une vue comme ça, il faut que tu en tires le meilleur parti. »

On est rentrés pour déjeuner, un peu tard, le temps que Loïc prenne toutes ses mesures sur son petit carnet. Je leur avais fait un curry d'agneau, qui avait largement eu le temps de mijoter. Très réussi. On a parlé des enfants, de la vie, du travail, de leurs dernières vacances en Turquie – oh, que je déteste les récits de voyages de fin de repas ! – et tout et tout. Un tantinet mondain, ça sonnait un peu creux, j'aimais mieux quand on était toutes les deux, Clara et moi. Mais ils n'avaient pas du tout l'air d'avoir envie de partir, ils ne parlaient plus de leur vernissage. On a sorti le calva, deux verres seulement, parce que Clara ne boit pas et le niveau de la bouteille est descendu lentement, mais régulièrement.

À un moment, Lise m'a téléphoné, elle pleurait. Mais comme le téléphone était juste à côté de nous, j'étais très mal à l'aise. Pas à cause de Clara, c'était Loïc qui me gênait ; il me regardait et il écoutait ce que je disais. J'ai dit à Lise : « Bon, écoute, je te rappelle tout à l'heure, d'accord. Tout à l'heure, c'est promis… »

Le jour a commencé à baisser, et moi à m'ennuyer très sérieusement. Et puis, je pensais à Lise, j'avais envie de la rappeler. Pour faire quelque chose, pour casser cette ambiance pâteuse, nous faire bouger et les pousser à partir, j'ai eu l'idée de proposer qu'on fasse un feu, maintenant qu'il faisait nuit. En plus, je voyais Clara frissonner, elle n'avait pas la chaleur de l'alcool, elle. Loïc a trouvé que c'était une très bonne idée. « On va chercher le bois dans le hangar ? » J'ai pris le panier, ma lampe torche et on est sortis tous les deux.

« Toi, ma petite cocotte, tu ne vas pas t'en sortir comme ça, cette fois-ci… »

Et avant que je réalise, Loïc m'a coincée contre le mur à côté du tas de bois. Il s'est brutalement plaqué sur moi, et m'a embrassée furieusement, pris d'une folle excitation. « Quand on met le feu aux poudres, il ne faut pas s'étonner. L'étincelle peut couver longtemps, tu vois… »

Si je l'avais laissé faire, j'y serais passée, c'est sûr !

Mais cette fois-ci je me suis dit : non, tu ne peux pas faire ça à Clara. Elle a été chic avec toi, Clara, une fois de plus. Grâce à elle, j'ai un architecte à l'œil, pas le moment de mettre le foutoir dans leur couple. Je lui dois bien ça. Et puis, j'ai trop besoin de lui pour ma maison.

Alors j'ai dit à Loïc « C'est non », en le regardant droit dans les yeux. Il a eu peur et a tiré sur son pull, nerveusement.

Tout cela s'est passé très vite. On a pris des bûches et on est rentrés dans la maison. Clara était dans la cuisine. « Je vous ai préparé un thé, vous en voulez ? » J'ai dit oui, et je me suis assise, sonnée. Je voyais les choses se dérouler dans un brouillard, de loin.

Loïc me regardait en coin, l'œil trouble, toujours embué par l'alcool. Rien n'avait changé depuis mes seize ans…

Et j'ai oublié de rappeler Lise.

Marie

Paris, le 20 décembre

« Chère Rachel,

Merci pour votre réponse, si longue, si touchante.

D'abord, ce que vous dites de vous. Je vous vois, silencieuse dans votre fauteuil, près de la fenêtre, un bloc de papier à lettres sur les genoux, le regard traversant le jardin pour aller jusqu'à moi.

Je vous imagine, petite, brune, la peau blanche et les yeux gris clair comme ceux de votre fils que j'ai aperçu hâtivement. Fragile et forte à la fois. Sous le poids d'un passé qui a laissé en vous ses empreintes douloureuses, délivrée par votre enfant qui a ouvert une grande fenêtre dans la tour de votre isolement. Et protégée par votre univers de mots.

Je vois votre salon débordant de toute cette chaleur des pays d'Europe centrale. Je vois le fauteuil de cuir rouge.

Et… je cale.

Ce que vous me dites me paraît absolument impensable, inimaginable, l'effet d'un délire extravagant.

Rachel, nous ne parlons pas du même homme. Mon père était un être austère, froid, coupant, hautain. Et vous,

vous me décrivez un homme attentif, discret… presque timide !

Sachez que notre père n'a jamais jeté le moindre regard sur nos résultats scolaires. Pour lui, nous étions de la marmaille encombrante, ses trois filles en portent les traces et traînent encore en elles les blessures de l'indifférence. Et je lis qu'il a été, pour votre fils Gabriel, un homme vigilant et protecteur. Je ne comprends pas. Je ne comprends rien du tout.

Vous me dites aussi que vous avez rencontré mon père à trente-quatre ans ; vous en avez soixante-dix-huit. Donc, si je compte bien, mon père vous connaissait déjà avant son divorce et bien avant le jour où nous avons définitivement cessé de nous voir, lui et moi.

Ainsi, il venait déjà chez vous quand je me suis occupée de lui, après le départ de ma mère. À l'époque, mon père vivait comme un ours et la seule chose qui paraissait l'intéresser, c'était son travail pour lequel, me disait-il, il consacrait la totalité de son temps. Chez lui, il laissait tout aller, le frigidaire restait vide si je ne le remplissais pas, et bien sûr, il ne faisait pas le ménage. Je me sentais responsable de lui, comme on est responsable d'un enfant. J'étais l'aînée de la famille, il me revenait d'assurer l'essentiel, de défendre et de protéger mes sœurs. Mon père n'assumait pas ce rôle et je l'avais, dès ma toute petite enfance, endossé comme un habit trop grand pour moi. C'était devenu une nature spontanée, qui ne demandait qu'à s'exprimer, quelles que soient les circonstances, dès lors qu'on faisait appel à mon sens du devoir. Rien à voir avec de la grandeur d'âme, mais simple conséquence de la défaillance paternelle.

J'allais régulièrement à son appartement le jeudi soir (c'était son choix), j'apportais quelques courses. J'en profitais aussi pour mettre un peu d'ordre et essayer de ranger tous ces vieux documents glanés je ne sais où qu'il rapportait par cartons entiers chez lui. Quant à son linge… J'ai bien tout essayé, mais il n'a jamais voulu que je m'en occupe. Il avait une solution économique, que je ne me fasse pas de souci ; il l'accumulait toute la semaine dans un grand sac de voyage, l'emportait je ne sais où, et le rapportait, impeccable.

Son appartement était lugubre : pas une lampe, la télévision dans un angle, et dans l'autre un grand bureau, l'éternelle grosse machine à calculer. Beaucoup de dossiers empilés, en désordre. Au mur, pas un tableau, exceptée sa magnifique icône de la Vierge Marie qu'il préservait religieusement ; une icône byzantine, réplique de la Vierge noire de Czestochowa, et, je ne vous apprendrai rien, symbole de la foi polonaise. Nous ses filles savions toutes (mon père nous le répétait assez souvent) que, lorsque l'Armée Rouge avait atteint Varsovie en 1920, des milliers de Polonais avaient demandé la protection de la Vierge. Pour mon père, la bataille de Varsovie illustrait son incontestable intervention divine. Et d'ailleurs, preuve irréfutable pour lui, ce "Miracle de la Vistule" avait eu lieu le jour de l'Assomption.

Je n'ai jamais su où il s'était procuré une telle splendeur.

Mais à part cet ornement admirable, aucun effort de décoration. Seule note de gaîté, la grande plante verte que je lui avais offerte pour son anniversaire, mais dont il ne se préoccupait pas, et que j'entretenais moi-même. On aurait dit qu'il ne la voyait pas, son regard passait au travers, malgré son envergure et ses grandes feuilles épaisses. Ignorée, ma plante, comme il ignorait ses filles.

Quand il arrivait chez lui, on se voyait un moment, le temps de boire un verre d'eau dans son grand salon sans âme, flanqué d'un canapé et de deux fauteuils usés en velours marron qu'il avait trouvés je ne sais où – il était toujours évasif quand il s'agissait de répondre à des questions sur sa vie privée. Il ne me demandait jamais de mes nouvelles, peut-être de crainte que je lui réclame de l'aide, je tirais chroniquement le diable par la queue. Pourtant j'aurais voulu lui dire que j'étais fière de mes résultats, mes études marchaient très bien, et voir une lueur de fierté dans son regard. Il ne parlait que de lui, le plus souvent avec amertume, sa vie gâchée à cause du départ de Maman, les innombrables médecins qu'il consultait pour toutes sortes de maladies, dont j'avais à chaque fois un descriptif détaillé.

Voilà qui était mon père.

Sans aller plus loin, vous voyez bien que ce que je vous raconte est aux antipodes du portrait que vous me faites de lui.

Et puis, surtout… son intérêt pour la judaïcité. Impensable ! Comment puis-je entendre ce que vous m'écrivez : “Je m'intéresse à l'immigration polonaise et en particulier aux communautés juives ashkénazes qui ont émigré en France.” Cela contredit de façon tellement ahurissante ses affirmations tranchées sur la question, du moins celles que j'ai entendues. Et dont j'ai fait les frais… Pardonnez-moi de ne pas en dire plus, mais je n'évoque jamais cet épisode de ma vie, et seul mon mari connaît la cause de ma rupture avec lui.

Sachez seulement que sa haine de tout ce qui relève de ce sujet s'est manifestée de façon très violente.

Mon père… Votre ami ?

Je me trouve en face d'une telle incohérence. Dites-m'en plus. Éclairez-moi, je vous en prie.

Bien à vous,

Marie. »

Marie

Paris, janvier

Sarah est rentrée de Londres. À peine arrivée, la voilà qui revient à la charge. Rien d'étonnant, quand on la connaît un peu : « Dis, Maman, quand est-ce que tu me racontes la suite ? Pourquoi t'es-tu fâchée avec ton père ? »

Ça tombe bien, après tout.

La lettre de Rachel est un choc. L'image qu'elle me renvoie de Père s'insinue malgré moi dans mes souvenirs et se télescope avec eux. Je reviens en arrière, j'essaie des superpositions, je construis des scénarios. Qu'ai-je manqué de voir ? Rachel est-elle victime de son machiavélisme ou bien est-ce moi qui n'ai rien compris ?

Parler à Sarah, c'est du même coup revenir sur mon passé, essayer d'y mettre de l'ordre. Et surtout, l'éclairer à la lumière de ce que je viens d'apprendre. Rachel est sincère, probablement : quel bénéfice aurait-elle à me tromper ?

Je n'ai pas hésité longtemps sur l'endroit où je pourrais retrouver Sarah : le Luxembourg, bien sûr. Théâtre de mon enfance, mes années de petite fille y sont présentes partout, dans tous les recoins. À chaque promenade elles remontent en moi, comme si le temps les avait dissoutes sous le gravillon des allées mais que, malgré tout, elles continuaient à saturer l'air d'un étrange parfum. Maman nous y emmenait tous les jours, juste après l'école « pour un bol d'air » avant l'heure des devoirs, du dîner, de la soirée où chacun rentrait dans sa coquille, Lise et Maman devant la télé, Anne à sa table de dessin, moi dans un livre et Père dans son bureau.

Sarah et moi nous sommes assises sur un banc devant le guignol, petite bâtisse toute simple. Dans la timide lumière d'hiver, les couleurs s'atténuent et se confondent entre elles à travers une légère brume. Le guignol… « Allez-y toutes les trois, je vous attends dehors », disait Maman. Je nous revoie, Anne, Lise et moi, tassées les unes contre les autres sur la banquette dans la salle toute noire. Lise pleurait dès que l'affreux gendarme arrivait sur scène avec son bâton, et serrait ma main de toutes ses forces. Anne n'entrait pas dans l'histoire, elle se tortillait sur son banc et n'attendait qu'une chose : se jeter, enfin, sur la barbe à papa qui l'attendait à la sortie.

« Tu vois, Sarah, c'est Alex qui m'a fait connaître la joie. J'ai su ce qu'était le bonheur seulement après avoir rencontré ton père. » Il fait très froid, le givre poudre les pelouses, l'air nous pique les joues, un petit nuage de buée se forme dès que nous parlons. Des moineaux viennent à petits pas vers nous. Sarah tend sa main vide, lentement, dans leur direction. Ils ne s'échappent même pas, peut-être engourdis par le froid ou sonnés par leur jeûne forcé.

Sarah passe un bras sous le mien, attentive et silencieuse, emmitouflée dans son écharpe sous un épais bonnet de laine.

« Quand je l'ai rencontré, j'avais vingt-deux ans… Plus jeune que ta sœur, tu te rends compte ! Ça me fait un drôle d'effet de me dire qu'à vingt-six ans, à l'âge d'Elsa, je vous avais déjà toutes les deux. Tu l'imagines, ta sœur, avec un mari et deux filles de un et quatre ans ?

— J'ai du mal… répond Sarah en souriant.

— Moi aussi, j'ai du mal ! Pour moi, elle est encore tellement une petite jeune fille. Bon, je continue. Cette année-là, je travaillais déjà. Mon temps se partageait entre la fac et la librairie. Je terminais ma maîtrise de Lettres et j'avais décidé de préparer l'agrégation pour enseigner dans un lycée.

— Ah bon, tu voulais être prof ? Tu ne me l'avais jamais dit.

— À quoi bon, Sarah, puisque cela ne s'est pas fait. Mais je dois avouer que je l'ai parfois regretté. Je rêvais d'avoir une classe à moi, d'aider les enfants qui me seraient confiés à progresser, prendre confiance en eux ; leur donner des envies, les aider à découvrir toute la richesse des auteurs… En fait, leur apporter ce que je n'avais pas eu, moi.

Aujourd'hui, je me dis que ce n'était pas un vrai renoncement parce qu'au fond, j'ai retrouvé des points communs avec mon métier de libraire. Mais quand j'allais encore à la fac, je ne pensais pas à ça. Mon travail n'était qu'un job d'appoint : il fallait bien que je me débrouille pour vivre, mon père ne me donnait plus d'argent. J'ai eu de la veine, le patron de la librairie était un homme étonnant, comme on n'en voit plus : lunettes d'écaille, barbichette blanche, blouse grise, une vraie caricature. Et une mémoire ! “Regardez dans mon fichier, Marie, j'ai déjà vu exactement la même édition en 1934…” Il avait toujours raison. Je t'ai déjà raconté l'histoire du fichier ?

— Je ne crois pas, Maman.

— Un fichier gigantesque, tu aurais vu ça. Pas loin d'un million de minuscules bouts de carton entassés dans des dizaines de tiroirs, minutieusement remplis à chaque entrée de livre. D'un côté, le descriptif, et au dos, toutes les informations des confrères épluchées sur leur catalogue, la date, le nom du libraire, l'état du livre, son prix de vente… Incroyable travail de fourmi accumulé pendant toute une vie, le tout sur une fiche de la taille d'un paquet de cigarettes, noircie de sa fine écriture pour que tout puisse tenir.

Moi, au début, je n'y arrivais pas, avec mes grosses lettres rondes. Quand j'avais inscrit, en serrant au maximum, l'auteur, le titre, l'éditeur, l'illustrateur, et tout le reste, j'avais à peine deux petites lignes de rien du tout pour écrire *"Ferroud 1912 in-8 demi-maroquin à coins, dos à nerfs ornés et mosaïqués, fil doré sur les plats. Un des 865 exemplaires sur beau vélin teinté d'Arches"*. J'écrivais au crayon papier, je m'y reprenais à plusieurs fois, plus petit, allez, plus petit encore. Sais-tu qui était ma plus précieuse aide ?

— Non…

— La gomme ! Eh bien, figure-toi qu'un jour, j'ai renversé un tiroir. Je m'en souviens encore comme si c'était hier, j'étais mortifiée. C'était un évènement aussi grave que si j'avais cassé un vase de Chine dans une galerie d'art. Il m'a fallu plus de quinze jours pour remettre toutes les fiches dans l'ordre, en ne faisant que ça toute la journée et même le soir. Un travail épouvantable, je me récitais l'alphabet la nuit, tellement j'étais obsédée par l'ordre des fiches.

Bref, en ce temps-là, j'avais une vie d'étudiante modeste et studieuse. Mon père m'avait prêté une petite chambre au-dessus de son magasin de la rue Saint-Paul. Il m'avait prévenue qu'il ne pouvait rien faire de plus pour moi, et répétait sans cesse, depuis son divorce, qu'il était à court d'argent, constamment au bord de la faillite. Et que d'ailleurs, lui, à mon âge, il travaillait depuis longtemps, il était temps que je m'y mette, moi aussi. À l'écouter, sa chaîne de menuiseries rencontrait toutes sortes de problèmes et n'était plus du tout rentable. Je l'ai d'ailleurs toujours cru, jusqu'à ce que le notaire nous convoque. Si je m'attendais à cet héritage…

— Ah bon, l'héritage est important ? m'interrompt Sarah.

— Oui, pas mal. En tout cas, bien plus que ce qu'on pouvait imaginer. Mais ça, c'est autre chose…

Donc, en novembre de cette année-là – une année à marquer d'une pierre blanche – toute ma vie a changé après le concert. Après ce fameux concert organisé dans l'amphi par la fac. Ils avaient vraiment eu une bonne idée de faire un cycle de soirées musicales pour jeunes musiciens étrangers ! À cette époque-là, *La Tempête* de Beethoven ne m'évoquait rien du tout. À la maison, mes parents n'écoutaient jamais de musique, mon père détestait ça. Mais je commençais à découvrir les grandes œuvres classiques : mon libraire mettait toujours un fond musical dans la boutique. C'était touchant de le voir faire son choix avec gourmandise dans sa pile de disques ; je repérais ce qu'il nous faisait entendre, j'écoutais avec de plus en plus d'attention. J'ai entraîné ma bande de copains au concert, et on s'est retrouvés une poignée d'auditeurs. Il n'y avait pratiquement que nous dans cette grande salle déserte pour écouter Beethoven, interprété au piano par un certain Alexander Steinitz.

Quand Alex est entré dans l'amphi, jamais je n'oublierai cette première vision. Puissant dans son costume noir un peu trop large, il entrait en vainqueur, sûr de lui, combatif. Avec ses larges épaules et ses cheveux un peu longs qui bouclaient dans sa nuque, il avait une allure très originale, romantique et sportive en même temps.

— En un mot : le coup de foudre », commente Sarah qui se fiche de moi, et dissimule mal une pointe d'impatience. Elle soupire : « Maman, je sais déjà tout ça par cœur… »

Néanmoins, je persiste :

« Mais oui, exactement. Je t'assure, mon cœur a été pris instantanément. C'est ça, le plus étonnant : l'immédiateté d'un sentiment, qui révèle ensuite sa profondeur avec le temps, mais qu'on perçoit d'un seul coup. Alex s'est mis au piano, et là, l'extase. Vigoureux, mais sobre, sensible et retenu en même temps. J'étais littéralement subjuguée. Je ne trouvais pas les mots pour l'exprimer, mais tu vois, dès ce jour, j'ai ressenti ce qui fait son succès aujourd'hui : ce sentiment de force et de chaleur intenses qu'il sait si bien transmettre à ceux qui l'écoutent. Tu vois, quand je me suis levée à la fin du concert pour l'applaudir de toutes mes forces, je ne savais plus bien ce que je faisais, j'étais emportée par mon enthousiasme, moi alors si réservée. Lui, il avait l'air parfaitement heureux, et pas du tout dépité devant un si maigre public. Il nous saluait comme si nous avions été une salle comble. Et quand je me suis précipitée vers l'estrade avant qu'il s'en aille avec les autres musiciens pour l'inviter à dîner avec nous, comme ça, sans en avoir parlé aux autres, j'étais dans un état second, sous l'emprise d'une incroyable attraction. Dans le petit restaurant du coin, mes yeux dans les siens, j'étais hors du monde, émerveillée, envoûtée par cet Américain tout nouvellement débarqué de New York, amoureux de la France, et qui parlait si bien ma langue… »

Sarah craque :

« Et ils se marièrent et eurent deux très belles filles. OK, Maman. Et après ? Ta dispute avec ton père ? Tu me le dis ou pas ? »

J'ai pitié d'elle, j'arrête de me faire plaisir en évoquant mes moments de bonheur. De toute façon, il faut bien y venir, à la suite :

« Eh bien oui, Sarah. Cela aurait pu être magnifique, mais il y a eu un mais…

— Allez, raconte, Maman, éclate Sarah. Je ne sais rien sur votre vie après votre rencontre jusqu'à ma naissance.

À croire que je suis née le lendemain du concert ! Ou alors, il s'est passé des choses abominables, que vous m'avez cachées.

— Abominables, ce n'est pas tout à fait le terme, mais tristes, oui. Ni Alex ni moi n'aimons parler de cette période. Si tu savais comme j'ai été bouleversée par ce qui s'est passé. Et en plus, au début de ma grossesse, j'étais tout le temps malade et cela m'avait rendue très fragile. J'étais hypersensible et je ne supportais pas les contrariétés. Tout est arrivé là-dessus et a énormément gâché notre joie… »

Sarah ne dit rien, mais là, elle m'écoute vraiment. Je le sens à la raideur de son bras, qui m'enserre un peu plus, comme pour m'encourager à avancer.

« Après le concert, Alex a très vite déserté sa chambre à la Cité universitaire et on a aménagé ma petite pièce minuscule pour y tenir à deux. Une vraie prouesse. Il fallait déployer des trésors d'imagination pour trouver les moyens d'entasser toutes nos affaires. Pourtant Alex n'avait pas grand-chose, il était complètement fauché, et il n'avait que très peu de livres pour ses études d'Histoire, qui n'étaient qu'un prétexte pour résider en France. La musique était déjà sa passion et il y consacrait tout son temps, mais évidemment, les concerts – il n'y en avait pratiquement pas – ne rapportaient rien, tu t'en doutes.

Alors, j'ai arrêté la fac. Et mon vieux libraire a été formidable : quand je lui ai dit que je cherchais un travail à plein temps, il m'a fait de la place, et il m'a vraiment appris le métier. Alex, lui, travaillait tous les jours chez un de ses amis qui vivait seul dans la maison de ses parents où il y avait un exceptionnel piano de concert : le Bösendorfer, justement. C'est là qu'Alex a commencé à s'attacher à ce piano, tu sais, celui que j'ai racheté ensuite, tu connais l'histoire.

Alex pianiste, c'était notre grande ambition, on y croyait tous les deux. Oui, dès le début, on y croyait vraiment. Et moi, peut-être encore plus que lui.

En mars, je me suis trouvée enceinte. De toi. Je baignais dans un indescriptible bonheur, tu ne peux pas savoir à quel point j'étais heureuse. J'attendais un enfant, un enfant d'Alex, tu te rends compte, c'était merveilleux. J'avais envie de le crier à la terre entière. Alex a réagi instantanément : "Eh bien, puisque c'est comme ça, on se marie tout de suite. Et on déménage d'ici, c'est vraiment trop petit pour deux. Mais pour trois : invivable ! Je vais me débrouiller, tu vas voir..." Je ne m'inquiétais de rien, je planais.

Et tout naturellement, je suis allée chez mon père, heureuse de lui annoncer la nouvelle. Je me disais qu'il serait sûrement très content que sa fille aînée devienne totalement indépendante. J'avais aussi prévu de le rassurer : je ne le laisserais pas tomber, je continuerais à venir chez lui. Parce que je m'occupais beaucoup de lui, tu sais, quand Maman l'a quitté.

Ce matin-là, j'étais tellement impatiente que je ne lui ai pas laissé le temps de se lamenter sur lui-même, comme à son habitude. Il était derrière son bureau, en train de regarder son courrier. Je me suis tranquillement assise en face de lui, dans un de ses grands fauteuils de velours et je lui ai dit : "Papa, j'ai une grande nouvelle à t'annoncer..." Je préparais mon effet, j'attendais qu'il me demande de quoi il s'agissait. Mais comme il ne répondait rien, après quelques secondes, j'ai rajouté, toute joyeuse : "Je vais me marier !" Sans changer le moins du monde son attitude, il a murmuré quelque chose, du genre : "Ah ? Tu te maries ? Très bien, Marie", et a commencé à ouvrir une lettre, comme si je lui avais dit que je partais en week-end chez une amie. Je lui annonçais mon mariage et il avait l'air de s'en moquer complètement. Je suis restée sans voix, une vraie douche froide, je ne savais pas quoi dire, je ne m'attendais pas du tout à ça. Tout en continuant à lire sa lettre, il répétait "Très bien, Marie, très bien...". Manifestement, il pensait à autre chose.

J'étais extrêmement blessée de le voir tellement indifférent.

— Oui ? demande Sarah, impatiente.

— J'ai poursuivi fièrement, comme si tout allait bien, comme si je n'avais rien remarqué : “Il faut aussi que je te dise... Je suis enceinte.” Mon père n'a rien répondu. J'ai répété une seconde fois, plus fort : “Enceinte, Papa...”

Les larmes montaient, je n'avais plus du tout envie de parler, mais j'ai malgré tout continué mon monologue avec la sensation terrible de ne pas être écoutée. En fait, c'est à moi que je parlais ; j'essayais de faire face à cette indifférence glaciale et de préserver ma joie comme je pouvais : “Je suis tellement heureuse, Papa... Alex est un homme merveilleux, tu verras. C'est un artiste très, très doué, tu sais. Il est pianiste, il joue divinement bien. C'est vrai, il ne gagne pas encore vraiment sa vie, mais un jour, j'en suis sûre, il sera célèbre et les murs de Paris afficheront son nom partout : Alex Steinitz en concert à Pleyel.”

Et là, mon père a levé la tête, brusquement. L'enveloppe qu'il tenait en main à moitié ouverte est restée suspendue au bout de son bras : “Steinitz... Steinitz... C'est juif, ça, non ?” Il s'est levé et a dit entre ses dents : “Ma fille... épouser un juif ? Jamais !”

J'étais sidérée. D'émotion, je me suis levée, moi aussi. J'étais face à lui, les bras ballants, ahurie. “Mais... Papa...”

Il était déjà ailleurs, je n'existais plus. Il a marmonné je ne sais trop quoi dans sa barbe, j'ai vaguement cru comprendre qu'il parlait de son père, de juifs polonais, mais c'était inaudible, incompréhensible. Je lui ai demandé de répéter, dit que je n'avais pas compris, mais il n'écoutait pas. Alors je l'ai attrapé par le bras et je l'ai secoué pour le forcer à recommencer sa phrase, mais il s'est complètement refermé sur lui-même. Je le connaissais assez pour savoir à quel point je comptais peu. Mais tout de même, il était mon père, il m'avait donné la vie, et quand je lui annonçais que c'était mon tour, il demeurait un monstre d'égoïsme. »

Je m'en souvenais parfaitement : une colère soudaine, virulente et non contrôlée, s'était emparée de moi.

« Alors, pour la première fois, je me suis révoltée contre mon père. Je l'ai traité de fasciste primaire, il me faisait tellement honte. Et dans ma colère, je lui ai jeté aussi à la figure qu'il n'avait pas le droit de se comporter comme ça avec moi : il oubliait que toute la famille lui avait tourné le dos, sauf moi, que je m'occupais de lui depuis des années. Si je n'avais pas été là, on se demande bien comment il s'en serait sorti. Père m'a répondu sans ciller : "Je ne t'ai rien demandé, je n'avais pas besoin de toi. Je n'ai jamais eu besoin de toi. C'est toi qui étais bien contente de pouvoir compter sur moi. Tu ressembles à Abigaelle. Oui... Tu ressembles à ta mère, tu tournes tout à ton avantage. Je te signale que c'est *toi* qui dépends de moi : tu loges chez moi, je te le rappelle. Et avec ton Steinitz, je suppose." Et puis, ce geste... Ce geste qui m'a tellement fait mal : mon père a posé sa main à plat sur mon ventre et m'a poussée en arrière, brutalement... »

Serrée contre moi, je sens Sarah tressaillir. Elle se tait. Le jardin est vide, personne autour de nous. Il fait encore plus froid que tout à l'heure, le ciel s'assombrit, nous allons devoir bientôt partir.

« J'étais tellement hors de moi que..., j'ai eu le sentiment que... j'aurais pu faire n'importe quoi. »

L'émotion me gagne. Je me lève, l'entraîne dans les allées désertes, marcher me fera du bien.

« Il s'est rassis à son bureau et s'est muré dans un des silences profonds dont il avait le secret. En larmes, je me suis échappée, j'ai dévalé l'escalier comme si je fuyais un grand danger. J'ai oublié mon manteau, je ne suis jamais allée le rechercher.

Ce sont les derniers mots que j'ai entendus de mon père. Il n'est jamais revenu vers moi. Et moi non plus. C'est triste, mais c'est comme ça. Alex a essayé de me calmer quand je l'ai retrouvé, mais je ne pouvais plus m'arrêter de pleurer. J'ai eu affreusement mal au ventre, à tel point que ton père s'est inquiété et qu'il m'a emmenée aux urgences à l'hôpital. Ce n'était rien, seulement une réaction, un contrecoup psychosomatique : ce geste de rejet avait pris des proportions démesurées, je n'avais pas supporté cette violence contenue à l'égard de mon enfant. Alex a pris les choses en main et nous avons quitté la chambre de Père dès le lendemain matin. Son ami qui avait un piano et une grande maison avait accepté de nous héberger provisoirement, et nous avons débarqué chez lui avec tout notre barda. Ensuite, ton père a loué un petit studio pour rien du tout, il l'a retapé avec son ami, on s'est installés, tout est très vite rentré dans l'ordre et nous avons retrouvé notre joie. Mais Alex a gardé une énorme rancune à l'égard de mon père. Impossible d'évoquer son nom sans qu'il se mette immédiatement en colère. »

Sarah a du mal à articuler quelques mots. Le froid ? L'émotion ? Je l'entends dire tout bas :

« Je comprends, je comprends… »

Et puis, au bout d'un long silence :

« Oui, je comprends. C'est vraiment triste, tout ça. Et tellement injuste. Tu me disais la dernière fois que ton père était très pratiquant et qu'il passait son temps dans les églises. À quoi elle lui servait, sa religion ? Quelle intolérance. Quel égoïsme. Il ne méritait rien d'autre que de rester tout seul, Mamie Abigaelle a bien fait de le laisser tomber. Et toi aussi ! Tout seul, oui, il ne méritait que ça. Mais alors, Maman… Ce jeune homme qui était chez le notaire, celui dont tu m'as parlé au restaurant : d'où il sort ? »

Que lui répondre. C'est bien ce que je cherche ! Moi non plus, je ne vois pas d'où il sort, c'est bien toute la question.

J'ai en tête la lettre de Rachel, j'essaie de faire des liens entre ce qu'elle m'a appris et ce que je viens de raconter à Sarah, Rachel, la Polonaise, la juive polonaise ; les phrases prononcées par mon père, une histoire avec « des juifs polonais » ; Piotr le Polonais, l'obsession généalogique de Père... Y a-t-il un rapport entre tout ça ? Comment savoir ?

Mais je ne parle pas de la lettre de Rachel à Sarah, je veux faire un peu de chemin toute seule pour débroussailler tout ça.

« Et Papa, tu lui as dit, finalement ? »

Alex ne sait toujours rien ; je ne l'ai pas encore prévenu de la mort de Père. Et il m'inquiète. Hier soir, quand je suis rentrée de la librairie, je l'ai trouvé, non pas au piano comme d'habitude, mais dans le bain, ses belles boucles grises dépassant d'un nuage de mousse. Une affreuse migraine, m'a-t-il dit. Il n'a presque pas ouvert la bouche, il est resté longtemps dans le bain et puis il est parti se coucher sans rien dire. Je ne l'ai jamais vu dans un état pareil. Ce matin, il n'avait plus mal à la tête mais une petite mine, et surtout un air contrarié. Je lui ai demandé si quelque chose n'allait pas. « Non, non. Ce n'est rien... »

Alex est tellement impénétrable, impossible de lui faire parler de lui. Ses émotions, il les exprime au bout de ses doigts. « Ne te fais pas de soucis, ce n'est rien, ça va passer. »

Le concert se rapproche, c'est sûr, mais il n'a jamais eu une telle anxiété. « Allez, va retrouver tes livres. Si j'ai besoin de toi, je t'appellerai, c'est promis. » Son pâle sourire ne m'a pas rassurée du tout.

Je me sens soudain très fatiguée.

« Non, Sarah, je ne lui pas encore dit. Ton père est trop nerveux en ce moment. Plus tard, on verra. Ne lui dis rien surtout. Tu m'as promis, tu te souviens ? »

Lise

Saint-Laurent, janvier

En vérité, mon choix était simple.

Maintenant, je sais que Théo ne reviendra pas. Qu'il ne me reviendra pas. Quant à Pierre… Nous sommes deux étrangers qui cohabitons sous le même toit. Après sa grande colère contre moi, je n'ai eu aucune nouvelle de lui pendant une semaine. Et puis il est revenu, comme si de rien n'était. Aucune explication. La routine a repris, comme un film sans parole. Mais il est de moins en moins là, et je préfère ça. Alors… Ou bien ma vie s'arrêtait là, d'une façon ou d'une autre. Ou bien je devais fuir.

Je sentais encore une faible lueur d'espoir, un petit phare dans la brume. Quoi ? Je ne sais pas très bien. Une sorte d'appel du large, comme là-haut sur la colline. Je me rêvais sur le grand voilier quittant le port de Nice, accoudée au bastingage, et devant moi, la mer à perte de vue. J'avais un énorme besoin d'air.

Alors j'ai choisi la deuxième solution.

Et un matin, j'ai commencé à préparer mon départ. En secret. Comme si Pierre pouvait resserrer ses griffes sur moi et m'empêcher de m'en aller, comme s'il pouvait me garder prisonnière, se venger contre moi. Une peur stupide, incontrôlée. Mais une peur vraie.

Petit à petit, j'ai fait de l'ordre. Dans mes papiers, d'abord : j'ai relu les lettres que j'avais empilées dans une boîte en carton. Ensuite, je les ai toutes jetées, mais j'ai pris les cartes de Chine. J'ai trié mes photos et gardé celles de mon enfance avec Maman, Marie et Anne. Celles de Théo, aussi, quand il était encore mon petit Théo à moi. Tout le reste, poubelle.

Pour mes fringues, c'était simple. Je n'ai gardé que celles que j'emporterai, rien de compliqué, pantalons, pulls, T-shirts, une doudoune. Et le sweet de Théo. J'ai donné ou balancé toutes les autres.

J'ai porté à la décharge tous mes objets personnels, sauf deux ou trois, petits et faciles à transporter dans mon sac de voyage marocain, celui en cuir naturel qui est devenu très foncé avec le temps, le cadeau de Théo que je traîne partout. Rien de plus. Il fallait que tout mon passé tienne dedans. J'ai pris ma timbale de baptême en argent. Le baptême, je m'en fiche, mais c'est l'objet qui a la plus longue histoire avec moi : il m'a suivie partout et je l'ai eu toute ma vie dans ma chambre. Avec, toujours, un marron au fond que je changeais d'une année sur l'autre. J'ai pris aussi le tout petit bateau de pêche en bois qu'Anne m'avait offert pour mes dix ans. Anne avait fait un gâteau exprès pour moi, en meringue, une mer avec de grosses vagues blanches et elle avait posé le bateau dessus. La peinture s'en va, il est tout abîmé, mais c'est comme la timbale, je l'ai traîné partout de tiroir en tiroir. J'ai aussi emporté ma bonbonnière bleue en porcelaine de Nevers, cadeau de Maman. Celle-là, il a fallu que je l'emballe vraiment bien, j'y tiens beaucoup. Peut-être parce qu'une bonbonnière, ça ne sert à rien de sérieux, seulement à donner du plaisir, Maman y mettait toujours des bonbons de toutes les couleurs. Je l'ai bourrée de coton et entourée avec deux T-shirts.

J'ai pris aussi l'appareil photo de Théo. Je ne m'en suis jamais servie, mais on ne sait jamais. Et les deux derniers livres que Marie m'a donnés, parce qu'ils étaient avec moi à la clinique, chacun témoin d'un séjour réparateur qui m'avait remise sur le chemin.

Voilà. C'est tout. Quand j'ai vu mon petit sac, avec toute ma vie compressée dedans, je me suis sentie mieux. Plus légère. J'avais largué tout ce qui me collait à l'âme. J'étais prête. Prête, sur le quai de ma vie d'avant, mon baluchon au pied, à embarquer sans me retourner.

Prête, mais je n'arrivais pas à m'en aller.

J'avais glissé mon sac sous le lit dans la chambre de Théo, en attendant d'en avoir le courage. Et pour m'aider, je gardais toujours, au fond de la poche, le marron que j'avais ramassé au Luxembourg quand j'étais allée m'y promener avec Marie. Mon talisman, mon gri-gri, ma graine de futur. Je le serrais dans mon poing toutes les fois que mon idée de partir m'affolait. Chaque fois aussi que je me sentais glisser à nouveau vers l'alcool, vers le vide.

Je ne suis plus allée voir Maman, comme d'habitude, pourtant j'avais envie de lui dire au revoir, sans qu'elle le sache. Mais Maman, elle m'aurait tout de suite posé plein de questions. Je lui ai dit que j'étais malade, une sciatique, incapable de me déplacer. Comme ça, aucun risque, elle ne vient jamais chez moi.

Le 2 janvier, j'ai reçu une lettre de Théo, la première. Je l'ai lue tellement de fois, je la connais par cœur. Il me dit qu'il se fait beaucoup de soucis pour moi. Pierre, ou quelqu'un d'autre, a dû lui écrire. Quoi, je ne sais pas, mais j'aime mieux ne pas savoir. Il me donne des tas de conseils, me dit de faire attention à moi, de faire du sport (moi, du sport…), de voir du monde, de sortir de notre grenier. Il me dit, *Maman, tu sais, toi et moi on était comme deux bûches penchées l'une contre l'autre. Pour tenir debout, on avait besoin de s'appuyer sur l'autre. Deux bûches collées l'une à l'autre qui ne servaient à rien, et ma vie à moi, elle partait en fumée.*

En lisant sa lettre, j'entendais sa voix, je le voyais affalé sur ses coussins, complètement absorbé dans ses dessins animés, et moi, pendant ce temps-là, balançant mes journées au fond de mon hamac. *J'étais mal parti, tu sais, très mal parti. Il était temps que je m'en aille. C'est Li qui m'a fait bouger. Li, elle m'a parlé d'autre chose, elle m'a raconté la vie chez elle, là-bas. C'est elle qui m'a donné envie de repartir de zéro. Et tu sais bien que c'était mon rêve, d'aller en Chine.*

Elle m'a aussi parlé de Confucius. Un jour, moi aussi, quand je viendrai te voir, je te parlerai de Confucius.

Théo était parti et moi j'étais tombée. Il avait raison Théo, je n'étais qu'une bûche, un morceau de bois qui s'était affalé de tout son long après son départ.

Oui, je repars de zéro. Ici, tout est à faire. Le papa de Li lui a trouvé du travail, il se débrouille en anglais et commence à apprendre le chinois. *Maman, je suis heureux. Heureux en Chine et heureux avec Li.*

Dans l'enveloppe, une photo de Li, mais pas de lui. Elle a l'air douce, Li, douce et jolie. Elle a de la chance, j'espère qu'elle s'en rend compte. Je ne peux pas dire le contraire. Sur la photo elle a l'air gentille, mais elle m'a pris mon fils, et ça, je ne lui pardonnerai jamais. *J'espère que ma lettre arrivera à temps pour te souhaiter une bonne année.*

Juste avant sa signature, il a écrit, en un peu plus petit, à droite, *Prends soin de toi, Maman, fais-le pour moi. Ton fils qui t'aime toujours.*

Qui t'aime toujours.

C'est après sa lettre que j'ai décidé de partir.

*
* *

Il n'y avait plus rien à moi dans les pièces depuis des jours mais Pierre n'avait rien remarqué. Il ne restait que ma brosse à dents et des affaires de toilette de la salle de bain, je les ai mises dans un sac en plastique pour les jeter dans une poubelle sur la route. Je ne voulais rien garder d'autre que ce que j'avais mis dans mon sac.

J'ai attendu que Pierre descende à l'atelier, très tôt, comme toujours.

J'ai laissé ma clé de la maison sur la table de nuit de Pierre. Seul signe de mon départ. Pas un mot, rien.

J'ai enfilé ma doudoune, j'ai plié la lettre de Théo dans la poche intérieure pour qu'elle soit plus près du cœur.

Quand je suis arrivée près du portail, je me suis arrêtée une seconde. J'avais décidé de sortir *sans* me retourner. Mais je l'ai fait quand même. J'ai vu cette grande bâtisse toute bête, celle où j'avais passé toute ma vie d'adulte, et je me suis dit : je déteste cet endroit, je l'ai toujours détesté, pourquoi a-t-il fallu tant de temps pour que je me donne le droit de le quitter ? J'ai revu Pierre en un flash quand il était encore tout jeune, j'ai revu notre première nuit, dans cette maison qu'il était si fier de me faire découvrir, la maison de ses parents où il avait toujours vécu. Cette nuit où je me suis collée à sa vie comme une mouche sur de la glu. Et c'est son odeur, celle de son corps, qui m'est revenue à l'esprit. Cette odeur aigre qui me faisait détourner la tête pour respirer. Pierre… L'homme avec qui j'avais fait mon enfant. Votre enfant, rectifiait le psy.

Et voilà que là, dehors, près du portail, le vent m'apportait les essences de pins de la colline. C'était délicieux et j'ai aspiré plusieurs grandes bouffées de cet air transparent à travers les larmes qui brouillaient ma vue. Je me suis dit : voilà, c'est le signe. J'ai poussé la porte tranquillement et je suis partie.

Je savais où j'allais, mais je voulais prendre mon temps pour le voyage, le laisser entre les mains du hasard. Pas d'avion, pas de train. J'ai marché lentement jusqu'à la dernière station d'essence avant l'autoroute, et j'ai fait du stop. « Mais vous savez, mademoiselle, c'est dangereux de faire du stop ! » Il était gentil, le jeune homme à qui j'ai demandé s'il pouvait m'avancer un peu, pendant qu'il faisait le plein à la pompe. Mademoiselle... Je n'ai tellement pas l'air d'une dame, mais je ne fais pas vraiment jeune non plus.

Conducteur après conducteur. Lyon. Paris. Rennes. Lorient.

Ensuite, ça a été plus dur d'aller jusque chez Anne. J'ai même fait un bout de chemin à moto, mon sac accroché comme je pouvais sur le dos, et la dernière partie à pied.

Volontairement, je ne l'avais pas prévenue de mon arrivée. Anne, c'est une de ces rares personnes qui sont toujours chez elles et toujours contentes d'ouvrir leurs portes à des visiteurs.

Il faisait nuit noire quand j'ai frappé à sa porte, j'étais morte de fatigue. Anne se découpait dans l'encadrement. Massive, rassurante. Je me suis jetée dans ses bras et j'ai éclaté en sanglots.

Marie

Paris, février

Sur mon palier, ce matin, une autre lettre épaisse.

Alex est au piano. Il reprend nerveusement, encore une fois, le *Nocturne n° 15.* Je ne reconnais pas sa façon de jouer, ce n'est pas du tout comme d'habitude, son doigté est plus lourd, plus incertain. Le concert est la semaine prochaine, je me fais un sang d'encre et je n'arrive pas à lui parler.

Plusieurs fois je lui ai proposé d'aller voir un médecin, il couve peut-être quelque chose. Mais il refuse catégoriquement : « Je ne suis pas malade. » La seule chose que j'ai pu tirer de son mutisme m'a effrayée. À force de l'interroger, il a fini par me dire : « Tout compte fait, j'en ai assez de jouer du piano. Mais le problème, c'est que je ne sais rien faire d'autre. » J'ai dû faire une drôle de tête, parce qu'il s'est immédiatement repris et m'a assurée : « Mais non, voyons. Ne me regarde pas comme ça ! Je dis ça pour t'embêter. Bien sûr que non, je ne vais pas m'arrêter. Mais tu me casses tellement les pieds avec toutes tes questions. » Malgré ça, je me suis mise à pleurer. Il m'a prise dans ses bras, a séché mes larmes. « Allons, chérie, ne te mets pas dans des états pareils. Quelle serait ma vie sans mon piano ? Je lui donne tout ce que je peux, tu le sais bien. Allons, laisse-moi tranquille. Je suis un peu fatigué, c'est tout. »

Je voudrais tellement lui parler de tout ce qui se passe autour de mon père, mes discussions avec Sarah, la lettre de Rachel, mais je ne me décide pas. C'est la première fois que je ne partage pas quelque chose avec lui. Père est mort depuis septembre, et il ne le sait toujours pas.

Et voilà qu'une seconde lettre arrive. Je suis partagée entre l'ouvrir tout de suite ou attendre d'être arrivée à la librairie pour la lire tranquillement, comme la dernière fois.

Mais je n'ai pas envie de quitter la maison et de laisser Alex seul. Tant pis, exceptionnellement, la librairie restera fermée ce matin. Je vais dans ma chambre, je m'installe sur le lit et je décachette l'enveloppe.

« Clamart, le 11 janvier

Chère Marie,

Oui, je vous écris du bord de ma fenêtre, comme vous l'avez si bien imaginé.

Oui, j'ai les yeux gris. Mais mes cheveux ne sont plus noirs, ils sont gris aussi !

Oui, je suis petite et menue. Et j'ai les mains de mon père, j'ai cette chance.

Et vous, Marie, comment êtes-vous ? J'aurais plaisir à me faire une image de vous en vous écrivant. Nous nous disons des choses tellement intimes, tellement fortes, je crois n'avoir jamais parlé aussi ouvertement à qui que ce soit.

Même avec votre père, mon ami le plus proche, la communication passait par des biais, des situations objectives, l'histoire des autres. Je ne suis pas d'un caractère extraverti et Charles a toujours été avec moi très discret sur lui-même. Le silence était notre ordinaire, aussi nous ne recherchions pas le dialogue. Notre amitié était d'une curieuse nature, nos solitudes se rejoignaient, sans véritablement partager ce qui fait d'ordinaire le lien entre deux êtres : parler de soi, raconter ce que l'on fait, évoquer des projets.

Non, notre complicité était toute autre, mais elle existait vraiment, je vous l'assure. Et ce, malgré le fait que je ne savais pas grand-chose sur lui, si ce n'est qu'il vivait seul – je le croyais célibataire – et qu'il gérait quelques boutiques d'articles divers, dans le bâtiment.

J'avoue, moi aussi, n'y rien comprendre et je suis abasourdie d'apprendre que Charles a divorcé quelques années après notre rencontre. Si je reviens en arrière et que je cherche dans mes souvenirs, je me rends compte que je n'ai rien pu percevoir. Ni sa vie de famille auparavant, ni un changement d'attitude ou de comportement chez lui, qui aurait pu me faire penser que sa vie s'était alors profondément modifiée.

Quant à son antisémitisme manifesté avec "violence", pour reprendre vos termes... Comme je vous l'ai dit, j'avais trente-quatre ans quand j'ai rencontré votre père. Nous nous connaissions donc déjà depuis plusieurs années quand vous avez cessé de vous voir à la suite de ce que je suppose être une dispute. Je n'ai pas souvenir de la moindre expression d'antisémitisme chez votre père. Par contre, son intérêt pour la question, oui.

Une chose, peut-être...

Je vous ai déjà parlé de ses nombreux questionnements, les premiers mois où je l'ai rencontré, et du fait que je pensais que c'était pour mieux me connaître, mieux appréhender le monde dans lequel je vivais. Ses questions concernaient mon existence : mes parents, mes souvenirs, mon mode de vie. Mon univers personnel en fait, pas du tout en lien avec ma religion.

Mais tout bien réfléchi, je me rends compte qu'il y a eu un net changement chez lui après la naissance de mon fils. C'est à partir de cette époque qu'il est devenu curieux de tout ce qui touchait les juifs en général, leur histoire, leur religion. Ma famille est passée largement au second plan. Il m'interrogeait sur la Torah, voulait tout savoir de nos fêtes traditionnelles. Je répondais consciencieusement à ses questions, comme si mes connaissances étaient éprouvées par un maître d'école.

J'avais fait circoncire Gabriel, selon nos traditions. Charles était au courant et il n'avait manifesté aucun jugement ; mais il est vrai qu'il ne faisait jamais le moindre commentaire et au fond, je ne sais pas du tout ce qu'il en pensait. Parfois, il me paraissait comme fasciné, insatiable de curiosité, comme s'il voulait comprendre quelque chose qui lui échappait complètement. Parfois au contraire, je percevais un détachement, comment dire, une certaine froideur. Mais je n'y prêtais pas plus d'attention que cela ; vous le savez aussi bien que moi, votre père n'était pas un homme facile d'accès, ni particulièrement chaleureux.

Vous parlez de son linge. En effet, je m'en suis occupée, et si je réfléchis bien, c'était à partir des années 70. Est-ce la période où il a divorcé ? Il avait – j'en suis l'auteur, je l'avais confectionné moi-même – un sac de toile écossaise, qu'il apportait lorsqu'il venait à la maison. Il m'avait demandé comme un service de m'occuper de son linge et me payait pour cela, beaucoup trop d'ailleurs. Il ne lui avait pas échappé que je vivais très modestement, c'était une façon discrète de m'aider ; surtout après la naissance de Gabriel, mes traductions me rapportaient tout juste assez pour vivre. Votre père a toujours été très généreux avec moi.

La naissance de mon fils a évidemment changé ma vie, mais pour autant, cela n'a en rien modifié les habitudes que nous avions prises avec Charles. Nos séances de lecture de mes manuscrits occupaient toujours nos soirées. Et il est vrai que la présence masculine de Charles dans notre petit monde clos, même très limitée à une soirée par semaine, a été infiniment précieuse pour mon Gabriel, privé de père.

Malgré ce handicap majeur – être élevé sans père – Gabriel a grandi, il me semble, dans la paix et l'harmonie. Comme moi, il est d'un caractère solitaire et réservé. Il vit toujours à la maison et je ne lui connais pas d'amie de cœur. Mais c'est un être passionné.

Sa première passion est la voile en solitaire. Grâce à Charles, qui a toujours poussé Gabriel à se dépasser, à aller au bout de lui-même (et grâce aussi à sa bienveillante contribution), il s'est beaucoup entraîné lorsqu'il était plus jeune. Charles voulait qu'il devienne un sportif de haut niveau, il l'inscrivait à des programmes intensifs, l'encourageait sans cesse, et le stimulait en lui offrant des livres relatant la vie de coureurs légendaires. J'ai souvent pensé que votre père, qui ne savait pas nager, n'était pas du tout sportif et avait très peur de la mer, dépassait ses frayeurs et projetait ses ambitions à travers Gabriel. Et Gabriel en était très heureux, parce que lui, il a tout de suite aimé la mer. Il passait ses soirées dans les clubs de sport, toutes ses vacances sur l'eau, et beaucoup de week-ends aussi, dès qu'un de ses amis du club de voile pouvait l'emmener participer à une régate. Et il était un équipier très apprécié, à en juger par le nombre de courses auxquelles il a participé !

Depuis mon accident, Gabriel hésite toujours à me laisser, mais je sais qu'il rêve de ses traversées. Il passe des heures entières le nez dans ses revues de bateau – il est abonné à plusieurs – c'est sa part de liberté qu'il cherche dans ces pages. Son deuxième amour est le violon. Il joue remarquablement bien, sur un instrument réalisé par mon père, bien sûr. L'entendre s'exercer est mon bonheur quotidien. J'aurais aimé qu'il en fasse son métier, mais Charles n'était pas de cet avis, alors je me suis inclinée. Gabriel aussi. Aujourd'hui, il est concertiste amateur, il joue dès qu'il peut.

Tout a tellement changé à la maison depuis la mort de Charles. Je ne reconnais pas mon fils. Lui toujours si joyeux et prévenant avec moi est devenu taciturne, presque mauvais parfois. Ou alors, il me harcèle de questions : comment j'ai connu votre père, ce qu'il y a eu entre nous, pourquoi il venait chaque semaine. Je lui dis la même chose qu'à vous, ce qu'il sait déjà, mais je vois bien que mes réponses ne le satisfont pas, qu'il ne me croit pas, qu'il cherche autre chose.

Il revient sur sa naissance. Qui était son père, pourquoi il ne l'a jamais connu. Je lui raconte à nouveau : un cousin éloigné de Varsovie, hébergé quelque temps, en partance pour les États-Unis. Un homme jeune et robuste, une jeune femme seule, en manque de famille, les évocations de son pays, du mien par procuration… Je suis tombée amoureuse, tout bêtement. La suite est bien banale. Mais le cousin est parti un matin, me laissant seule à nouveau, il a disparu et je n'ai plus jamais eu de ses nouvelles.

Je ne sais pas ce que fait Gabriel avec l'entreprise de votre père. S'il s'en préoccupe ou s'il l'évite. Je suppose qu'il doit bien être obligé de s'y intéresser, mais il ne me dit plus rien de ses journées. Parfois, il rentre très tard, après le dîner, de gros dossiers sous le bras, qu'il épluche pendant des heures dans sa chambre.

Mon fils me fuit pour la première fois, et j'en souffre énormément.

Et maintenant, votre lettre, qui ajoute à ma confusion. Je suis retournée par tout ce que vous m'apprenez. Quelque chose chancelle en moi, me donne le vertige. Je revois Charles jouer avec Gabriel, qui avait sept ans quand vous avez cessé de le voir. Aurait-il été si proche, si gentil avec lui, s'il avait les juifs en horreur ?

Non, Marie, je ne crois pas votre père monstrueux au point qu'il aurait pu me jouer la comédie pendant plus de quarante ans. Contrairement à vous, j'en ai le souvenir d'un homme qui m'a protégée sans faillir. Je n'ai pas cette terrible image de lui que vous me décrivez. Et je le dis : il me manque. Et beaucoup. Mais il est effrayant de constater que vous et moi avons une perception aussi opposée d'une même personne.

Tout cela est bouleversant. Que puis-je faire pour que nous retrouvions la paix ? Je me confie à vous, je ne sais pas si je fais bien, mais je me sens si seule.

Si vous me le permettez, je vous embrasse, chère Marie.

Rachel »

Anne

Port-Manech, février

Un soir, on a frappé à la porte : c'était Lise. En larmes, elle s'est effondrée dans mes bras, à bout de force.

Elle était partie de chez elle le matin, très tôt, sans rien dire à personne, son petit sac sous le bras. Et qu'est-ce qu'elle a fait ? Du stop, pour venir jusque-là. Du stop ! en plein hiver. Dix-huit heures de voiture, Côte d'azur-Bretagne d'une seule traite ! Et encore, elle a eu de la chance de pouvoir faire le trajet en une fois.

Et si je n'avais pas été là, à minuit, pour lui ouvrir, elle aurait dormi dehors, en plein mois de janvier ?

Dès le lendemain matin, Maman m'a appelée tout affolée pour savoir si j'étais au courant de quelque chose. Bien sûr, je lui ai tout de suite dit qu'elle était à la maison, et je lui ai passé Lise. Elles ont discuté pendant un temps fou, Lise a pleuré, et en raccrochant, elle m'a dit qu'elle lui avait fait jurer de ne rien dire à son mari.

Je lui ai fait remarquer que ce n'était pas très sympa pour lui, ça ne changeait rien de dire où elle était, Pierre n'allait tout de même pas débarquer ici pour la forcer à rentrer chez elle. Mais elle ne voulait absolument pas en entendre parler.

Je l'ai soupçonnée d'avoir eu envie qu'il s'inquiète pour elle ; qui sait ce qui peut se nicher dans sa tête ?

N'empêche que dans son dos, j'ai quand même appelé Pierre. Pas vraiment par amitié pour lui, tout le monde sait ce que j'en pense, y compris Lise. Mais il ne faut pas exagérer. Il n'avait d'ailleurs pas l'air particulièrement inquiet, il m'a dit qu'il pensait que Lise était chez sa mère. À la fin, il m'a avoué : « Je ne sais plus quoi faire, avec elle. Alors, si tu peux faire mieux que moi… »

Enfin, bref, Lise s'est installée chez moi.

Il a fallu que je m'organise. Apparemment, elle est là pour un bon moment. J'ai débarrassé mon annexe, comme je l'appelle, mon petit atelier d'été où j'ébauche mes premières esquisses sur le chevalet avant de les mettre en chantier dans la grange, et je l'ai installée dans la chambre du haut. J'avoue, ça me manque un peu, cet endroit paisible où je pouvais me retirer, voir loin, laisser aller mon crayon, avec la mer pour toile de fond. De sa petite fenêtre, on a la plus belle vue de la maison. Mais j'espère qu'elle apprécie, elle est vraiment adorable, cette chambre. Un peu étroite, c'est vrai, et on se cogne la tête aux vieilles poutres, mais c'est la plus sympa de la maison, et en plus, elle est baignée de soleil tout l'après-midi.

Là au moins, elle est tranquille, elle peut dormir jusqu'à midi sans déranger personne. Et vivre sa vie en toute liberté, puisque la chambre a une sortie directe sur le jardin par l'escalier extérieur en pierre – l'escalier d'orgueil, comme on l'appelle ici.

Mais il n'y a pas seulement la question de l'installation, il faut aussi s'occuper d'elle, et ça, ce n'est pas le plus simple.

La pauvre Lise… Il faut voir dans quel état elle est : elle ne dit presque rien, ne mange rien, ne s'intéresse à rien, passe des heures le regard vide devant la télé ou là-haut sur son lit, déconnectée de tout. Un vrai désastre.

J'ai essayé de la bouger un peu et de lui faire prendre l'air, mais j'ai compris qu'il fallait y aller doucement. Une fois, je l'ai emmenée avec moi faire les courses à vélo, mais elle s'est tellement traînée qu'on a mis des heures, j'ai cru qu'on n'arriverait jamais à rentrer.

Je lui ai aussi proposé d'aller faire un petit tour en voiture et de passer voir Clara qui devait me montrer des plans. « Tu sais, Clara, ma copine d'enfance. Elle t'aimait bien. Elle habite tout près, à Pont-Aven. Elle serait sûrement contente de te revoir. Je l'ai retrouvée il n'y a pas longtemps, elle m'a dit des choses très gentilles sur toi…

— Non. Vas-y sans moi. »

Flop.

Je me suis dit, puisque c'est comme ça, puisqu'elle ne veut pas sortir, je vais trouver autre chose pour la distraire et la décoller un peu de la télé. Je lui ai mis des livres sur sa table de nuit. Des livres sur la Bretagne, des polars, et même des BD. Rien à faire, elle n'y touche pas. « Pas envie de lire. » Pourtant, un bon polar, il n'y a rien de mieux pour se changer les idées.

Je lui ai fait de superbes tartes, des soupes, des beignets, des boulettes de viande, en faisant de mon mieux pour que ce soit joli à regarder, facile à avaler. Mais là non plus, je n'ai pas eu de succès. J'ai aussi tenté l'apéro, pour lui donner un petit coup de fouet, mais elle m'a dit tout de suite qu'elle n'avait pas le droit à l'alcool avec ses foutus médicaments. Je ne sais pas trop ce qu'elle prend, mais je ne suis pas sûre que ça lui réussisse vraiment. Au contraire, j'ai l'impression que ça l'abrutit complètement, cette quantité de pilules qu'elle avale.

Et pour ce qui est de la conversation, c'est on ne peut plus sommaire : « Oui », « Non ». Plutôt non, d'ailleurs. « Pas envie », « une autre fois »..., pour terminer par dire, la plupart du temps : « Je suis fatiguée. Je vais dans ma chambre. »

Au bout de quelques jours, j'avais tout essayé, je ne savais plus quoi inventer et je me suis sentie inefficace, avec l'impression désagréable de ne pas être à la hauteur. Pourtant, quand elle est arrivée, je l'avoue, j'étais fière qu'elle m'ait choisie, moi, comme refuge. Moi plutôt que Maman ou Marie, j'ai trouvé ça vraiment valorisant. Je pensais : vous allez voir de quoi elle est capable, Anne, en quelques jours, elle va vous la remettre sur pieds, la petite Lise ! Mais j'ai vite déchanté quand je me suis rendu compte que ce n'est pas simple du tout de s'occuper d'elle.

Alors, j'ai baissé un peu les bras, et fini par vaquer à mes petites affaires, en faisant comme si elle n'était pas là. Mais il m'est impossible d'évacuer sa présence : dans la maison, rien n'est comme d'habitude, j'ai l'impression qu'elle est partout. Même si elle est là-haut et qu'elle ne fait pas de bruit, je sens tout le temps qu'elle est là. Incroyable ce qu'une présence, même absente, peut peser lourd ! Je me mets à guetter le moindre bruit, je passe mon temps à me retourner parce que j'ai cru qu'elle était rentrée dans la pièce ; à regarder l'heure toutes les cinq minutes, en pensant : si elle n'est pas descendue dans une heure, je vais voir si ça va. Et à me creuser la tête sans arrêt : et si je lui proposais ça, ou ça... ça lui plairait, peut-être.

Pourtant, elle ne me demande rien, Lise. Et par moments, je me dis que si je n'allais pas la chercher dans sa chambre, elle ne descendrait jamais. C'est ce que je devrais faire, d'ailleurs, paraît-il. J'en ai parlé à Clara, elle m'a dit : « Laisse-la. Elle reviendra toute seule. Si tu la laisses dans son coin, tu lui montreras que tu as confiance en elle. Tu verras, elle reviendra vers toi. Deux jours, trois jours... Une semaine, deux semaines peut-être. Elle a certainement besoin d'être seule. Seule avec elle-même. » Facile à dire ! Moi, ça m'angoisse trop, de la savoir là-haut, prostrée, dans cette chambre.

Je l'ai dit à Marie, hier, au téléphone : « Lise est vraiment mal en point, tu sais... » Je ne lui ai pas avoué à quel point il m'est pénible de partager la vie d'une zombie sans pouvoir l'aider à s'en sortir. « Mais elle reprend des forces, ça va aller. » J'ai dit ça pour frimer, mais je ne suis pas sûre que Marie m'ait crue.

Heureusement, j'ai Yann. Au moins, les soirs où il est là, je l'oublie un peu, Lise. Je lui dis quand même de venir dîner avec nous, mais comme d'habitude, elle est là sans être là ; elle ne mange rien, elle ne dit pas un mot.

Et juste après, c'est plutôt moi qui la renvoie chez elle : « Ma petite Lise, il est tard, tu as mauvaise mine, tu devrais aller te reposer un peu. » Au lit ! La suite, c'est pour les grandes personnes.

Oui, pas facile, la vie avec Lise. Je ne sais pas combien de temps ça va durer comme ça. Je me suis donné jusqu'à la fin du mois, on verra si ça va un peu mieux. Sinon... Je ne sais vraiment pas quoi faire d'elle. Et je m'inquiète beaucoup. Parce que, jusqu'à maintenant, je ne constate aucune amélioration.

Si. Une chose. Une seule chose qui a l'air de l'accrocher. Et de lui faire du bien : c'est ma petite Miquette.

Miquette lui a grimpé sur les genoux, hier, et depuis, elle ne la quitte pas. Lise la garde tout le temps contre elle, les doigts fourrés dans son long poil fauve.

Elle est plus douée que moi, Miquette.

Marie

Paris, février 2005

Et voilà.

Ce que je craignais est arrivé. Hier soir, le concert : une catastrophe. Alex figé, raide. Il n'a jamais joué aussi mal les *Nocturnes*. Tristesse et mélancolie, oui. Mais pas assez de fluidité, pas assez d'apesanteur. Alex, au toucher si délicat, si délié, si clair, semble engourdi. Applaudissements timides, pour l'estime. Critiques acerbes de celui qui l'a dans le collimateur, évidemment.

Et mon Alex, quittant la scène, sans un mot, le regard lointain, calme. Trop calme. Lui toujours tellement sensible à l'émotion qu'il transmet d'habitude. Il a dû être terriblement malheureux.

Pour lui changer les idées, je l'entraîne faire un tour sur le bord de la Seine. Le dimanche matin, les quais sont déserts, nous y allons souvent. Alex marche à mes côtés, silencieux. Je le sens ailleurs, soucieux. J'ose : « Alex, dis-moi… Que se passe-t-il ? »

Je lui tiens la main, fort. « Je ne sais pas, me répond Alex. Je ne sais vraiment pas… Je me sens vide. »

Vide. Qu'est-ce que ça veut dire, vide ?

Jamais son moral n'a été touché à ce point, Alex est du genre tonique, réactif à tout. Tendu et coléreux quelquefois, mais toujours présent, toujours à l'écoute. Je ne l'ai jamais vu abattu, distant.

J'ai encore en tête cette phrase qu'il m'avait lancée à la figure et qui m'avait fait si peur : arrêter le piano. J'avance à tout petits pas dans la discussion, comme vers un cheval rebelle, qui pourrait se cabrer et s'enfuir d'un bond.

« Vide ? »

Sur le pont des Arts, la Seine coule tranquille à nos pieds. Alex est accoudé à la balustrade et la regarde sans la voir.

« Oui, vide. Comme si un ressort s'était cassé. Comme si la vie était devenue brutalement en noir et blanc. Sans relief. Mais lourde, lourde… Comme si… »

Ses mots me font mal. Je retiens ma respiration, de peur qu'il s'arrête de parler de lui. C'est si rare. Il fait humide et froid. Temps sinistre, ici, ce matin.

« J'ai besoin d'air. D'espace. Je ne supporte plus Paris. J'ai envie de marcher dans les champs. De courir sur une plage sauvage sans personne. J'étouffe. »

Une petite voix intérieure gémit : « Et moi ? Je ne compte pas, moi ? Je suis là, près de toi… et tu vois la vie en noir et blanc… » Je ne compte pas ?

Alex m'a inondée d'amour, depuis toujours. Je m'en abreuve en permanence. Et maintenant, ce besoin d'ailleurs… Je ne peux pas supporter l'idée qu'il me laisse seule sur le seuil de sa vie. Alors, je prends les devants. J'entoure sa taille de mon bras, par-dessus sa grosse veste fourrée. L'aider à retrouver la paix. L'aider à se reconstruire, à redevenir comme avant. C'est son échec, sûrement, qu'il ne digère pas.

Un break. Partir ailleurs pour se remettre.

Nous rentrons à la maison sans parler. Sur le chemin du retour, je n'arrête pas de réfléchir. L'aider à partir, oui, mais où ?

Subitement, une idée me vient. J'essaie :

« Écoute, tu te souviens de ce petit hôtel tout simple où nous avons été si heureux en Grèce ? Tu avais adoré cet endroit.

— En Grèce ?

— Mais oui, à côté de Corfou. Cette très grande chambre avec vue sur la mer… Tu aurais voulu qu'on s'y installe pour toujours.

— Oui, je me souviens…

— Vas-y. Le temps qu'il faudra. Il y a un piano dans le hall, un très bon piano, m'avais-tu dit.

— Oui.

— À cette époque de l'année, il n'y aura personne. Tu pourras travailler tranquillement, te ressourcer. Il fait doux et soleil là-bas, l'hiver. Et puis… Tu n'as pas de concert, ce mois-ci, profites-en. »

Je suis triste. Un vilain nœud me serre le ventre. Des mouettes, qui viennent du large, ont remonté la Seine jusqu'à Paris et dansent lentement dans le ciel couvert. Un soupir m'échappe, mais je le retiens pour qu'il ne le remarque pas : « Ça ne me réjouit pas du tout, tu sais, l'idée de me séparer de toi. Même si ce n'est pas pour longtemps… Ce sera la première fois. Mais je me dis que ça te fera peut-être du bien, d'être seul. De toute manière je ne peux pas partir avec toi : qui s'occuperait de la librairie ? Et le temps de trouver quelqu'un de confiance pour me remplacer… »

Alex ne répond pas, mais il ne dit pas non. Je m'attendais à ce qu'il refuse, qu'il ne veuille pas me quitter. Cela m'aurait rassurée. Mais il ne dit rien, me prend la main et enfonce nos doigts enlacés dans la large poche de mon manteau.

Tout au fond, je sens la troisième lettre de Rachel qui est arrivée hier matin mais que je n'ai pas encore ouverte. Je ne me suis pas précipitée, cette fois-ci. Je l'avais même oubliée. Pour dire vrai, je m'en moque, en ce moment, de mon père, de Rachel, de Gabriel et tout ce petit monde. Ce qui m'importe à présent, et seulement, c'est Alex.

Alex n'a pas dit non. Je le prends comme une gifle, mais je suis la seule responsable. Je me raisonne en me persuadant que j'ai dit ce qu'il fallait, quoi que ça me coûte. Qu'il était en train de couler, et que je le sauve.

À moi de jouer maintenant. Retrouver l'adresse de l'hôtel, réserver le billet d'avion et trouver dans mon amour pour lui le courage d'en être privée pour quelque temps.

Si seulement je savais ce qui se passe en lui. Tout était si simple jusque-là : j'avais un père odieux et un mari solide. Ma vie s'est construite autour de ces repères.

Et voilà que l'un et l'autre vacillent. Mon père m'apparaît sous un autre visage, Janus impensable. Quant à Alex, mon Alex robuste et fort, j'étais loin de soupçonner chez lui un trouble aussi profond.

Alex se met à son Bösendorfer. Il joue pour moi, je le sais, il a choisi mon morceau préféré, *La Tempête* de Beethoven, celui grâce auquel je l'ai connu, et il le joue divinement.

Merci, merci, Alex. Merci pour ce message d'amour qui me fait tant de bien. Je me sens moins seule, maintenant, c'est ta façon à toi de me dire que tu sais à quel point je souffre à l'idée d'être séparée de toi. Tu me donnes du courage et tu m'adresses un signal fort, un espoir à partager avec toi : tu sais toujours faire vibrer l'âme de ceux qui t'écoutent. La musique m'apaise, je ravale mes larmes. Alex traverse un moment difficile, c'est tout. Moment de doute, comme tout artiste. L'âge, peut-être, aussi. Il n'est plus tout jeune, mon homme.

Pour me secouer, je prends la lettre de Rachel. Que va-t-elle encore m'apprendre sur ce père merveilleux qui fut le mien ?

« Clamart, le 2 février

Chère Marie,

Il n'y a qu'à vous que je puisse me confier. Depuis votre dernière lettre, je pense si fort à vous et à ce que vous m'avez dit de votre père. Ma confusion est totale. Vous comprendrez pourquoi, quand je vous aurai dit ce que nous avons découvert.

Avant-hier, Gabriel est rentré à la maison dans un état d'agitation tout à fait anormal chez lui. Il s'est laissé littéralement tomber sur le canapé, sans lâcher sa serviette ni enlever son manteau. “Maman, c'est terrible...” furent ses premiers mots. Je me suis approchée lentement et je lui ai pris la main. Il s'est laissé faire, premier geste de tendresse entre nous depuis longtemps. Il a renversé la tête en arrière, fermé les yeux et poussé un profond soupir. Alors, il m'a raconté...

Gabriel passe toutes ses journées dans le bureau de votre père pour essayer de comprendre quelque chose à la société. On le presse, il doit répondre aux questions des banques, des fournisseurs, etc. Lui qui n'y connaît rien ! Et personne dans l'entreprise pour le renseigner : votre père était seul à diriger, il ne partageait rien et son personnel se borne à exécuter des consignes, on se croirait au siècle dernier, me dit Gabriel. Il doit donc se débrouiller tout seul et passe des heures à fouiller dans les armoires à la recherche des dossiers. Mon fils a l'air d'avoir bien du mal, c'est un ingénieur, pas un gestionnaire !

Il m'a décrit le bureau de Charles, mais je suppose que vous y êtes déjà allée : double porte blindée, vidéo pour surveiller les visiteurs, deux coffres-forts avec combinaison. Un vrai bunker. Gabriel a bien sûr été surpris par tant de précautions, il n'avait jamais vu ça pour un bureau.

À première vue, me disait-il, les coffres sont rangés de façon obsessionnelle. Il y règne un ordre parfait. Mais en apparence seulement, paraît-il. Toujours est-il qu'il a ouvert le dossier “Immobilier”, dans lequel il a trouvé celui des boutiques de votre père. À ce propos, Gabriel m'a dit que votre père vous en a laissé la propriété des murs. Et à ce qu'il en dit, ce n'est pas un cadeau pour vous, assurément. Certains magasins sont très mal en point, mon fils a été stupéfait du nombre de procès en cours, des difficultés avec les copropriétaires, la Sécurité, le fisc…

Il est aussi tombé sur l'acte de propriété d'un petit immeuble, situé près de chez nous, à Clamart. Gabriel s'est étonné de le trouver dans les documents de l'entreprise, ayant constaté qu'il s'agissait d'un bien personnel de Charles. Il s'est d'ailleurs souvenu que cet immeuble est revenu à l'une de vos sœurs, Anne. Mais il y a jeté un œil, par curiosité.

Quelle ne fut pas la stupeur de Gabriel quand il y découvrit le nom du précédent propriétaire. “Le vendeur… Sais-tu qui c'était ?” Gabriel était extrêmement ému. “Ton propre père, Maman, Ivan Reminovski !”

Inutile de vous dire que je n'en croyais pas mes oreilles. Je l'ai fait répéter deux fois tellement cela me paraissait inconcevable.

Mais ce n'était pas tout.

En examinant le dossier, Gabriel est tombé sur une enveloppe cachetée, portant la mention "Confidentiel" en lettres anglaises. L'écriture n'était pas celle de Charles, Gabriel en est certain. D'ailleurs il me l'a montrée et j'en suis sûre aussi. Le cachet était un de ces vieux cachets de cire, aux initiales "E.V.". Gabriel en a conclu qu'il s'agissait du sceau d'Émile Vautrin, votre grand-père. Cette enveloppe n'avait donc jamais été ouverte. Mais Gabriel, lui, l'a décachetée.

À l'intérieur, une lettre manuscrite. C'était une brève lettre de mon père Ivan, adressée au père de Charles. Il le remerciait et lui indiquait qu'il avait bien reçu la première partie du paiement, correspondant à la moitié du prix de la vente de l'immeuble de Clamart. Et il lui demandait de reporter une fois encore le règlement de l'autre moitié, "en raison des évènements". Elle date de juillet 1942. Elle dit au père de Charles que, devant partir en province avec sa famille "pour quelque temps", il comptait lui indiquer très vite "l'adresse pour le deuxième virement", dès qu'il aurait "établi le contact à New York".

J'ai parfaitement reconnu l'écriture de mon père. L'impression de recevoir un coup de poignard dans le cœur. Mon père a repris brusquement vie dans ma mémoire à travers cette lettre. J'ai revécu ce mois de juillet 42, la fébrilité des dernières heures avant notre fuite de Paris pour la province. Je l'ai revu griffonner hâtivement un papier sur un coin de table, je l'ai revu comme s'il était devant moi aujourd'hui, dans sa veste de velours noire, et à cette image, mon cœur s'est violemment serré et une douleur atroce m'a traversée. Je suis sûre maintenant que c'était cette lettre que mon père écrivait.

Après ces révélations de Gabriel, j'étais effondrée, n'arrivant pas à mettre de l'ordre dans mes esprits, refusant d'admettre ce que je venais d'entendre.

Que savait Charles ? Que savait-il exactement lorsqu'il m'a téléphoné la première fois ? Et cette lettre, qui était restée cachetée depuis 1942 et révélait ses vérités aujourd'hui, Charles en connaissait-il le contenu, puisqu'elle était cachetée ? Je n'avais jamais entendu parler d'un projet en lien avec New York, et j'ignorais que mes parents avaient possédé un immeuble. Après la guerre, j'avais juste retrouvé un livret de Caisse d'épargne, bien garni, qui m'avait permis de m'en sortir sans eux, le temps de trouver un travail. Je n'avais pas cherché plus loin.

Quant à mon fils, il s'est enfermé dans sa chambre. Et le soir même, au dîner, il m'a fait part de ses déductions : "Charles devait savoir que l'argent de la deuxième moitié de la vente n'avait jamais été versé par son père", m'a-t-il déclaré péremptoirement.

Nous nous sommes, pour la première fois de notre vie, âprement disputés. Gabriel exigeait que soit remis en question l'héritage et en particulier le legs de l'immeuble de Clamart à votre sœur. Il voulait rencontrer le notaire sans délai pour l'informer de sa découverte. "C'est du vol, a-t-il protesté. Cet immeuble t'appartient pour moitié." Je m'y suis formellement opposée. J'ai répondu à Gabriel que son point de vue n'était que suppositions, mais qu'en revanche, il n'avait pas refusé l'héritage de l'entreprise, bien qu'il eût appris que Charles avait des enfants. L'entreprise valait peut-être bien plus que l'immeuble, il ne devait pas oublier que cela constituait un formidable cadeau.

Gabriel m'a rétorqué avec une grimace de dépit : "Tu veux compenser un vol par un cadeau ?" En vérité, je n'avais pas d'argument rationnel à lui apporter, mais je n'avais pas envie de lui dire tout ce que je dois à votre père, son soutien sans faille dans l'éducation de Gabriel, ses encouragements, ses contributions financières, nombreuses et généreuses.

Gabriel en veut beaucoup à Charles de ne lui avoir rien dit quant à ses intentions de lui céder l'entreprise. Et puis, bien sûr, il y a l'énorme choc de la découverte de ses trois filles. Pauvre garçon, lui qui avait un attachement si grand pour votre père, quelle douleur doit-il éprouver d'avoir été le jouet de dissimulations d'une telle ampleur.

Et pourtant, voyez-vous, malgré tout cela, je n'arrive pas à penser que Charles voulait du mal à Gabriel, lui qui l'aimait tant. De façon posthume, je continue à lui faire confiance et je respecte ses choix, même si ses raisons m'échappent. Comprenez, je suis une femme seule, Marie. La présence de Charles m'a protégée toute ma vie. C'était un leurre, peut-être, c'est une réalité tout de même. Je lui dois énormément, je ne l'oublierai jamais.

Je ne veux donc pas que ce dossier d'immeuble soit déterré. Mais Gabriel s'éloigne de plus en plus de moi et c'est une douleur intolérable.

Je ne sais plus que faire, que dire. Que penser.

Bien à vous,

Rachel »

Lise

Port-Manech, février

De mon observatoire, là-haut, je vois la mer.

Je la vois incroyablement bien d'ailleurs, comme jamais je ne l'ai vue de ma vie. Je passe mes journées à la regarder, la scruter, l'admirer. À toutes les heures de la journée, et même la nuit.

Je compare ses tenues. Satin gris-rose, velours bleu nuit, vert-de-gris, argentées, pailletées… Et toutes ses humeurs, de la plus plate indifférence à la colère écumante qui l'agite comme une malade mentale. Tout moi. Sauf que chez moi, ça ne se voit pas, tout est à l'intérieur. Si je m'écoutais, je ne descendrais jamais de ma chambre. Mon lit, ma petite Miquette, la mer et moi. Ça suffit.

Hier, j'ai eu Maman au téléphone. « Oui, oui, ça va, ça va, ne t'inquiète pas… » Je ne sais pas quoi lui dire d'autre. Saint-Laurent est loin maintenant, c'est comme si j'avais traversé des milliers de kilomètres. D'ailleurs, elle appelle moins souvent. On dirait qu'elle a compris que je n'ai rien à raconter. Je n'ai envie de parler à personne.

Je ne regarde même plus la télé depuis que j'ai trouvé la mer, la vraie, l'Océan. Mais j'ai toujours besoin d'alcool. Devant Anne, je n'y touche pas, je lui dis que je ne peux pas avec mes médicaments. Elle me propose toujours un petit verre, quand même. Mais je dis non, et puis, en cachette quand elle est partie faire des courses, je fouille dans ses placards, je prends ce que je trouve et je le planque dans ma chambre. Comme elle est assez désordre, elle n'a pas vraiment remarqué. Ou alors elle croit que c'est Yann. En tout cas, elle ne fait aucune réflexion.

Je crois que je pourrais faire n'importe quoi, elle ne dirait rien. C'est fou le mal qu'elle se donne, elle fait tout ce qu'elle peut pour me remonter le moral, elle se mettrait en quatre pour me faire plaisir. Et d'ailleurs, ça me gêne beaucoup, de la sentir tellement prête à tout pour moi, alors que moi je lui dis toujours non. Mais je n'y peux rien, je n'arrive pas à la suivre.

Oui, tout me fatigue d'avance. Tout m'ennuie, aussi.

Sauf la mer.

Rester allongée sur le lit. Écouter la mer. Voir la mer. Sentir la mer. Ce n'est pas de la mauvaise volonté, je ne peux rien faire d'autre.

*
* *

Yann… Un drôle de type, celui-là !

À première vue, brave gars, gentil avec Anne, toujours prêt à donner un coup de main, genre grand cœur.

Il m'a proposé de sortir en mer avec lui, « Si tu veux, je t'emmène ramasser mes casiers cet après-midi, ça te fera prendre l'air. Et puis c'est une expérience, tu es déjà sortie en bateau ? »

Non, je n'ai jamais mis les pieds sur un bateau. Mais ce n'est pas pour prendre l'air que j'ai dit oui, je m'en fiche, de l'air. Ni pour faire plaisir à Anne, car il était tellement évident qu'il me disait ça parce qu'elle lui avait demandé.

J'ai dit oui pour la mer. Seulement pour elle.

Et on est partis.

Anne m'avait prêté ses affaires, un gros caban fourré, son bonnet, ses gants et son écharpe. Je flottais dedans, on aurait pu en mettre deux comme moi.

La journée était splendide, un ciel bleu dur, sans un nuage, un air transparent et une mer totalement plate. « Un temps idéal pour un baptême, m'a dit Anne quand elle m'a vue partir avec Yann, avec une claque sur l'épaule. Ça va être formidable, tu vas voir ! »

Quel bateau. Un vrai bateau de pêche. Yann dit qu'il est petit, son chalutier, mais moi, je le trouve gros. J'ai tout de suite aimé son côté brut et un peu patiné, l'odeur d'iode, les gros filets verts enroulés sur la bobine géante, à l'arrière, et partout, des cordes, des amarrages, des casiers… Tout le matériel de pêche, quoi. Un peu l'ambiance garage, mais en mieux. Sa coque est de trois couleurs, vert, noir et blanc, et l'intérieur du bateau est tout blanc. Un tas de fanions rouges et noirs sont attachés à de grandes perches sur l'avant, on dirait un grand bouquet de petits drapeaux joyeux qui flottent au vent. Il s'appelle *Mor Glaz,* « Mer Verte en breton, m'a dit Yann, c'est la couleur de la mer l'hiver, verte avec de l'écume blanche, c'est comme ça que je la préfère, elle est dure, mais elle est très belle ». J'aime beaucoup ce nom : *Mor Glaz.*

Je ne savais pas trop où me mettre, alors Yann m'a installée devant la cabine de pilotage, toute blanche elle aussi, sur une caisse qu'il avait retournée. Il a même eu une attention très délicate : des sacs de jute pliés dessus pour que ce soit plus confortable. Je me suis assise sagement et je n'ai plus bougé. La machine s'est mise à trembler, et on a filé vers l'horizon.

Là, j'ai eu le souffle coupé.

L'infini devant, l'infini au-dessus, l'insondable en dessous. L'immensité. Partout.

Enfin.

Je me suis sentie enfin là où je *devais* être.

Où j'avais toujours rêvé d'être, sans le savoir.

J'étais muette d'étonnement. Tout cet espace vide, sans limite, c'était pour moi. Rien n'arrêtait mon regard qui filait à toute vitesse au-dessus de l'océan.

C'était donc ça, la sensation de *plénitude*. Ce mot qui ne me disait rien, je l'ai compris d'un coup. Les cris de mouettes, le clapotis des vagues sur la coque du bateau qui sifflait sous le vent, le ronronnement régulier du moteur, tout ça paraissait en harmonie naturelle, évidente. Un concert marin, au milieu du silence. Un concert tout simple, mais je n'avais jamais rien entendu de plus beau.

Le temps s'est arrêté, tout d'un coup. Je n'avais plus à lutter pour empêcher mon passé de venir envahir le présent : sur la mer, il n'y avait plus d'avant, plus d'après. Cet espace illimité existait par lui-même, pour lui-même, à chaque instant.

C'était magique, surnaturel.

Et pour la première fois depuis des mois, mais tellement de mois que je ne m'en souviens plus, j'ai souri de bonheur. J'ai souri à la mer et je suis sûre qu'elle m'a vue.

Le chalutier glissait tranquillement, il se dandinait comme un canard. Des centaines d'oiseaux dansaient au-dessus de nous en piaillant.

J'ai tourné la tête et j'ai aperçu Yann qui s'agitait sur le pont. Il était aussi à l'aise sur cet espace instable que tout humain sur la terre ferme. Je peux même dire que je l'ai trouvé très habile, alors que d'habitude, à terre, il balance des épaules, un peu nounours. Là, tous ses gestes étaient calculés, précis, efficaces.

Quand il a vu que je le regardais, il m'a lancé un regard, genre grand frère protecteur, et il a continué son travail comme si je n'étais pas là. Il faisait des arrêts à chaque casier et il remontait sa prise, tranquillement. Des tourteaux se disputaient au fond de la cagette, je n'en avais jamais vu d'aussi gros.

On a fait sans se presser tout le tour de ses bouées et puis il m'a dit « J'ai fini, on rentre ? Ou on va faire un tour ?

— On va faire un tour. »

Yann a mis les gaz et on a foncé à travers l'eau, vers nulle part. La nuit commençait à tomber et la brume s'installait petit à petit sur la surface grise de la mer. On naviguait sur un nuage, c'était complètement irréel.

« Alors ? m'a dit Yann en s'approchant et en essuyant ses mains sur son pantalon couvert d'algues, comment tu trouves ? »

Je ne pouvais pas lui répondre. Les mots me paraissaient incapables de dire ce que je sentais. Je me suis contentée de le regarder. Au fond, tout au fond de lui. Il y avait aussi l'océan dans ses yeux bleus transparents.

Il est resté comme ça un bon moment, immobile, son regard collé au mien. Et puis il s'est raidi et il m'a dit, « On fait demi-tour, il va faire froid, viens ».

Yann est entré dans la cabine, et il m'a fait de la place.

De gros embruns s'écrasaient sur la vitre, comme des seaux d'eau balancés à toute force, et dégoulinaient en un éclair, ravalés par la mer. Il faisait froid et je me suis mise à trembler. Yann a ouvert son caban et m'a attirée doucement contre lui. Je n'ai pas bougé, j'ai senti la chaleur de son corps, un peu moite, et ça m'a fait du bien. Et puis j'ai senti la chaleur de ses mains. Comme les autres, Yann, il fallait qu'il tripote. Je me suis délicatement écartée de lui. « Tu n'as pas une autre veste ?

— Si. »

Il m'a lâchée tout de suite.

Il a retiré son caban et me l'a tendu en regardant droit devant lui. Il a attrapé un ciré tout mouillé suspendu dans la cabine, et puis il est sorti sur le pont, en redressant sa mèche de cheveu avec mauvaise humeur. Un vent glacial s'est engouffré tellement fort à l'intérieur qu'il a fait claquer la porte. À moins que ce ne soit Yann.

*
* *

Depuis cette sortie, chaque fois qu'il doit remonter ses casiers, je lui demande de l'accompagner. Je ne peux plus me passer de la mer, de son immensité.

Je ne lui parle pas, les mots ne viennent toujours pas. Je me ramasse dans un coin, je me fais toute petite, les jambes repliées contre moi et je regarde l'horizon. Yann me surveille sans arrêt, je le vois et je sais très bien qu'il attend un signe de moi qui lui dirait que je suis là pour lui. Mais il doit me trouver un peu bizarre, alors il ne cherche pas trop. Il attend.

Il attend et il ne dit rien, lui non plus, seuls ses yeux parlent pour lui.

Même Anne, je crois bien qu'elle s'en rend compte. Mais elle a l'air de s'en fiche. Alors… Si elle laisse faire, c'est son problème à elle. La vérité, c'est que je m'en moque complètement de tout ça, il y a bien longtemps que j'ai fait une croix sur ce genre de choses. Les hommes, avec leur obsession entre les jambes, qu'ils se la gardent.

Je l'ai dit : la mer, Miquette et moi. Tout le reste n'a pas d'importance

La prochaine fois, je demanderai à Yann si je peux emmener Miquette.

Marie

Paris, mars

Alex est à Corfou depuis trois semaines. On s'appelle tous les jours, mais je le sens loin, affreusement loin au téléphone. Et contrairement à ce que j'espérais, il ne s'est toujours pas mis au piano. « Qu'est-ce que tu as fait aujourd'hui ? » Inlassablement, j'entends chaque jour : « Marcher… » Sa voix est morne et monocorde. « Tu veux rentrer ? – Non, pas encore. Le printemps arrive, ici. C'est beau… » Il ne me demande pas de mes nouvelles. S'il le faisait, je lui dirais qu'ici, sans lui, mes jours sont gris, ennuyeux et tristes. Mais je ne lui dis rien. Et je cherche avant tout à garder le lien avec lui, aussi ténu soit-il, en ce moment où il m'apparaît sous un jour que je ne connais pas et qui m'inquiète. Que fait-il ? Qui est-il là-bas ? Pense-t-il à moi ? À nous ?

Et voilà qu'en plus se rajoute toute cette histoire avec l'héritage de Père. Après avoir lu la lettre de Rachel, je l'avais mise au fond de mon sac, de très mauvaise humeur, en me disant : on verra plus tard, j'ai assez de soucis comme ça avec Alex.

Ce matin, je l'ai relue. Je n'ai plus du tout envie de me plonger dans les affaires de mon père, je commence à regretter de m'en être mêlée. Mais maintenant, comment m'en sortir ? Si Rachel m'a écrit, c'est bien de ma faute. C'est moi qui suis allée vers elle et je ne peux pas ignorer ce qu'elle m'a confié. Elle doit même trouver un peu curieux de n'avoir aucune réaction de ma part depuis trois semaines.

Alors, maintenant, que faire ? Je ne vois qu'une solution : me débarrasser au plus vite de toute cette affaire. Et pour en savoir plus rapidement, je n'ai trouvé qu'une seule méthode, la même que celle de mon père : aller à Clamart.

*
* *

À quatre heures de l'après-midi, je ne devrais pas la déranger. C'est une heure tranquille, et son fils ne sera certainement pas avec elle. Tant mieux, je veux la voir seule.

Dans une rue tranquille, la maison est toute simple. Pas beaucoup de caractère, mais coquette, avec sa pierre meulière, son balcon de bois au-dessus de l'entrée, son jardin de curé bien entretenu tout autour. Coquette mais modeste ; très modeste, même. Quelle différence avec notre maison cossue et bourgeoise, où nous vivions avec Père, Maman et mes sœurs.

C'était donc ici, le théâtre de sa vie clandestine. J'imagine Père pousser le portail du pavillon, se faufiler, léger et nerveux ; longer la haie de troènes qui bordent la petite allée jusqu'au perron ; monter d'un bond les quelques marches de pierre ; tirer la sonnette un peu désuète. Et faire ce même geste, clandestinement, une fois par semaine pendant quarante-quatre ans…

Père était un homme secret, excessivement secret, même, et il n'aura pas été le premier à mener une double vie. Tromper Maman, rien de plus courant. Mais pourtant cela me paraît impensable. Et puis, il y a ce que dit Rachel, la façon curieuse dont Père est entré en contact avec elle, pour faire une étude sur les communautés juives ashkénazes. Et surtout, cette question d'immeuble, racheté par le père de mon père au père de Rachel. Racheté en partie seulement, peut-être.

Père a rencontré Rachel pour lui faire traduire un livre polonais ; leurs pères s'étaient rencontrés ; Père le savait sûrement et il n'a jamais rien dit à Rachel. Tromper Maman, soit, rien de plus banal, mais pourquoi avoir trompé Rachel pendant presque un demi-siècle ?

Qu'y a-t-il derrière tout ça ?

Je sonne, un bouquet de roses jaunes à la main, j'ai toujours aimé les roses jaunes. Un pas incertain, un bruit mat, sûrement des béquilles. Puis le silence. J'imagine Rachel sur ses gardes, étonnée de cette visite inattendue, qui hésite entre répondre ou faire la sourde oreille.

« Rachel… C'est moi, Marie… »

Un autre silence. Probablement le temps d'assimiler la surprise. La porte s'entrouvre et je vois Rachel. Petite, fine, menue ; la peau très blanche, visage ovale, pommettes hautes, les cheveux gris tendus en chignon dans son cou. Et surtout, d'immenses yeux gris clair ; un regard doux, comme éclairé de l'intérieur. Elle porte une robe droite en laine gris foncé et sur les épaules un vieux châle noir aux larges motifs de fleurs dont les couleurs se sont fanées. Il se dégage de cette vieille femme un calme paisible d'une autre époque.

Sans réfléchir, je l'embrasse. J'ai en face de moi une inconnue qui ne m'est pas étrangère. Je sens ses frêles épaules sous ma main, elle me donne l'impression d'être d'une extrême fragilité. Une précieuse porcelaine, une sensibilité délicate. Première surprise : comment mon père, lui si rigide, si peu cultivé, brut et primaire, lui que je n'ai jamais vu un livre en mains, comment mon père a-t-il pu avoir une amie comme elle ?

« Oh Marie, je suis si contente que vous soyez venue ! » Ses yeux brillent, elle lâche sa canne pour me prendre la main qu'elle retient dans la sienne, chaude et soyeuse.

J'entre dans le salon et la première chose que je vois, c'est le fauteuil de cuir rouge près de la cheminée. Le fauteuil de mon père…

Grand contraste avec l'extérieur et l'allure sobre de la maison. La pièce à vivre, très spacieuse et éclairée par de larges fenêtres sur trois côtés, occupe presque tout le rez-de-chaussée. D'épaisses tentures en velours vert foncé encadrent les fenêtres et des tapis aux couleurs chaudes recouvrent le sol. L'espace est saturé, il déborde d'une indescriptible exubérance d'objets : des lampes partout, des lampes de toutes sortes, petites et grandes, en faïence, en argent, en bois sculpté ; au milieu de la pièce, un phénoménal lustre en cristal ; beaucoup de tableaux aux murs, huiles, croquis, aquarelles. Et des vases, des bibelots, des boîtes, de petites sculptures, disséminés un peu partout. L'ambiance de cette pièce est stupéfiante. On se croirait chez un antiquaire, mais d'un autre pays, les objets ont tous un aspect inaccoutumé. On est loin, très loin de la France.

J'entends du piano en sourdine. C'est Chopin ! Alex n'a jamais joué ce morceau, je ne connais pas cette mélodie toute simple, très émouvante. Mais c'est l'émotion de Chopin, je suis sûre que c'est lui.

Dans un angle de la pièce, une grande table, une ancienne machine à écrire, de volumineuses chemises empilées. Et des livres, des livres… Des livres partout : sur et sous les meubles, à même le sol, sur la cheminée, sur les étagères pleines à craquer. C'est visiblement la touche personnelle que Rachel a apportée au décor hérité de ses parents. Inutile de dire que je m'y sens tout de suite bien. Moi aussi, je suis habituée aux pièces surchargées d'objets, dans ma librairie il y a peu de place inoccupée. Je repère plusieurs ouvrages fort bien reliés du poète polonais Mickiewicz. Ouvrages édités en Pologne. Je reconnais un titre : « Sonety krymskie », *Les Sonnets de Crimée*. Une pièce rare, que j'ai cherchée longtemps pour un client.

D'un geste, Rachel me propose le fauteuil rouge. J'en aurais préféré un autre. Quelques mois plus tôt, Père était là, exactement à cette place. En m'asseyant, j'ai des picotements, plutôt déplaisants, sur le dessous de mes jambes en contact avec le cuir et je n'arrive pas à m'appuyer sur le dossier.

Rachel s'est tranquillement installée devant moi, bien droite sur une petite chaise de bois. Le bouquet à la main, elle me dévisage avec insistance, visiblement troublée. En un éclair, j'ai compris : elle cherche à retrouver les traits de mon père, bien sûr.

Par la fenêtre, j'aperçois l'autre partie du jardin. Une terrasse donne sur une roseraie superbement entretenue, qui doit être magnifique au printemps. Au-dessus de la cheminée, la menora. Je me souviens de la première lettre de Rachel ; je l'ai lue tant de fois, cette lettre, que le passage dans lequel elle en parle me revient à l'esprit : « Son regard furetait partout avec une incroyable curiosité. Il examinait en particulier notre menora. » Je ne lui trouve rien de spécial, moi, à cette menora. Autour du chandelier, des photos de son fils à tous les âges, certaines au milieu de ses roses, justement. Un très beau garçon au visage fin, la ressemblance avec Rachel est frappante.

Et puis, parmi ces photos, l'une d'elles, je n'arrive pas à en détacher mon regard : un homme debout tient la main d'un petit garçon, marchant près de lui. Mon père. Il devait avoir une soixantaine d'années, il porte une veste en tweed vert et une chemise à petits carreaux bleus ; je les reconnais, à cette époque, je m'occupais encore de sa garde-robe, c'est moi qui lui avais conseillé de les acheter. Ses sourcils ont l'air moins épais que d'habitude, peut-être parce qu'ils ne sont pas froncés. Il sourit, il a même l'air heureux. La grosse main de Père a l'air de tenir délicatement celle de l'enfant, qui disparaît entièrement dans la sienne. Le petit garçon a sous le bras un jouet, je crois reconnaître les camions en bois que fabriquaient les ateliers de mon père pour les vendre à Noël. Une photo du bonheur, comme nous n'en avons jamais eu sur notre cheminée. Me reviennent en mémoire les moments que je passais avec lui à la même époque : son air renfermé, sa constante mauvaise humeur, son intolérance, ses jugements sévères sur moi, sur mes sœurs. Incroyable différence…

« Rachel, je n'ai pas résisté au désir de vous connaître… » Je lui demande de m'excuser de ne pas l'avoir prévenue de ma visite, je n'arrivais pas à lui téléphoner. En fait, je me suis vraiment décidée à sonner chez elle quand je me suis trouvée devant sa porte.

« Aucune importance ! Je suis si heureuse que vous soyez là, aujourd'hui. Moi aussi, j'avais une grande envie de vous rencontrer. Réellement. Vous me faites très plaisir. C'est étonnant, je ne vous imaginais pas du tout comme ça. Je me figurais que vous étiez bouclée. Comme lui… Et pourtant… Vous ressemblez beaucoup à votre père, vous savez. »

Non, je ne sais pas. Ou plutôt si, je sais ; mais je ne veux pas le savoir.

Rachel se lève avec précaution, attrape sa béquille et va vers la cuisine d'un pas lent. « Attendez, je reviens, je vais préparer un thé. »

Impossible de bouger. Je reste où je suis, assise sur le bord de ce grand fauteuil, comme hypnotisée, envoûtée par cette photo. Tout est si étrange. Cette rencontre avec Rachel, l'ambiance hors du temps de cette pièce. Chopin, les livres… Le fait que mon père a fréquenté cette maison et qu'il a partagé avec Rachel et Gabriel une ambiance tellement différente de celle dans laquelle je le situais.

« Charles a été un ami formidable, me dit Rachel en revenant de la cuisine. C'est grâce à lui que j'ai pu vivre sereine et élever mon fils avec tant de bonheur. Je lui dois tous les moments heureux de ma vie d'adulte, depuis la mort de mes parents. »

Rachel appuie sur le *tous*. Elle me sourit, derrière sa table roulante, et en même temps une larme glisse lentement sur sa joue pâle, magnifique arc-en-ciel d'émotion.

« Rachel… » Je me lève, pour faire quelque chose, je ne sais pas quoi ; je ne suis pas assez intime avec elle pour la consoler. Je m'approche des photos pour les regarder de plus près.

« Votre fils est vraiment un très bel homme. Je n'avais pas eu le temps de le voir quand on s'est retrouvés chez le notaire. Il était assis dans un coin discret et a disparu tout de suite. Mais son allure fine, gracieuse… Comme vous, son élégance… Mes sœurs et moi avons été très impressionnées.

— C'est le portrait de mon père. Mon fils est le joyau de ma vie, il est tout pour moi. Et je n'ai vécu que pour lui. Si vous saviez la peine que j'ai, Marie, à le voir s'éloigner autant de moi.

— Je le comprends très bien, Rachel. Je le comprends. Je suis mère, moi aussi, j'ai deux filles très proches de moi. À travers vos lettres, je vous ai sentie complètement perdue. Je l'aurais été, si j'avais été à votre place. »

Je ne lui dis pas, mais je me mets aussi à la place de Gabriel. Il doit être déboussolé, pauvre garçon. L'héritage de Père, nous trois ses filles, l'entreprise à gérer, c'est beaucoup, d'un seul coup. Et maintenant, se rajoute l'histoire de cet immeuble de Clamart.

« Je ne reconnais pas mon fils…

— Rachel, il faut qu'on parle de cet immeuble. Vous savez, il n'y a pas qu'à votre fils que cela pose problème. »

Elle nous sert le thé, délicatement, avec des gestes doux et précis. J'entre directement dans le vif du sujet :

« Depuis que j'ai reçu votre lettre, je me sens mal à l'aise. Je n'en ai encore parlé à personne, j'attendais de vous voir. Mais une chose est certaine, c'est qu'on ne peut pas rester dans cette situation. Votre fils a raison. Nous devons savoir ce qu'il en est. »

Rachel a posé sa tasse. Elle ne me répond rien, mais elle se ramasse sur elle-même, serre ses mains ridées dans le creux de ses genoux. Elle a l'air de souffrir. Sa tête s'abaisse lentement, on dirait qu'un énorme poids la courbe en avant. La raie de ses cheveux, impeccable, rectiligne, les partage en deux bandeaux gris tirés en arrière. Une femme de devoir, une vieille femme digne et respectable.

Longuement, ses yeux fixent les méandres du tapis.

Enfin, elle soupire : « Marie, tout cela n'est pas si simple… » Puis, plus rien.

Rachel semble se débattre avec elle-même. Elle a certainement quelque chose à dire ou à continuer à cacher. Ce choix paraît douloureux pour elle, comme si elle devait aller chercher quelque chose de profondément enfoui au fond de son être. D'instinct, je respecte son silence.

J'attends.

Finalement, d'une voix faible, sans relever la tête, Rachel reprend : « Écoutez, Marie… Je ne vois pas comment je peux continuer à me taire. Tout ce qui se passe… Vous… vos sœurs… l'héritage de Gabriel… L'immeuble… Gabriel qui me fuit… À qui parler ? Je ne connais personne. Et vous qui venez vers moi avec tant de gentillesse. Je vois votre père dans votre visage. J'en suis bouleversée.

Marie… Je vous l'avoue : je ne vous ai pas dit la vérité. Je garde un secret depuis de nombreuses années. Un très lourd secret. Gabriel ne sait rien. Quant à Charles… Mais Marie, surtout : promettez-moi de ne rien dire à personne, et de garder pour vous ce que je vais vous dire. »

Et voilà. Nous y sommes. Je vais peut-être enfin commencer à comprendre quelque chose. Démêler cette situation qui devient de plus en plus confuse dans mon esprit.

« Mais bien sûr, Rachel, bien sûr, je vous le promets. Personne ne sait que je suis chez vous aujourd'hui. Et personne ne saura rien de ce que nous nous serons dit. »

Rachel se redresse légèrement sur sa chaise et lève les yeux vers son jardin. « C'était en 1964. Je connaissais votre père depuis près de quatre années. Il venait régulièrement chaque semaine à la maison, comme je vous l'ai dit. Un soir de cet hiver-là, Charles m'a dit en me quittant : “Rachel, il serait bien que nous nous rendions en Pologne.” Nous ne nous sommes jamais tutoyés. Il s'étonnait qu'à trente-huit ans, je ne sois encore jamais allée dans le pays de mes parents, et ne comprenait pas que moi, tant attachée à leur histoire, je ne le connaissais que par les livres et les souvenirs qu'ils m'avaient racontés. N'était-il pas temps de me faire une idée par moi-même ? Et Charles a ajouté que lui aussi, il aimerait connaître Varsovie, sa région et celle des Carpates. Et faire quelques recherches généalogiques sur place, si possible.

Je lui ai demandé s'il comptait faire des recherches sur ma famille. Il m'a répondu : oui, mais pas seulement. Sur d'autres familles, la sienne aussi ; des ancêtres lointains. »

Rachel poursuit comme si elle se parlait à elle-même :

« Charles avait des racines en Pologne ? Ça alors ! Et il ne m'en avait jamais parlé. Je me suis demandé pourquoi il me l'avait caché, mais je n'ai pas osé lui poser ouvertement la question. Tout de même, j'ai été fortement intriguée. Je lui ai demandé pour l'inciter à continuer : "En Pologne ?" Je n'ai pas eu d'autre explication qu'un sec "Oui". Il avait une certaine façon de répondre quand la question ne lui plaisait pas, qui coupait court à toute discussion. Une intonation un peu sèche, les sourcils froncés, le menton légèrement en arrière. Vous avez remarqué cela, j'en suis sûre, n'est-ce pas, Marie ? »

Oui, je sais ce qu'elle veut dire. Là, au moins, je reconnais parfaitement Père.

« C'est ainsi qu'est né le projet de faire un voyage ensemble pour quelques jours. Le seul voyage de ma vie.

Pendant les préparatifs, j'étais tout affolée. Je n'avais pas l'habitude de quitter ma maison, faire ma valise était un événement presque insurmontable. Heureusement, Charles était là. Il avait tout prévu, la température qu'il ferait dans chaque région, la neige que nous rencontrerions dans les Carpates. Il avait fait la liste de ce que je devais emporter comme vêtements et affaires personnelles : je n'avais qu'à appliquer. Lui s'était occupé des questions administratives obligatoires, et même de la location d'une voiture, ce qui n'était pas une mince affaire en ce temps-là. Il avait minutieusement organisé les itinéraires, réservé les lieux de séjour, et préparé une mallette remplie de cartes et de guides.

— Ça, mon père était le roi de l'organisation.

— Oh oui ! J'ai pu m'en rendre compte. Il ne laissait rien au hasard. C'est ainsi que nous sommes partis pour la Pologne un matin de janvier. Tout d'abord, Varsovie. Nous nous sommes un peu promenés dans la ville. J'ai beaucoup aimé la grande place, ses belles façades reconstituées à l'ancienne. J'aurais bien flâné dans les rues, à la recherche des souvenirs de ma famille, mais hélas, la guerre n'avait pas conservé grand-chose des années où mes parents y avaient vécu. Le quartier juif n'existait plus du tout. À sa place se dressaient des immeubles modernes sans âme.

Puisque le passé de ma famille était totalement effacé, Charles avait prévu de quitter la capitale, direction la Mazovie. Nous avons poursuivi notre route jusqu'à Zelazowa Wola, le village où mon père avait été élevé, situé à environ cinquante kilomètres. Là, nous avons retrouvé sa maison, son école, son atelier. Les bâtisses avaient été modernisées et son atelier était devenu… une épicerie ! Mais j'ai tout de même été extrêmement impressionnée d'être devant ce qui avait été son atelier. Zelazowa Wola est un bourg très vivant ; c'est dans ce village qu'est né Chopin. Est-ce grâce à lui que la musique y est reine ? Sans aucun doute. Chopin y vécut jusqu'à son adolescence, dans un joli manoir transformé depuis en musée, que nous avons visité. J'ai surtout aimé le moment où nous nous sommes promenés dans son magnifique parc. Je m'imaginais Chopin, jeune homme et déjà prodige à dix-sept ans, en train de composer sous ces arbres sa charmante mazurka en *la* mineur. Je marchais dans ses pas, j'étais au cœur de la source d'inspiration du grand maître. Quelle chance j'avais !

Ces instants ont été exceptionnels pour moi : la musique est essentielle dans ma vie, depuis toujours, et grâce à Charles, j'avais le bonheur de découvrir tout cet univers qui avait aussi fortement marqué mes parents, et avant eux, mes grands-parents. Quel merveilleux cadeau de sa part.

Mon père adorait Chopin. Moi aussi, d'ailleurs. Vous entendez ? »

Oui, j'entends.

« C'est si beau, je l'écouterais toute la journée. Quel génie ! Déjà de son vivant, sous son influence, les grands artistes polonais se produisaient en concert à Zelazowa Wola, même si lui avait quitté son pays natal pour la carrière internationale qu'on connaît. Marie, saviez-vous qu'il avait un père français ? »

Je réponds à Rachel, qu'en effet, je le sais. Son père était précepteur et enseignait le français aux enfants d'une grande famille.

« C'est exactement ça, Marie. Il était le tuteur du comte Skarbek, chez qui il vivait. Bravo ! Vous connaissez bien Chopin… »

Je n'ai pas énormément de mérite. Je rappelle à Rachel que mon mari est pianiste… et que je suis libraire ! Je rapporte toujours à la maison les livres qui ont trait à la musique. Alex et moi parlons beaucoup tous les deux, des œuvres, des compositeurs, de leur histoire. De Chopin, en ce moment, justement. Un soupir m'échappe ; une image d'Alex au dernier concert me traverse l'esprit, douloureusement.

« Mais oui, c'est vrai, vous avez un mari pianiste, j'aurais dû y penser. Ma grand-mère aussi, Nina, celle qui habitait à Zelazowa Wola, était musicienne. Une belle histoire : quand elle a rencontré mon grand-père Stanislaw, lui était ébéniste et elle, violoniste dans l'orchestre du village. Eh bien, figurez-vous que, par amour, mon grand-père lui a fabriqué un violon extraordinaire. Ce violon était d'une telle qualité que tout l'orchestre l'a admiré… et que les autres violonistes ont voulu le même. Et c'est ainsi qu'il a changé de métier, et qu'il est devenu luthier, et même un luthier renommé : il a fait des instruments splendides. »

Je montre du doigt le violon posé sur la table :

« Comme celui-ci ?

— Oui, ce violon a été fait par mon grand-père. C'est celui de Gabriel. »

Rachel repousse le moment de me parler.

Elle fuit, tourne autour du pot, traîne, se perd dans des digressions. Notre discussion est presque mondaine. Je m'impatiente un peu. Il faut que je l'en sorte.

« Un autre point commun, Rachel, après les livres. Nous vivons toutes les deux avec un musicien. Moi, Alex. Et vous, votre fils... Dites-moi, quel était le morceau de Chopin que vous aviez mis quand je suis arrivée ? Je ne l'ai pas reconnu.

— *Wiosna*, c'est un chant traditionnel polonais. Ça veut dire le Printemps.

— Très beau... »

Pour l'aider à se rassembler, je nous ressers du thé.

Je la regarde. J'attends. Elle a compris.

Je la pousse un peu :

« Vous étiez donc à Zewazola...

— *Zelazowa* Wola. C'est difficile à prononcer ! Oui... nous y sommes restés deux jours et puis nous sommes partis vers Sanok, ville frontière avec l'Ukraine, au pied des Carpates. Charles avait réservé deux chambres dans une ferme avoisinante en pleine montagne. Dans cette région, fin janvier, la neige recouvre tout. Je n'en avais jamais vu autant ! Il en était tombé beaucoup récemment, la veille peut-être. Les branches des sapins se courbaient sous son poids, elle était encore suspendue en énormes couches à ses branches. Une atmosphère curieuse... Faussement sereine. On sentait bien que cet équilibre instable ne pouvait pas durer. Il y avait dans l'air une menace de chute, d'effondrement.

Je me croyais dans un rêve. La voiture bardée de chaînes traversait lentement des paysages irréels. La nature donnait l'impression d'être neuve, à peine créée. La chaîne des Carpates toute blanche scintillait à l'horizon, c'était absolument magnifique.

Quand nous sommes arrivés en fin d'après-midi, nous avons assez vite découvert la ferme que nous cherchions, grâce aux plans de Charles, à deux ou trois kilomètres du village. C'était une maison de bois accrochée à flanc de montagne, une sorte de chalet à la construction très sommaire, avec une pente de toit très raide, totalement isolé, à l'orée d'une profonde forêt de pins.

La route s'arrêtait là, nous étions au bout du monde. Il était d'ailleurs temps qu'on arrive : le soleil déclina rapidement, puis disparut, embrasant un bref instant toute cette blancheur.

Le paysan, assis devant sa porte, nous attendait en fumant tranquillement sa pipe devant ce spectacle superbe. Il nous accueillit avec une vigoureuse poignée de main et un bon sourire. Cette chaleur humaine toute simple, dans ce cadre majestueux, mais très impressionnant, me fit beaucoup de bien. Nous avons échangé quelques mots, puis nous sommes montés dans nos chambres à l'étage pour nous rafraîchir un peu. "Rafraîchir" était vraiment le bon terme, les chambres n'étaient pas du tout chauffées, j'étais gelée ! Et à la nuit tombée, il s'est mis à faire encore plus froid. Heureusement, Charles a frappé à ma chambre et nous sommes vite descendus. Une soupe de betteraves rouges toute fumante, servie avec une épaisse tranche de pain noir, nous attendait sur la grande table rustique, un lourd meuble de bois brut qui occupait pratiquement toute la pièce. Une soupe délicieuse, comme la faisait ma mère, je me suis régalée. Ensuite, le paysan nous a servi notre café sur de petites chaises basses devant le feu. J'étais merveilleusement bien.

C'est seulement à ce moment-là que Charles m'apprit que nous étions dans la maison où mon arrière-grand-père Igor Reminovski avait vécu. "Et si vous ne me croyez pas, demandez-le donc à cet homme", m'a-t-il dit en désignant notre hôte.

Je n'en revenais pas. Totalement stupéfiée, j'ai demandé à Charles comment il savait cela, mais je n'ai pas été étonnée de n'avoir aucune réponse. Il s'est seulement contenté de rajouter : "Votre arrière-grand-père, et son petit frère... Piotr."

Moi qui suis d'habitude plutôt effacée, j'ai été prise d'une irrépressible excitation en apprenant cette nouvelle. Ce n'est pas du tout mon genre, vous savez, Marie. Mais me retrouver dans la maison de mon arrière-grand-père, après tout ce périple dans le pays de ma famille, c'était vraiment incroyable. Le paysan vivait seul, probablement. Il s'était installé à côté de nous, près de l'âtre, et avalait à son tour un grand bol de soupe posé à même ses genoux. Nous avons commencé à parler en polonais tous les deux, et il m'a effectivement confirmé que les frères Reminovski avaient vécu ici. Je me suis mise à l'assaillir de questions, je voulais savoir tant de choses. Si lui-même avait entendu parler d'eux, et dans quels termes, s'il y avait ici des objets ayant appartenu à ma famille, où je pourrais trouver d'éventuelles traces des Reminovski dans la région... J'étais insatiable.

Notre discussion était très animée. Mais pour autant, cela ne m'a pas empêchée de remarquer que Charles n'était pas, lui non plus, de son humeur habituelle. Il était sombre et replié sur lui-même. Il regardait le paysan avec méchanceté. Je ne l'avais jamais vu avec cet air-là, un regard dur sous ses épais sourcils froncés qui ne formaient qu'une seule barre. Je me suis dit qu'il devait être méfiant puisqu'il ne comprenait pas notre conversation. Peut-être... aussi... un peu jaloux. C'était la première fois qu'il me voyait en compagnie de quelqu'un d'autre que lui, je parlais beaucoup, je n'étais pas la Rachel qu'il connaissait. Un pot de vodka circulait, j'avais le feu aux joues. Moi qui ne bois jamais une goutte d'alcool…

Brutalement, Charles s'est levé et est monté dans sa chambre. En temps normal, je l'aurais arrêté, je lui aurais demandé ce qui n'allait pas. Le feu, la fatigue, la vodka, l'émotion… Je l'ai laissé faire, je n'ai pas eu envie de le retenir. Et nous avons continué à bavarder, le paysan et moi. Il faisait froid, très froid, il rajoutait régulièrement une bûche dans la cheminée. Le temps passait sans que je m'en rende compte.

J'ai regagné ma chambre très tard. La vodka m'était montée à la tête. Je me sentais lourde et légère en même temps. J'étais probablement dans un état d'ébriété assez avancé, ce qui ne m'était jamais arrivé.

Le lit était un grand lit campagnard, haut sur pied. Entre ses robustes montants, de grands oreillers et un lourd édredon m'attendaient. Je me suis vite faufilée dans le lit, la chambre était encore plus froide et humide qu'avant le dîner. Les volets n'étaient pas clos, mais je n'ai pas eu le courage d'ouvrir la fenêtre pour les fermer. Il neigeait, et la nuit était si noire que les flocons ne se distinguaient que tout près de la fenêtre. Ils venaient se coller au carreau, et ne fondaient pas.

Je n'arrivais pas à m'endormir, encore en proie à une étrange excitation. J'étais peut-être dans la chambre de mon arrière-grand-père. Dans son lit… Le silence était absolu, tous les bruits semblaient amortis par l'épaisse couche de neige dehors.

Soudain, j'entends la porte grincer. Des pas furtifs sur le parquet. Un souffle. Je suis couchée sur le côté, je tourne le dos à l'entrée de la chambre… La tête me tourne tellement je suis incapable de bouger pour jeter un coup d'œil vers la porte et savoir qui entre.

Très vite, un glissement. Et puis, un corps. Un corps derrière mon dos, un corps d'homme quasi nu, le sexe plaqué contre mes reins. Une peur terrible me pétrifie. L'homme est contre moi, les bras le long du corps, un temps qui me paraît infini, sans bouger, Je sens la panique m'envahir, je voudrais hurler, mais je suis comme une statue, incapable de réagir. »

Sa voix est très faible. Silence. Long silence. Je n'ose pas la regarder.

« Et puis, avec brutalité, il me saisit l'épaule, et me fait pivoter sur le dos. Il empoigne l'oreiller sous ma tête et le plaque sur mon visage, comme pour m'étouffer. Et il entre violemment en moi, avec une force incroyable. Sa tête aussi est enfoncée dans l'oreiller, son visage appuyant sur le mien, à travers les plumes. Alors, je crie, je crie très fort sous la douleur, mais mon cri ne fait aucun son et il ne résonne qu'en moi. »

Nouvel arrêt.

« L'homme s'affaisse sur mon ventre, se relève et fuit à toute vitesse. Marie, c'était terrible. J'ai saigné abondamment, comme si un poignard avait ravagé ma virginité. Je ne sais pas combien de temps il m'a fallu pour revenir à moi. J'ai cru mourir... »

Rachel se tait. Longtemps. Les yeux baissés, elle respire difficilement. Je l'imagine tremblante dans la chambre glaciale de cette ferme isolée au tréfond des Carpates, recroquevillée sur elle-même, petit oiseau fragile mortellement blessé.

Puis, lentement, elle redresse la tête, et fait un effort que je sens considérable pour croiser mon regard. Il lui faut, en plus, passer par-delà la pudeur. Elle revient de loin, de très loin. Rachel a raconté son histoire comme on vide un tiroir, comme on retourne un sac à main. Je voudrais bien dire quelque chose mais rien ne sort de ma bouche.

« Tout cela est si éprouvant à évoquer pour moi, Marie. Ce n'est pas facile du tout, croyez-moi. C'est la première fois que je raconte cela à quelqu'un, je l'ai toujours gardé pour moi... »

Je parviens à peine à articuler :

« Épouvantable…

— Épouvantable, oui. »

Comme un fantôme, Rachel se lève doucement, et se fraie un chemin vers le fond de la pièce. Elle disparaît dans la chambre voisine, j'entends l'eau couler du robinet et je comprends qu'elle s'asperge le visage. Puis plus rien. Je n'ose pas aller à sa rencontre. Les minutes passent, je m'inquiète et me décide à aller vers elle, quand j'entends le bruit traînant des béquilles sur le parquet.

Ces quelques instants d'isolement lui ont redonné de la force. Elle a retrouvé sa dignité, et sa douce présence tranquille.

« Pardonnez-moi, Marie, j'ai flanché. Mais ça y est, je vais mieux. Voyez-vous, la chose la plus terrible, celle qui a miné toute ma vie, ce n'est pas ce que vous pensez. Ce n'est pas l'acte en lui-même. C'est le fait que… vous ne me croirez peut-être pas… mais c'est l'exacte vérité. C'est le fait que je n'ai jamais su qui était entré dans la chambre. Rendez-vous compte, j'étais ivre, paniquée, submergée par la peur. Et l'homme s'était enfui aussi vite qu'il était venu.

Cette nuit était comme sortie d'un cauchemar, inconcevable. Et pourtant, elle a bien été réelle. Il me fallait l'admettre. Il me fallait raisonner. Perdus au bout du monde comme nous étions, il n'y avait pas grand choix, je ne pouvais envisager que deux personnes possibles : Charles ou l'aubergiste. Et pour ajouter à ma confusion, ils avaient à peu près la même corpulence, et je n'avais pas eu d'autre repère que leur poids.

Pour preuve que je n'avais pas rêvé : neuf mois plus tard, Gabriel est né.

Vous aurez du mal à me croire et là encore, c'est la vérité : plus jamais, nous n'avons évoqué cette soirée-là avec votre père. Et jamais, non plus, je ne lui ai parlé de cette nuit et de ce qui s'était passé. Au retour de Pologne, nous avons continué à mener nos existences parallèles. Nous nous voyions comme d'habitude une fois par semaine, pour ma séance de lecture. Il avait sa vie, entre-temps, dont je ne savais toujours rien. Quant à lui, il ne connaissait de moi que ce qu'il en percevait quand il venait dîner à la maison. Il m'a vue m'arrondir au cours des mois, sans pour autant me poser la moindre question, et n'a pas changé d'attitude à mon égard. Moi non plus d'ailleurs. Je ne demandais rien à personne, j'avais trop l'habitude de me débrouiller toute seule.

Quand je lui ai annoncé que j'attendais un enfant, et que j'étais sûre que c'était un garçon, il m'a simplement dit qu'il était content pour moi. »

Rachel se redresse et reprend sa respiration.

« Voilà, Marie, maintenant vous savez mon secret. Les années ont passé. J'ai souvent cherché des ressemblances quand je voyais Charles et Gabriel côte à côte. Mais Gabriel me ressemble tant ! »

Elle rit. Son rire cristallin emplit la pièce. Elle se force, il manque de sincérité, mais cela fait tout de même énormément de bien.

« De plus, il m'est difficile de concevoir que votre père, lui si impassible, si réservé, si froid, si… distant, même, par moments, puisse se livrer à un acte si furieux que j'ai cru ma dernière heure arrivée.

Quand Gabriel est né, votre père n'est pas venu plus souvent. Mais à l'évidence, il s'y attachait de plus en plus, au fur et à mesure qu'il grandissait. Gabriel était un si beau petit garçon, plein de charme, joyeux et intelligent, tellement attirant… Ils sont devenus très complices tous les deux, bien plus que Charles et moi ! Pour Gabriel, le soir où Charles venait dîner, c'était l'évènement de la semaine. Et moi, je ne faisais rien pour freiner ces élans, bien au contraire. Au moins, me disais-je, Gabriel aura l'image d'un homme proche de lui dans son enfance. »

Proche de lui…

« Quand mon fils est devenu adulte, ils sont restés très intimes. Charles s'est occupé de ses études, l'a encouragé dans ses courses de voile, c'est lui qui l'a incité à faire des traversées en solitaire, il voulait que Gabriel soit un homme hors du commun, capable d'affronter ce que d'autres considèrent comme inaccessible. Cela n'a d'ailleurs pas toujours été facile à admettre pour moi ; j'avoue que j'ai souvent tremblé en silence. Mais Charles me secouait dès qu'il devinait mes craintes, m'assurant que Gabriel se devait de prouver – de lui prouver ? – qu'il était un garçon exceptionnel. Et Charles poursuivait en soulignant que lui, enfant, n'avait pas eu la chance d'être soutenu par son père. Ce qui fait que chaque victoire de Gabriel était aussi, un peu, une victoire de Charles.

Votre père lui faisait également des recommandations pour son travail, sa carrière et tout cela se passait en dehors de moi. Pour Gabriel, Charles était l'homme solide et fiable auprès duquel il prenait conseil. L'homme qui le valorisait, chaque fois qu'il arrivait à repousser ses limites. Enfin… je crois… Gabriel aussi est secret, vous savez !

Et puis… il y a eu sa mort. Et cet héritage… »

Rachel a l'air exténuée. Elle s'est mise à nu devant moi, soudainement, alors qu'elle m'a rencontrée pour la première fois il y a une demi-heure à peine. Exténuée, mais enfin délivrée de ce fardeau qui l'a minée pendant toute sa vie de mère.

Cet aveu a quelque chose de terrifiant, à la fois par sa gravité et par le fait qu'il a été tu jusqu'à aujourd'hui. J'éprouve de la pitié pour cette vieille femme qui se débat encore comme elle peut avec ce terrible passé. Et en même temps, malgré tout, au-delà de la compassion, je sens naître une irritation au fond de moi, une sorte de colère sourde. Pourquoi m'avoir dit tout cela ? Pourquoi me faire porter cette responsabilité ? C'est à Père qu'elle revenait.

« Pourquoi m'avez-vous dit tout cela, Rachel ? » Ma question est plus brusque que je ne voudrais.

Immédiatement, elle se contracte.

« Je ne sais pas, Marie, je ne sais pas... Peut-être parce que vous êtes la fille de Charles. J'ai gardé ce secret si longtemps. Je n'aurais pas dû, j'aurais dû parler à Charles. Mais au bout de tant d'années, je ne pouvais plus. C'était comme si les choses s'étaient cristallisées, comme si les effleurer aurait risqué de tout casser. Et après tant de temps, à quoi bon ? Et puis, vous connaissez votre père, son caractère... Il détestait que l'on parle de soi, il disait que c'était indécent.

Mais, avec cet héritage... C'est Gabriel qui m'oblige à revenir sur tout cela. Je suis vieille, maintenant, je n'arrive pas à savoir ce qui est bien ou pas. Je doute de tout. Gabriel... j'ai eu tort, sûrement, de ne rien lui dire. Oui, tort, sûrement. Et je vous parle à vous. Vous êtes la fille de Charles, vous. Sans aucune incertitude. C'est peut-être ça, cette légitimité, qui m'a fait me libérer de ce lourd secret auprès de vous. Comme si vous étiez la seule personne pouvant entendre que Charles... que Gabriel... Comme si vous étiez la seule à pouvoir comprendre ce que c'est, d'être un enfant de Charles.

— Rachel... oui, je comprends. Mais c'est à Gabriel qu'il faut parler. Il faut absolument que vous lui parliez. Il doit souffrir, lui aussi, vous le savez bien, cela ne peut pas être autrement. Et vous, vous êtes dans une situation invivable. Je ne comprends pas. Comment avez-vous pu rester murée dans le silence, et continuer à le voir comme si de rien n'était ? Comment avez-vous pu... ? »

Rachel ne me répond pas. Elle paraît accablée. Je me reprends, me radoucis.

« Si Gabriel est le fils de mon père, tout cela est incompréhensible. Parce que lui, en ce cas, le savait, évidemment. Alors, pourquoi ce silence… cette lâcheté ? Par contre, Rachel, si Gabriel est le fils du paysan, mon père a été vraiment bon de s'être occupé de lui avec tant de générosité. Du coup, de monstrueux, il devient presque un saint. Mais là, voyez-vous, quelque chose ne va pas : la générosité, ce n'était vraiment pas son genre. Pourquoi l'aurait-il fait ? Parce qu'un fils par procuration lui était tombé du ciel, que personne ne le revendiquait, lui qui n'avait, à son grand regret, que des filles. Oui, peut-être. Un garçon sous la main, pour lui tout seul, enfin presque ; pour assouvir ses frustrations, en somme. Oui… pourquoi pas, c'est peut-être le plus plausible. En tout cas, une chose est sûre, c'est que Gabriel ne croit plus à votre mensonge. Depuis… vous l'avez dit vous-même… Depuis cet héritage, c'est évident.

— Je sais, Marie, je sais… »

Je poursuis, ne la laissant pas continuer :

« D'ailleurs, tout cela éclaire de façon différente la question de l'immeuble. Tenez, faisons des hypothèses extrêmes. Supposons… Première hypothèse : Gabriel est le fils de mon père et l'argent de l'immeuble n'a pas été versé. En ce cas, Gabriel hérite comme un fils, mais d'une façon détournée. Mon père lui a cédé 25 % de son héritage, comme la loi le lui permet. Cela s'appelle la "quotité disponible", il peut la donner à qui il veut. Et comme par hasard, il aurait hérité du même montant, le quart de ses biens, s'il avait été un fils légitime reconnu, puisque nous serions quatre enfants. Comme par hasard… Je reviens à ce que je disais. Gabriel hérite de son père, très bien. Mais ce n'est pas une raison pour être privé de l'héritage de sa mère, du vôtre ! Il a donc tout à fait raison de penser que l'un ne compense pas l'autre. Mais si par contre, deuxième hypothèse, il est le fils du paysan et que l'argent a été versé aux États-Unis. Alors, là, en effet, il n'a rien à dire... Mon père ne vous a-t-il donc jamais interrogée pour savoir qui était le père de Gabriel ? »

Rachel soupire :

« Charles n'avait pas avec moi une relation amoureuse. Il n'a jamais eu un geste tendre, un mot affectueux. Charles était un bloc de marbre. Froid... mais solide. Opaque... mais toujours présent. Moi, j'étais enfermée dans une sorte d'autisme, je vous l'ai déjà dit dans ma lettre. J'ai été miraculeusement sauvée de l'isolement – peut-être de la folie, qui sait –, sauvée par Charles. Avec une constance, une opiniâtreté, une détermination incroyables, Charles revenait sans cesse à la charge vers moi, me poussait dans mes retranchements, me faisait parler de ma famille, exorcisait de la sorte tous les fantômes qui me terrorisaient. Et puis ensuite, quand nous avions dépassé ce stade exploratoire, il se contentait d'être là, fumant sa pipe dans ce fauteuil, présence bienveillante, la seule que j'acceptais. Non, jamais un geste tendre, une parole intime, pas une confidence. Sauf une fois, une seule fois... Je lui avais lu un passage que je venais de traduire, un passage très émouvant qui évoquait la tendresse d'une mère pour son fils. Votre père s'est levé, un peu nerveux, caressant sa barbe. Il est venu vers moi et m'a dit quelque chose comme : "Moi, je n'ai jamais connu ma mère ; elle est morte à ma naissance, c'est mon père qui m'a élevé. C'est peut-être pour cela, voyez-vous, Rachel, que je ne comprends rien aux femmes. Et je ne comprends rien de ce que vous me lisez, ce soir. Pour moi, les femmes sont toutes pareilles, sentimentales et stupides, je ne les supporte pas. Il n'y a que vous... Que vous, qui soyez différente. Vous qui gardez toujours cette pudeur raisonnable." Ce jour-là j'ai pensé que ce qu'il appréciait chez moi, c'était ça, ma façon d'être à l'écart, mon extrême réserve. Ma vie de recluse, ma vie presque monacale, ma vie totalement dénuée de ce que l'on nomme la séduction féminine.

Votre père a été amical avec moi jusqu'au voyage en Pologne. Bienveillant, attentif, mais rien de plus. À travers moi, il cherchait quelque chose, peut-être, en tout cas, on peut le supposer, avec tout ce qu'on a appris ces derniers temps, n'est-ce pas ? Quand je repense à toutes ses questions apparemment anodines, par exemple, si j'avais de la famille aux États-Unis… Et quand on sait que son père avait connu le mien, et qu'il ne m'en a jamais parlé, tout cela prend une tournure différente. Gabriel dirait qu'il devait chercher à savoir ce qu'il en était de l'immeuble. Savoir si quelqu'un de ma famille ou moi-même avait eu vent de cette histoire, pour pouvoir classer l'affaire en toute impunité.

Moi, je ne dis rien. Je ne sais pas.

Ce que je sais avec certitude, c'est que, quand Gabriel est né, c'est là qu'il a vraiment changé. Il est devenu gai, détendu, cordial. Mais ce n'était pas moi qui l'intéressais, je dois bien l'admettre, il n'avait d'yeux que pour mon fils ; et l'affection qui s'est construite entre nous ne l'a été, de sa part, qu'à travers Gabriel.

Mais comme mon fils était pour moi un miracle, j'étais extrêmement reconnaissante à Charles de l'aimer autant. Pour moi, mère comblée, il n'y avait pas plus belle preuve d'amour.

Non, Charles ne m'a pas une seule fois demandé qui était le père. D'un certain côté, s'il l'avait fait, il se serait de fait disculpé et les choses auraient été plus simples.

Mais je me disais qu'il ne voulait pas régler la question ; pour garder pour lui seul ce petit garçon qui lui plaisait tant et ne pas ouvrir la voie à une éventuelle reconnaissance de paternité qui l'aurait coupé de Gabriel. À moins que…

De mon côté, je n'étais pas claire non plus. En fait, pour tout vous dire, mais je suis sûre que vous l'avez compris, j'ai toujours souhaité ardemment que ce soit lui, le père. Tant qu'il ne le niait pas, je pouvais continuer à le supposer et l'espérer.

Vous trouverez certainement cela surprenant, mais je ne lui en ai jamais voulu. Si c'était lui l'homme de cette terrible nuit, c'était grâce à lui que Gabriel est né. J'ai eu des années pour y penser, mais non, je ne lui en ai jamais voulu. J'étais ivre cette nuit-là ; il l'était peut-être aussi. Peut-être avait-il été submergé par un irrépressible désir. Peut-être les choses ne pouvaient-elles pas se passer autrement, moi, toute garde baissée, offerte malgré moi ; et lui, délivré de ses principes rigides, de ses défiances à l'égard des femmes. Et il était peut-être dit que je devais passer cette épreuve pour connaître le grand bonheur d'être mère.

Marie, je me rends bien compte que cela peut vous paraître incroyable, mais j'ai aimé votre père. Aimé comme j'ai pu aimer. En silence, sans rien demander en échange. Sans le lui dire. »

Je ne distingue presque plus son visage, le jour décline, il fait sombre. Je dis à Rachel : « Je dois rentrer maintenant, votre fils ne va pas tarder… Et je préfère que tout cela reste entre nous. Pour l'affaire de l'immeuble, j'ai une idée, voilà ce que nous allons faire. Mon père était un homme de comptes, il notait tout, il tenait sa comptabilité avec une rigueur maniaque. L'argent pour lui avait la plus haute importance ; quand j'étais enfant, je le voyais faire : chaque somme était rigoureusement enregistrée quelque part, même les plus ridicules dépenses.

Je dois aller voir mes sœurs bientôt, je vais leur dire ce que votre fils a découvert au sujet de l'immeuble de Clamart. Et si elles sont d'accord, je leur proposerai d'aller faire un tour chez mon père. Rien n'a bougé depuis sa mort. Ma petite sœur Lise n'est pas encore allée dans cet appartement qui lui revient. Toutes ses années d'existence sont consignées sous forme de tableaux de chiffres. Il est bien possible que leurs registres soient quelque part chez lui et il y a des chances pour qu'on retrouve quelque chose.

Quant à votre fils, Rachel, parlez-lui. Vous ne pouvez pas le laisser comme ça. Dites-lui ce qu'il en est, comme vous me l'avez dit. Racontez les choses comme elles se sont passées. Mais surtout, ne lui parlez pas de violence. Laissez-lui supposer que c'était un acte d'amour, même s'il était peu conventionnel, c'est le moins qu'on puisse dire. Mettez cela sur le dos de l'ivresse. C'est important, d'être né de l'amour. »

J'enfile ma veste. Mais avant de partir, il y a encore quelque chose que je veux demander à Rachel :

« Piotr, l'Ukrainien… Le frère de votre arrière-grand père… celui qui avait vécu dans le chalet… Vous savez des choses sur lui ?

— Non, rien du tout ; je ne savais même pas qu'il existait !

— Rachel… Il faut que vous sachiez que nous avons eu, nous aussi, un Piotr dans notre famille. Il a violé Charlotte, la grand-mère de mon père, quand elle avait seize ans et il a disparu. Eh oui, Rachel, notre famille, elle aussi, a souffert d'un viol. Une terrible et violente histoire, dont mon père ne parlait jamais. Mais je sais que pour lui, ce Piotr a été la cause de tous les malheurs des Vautrin… »

Rachel ne réagit pas ; je ne sais pas si elle m'écoute ou si elle est ailleurs, absorbée par ses pensées, retournée à ses souvenirs. Peut-être à la recherche d'elle-même, dans un chalet perdu sous la neige quelque part à la frontière de l'Ukraine…

Je poursuis : « Mais il m'a toujours dit qu'il ne connaissait pas son nom de famille. Est-ce lui qu'il cherchait en Pologne ? »

Non… Rachel ne m'écoute pas. Elle attrape sa béquille et se lève, lentement, pour me raccompagner. La nuit est complètement tombée, on ne voit presque plus rien. Elle allume une lampe, je croise son regard ; elle a retrouvé son beau regard limpide.

Une idée abominable me traverse l'esprit : mon père aurait-il été jusqu'à venger sa grand-mère Charlotte à travers Rachel ?

Comme si elle m'avait entendue penser, Rachel murmure : « Marie, si je me mettais, moi aussi, à douter de lui, c'est ma vie entière qui perdrait tout son sens. Puis-je faire autre chose que de me raccrocher à mes espérances, même si ce sont des illusions ? »

J'embrasse Rachel, la réconforte d'un rapide « courage », je ne sais pas que lui dire d'autre. J'ai hâte de sortir. En un rien de temps, je suis dans l'allée déjà plongée dans la nuit.

Svelte et rapide, comme mon père.

II

L'exploration

Anne

Port-Manech, mars

Je m'attendais à tout... sauf à ça. Ma propre sœur me tire dans les pattes. Incroyable ! Jamais je n'aurais cru ça d'elle. Mais pour qui elle se prend ?

Il fallait la voir, le bec enfariné, me faire toute sa tirade sur la copine de Papa, que c'était une femme super, qu'elle était belle, etc. Je n'en ai rien à faire, moi, des copines de Papa ! Lise était là, elle écoutait, l'air absent, comme d'habitude. Pourtant, elle aurait dû m'aider ; ça la concerne aussi, et de près, puisqu'elle vit chez moi.

Bon, je résume.

Voilà plus d'un mois que Lise est là.

Vendredi dernier, j'ai eu Marie au téléphone, qui voulait de ses nouvelles. J'ai avoué que je ne voyais pas vraiment d'amélioration, elle a bien senti que j'étais inquiète au ton de ma voix : « Alex est en Grèce pour quelques jours. Et si je venais passer le dimanche avec vous ? » Marie ne vient jamais chez moi, c'est rarissime qu'elle quitte son Alex. Et lui, il ne se sépare jamais de son piano.

J'étais ravie :

« Oh oui ! Quelle bonne idée ! Ça fait si longtemps. La dernière fois que tu es venue me voir, c'était…

— Allez, d'accord. Je viendrai samedi soir et je dormirai chez toi. Je prendrai le train directement après avoir quitté la librairie. Je fermerai un peu plus tôt, pour une fois. Il n'y a pas grand monde en ce moment, ils sont tous au ski. Tu auras encore un petit coin pour me loger ?

— Mais oui ! Ne t'inquiète pas… Tu verras, ce sera super sympa. »

En raccrochant, je pensais déjà au dîner que j'allais lui préparer. Pour commencer, un grand plateau d'huîtres et ensuite, un bar de ligne en croûte de sel que je demanderai à Yann. Elle adore ça.

C'était la fête ! Je ne l'avais pas revue depuis ma visite à Paris chez le notaire. Et comme Marie a horreur du téléphone, et qu'elle est toujours occupée, on ne s'appelle pas beaucoup.

J'avais plein de choses à lui raconter. Loïc (celui-là…) m'avait dessiné en trois dimensions les projets d'aménagement des granges sur de splendides plans. J'avais hâte de lui montrer et de connaître son avis. Et puis, il fallait que je discute avec elle, qu'elle me donne des conseils pour la vente de l'immeuble de Clamart. Ce n'est pas mon rayon, tout ça. Elle, elle s'y connaît bien mieux que moi, avec sa boutique.

J'ai commencé par faire de l'ordre, je me sentais un peu honteuse de tout ce foutoir, c'est toujours si bien rangé chez elle. Et du ménage. Ce n'est pas mon fort non plus, et avec ce vent, il y a tout le temps plein de poussière qui s'engouffre sous les portes.

Le soir, j'étais morte. Mon dos a recommencé à me faire souffrir, il a fallu que Yann me fasse des massages pendant une heure. J'avoue que j'ai un peu abusé de la situation mais c'est si bon, les massages.

Samedi soir, tout était prêt. J'avais fait le lit de Marie dans la petite pièce du fond et glissé une couverture chauffante dans les draps. C'est vrai qu'il ne fait pas si chaud que ça en ce moment, il crachine un peu et la brume rend l'atmosphère humide. Moi, ça ne me gêne pas du tout, je suis habituée. Mais pour Marie, c'est autre chose, il faut prendre des précautions avec une petite Parisienne délicate et frileuse.

Le bois en réserve pour la soirée était préparé, bien aligné le long de la cheminée. Les flammes dansaient avec gaieté, les bûches craquaient et sentaient bon. J'étais très fière de mon travail.

J'avais fait une belle table et sorti tout ce que j'ai de plus beau : mes bougeoirs en argent, mes assiettes en vieux Quimper, toutes dépareillées et un peu ébréchées, mais si jolies. Lise somnolait avec la chatte dans le fauteuil, je feuilletais distraitement un journal ; j'attendais Marie avec impatience. Une soirée entre sœurs, ça ne nous était pas arrivé depuis tellement, tellement longtemps.

Il était un peu tard quand elle est arrivée avec le taxi. Je commençais à avoir sérieusement faim. Pourtant j'avais largement entamé la baguette et le beurre salé, avec un bon petit coup de Muscadet pour faire passer tout ça. Tant pis pour les kilos ! Comme d'habitude, je me suis dit : le régime, on verra une autre fois, c'est trop bon.

Marie avait l'air d'aller. Nous avons parlé d'Alex, elle est si fière de lui. Il se repose en Grèce (voyez-vous ça), il a trop travaillé ces derniers temps. Pauvre chou ! Elle m'avait apporté en cadeau son dernier CD, des sonates de Beethoven, et nous l'avons bien sûr immédiatement écouté. Très beau, c'est vrai, ça m'a tout de suite pris aux tripes, j'en avais les larmes aux yeux. Même Lise est sortie de sa torpeur, on l'a entendue murmurer « j'adore... », les yeux fermés.

J'ai servi l'apéro, on a commencé à papoter bon train, Marie et moi. Les nouvelles de la famille, Maman, Gustave, ses filles, le petit chapitre santé, etc. Elle ne connaissait pas Yann, je lui ai donc raconté mes nouvelles aventures sentimentales, ce qui la fait toujours rire. « Encore un nouveau ! Pour combien de temps, celui-là, Anne ? » C'est vrai, je dois reconnaître que j'ai du mal à me fixer. Encore une fois, je lui ai expliqué : chaque fois, je crois que ça y est, que j'ai trouvé la perle rare, et puis, avec le temps, il y a toujours quelque chose qui ne va pas. Marie m'a dit que je suis trop exigeante, mais moi, j'aurais plutôt tendance à penser l'inverse : si je l'étais plus, je ferais plus attention au départ. Mais je déteste dormir toute seule ! Avec Yann, je suis assez optimiste, c'est un bon gars, sans histoire, pas compliqué. On ne peut pas dire que je vis la grande passion, mais ça me va bien, c'est tranquille.

Il faisait bon autour de la cheminée, on était heureuses de se retrouver toutes les trois, même Lise avait l'air contente. Il ne nous arrivait jamais d'être ensemble, toutes seules, sans maris, enfants, parents, etc. Les trois filles Vautrin réunies, comme au temps de notre enfance. Marie s'était assise sur la petite chaise basse juste à côté de l'âtre. Elle chauffait ses mains étendues au-dessus des bûches, un grand gilet brun foncé, très long, ramené sur ses genoux, et une superbe écharpe aux motifs persans, dans les bruns, roux, beige, noir, enroulée autour de ses épaules. Lise était emmitouflée dans un gros pull irlandais à torsade, jouait avec une mèche de ses cheveux, et moi, je pavanais dans mon pull-over multicolore, que j'avais fait à quatorze ans, avec l'aide de Marie et que je gardais toujours à portée de main, nostalgie de mes années d'adolescente.

« Tu te souviens, Marie ? Tu me disais que je ne le finirais jamais. C'est justement pour ça que j'ai été jusqu'au bout : pour te faire avoir tort ! »

Du tac au tac, Marie m'a répondu :

« Et toi, tu te souviens quand tu as jeté ma poupée en porcelaine par la fenêtre, et qu'on l'a retrouvée en mille morceaux sur le trottoir ? »

Oui, je me souvenais aussi. Vaguement. Mais je lui ai rappelé que c'était parce qu'elle avait dérangé mes peintures et que je ne pouvais pas finir mon dessin. On est parties d'un grand éclat de rire, c'était bon, de partager ces moments ensemble, ces moments qui tout d'un coup revenaient de loin, on était toutes les trois redevenues de petites filles. Lise s'y est mise aussi :

« Et toi, Anne, tu te rappelles quand tu m'as attaché les pieds et les mains et que tu m'as fait sauter sur la terrasse ? J'ai eu le nez cassé à cause de toi, regarde, il n'est plus tout à fait droit. »

On riait, on riait, on buvait un petit coup de blanc, même Lise riait. Et puis Lise a dit :

« Et si on prenait une photo de nous trois devant le feu ? J'ai l'appareil de Théo, là-haut. »

Marie et moi, on a trouvé l'idée géniale, Lise est allée chercher l'appareil, il a fallu trouver comment marchait le retardateur, on riait tellement qu'on n'y arrivait pas. Et puis enfin, on s'est installées toutes les trois sur le grand fauteuil, Marie au milieu, Lise et moi chacune sur un bras du fauteuil, et l'appareil en équilibre sur la table avec des fourchettes pour le faire tenir droit. On était bien, vraiment bien.

Ensuite on est passées à table. Le plateau d'huîtres n'a pas duré longtemps. Nous aimons ça toutes les trois, et même Lise s'est laissée faire ce soir-là, elle n'a pas boudé son assiette comme d'habitude. Ensuite, il a fallu attendre, le poisson n'était pas encore assez cuit, alors j'ai dit à Marie : « Tiens, en attendant, je vais te montrer les plans de mon ami architecte… », et j'ai apporté à table l'enveloppe que je trimballe partout avec moi, tellement ça me plaît et que j'ai envie de partager mes projets avec tout le monde.

Je ne l'avais même pas encore ouverte, que déjà Marie me posait la main sur le poignet pour m'arrêter, « Attends, Anne. Justement à ce propos, j'ai des choses à vous dire… ».

On avait beau avoir déjà pas mal bu, j'ai tout de suite été alertée par son ton. Je n'aime pas du tout quand Marie prend son air de grande sœur, je me suis tout de suite méfiée. « Vous vous souvenez, l'homme qui était chez le notaire ? Eh bien, j'en sais bien plus sur lui, maintenant. » Et elle s'est mise à nous raconter ses lettres avec la mère du garçon, une certaine Rachel. Et puis ensuite, sa rencontre avec elle, et tout ce qu'elle avait appris sur Papa : ses visites chez elle une fois par semaine, et son intérêt pour la Pologne.

Au début, je dois dire que j'étais plutôt intéressée. Je trouvais ça assez marrant, ce côté de notre père qui surgissait de nulle part. Oui, bien sûr, il y avait eu la séance chez le notaire, mais j'admets que je ne m'en étais pas vraiment souciée. La seule chose qui m'importait, dans toute cette histoire, c'est que j'avais enfin trouvé la solution pour garder ma maison. Le reste…

Marie était totalement subjuguée par cette Rachel. Elle ne tarissait pas d'éloges à son sujet, son intelligence, son courage, sa beauté… Ça commençait à me barber sec. Ce n'est pas que je ne m'intéresse pas aux gens, au contraire, je suis plutôt curieuse. Mais de là à y passer des heures ! Elle nous a aussi parlé du fameux Gabriel à qui Papa avait légué son affaire. On a appris que ce garçon avait été élevé par sa mère, de père inconnu (Tiens ? Et si c'était Papa ? Non. Je dis ça pour rire, je ne vois pas Papa faire la cour à une femme). On a appris aussi qu'il avait pas mal de problèmes avec la société de Papa, qu'il n'y connaissait rien et passait des heures à rechercher les morceaux du puzzle qui lui manquaient.

Et c'est là, précisément que tout s'est gâté quand Marie a parlé de l'immeuble de Clamart. Dès que j'ai entendu que l'immeuble avait appartenu à la famille du garçon, et qu'il y avait des doutes sur le paiement de la vente, j'ai tout de suite compris. Avant même qu'elle dise quoi que ce soit, j'avais pigé que l'héritage pouvait être remis en question. Et là, je n'ai plus rien écouté, et je n'avais qu'une idée en tête : « Qu'est-ce que j'allais devenir avec ma maison, si je ne pouvais plus l'acheter ? » C'était dramatique ! La seule chose importante ! Le reste, je m'en moquais complètement : toutes ces bizarreries de mon père, de son père à lui, ces histoires de vente différée, de virement à l'étranger… Un vrai imbroglio de roman policier, tout cela tenait à peine debout.

Au bout d'un moment, j'ai craqué et j'ai commencé à m'énerver.

« Est-ce que tu te rends compte de ce que tu dis, Marie ! C'est incroyable ! Mais… On s'en fiche de cette famille ! ON S'EN FICHE, tu comprends ? Nous avons eu notre part, le garçon en a eu un bon morceau, au nom de quoi, je n'en sais rien… ET JE NE VEUX PAS LE SAVOIR !

Qu'on arrête là ! Chacun se débrouille avec ce qu'il a, et puis c'est tout ! »

Je criais de rage, j'étais hors de moi.

Marie s'est levée de table, très en colère, et elle aussi, elle s'est mise à crier :

« Notre famille est une famille honnête, du moins je l'espère… Et je veux le croire. En tout cas, s'il y a eu des choses pas claires, ne comptez pas sur moi pour les dissimuler. Il n'est pas question que nous profitions de biens qui ne nous appartiendraient pas. Quant à toi, Anne, tiens-le-toi pour dit, une fois pour toutes : je ne laisserai pas cette affaire dans le flou, et je ferai tout ce qui est en mon pouvoir pour que la vérité soit dévoilée. Et le plus vite possible. Ton attitude me fait honte. »

Elle a quitté la table, claqué la porte et s'est enfermée dans sa chambre. J'ai entendu quelques mots d'une conversation, et peu de temps après, c'est la porte de la maison qui claquait elle aussi. Un bruit de moteur : Marie était partie.

Lise et moi, on avait l'air fines toutes les deux à table. Je me suis servi un verre, et je l'ai bu d'un coup. Ça, on peut dire qu'elle était réussie, notre soirée ! Je tremblais de rage, je n'arrivais pas à me calmer.

Me faire ça à moi. Ma sœur ! Oh, c'était simple pour elle : elle n'avait qu'à rentrer chez elle, bien tranquille, retrouver son doux foyer et continuer sa petite vie de bourgeoise sans problème. Moi, elle me laissait me dépatouiller avec les ennuis, toute seule, comme d'habitude.

C'est facile de jouer les cœurs nobles quand on en a les moyens et qu'on n'est pas atteint soi-même. C'est moi qu'elle sacrifiait, sans la moindre pitié. Tout ça pour protéger une inconnue et son rejeton. Et puis, sa tirade sur l'honnêteté, pardon !

Quand on fricote toute la journée à acheter et à revendre des livres anciens, on la boucle. Elle ne va tout de même pas me faire avaler qu'elle n'a jamais fait des petits coups tordus, hein… Et même des gros. Sinon, elle ne réussirait pas aussi bien, il ne faut pas me prendre pour une naïve.

Je lui en voulais à mort.

J'ai hurlé à son attention en direction de la porte : « Salope ! » même si elle était déjà loin et que bien sûr elle ne m'entendrait pas. Et j'ai pris les assiettes et je les ai toutes jetées contre le carrelage, l'une après l'autre. L'éclat qu'elles faisaient en se fracassant en mille morceaux m'a fait un bien énorme. Après ça, je me suis effondrée sur la chaise, tout tournait, et je sanglotais sans pouvoir m'arrêter. J'ai vu Lise se lever sans un mot, prendre la chatte dans ses bras et monter dans sa chambre. J'ai pensé que j'étais seule au monde et j'ai eu envie de mourir.

Alors, j'ai appelé Yann sur son portable. Il était en mer, pas loin des côtes, en pleine nuit. Quand il m'a entendue hoqueter au point que je n'arrivais même pas à faire une phrase convenable, il s'est affolé et m'a dit : « Je rentre. Ne t'inquiète pas. Mets-toi au lit et attends-moi… j'arrive ! »

Quel type bien, quand même.

Heureusement que je l'ai, mon Yann.

Marie

Paris, mars 2005

Anne m'a mise dans une telle colère que j'ai appelé un taxi et que je l'ai plantée là.

« À la gare, s'il vous plaît monsieur. »

Et puis, un coup de folie ; j'ai demandé au chauffeur « Et si je vous disais de m'emmener jusqu'à l'aéroport de Paris, là, tout de suite, vous le feriez ?

— Mais bien sûr ma petite dame, c'est mon métier. Il est déjà tard, mais je n'ai pas d'autre client prévu pour ce soir. Aucun problème pour moi.

— Eh bien…

— Alors ? Qu'est-ce qu'on fait ?

— Eh bien… Oui. Allez… On y va ! »

Cap sur l'autoroute. Le taxi avale les kilomètres à toute allure, la nuit est claire, je vois défiler le paysage, mais je ne regarde rien, je ressasse ma mauvaise humeur.

Anne m'a déçue, je ne m'attendais vraiment pas à cette réaction de sa part. Elle hérite d'un bien qui n'est pas à elle, et maintenant qu'elle le sait, elle fait comme si je n'avais rien dit. « Je ne veux pas savoir... » Trop facile. Être à ce point dénué de conscience morale, ça me dépasse. Au moins, elle aurait pu se renseigner, essayer de comprendre. Rien. C'est comme si on lui avait retiré son os. Elle a montré les dents tout de suite, sans savoir.

Si seulement elle avait été un peu moins hystérique, je lui aurais dit que de toute façon, c'est l'héritage entier qui serait remis en question, pas seulement le sien. Je suis sûre qu'elle n'y a même pas pensé ! Mais elle m'a tellement énervée, je l'ai laissée s'enfoncer. Tant pis pour elle.

Maintenant, au point où on en est, ce n'est même plus la peine d'espérer qu'on en reparle. Je la connais, Anne, elle est têtue quand elle s'y met. Elle ne fera pas un pas vers moi. D'habitude, c'est toujours moi qui cède, mais cette fois, je ne bougerai pas. Quant à Lise, rien à attendre d'elle, c'est évident. Du coup, difficile de dire comment les choses vont tourner. Vis-à-vis de Rachel, je suis coincée : avec tout ce qu'elle m'a dit, je ne peux pas la laisser se dépêtrer toute seule dans cette histoire sordide. Mais je ne peux plus compter sur Anne, il faut que je trouve autre chose. Quoi, je n'en sais rien encore, je dois réfléchir à la bonne façon de m'y prendre. Merci du cadeau, Père. Je me doutais bien que tu ne partirais pas comme ça, tout simplement. Mais là, tu dépasses tout ce que je pouvais envisager... Quel dommage. Pour une fois que nous étions seules toutes les trois, on était si bien, si heureuses d'être ensemble. Comme c'est bête, tout ça. Les choses auraient dû se passer autrement. Trop bête. Vraiment trop bête...

D'un seul coup, je redescends brutalement de mes pensées : je surprends le chauffeur qui m'observe dans le rétroviseur. Mais il fait sombre, je n'arrive pas à discerner son expression. Juste le blanc des yeux et la fixité du regard sur moi.

Je réalise que je suis là, dans ce taxi, en plein milieu de la campagne, loin de tout, avec un homme dont je ne connais rien et dont le lourd regard pèse sur moi.

Un malaise m'envahit, d'abord légèrement, un petit frisson. Et puis des tremblements plus forts, qui me remontent dans le dos. J'ai les mains moites. Le taxi roule à toute allure. Quelle heure est-il, au fait ? Aucune idée, il fait trop noir, je ne vois rien sur ma montre. Et on s'enfonce dans la nuit, le brouillard s'est levé loin de la côte.

Depuis le départ, pas un mot. Juste le bruit du moteur. J'étais tellement absorbée que je ne sais pas depuis combien de temps nous sommes partis.

« Ça vous dérange, si je mets de la musique ?

— Pas du tout, pas du tout ! » Mon ton de voix est précipité, haut perché, trop enjoué, je ne le reconnais pas. Mais je suis tellement ravie que quelque chose vienne dissiper cette atmosphère lourde.

Hélas, Miles Davis n'arrange rien, bien au contraire. Ambiance fin de soirée dans un bar enfumé. Je le soupçonne de l'avoir fait exprès. Suis-je en train de devenir parano ? Il me semble apercevoir un petit sourire narquois dans le miroir du rétroviseur, sur son visage éclairé un instant par des phares qui nous croisent. Du coup, je frissonne un peu plus, mes mains serrent le bord de la banquette.

Qu'est-ce qui m'a pris ? Pourquoi m'être mise dans une situation pareille ? Je commence sérieusement à la regretter, mon idée géniale. J'aurais pu tout aussi bien aller tranquillement à l'hôtel en attendant le train pour Paris demain matin. Au lieu de cela, me voilà complètement à la merci d'un inconnu. Et bien sûr, personne ne sait que je suis là.

Je vois sa nuque. Un gros cou épais. Des poils touffus sortent de son col de chemise. Je suis peut-être tombée sur une grosse brute. Qui pourrait arrêter la voiture dans une aire déserte, personne ne s'en rendrait compte. Il me ferait sortir et me laisserait sans rien sur le bas-côté. Pire, peut-être. Et puis il m'abandonnerait sur le bord de la route, en pleine nuit. Avec ce froid, j'aurais l'air fine. Et peut-être qu'il se dit : pour prendre un taxi jusqu'à Orly, elle doit être riche. D'ailleurs, elle a de beaux bagages. Et le diamant d'Alex que j'ai au doigt, il l'a sûrement vu. J'étouffe, cette odeur de tabac froid est intolérable, j'ai envie d'ouvrir la fenêtre.

Du calme. J'essaie de me raisonner. C'est sûr, je me fais des idées. Alex se moquerait de moi : « Eh bien... Quel courage ! Mais tu as beaucoup trop d'imagination ! Voilà ce qui arrive, mon petit, quand on vit dans le micro territoire surprotégé de sa librairie... » Il aurait raison, évidemment. Mais j'ai si peu l'habitude de faire les choses sans lui. Prendre un taxi toute seule la nuit, non, cela ne m'est jamais arrivé.

Toute seule. Voilà. C'est bien le problème. Quand il est là, je ne me pose pas de question, les choses sont à ma portée. Seulement, depuis qu'il est parti, je n'arrête pas de me heurter à des situations qui m'apparaissent problématiques.

Ce que je découvre, c'est qu'en plus de me sentir seule, je deviens handicapée et stupide. Tout me paraît compliqué. Et là, à cet instant précis, je prends une fois encore durement conscience de ma dépendance vis-à-vis de lui, que je le veuille ou non : sans mon quotidien comblé de lui, mes jours remplis de sa tendresse, mes nuits pelotonnée contre son dos protecteur, un voile de brume grise se dépose sur tout, ma vie devient terne, n'a plus de sens, même ma librairie m'ennuie... Mais si, en plus, je n'ai pas la sécurité de sa présence, le sentiment d'être dans le sillage de sa conscience, eh bien, si je n'ai pas tout cela, je ne suis même plus capable de faire des choses simples.

Il aurait raison sans doute, Alex. Cet homme est certainement un brave homme. Un bon père de famille qui gagne son pain avec un métier difficile, sans horaire, loin de chez lui. Et qui ne pense qu'à rentrer le plus vite possible se coucher près de sa dame.

J'ai beau me faire la leçon, je n'en mène pas large quand même. Je m'enroule un peu plus dans mon châle. Vraiment magnifique ce Pashmina, quelle finesse. Alex l'a bien choisi, il sait ce que j'aime. « Il doit passer à l'intérieur d'une alliance s'il est réellement de belle facture, le sais-tu ? » J'entends sa voix. À travers sa douceur, c'est lui que je cherche pour qu'il me réconforte. Alex, aide-moi. Je ferme les yeux et je le vois au piano. À la maison, près de la baie vitrée. Derrière lui, les toits, le dôme des Invalides éclairé dans la nuit noire, le grand ciel, et mon acacia sur la terrasse. Vision du bonheur. Les notes s'envolent, claires, de son Bösendorfer, et Alex gai, heureux. Comme avant. Enthousiaste, sûr de lui. Comme avant. Je voudrais tant que tout revienne comme avant. J'ai été si gâtée. Je ne veux pas que ça s'arrête.

La fatigue ? L'émotion de ma dispute avec Anne ? L'anxiété de cette situation ambiguë ? La lourdeur des jours et des jours de solitude, depuis qu'Alex est parti ? Ou bien, tout simplement, le charme de *Kind of Blue* ? D'un coup, la tension tombe. Je m'apaise, je me laisse aller, comme sous l'effet d'un somnifère. Ma tête bascule en arrière, je ferme les yeux et je me laisse emmener par Miles Davis.

Quand je les ouvre, je suis devant l'aéroport. Il est près de cinq heures du matin. « Terminus, madame. »

Il a pivoté sur son siège. Et avec le petit sourire que j'avais entraperçu la nuit, il me regarde sortir des brumes du sommeil. Lui, il a l'air en parfaite forme.

J'ai perdu tout contrôle pendant ces dernières heures, et dormi comme une pierre. J'éprouve un curieux sentiment, une impalpable confusion, comme s'il avait dérobé quelque chose de moi, de mon intimité, à mon insu.

Du coup, j'ai envie de partir, très vite. J'attrape mon bagage, je lui arrache presque des mains et le paie sans un mot. Son chèque dans la main, le chauffeur marque un petit temps d'arrêt, hésite, comme s'il voulait dire quelque chose, et finalement s'engouffre dans sa voiture et démarre en trombe. Je le regarde disparaître dans un tunnel. Ouf, quel soulagement, enfin débarrassée de sa présence.

Mais… Où est… Mon châle ! Je l'ai laissé sur la banquette ! Il m'a bien eue, le bon père de famille. Je suis sûre qu'il l'a vu. Quelle idiote. Je suis furieuse contre moi, j'y tenais, à ce châle. Et même beaucoup. Je tiens à tous les cadeaux d'Alex.

J'ai tout juste le temps de prendre mon billet avant le décollage. Coup de chance : le Paris – Corfou part à 5 h 45.

*
* *

« Chéri, c'est moi ! » Sa voix, encore tout enrouée de sommeil, me fait du bien : « Je suis content de t'entendre. Mais… Dis-moi… Il est bien tôt, pour un dimanche. Tu es déjà réveillée ?

— Eh bien, oui, tu vois.

— Il fait beau en Bretagne ? Pas trop de pluie ?

— Je ne suis pas en Bretagne, mon amour.

— Mais où, alors ?

— Tu ne devineras jamais… À l'aéroport de Corfou ! »

Un temps de silence. Je savoure mon effet de surprise :

« À Corfou ! Mais… Qu'est-ce que tu fais là ? »

Pourquoi dit-il cela, avec ce ton ? Je le dérange ? Est-il réellement de mauvaise humeur ou bien est-ce moi qui me fais des idées ? Je me méfie de moi, j'interprète tout mal, en ce moment.

« Rien de grave, ne te fais pas de souci. Je te rejoins tout de suite… » Je raccroche sans le laisser répondre. Mon cœur bat, je suis la jeune fille qui courait vers lui, dans l'amphi, à la fin du concert. Mais ce matin, j'ai plus que le trac.

De nouveau un taxi. Nous traversons la ville endormie. Pas un chat dans les rues, c'est le grand calme du dimanche matin. Les oiseaux piaillent gaiement, l'air est rose poudré, il fait doux. J'ai ouvert la vitre, tout étonnée de baigner dans les premières vibrations du printemps grec. Quelle différence avec le froid lourd, humide et pénétrant de la Bretagne, à peine à quelques heures de là.

Vingt-sept jours que je n'ai pas vu Alex.

Nous longeons la côte, j'aperçois de temps en temps la mer, bleu intense, entre les maisons. Je cherche à savoir où nous sommes. Soudain, juste après une haie de cyprès, le petit hôtel tout blanc aux volets bleus apparaît, tranquillement retiré au bord de sa crique sauvage. Je le reconnais immédiatement. Même apparence, simple et discrète, mais élégante. On dirait plutôt une grande maison de famille. Rien n'a changé depuis la dernière fois. Ah, si. Les palmiers, devant l'entrée : comme ils ont grandi !

D'un seul coup ma mémoire revient des années en arrière. Les images se succèdent, intactes. L'été, la plage déserte, la chaleur étouffante. Alex alangui sur la chaise longue de notre terrasse, le rebord du chapeau de paille sur le nez. « J'adore cet endroit. Chérie… Si on restait ? » Nos balades à vélo, dans les terres craquelées, le long des côtes, sous les eucalyptus enivrants ; nos pique-niques joyeux dans les criques désertes. Nos promenades du soir, au bord de l'eau, le léger clapotis des vagues sur nos chevilles dorées. La mer, qui nous happait dans sa fraîcheur, bains merveilleux, frôlements amoureux, enlacements dans la nuit profonde. La beauté, la beauté partout. Et surtout, le permanent sentiment de liberté.

Dans le hall de l'hôtel, un jeune homme inconnu me tend une clé. Je suis un peu déçue, je m'attendais à retrouver notre vieil hôtelier d'alors, que nous aimions tant. Noué, osseux, intemporel, le teint légèrement gris, il nous faisait penser à ces oliviers centenaires de la campagne grecque. Qu'est-il devenu ? Pas le temps maintenant, on verra plus tard.

Ma gorge est nouée. Alex est là, à quelques mètres de moi, derrière ces murs. Comment est-il, là, maintenant ? Comment vais-je le retrouver ? Je l'ai senti si loin de moi au téléphone pendant ces semaines, uniquement centré sur lui-même. J'ai peur de ce que je vais découvrir. Et j'ai peur de mes réactions.

Je monte à toute vitesse dans la chambre. La 4. Oui, c'est vrai, la 4.

Devant la porte, je me plaque le dos contre le mur, incapable d'ouvrir.

Depuis le pont des Arts, depuis son aveu effrayant, « Je me sens vide », il ne m'a plus jamais parlé de lui. Comme d'habitude. Alex est toujours très réservé quand il s'agit de son intimité. J'ai appris à le comprendre autrement, je traduis son humeur à la façon dont il joue. Coupée de mes repères, je ne sais plus.

Tout à coup, là, devant cette porte où j'ai tant rêvé d'être, la main sur la poignée, immobile, figée, je n'ose plus.

Timidement, j'entrebâille enfin la porte.

Tout ébouriffé, Alex est assis sur le lit, complètement nu, une partition à la main. Les draps blancs repoussés en désordre à ses pieds, il se tient bien droit, ses larges épaules calées sur l'oreiller. Les volets sont ouverts sur une magnifique vue sur la mer.

Ses beaux yeux vert jade me sourient avec douceur par-dessus ses lunettes. « Je t'attendais… » Mon regard doit demander : depuis quand ? car il ajoute aussitôt : « depuis longtemps ». Ses magnifiques mains veinées posent lentement la partition sur le haut de ses cuisses, pudiquement, et il tend ses bras vers moi. Je laisse glisser mon sac à terre et me précipite dans ses bras. Je pleure longtemps, sans retenue ; le nuage noir de mon anxiété amoncelée libère d'un seul coup toutes les larmes de l'abandon. J'ai l'impression que c'est la première fois de ma vie que je pleure vraiment.

Alex caresse mes cheveux sans rien dire. Je ne sais pas s'il est étonné, ou si, tout simplement, il prend conscience que j'étais vraiment malheureuse.

Ses mains chaudes descendent sur ma nuque, se promènent sur mon dos, mes hanches, mes seins. Une bouffée d'amour m'embrase. Nos corps se retrouvent. Mais une sorte de retenue pudique nous freine, comme si les jours de séparation avaient laissé s'installer un espace inconnu entre nous, un intervalle à reconquérir avec précaution. L'appréhension s'estompe petit à petit, la tendresse retrouvée nous ancre l'un à l'autre et laisse s'exprimer nos désirs refrénés pendant ces longues semaines. Mon Alex a toujours vingt ans. « J'aime ce creux, là, dans tes hanches, quand tu es sur le côté, petite vallée de bonheur… » Je bois ses paroles, j'enfouis mon nez dans les poils de son torse. Je retrouve ma merveilleuse douceur de vivre. À mille lieues de ce qui m'entoure, j'oublie tout, je me laisse porter.

Et je sens, dans la nuit profonde,
De ta robe d'or qui m'inonde,
Les rayons glisser dans mon cœur.
Loin, loin du monde…

*
* *

Il est presque midi quand nous sortons du lit. Un grand soleil inonde la chambre.

« Dis-moi… Je ne sais toujours pas pourquoi tu es là ! »

Alex emplit la pièce de son rire profond et chaleureux. Averse sur une terre sèche depuis trop longtemps, ce rire m'abreuve, me ressource ; je voudrais qu'il ne cesse jamais.

« Et si on allait manger un petit quelque chose ? Tu sais, le restaurant sur la place qu'on aimait bien ! J'ai une faim de loup, je prendrais bien une grande assiette de calamars dans leur encre.

— Oh oui, bonne idée ! Comme à Venise, tu te souviens, les pâtes toutes noires ?

— Bien sûr, je me souviens. Et ils savent très bien les faire, ici aussi. Il ne faut pas oublier que les Vénitiens ont occupé l'île pendant longtemps.

— On y va tout de suite, je te raconterai au restaurant. Encore des histoires avec Anne. Et puis, tu sais, je m'ennuyais tellement de toi… »

Nous partons vers la place, main dans la main, comme toujours quand nous marchons tous les deux. À ses côtés, je redeviens légère, et sûre de moi. Mes défenses se sont toutes abaissées, et mes angoisses du taxi dans la nuit complètement dissoutes. Je suis femme jusqu'au bout des ongles. Avec ravissement. Alex, mon soleil. Ma chance. Ma joie. Je l'ai retrouvé. Enfin.

À cet instant, une petite pensée de compassion pour Anne me traverse l'esprit. Un remords me pince, fugitivement. Elle est seule, elle, il ne faut pas que je l'oublie. Ce ne sont pas ses amants de fortune qui peuvent lui donner cette sensation de force inaltérable. Mais je chasse vite cette pensée qui m'éloigne d'Alex.

Au restaurant, nous avons le choix, la salle est entièrement vide, nous sommes les seuls clients. Le garçon prend la commande et s'éclipse.

« Eh bien, Mimine, qu'est-ce qui t'arrive ? »

Alex est serein, détendu, ouvert, à l'écoute. Disponible comme avant. Alors, j'ose. Je prends le risque de me décharger du poids que je porte toute seule depuis des mois et je lui annonce enfin la mort de Père et mes démêlés avec son héritage. Sarah avait raison, Alex n'est nullement touché par cette nouvelle. Et d'ailleurs, pourquoi le serait-il ? Je réalise soudain comme une évidence que mes réticences à le mettre au courant venaient exclusivement de moi. De ma volonté, sans doute, de faire toute seule le « ménage », sans partager quoi que ce soit en relation avec Père.

Je raconte Rachel, ses lettres, Gabriel, l'immeuble.

Mais pas ce qui s'est passé dans le chalet en Pologne. J'ai promis le silence à Rachel.

Je raconte aussi notre soirée de la veille avec mes sœurs et la triste dispute avec Anne. « J'ai l'impression que – oui je sais, c'est un grand mot, mais je n'en trouve pas d'autre – l'honneur de notre famille dépend de notre réaction à toutes les trois devant cette histoire d'immeuble. C'est le flou complet… Et j'ai tendance à supposer le pire, tu t'en doutes.

— D'après ce que je comprends… Le problème, c'est ta sœur Anne. Lui retirer ce qu'elle a cru être son don du ciel pendant quelques mois, j'imagine que cela doit être très dur pour elle. Pas étonnant qu'elle réagisse comme ça. Elle n'a pas un sou devant elle, tu le sais bien. Elle n'est pas comme toi.

— J'y ai repensé depuis et en effet, c'est évident. Il est clair que je ne peux pas compter sur elle pour m'aider.

— Il est clair que tu *peux* compter sur elle pour qu'elle te mette des bâtons dans les roues dès qu'elle le pourra, au contraire ! »

Alex réfléchit.

« Écoute ma petite chatte, puisque tu me le demandes, je vais te le dire. Pourquoi veux-tu être la grande sœur qui résout tous les problèmes ? L'héroïne qui expie les infamies de la famille ? Tu as épousé un juif, tu as été bannie par ton père, soit. On s'est passés de lui, et drôlement bien, même. Laisse-la où elle est cette famille ! À quoi ça te sert de fouiller dans son passé, de t'intéresser à cette fameuse Rachel ? »

J'explique à Alex que ce n'est pas l'idée de « fouiller » dans le passé de mon père qui m'a poussée vers Rachel. Qu'au départ, je voulais juste en savoir plus sur le quatrième héritier, Gabriel. Mais que Rachel m'avait parlé de mon père d'une façon incroyable. Mon père était quelqu'un d'autre dans une autre famille, avec une femme qui l'aimait, un petit garçon… Et c'est cela qui m'a vraiment impressionnée : qu'il me soit brutalement apparu un autre homme, par le regard d'une autre femme. « Et avec ce qu'elle m'a dit pour l'immeuble, j'ai des choses à réparer. »

Alex se moque de moi, gentiment :

« Tu as besoin de réparer quelque chose ? Moi, je ne vois rien à réparer : tu es belle, tu as l'air heureuse… » Habilement, Alex m'éloigne de mes problèmes et me ramène à lui, ici et maintenant. Il a raison.

« Oh oui, je suis heureuse… Et tellement ! » Par-dessus la table, je lui prends à nouveau la main. « Grâce à toi, tu le sais bien.

— Bon, eh bien… Où est le problème ? » me dit Alex, en déposant un baiser au bout de mes doigts. « Et puis… d'abord… Pourquoi me demandes-tu mon avis alors que tu as déjà pris tes décisions et que tu sais très bien ce que tu vas faire ? »

Alex a mis sa joue dans sa paume en corolle et me regarde de son sourire enjôleur. Il ne me prend pas au sérieux, il paraît même amusé. Quelle différence avec l'homme que j'avais laissé partir, abattu et déprimé. Sa transformation est impressionnante, à peine croyable. Je devrais être totalement heureuse, mais quelque chose me gêne, un indicible sentiment d'exclusion, très profondément enfoui. Il a retrouvé son équilibre sans moi. Je rejette cette pensée le plus loin possible de moi. Je ne veux pas gâcher ce moment de bonheur.

L'air de rien, je reprends la discussion, et persiste encore un peu.

« C'est vrai ! J'ai demandé à Sarah d'aller vérifier les comptes de Père. J'espère ne pas la perturber avec ces histoires familiales. Suppose qu'elle découvre que la famille Vautrin a spolié celle de Rachel ?

— Eh bien, la belle affaire, il n'ira pas en tôle… Ni toi, ni elle non plus. Alors ? »

Alex a la tête ailleurs. Je sens son pied sur mon mollet. C'est son petit jeu quand nous sommes au restaurant : garder une attitude très digne, mais enlever une chaussure et remonter son pied le long de ma jambe. Je prends moi aussi mon air le plus guindé et j'emprisonne son pied entre mes genoux.

À travers la table, je lui entoure la main, encore. J'ai besoin de sentir sa peau contre la mienne. Alex est lumineux.

« Et toi, comment vas-tu ?

— Je suis heureux que tu sois là. »

Un instant, je ferme les yeux. Ces petits mots tout simples ont un pouvoir surnaturel. Nous sommes un, à nouveau. Soudés l'un à l'autre, pour le meilleur. Le pire est loin. Je respire.

« Mais je ne repartirai pas à Paris. »

Descente brutale sur terre. Tsunami émotionnel.

Tout mon sang se retire à mes pieds et reflue violemment, une puissante vague me coupe le souffle. Je ne suis pas bien sûre d'avoir compris. Ou plutôt, si, j'ai très bien entendu ce qu'Alex m'a dit. Une morsure de serpent m'aurait fait moins mal. Aucun son ne sort de ma bouche. Vertige.

« Enfin, si, je reviendrai. Mais pas pour longtemps. Attends, je vais t'expliquer... »

Alex encercle mon poignet pour m'empêcher de retirer mon bras ; il parle très calmement, je l'entends à travers un brouillard : « Écoute, chérie, tu vas comprendre. Ce n'est pas une mauvaise nouvelle, au contraire. Pendant toutes ces semaines, tu vois... Écoute-moi... Grâce à toi, j'ai pu... J'ai pu prendre du recul, de la distance avec ma vie. Dans ma tête, ça n'allait plus du tout... Vraiment plus du tout. Je te l'ai dit avant de partir : je me sentais vide. Tu te le rappelles ? »

Oh oui ! Je m'en souviens.

« Eh bien, voilà : pendant les quelques semaines où j'ai vécu seul, pour la première fois loin de toi, loin de mes marques, quelque chose s'est figé. Au début, j'ai marché, beaucoup marché, tous les jours. Dans la nature, à travers la garrigue, les petits chemins creux, les sentiers sur le bord de la mer. Des heures durant, sans but ; juste pour voir, observer, écouter ce qui se passait en moi et autour de moi. J'ai laissé Paris le plus loin possible derrière. Paris et sa vie de stress et d'inutile paraître, sa vie programmée, coupée de la splendeur toute simple de l'univers. Là-bas, dans la ville, perdu au milieu de cet amas humain, je ne ressentais plus que je faisais partie du monde. Je n'avais plus aucune unité avec le vivant. Je désespérais. Je me desséchais.

Petit à petit, en reprenant contact avec la nature, en me fondant à elle, quelque chose s'est produit. J'ai compris que je ne voulais plus jouer comme avant, oui, c'est vrai. Mais surtout… J'ai compris pourquoi je ne voulais plus. »

Je me crispe et je me recroqueville. Alex serre un peu plus mon poignet.

« Ça s'est passé tout simplement. Un matin, ici, dans le hall de l'hôtel, je me suis assis au piano. J'étais seul, le patron devait faire des courses au village, et il m'avait confié la maison. Tout était calme autour de moi. Je me sentais bien, détendu, je revenais d'une grande promenade sur le sentier côtier. J'ai laissé mes mains aller sur le clavier, sans trop savoir ce que je faisais. Je pensais à toi, oui, je pensais à toi. À toi quand tu étais encore à la fac avec moi, dans notre petite chambre. Et j'ai commencé à jouer quelques notes, comme ça. Un air que je ne connaissais pas et qui se composait sous mes doigts.

J'ai trouvé la mélodie intéressante. Alors, j'ai cherché à la capturer, à la garder avant qu'elle ne s'envole. Vite, je l'ai écrite sur une partition. Et puis, j'y ai repensé, je l'ai rejouée, je l'ai travaillée, et travaillée encore. Et de jour en jour, j'ai continué, j'ai écrit la suite. Les pages se sont accumulées, j'ai beaucoup travaillé. Et maintenant, je suis content, j'ai pas mal avancé… Ce sera une sonate pour piano. Je l'ai appelée *Kerkira* cela veut dire Corfou en grec.

Créer, composer, écrire sur une partition… C'est une expérience fantastique, tu sais. La mélodie se déploie, comme si elle existait par elle-même, j'essaie juste de ne rien perdre. Voilà, chérie, je t'ai tout dit.

Maintenant, tu peux comprendre. Comprendre comment j'ai su que je n'avais plus envie de jouer les œuvres des autres. »

Alex se tait un instant. Je regarde cette part inconnue de lui qui sort de l'ombre et se dresse, fièrement, devant moi comme on examine un visage étranger, comme on cherche à comprendre une réalité qui vous échappe. D'instinct, j'éprouve un sentiment de refus, je n'accepte pas qu'Alex change, je résiste de toute mon âme.

Il reprend, calmement. « Pour moi, maintenant, c'est tout simple : je me sens parfaitement bien ici, dans ce petit hôtel, loin de tout ce fatras de choses inutiles qui encombrent notre vie. C'est grâce à cette simplicité, à la nature, à mon rythme tranquille, que j'ai pu trouver ce que je cherchais. Et je sais que je n'aurais jamais pu l'atteindre à Paris. J'ai donc décidé de rester… Et de te demander de venir vivre ici avec moi. »

Jamais, Alex ne s'est exprimé aussi clairement sur lui-même.

Nous sortons. Je me tais. Alex me prend le bras, et m'attire à lui. Il sent bien que je suis tendue. J'aimerais faire bonne figure, mais je ne peux pas. Nous quittons le restaurant pour prendre le chemin côtier, qui serpente entre les pins et les eucalyptus. Les feuilles mortes rabougries craquent sous nos semelles. Alex s'assied sur un rocher au bord de l'eau, me tire par la main et me prend dans ses bras, avec une grande tendresse. La digue a craqué. À nouveau, mes larmes jaillissent. Elles coulent abondamment sur mes joues, je les sens ruisseler. Incapable d'arrêter ce flux silencieux sur lequel je n'ai aucune prise.

J'ai peur de l'inconnu, de ce nouvel Alex, que je ne connais pas. Je sais qu'il ne peut même pas concevoir ce qui se passe dans ma tête. Si je lui disais, il serait ébahi. Il prend mes larmes pour les « dérèglements incompréhensibles des femmes », c'est-à-dire sans fondement rationnel, et donc, sans gravité.

Avec douceur, Alex tente de me calmer, m'explique encore pourquoi il ne veut plus de sa « vie d'avant » : son besoin de dépouillement, de solitude, d'authenticité. Le fait qu'il peut composer ici, justement parce qu'il est débarrassé de tout ce qui l'encombre inutilement.

Il me serre plus fort, et, par l'amour que je puise dans ses bras, l'angoisse se replie petit à petit. Alex me veut toujours près de lui.

*
* *

Du rocher, nous avons glissé sur le sable. Alex s'est endormi, je suis lovée contre lui. Le soleil dans les yeux, la mer magnifique à nos pieds, les mains chaudes d'Alex autour de moi, je m'apaise, me détends. Timidement, la joie apparaît. J'apprivoise la nouvelle facette d'Alex. C'est plus facile, pendant qu'il dort, d'aller au-devant de cette image de lui à conquérir, de me familiariser avec ses futures ambitions.

Moi qui m'inquiétais tant de le voir se détourner de la musique, perdre le goût de la vie, s'égarer, m'oublier peut-être. Alex a fait, au contraire, un pas de plus vers son art. Un pas énorme. Peu à peu la curiosité me gagne. J'ai hâte de l'écouter.

J'aimerais me laisser emporter par le plaisir de partager cette nouvelle dimension artistique avec lui.

Mais. Il y a encore un « mais ».

Alex me l'a dit : il veut vivre ici.

Pour lui, rien de plus simple : à moi de me débrouiller, comme d'habitude. Comment m'en offusquer, je l'ai habitué à ça depuis toujours. Les contingences matérielles, ce n'est pas son affaire.

J'aime et je respecte infiniment ses qualités d'artiste, tout son être est dans son art.

Mais là…

Et la librairie ? Qui la ferait tourner ? Sans elle, on ne peut pas s'en sortir, c'est elle qui permet à Alex de se consacrer au piano, il a l'air de l'oublier. Et puis… Et puis… Ma librairie, c'est mon univers.

Et Paris… Et chez nous. Notre terrasse. Comment quitter notre appartement, où nous avons tout fait nous-mêmes, passé toute notre vie ensemble, élevé nos enfants, inscrit tous nos instants de bonheur. Et où on est toujours si bien. J'y suis tellement attachée.

Non, impossible. Je dois lui faire entendre raison.

« Allez, chérie, on y va ! » Alex vient de se réveiller, tout joyeux, déjà prêt à poursuivre notre promenade par le chemin creux entre les oliviers qui nous ramène à l'hôtel.

Je l'arrête :

« Alex, que tu te mettes à composer, c'est merveilleux. Mais… Vivre ici, ce n'est pas possible… »

D'un bond, il est sur ses pieds et s'éloigne vers la mer, raide, blessé. Je le suis : « Vivre ici… Comment veux-tu ? Et puis, pourquoi ? Tu n'es pas bien à Paris ? On a tout, pourtant. Et là-bas aussi, tu peux composer, maintenant que tu as découvert cela en toi… »

Excédé, il lance, en se tenant la tête avec les deux mains :

« Mais tu n'as donc rien compris à tout ce que je viens de te dire ! »

Je ne supporte pas quand Alex me parle froidement, quand la tendre complicité entre nous vacille. Une terrible bouffée d'angoisse m'envahit sur-le-champ. Pourtant, moi aussi, je réponds durement : « Et moi, hein ? Tu en fais quoi, de ma librairie ?

— Ta librairie ! Oh mais… Quelle importance ! Ce n'est que du matériel, tout ça ! Un entrepôt de luxe. Tu peux bien en faire une autre, n'importe où.

— Un entrepôt de luxe… Et pourquoi pas une déchetterie de vieux papier, pendant que tu y es ! » Je suis horriblement vexée.

Nous marchons côte à côte, silencieusement. Nous sommes chacun dans notre rancœur, à des kilomètres l'un de l'autre. Le reflux des vagues à l'assaut de nos pieds est d'une régularité exaspérante.

J'ai tout gâché. Restaurer le lien, par n'importe quel moyen, immédiatement… Pour ne pas parler de moi, je lance comme une excuse :

« Et tes engagements ? Tes concerts jusqu'à l'été ?

— C'est pour ça que je t'ai dit que je retournerai à Paris. »

Alex fait un effort pour revenir vers moi :

« Mais à l'automne, je serai là. Avec toi, j'espère. Regarde comme c'est beau. Tu n'es pas bien, ici ? »

Six mois.

Ce délai me rassure. Je ne réponds rien, et je lui prends la main. J'ai six mois pour le convaincre. Pas du tout envie de lâcher ma librairie. Oh, et puis, ce n'est pas sa première folie. Et jusqu'à présent, j'ai toujours réussi à lui faire entendre raison. C'est stupide de gâcher cet instant.

J'évacue le problème, je remonte à la surface. « Raconte-moi comment ça se passe dans ta tête quand tu composes. »

Alex a déjà oublié notre dispute. Il me décrit sa création, passionnément. Les notes s'imposent à lui, lui parlent, il est comme emporté par un courant, élevé au-dessus de lui-même, soumis à l'irrésistible exigence de les transcrire, au plus vite, quels que soient le moment, l'heure, le lieu.

« L'inspiration, mon chéri… »

Je m'arrête et lui souris. Le calme revient, la tornade s'est éloignée. La douceur reprend place, tendrement. Alex a retrouvé un sens à sa vie, et là, maintenant, il partage avec moi le centre de son être. J'ai la chance d'être là, associée par lui au tournant majeur de sa vie d'artiste.

Je n'ai qu'à laisser le futur où il sera.

Pourquoi commencer à me faire du souci ?

Carpe diem…

Lise

Port-Manech, avril

Ça fait des jours et des jours que je suis là, je n'ai plus du tout la notion du temps. Les jours qui passent se ressemblent tous, ils sont comme les petites billes d'un collier qu'on enfilerait les unes après les autres. Tous les mêmes, à part ce fameux soir où Marie est venue, la fête qu'avait préparée Anne. Et leur dispute, pour finir.

Ce soir-là, j'étais complètement étrangère à ce qui se passait. Je les ai observées comme on regarde un mauvais film à la télé. Après, ça a été l'hystérie d'Anne. Alors, je l'ai laissée et je suis montée me coucher, j'en avais assez de tout ce chahut.

Les jours passent. Le printemps arrive, la nature se transforme sous mes yeux. Chaque jour un peu plus, elle gagne du terrain, les oiseaux chantent plus fort, les insectes sortent de leur trou, les bourgeons collent sous les doigts.

Le cycle de la nature prend son essor magique, et moi, pendant ce temps-là, j'en suis encore au même point. Anne m'a recueillie, mais je me sens toujours sur un quai depuis mon départ de Saint-Laurent, en transit, dans l'attente de... De quoi ? Je ne sais pas. Aucun endroit où aller. Pire : aucun endroit où j'ai envie d'aller. À part sur le bateau de Yann. Le reste ne m'intéresse pas. La vie glisse sur moi, rien n'accroche. J'ai téléphoné au psy de la clinique, je lui ai dit que je me sentais très seule et lui ai demandé si je pouvais lui parler, de temps en temps, au téléphone. Il m'a dit oui.

Depuis le dîner avec Marie, Anne est très nerveuse et beaucoup moins attentive. D'un certain côté, tant mieux, ça commençait à me peser, son côté mère poule. Anne est très gentille, mais j'en avais assez de ses allusions permanentes sur ma façon de me nourrir.

Je ne sais pas comment elle fait pour avaler ses petits déjeuners énormes. Voir ses grandes tartines beurrées, son œuf coque, sa tranche de fromage, son orange, et toutes les confitures qu'elle sort pour en prendre une cuillère dans chaque pot, ça m'écœure, je cale. Rien qu'à la regarder, je n'ai plus faim. À part mon café, rien ne passe.

Au moins, maintenant, elle se met à table toute seule. Et moi, je descends tard dans la cuisine, je prends ma tasse et je vais dans le jardin m'asseoir en tailleur sur le petit muret de pierre, juste sous les camélias, là où la vue est la plus belle : la mer d'un côté, les rivières de l'autre.

Hier soir, Anne et Marie se sont à nouveau disputées au téléphone. Marie voulait me parler et Anne a refusé. J'étais juste à côté, j'aurais bien pu attraper l'appareil, mais je n'avais pas envie de me mêler de leurs affaires. Finalement, Anne m'a tendu le téléphone : « Et merde ! Tiens... » Et Marie s'est mise à me parler à toute vitesse.

Je lui disais, Oui, oui... à Marie, mais je n'écoutais pas. J'ai juste vaguement compris que Sarah faisait des recherches et avait besoin d'entrer dans l'appartement de Papa. Il fallait mon autorisation pour prendre les clés qui sont toujours chez le notaire.

Je ne sais toujours pas pourquoi elles se sont fâchées, et à vrai dire, je m'en fiche. Anne a voulu revenir sur le sujet, elle m'a tannée pour que je m'intéresse à toutes ces histoires d'héritage. Elle me suivait partout avec de grands gestes, sa longue chemise d'homme – sûrement une chemise de Yann – s'ouvrait sur un vieux T-shirt, comme les ailes d'une chauve-souris. Mais je lui ai répondu : « Non, pas maintenant, je suis fatiguée, plus tard, on verra, plus tard. » Qu'elles se débrouillent sans moi, mes sœurs.

De toute façon, je n'irai pas chez Papa. Cette nuit, j'ai rêvé de lui. Son visage était un iceberg, il avait une face visible et une face dans l'ombre, il avançait dangereusement sur moi et allait briser le bateau de Yann entre ses mâchoires de glace. Heureusement, Yann réussissait à nous sortir de là, il avait fait un grand feu de bois sur l'avant du bateau.

Non, je n'irai pas.

Être là, dans ma chambre ou sur la mer, à attendre je ne sais trop quoi, je ne peux rien faire de plus pour le moment. J'ai dit au psy : « Je ne veux pas aller chez mon père. » Il m'a répondu : « Eh bien n'y allez pas. Mais demandez-vous pourquoi. Et demandez-vous ce que *vous* voulez. »

Ce que je veux ? La paix, la tranquillité. Une vie douce, sans agression, une vie qui coule toute seule. Une vie comme un bateau sur la mer : se laisser porter, aller là où le vent me pousse, regarder les belles choses, même les toutes petites, les discrètes, une abeille qui se repose sur un filet à des kilomètres du rivage, un éclat de peinture qui ressemble à un œil, les reflets des écailles au fond de la cale. Une vie qui me donne envie de la regarder, d'être *dedans* parce qu'elle est belle. Et pas de la fuir tout le temps. Pas de s'embrumer la tête avec tout ce qui traîne, pourvu que la quantité d'alcool soit suffisante. Arrêter de se réfugier dans cet état second où les choses qui font mal, ne font plus mal. Mais où, aussi, les choses qui devraient faire du bien, ne font plus du bien non plus. Cesser de fuir la vie et me retrouver seule, quand tout devient indifférent, quand les choses glissent, dérapent, que le piège mielleux m'engloutit dans sa chaleur.

Dès que je suis montée sur le bateau de Yann, j'ai compris qu'il fallait ne pas résister à la mer. Seulement se laisser aller. J'ai été prise par elle dès la première seconde et elle ne m'a plus lâchée. Elle m'a enveloppée et je me suis sentie entourée par sa puissance.

Si je pouvais autant faire confiance à la vie. Mais depuis toute petite, j'ai le sentiment qu'on va m'oublier quelque part. Que je n'ai aucune valeur et que tout le monde devrait fatalement s'en rendre compte. Quand Maman faisait sa sieste avec un amant, dans sa chambre à côté de la mienne, ma grande terreur c'était qu'elle parte avec lui. Qu'elle parte avec lui en riant, de ce rire qui me terrorisait, et qu'elle m'oublie.

Mais pour la première fois, c'est moi qui suis partie. J'ai mis les clés sur la table de nuit et j'ai quitté Pierre. Plus de trois mois, maintenant. C'est la première fois de ma vie que j'ai pris le risque de me faire oublier.

Anne a beau me dire que je peux rester chez elle le temps qu'il faudra, c'est long, trois mois. Je ne peux pas prolonger indéfiniment la situation, il faudrait que je prenne des décisions, que j'agisse, que je trouve des solutions. Il faudrait.

Cette semaine, quand même, j'ai fait quelque chose. J'ai mis plusieurs jours à me décider, et pour y arriver, je m'étais préparé un morceau de papier et j'avais écrit à l'avance les phrases que je voulais dire, au cas où je perde les pédales. Ça a l'air facile, et pourtant cette chose banale m'a demandé un effort considérable : j'ai téléphoné à Pierre.

J'ai attendu d'être seule. Quand Anne est partie au village pour les courses, j'ai décroché le téléphone. Mon cœur battait très fort, mes mains transpiraient. C'était comme si je risquais ma vie, alors que j'étais bien protégée derrière un appareil à des centaines de kilomètres de lui.

Les sonneries ont résonné, je voyais le téléphone posé sur la table près de la télévision, à côté de son gros cendrier en cuivre, toujours plein. Une fois, deux fois… Je tremblais, j'avais peur d'entendre sa voix. Cinq fois, six fois… Et puis, ouf. Quel soulagement ! C'est le répondeur qui s'est enclenché. En vérité, à cette heure-ci, je savais très bien qu'il était à l'atelier et qu'il ne répondrait pas. J'ai pris mon papier, et j'ai récité : « Bonjour Pierre, c'est Lise, j'espère que tu vas bien. Moi, ça va. J'ai été malade, mais je vais mieux. Anne s'occupe de moi, elle est très gentille. Le problème, c'est qu'elle ne roule pas sur l'or. Alors voilà… Ça m'ennuie de te demander ça, mais je n'ai pas d'autre solution pour le moment : Est-ce que tu pourrais m'envoyer un peu d'argent pour elle ? Je te le rendrai, je te le promets. Bientôt. Merci. » J'allais finir là, et j'ai quand même rajouté : « Je t'embrasse. »

Et puis, j'ai vite raccroché.

J'étais tellement troublée que je tournais en rond dans la pièce. Je m'en voulais de lui avoir dit « Je t'embrasse », ça me dégoûtait rien que d'y penser. Je l'avais dit par lâcheté, pour avoir l'air gentille. Et surtout, je m'en voulais de lui avoir demandé de l'argent. Il serait furieux, évidemment ; il se dirait : « Quel culot, elle me plaque, elle ne me donne aucune nouvelle, et après trois mois, elle m'appelle toute mielleuse pour me demander de l'argent ! » Mais qu'est-ce que je pouvais faire d'autre ? Demander à Maman ou à Marie ? Là, c'est Anne qui aurait été furieuse contre moi.

L'angoisse montait. Mon cœur faisait des bonds terribles, je n'arrivais pas à respirer. Au bout d'un moment, j'ai pris peur et j'ai appelé la clinique. Heureusement, le psy était là, on me l'a passé tout de suite. Je lui ai tout raconté, il est resté silencieux à m'écouter.

Quand j'ai fini, il a posé plein de questions : « Vous aviez vraiment besoin de téléphoner à votre mari pour lui parler d'argent ? Votre sœur vous avait-elle fait des remarques là-dessus ? » Comme j'ai répondu non, il m'a demandé si ce n'était pas plutôt une façon détournée de lui donner de mes nouvelles. J'ai beaucoup contesté et il a continué son raisonnement : « Vous avez d'autres façons d'avoir de l'argent, me semble-t-il, vous avez hérité de votre père, m'avez-vous dit ? » Là, évidemment, je ne pouvais pas dire non. Je me suis empatouillée dans des réponses pas claires : je n'avais pas le temps, c'était trop compliqué pour moi, je ne voulais pas aller dans cet appartement. Il m'a laissée terminer avec toutes mes bonnes raisons, et puis il m'a demandé de réfléchir si ce n'était pas plutôt pour me déculpabiliser d'avoir filé dans son dos. Un premier pas vers le face-à-face. Qui m'autoriserait à sortir d'une situation de fuite, pour faire ensuite ce que je veux.

Faire ce que je veux ! Si seulement je savais ce que je veux. Mais il m'a dit : « Ne vous crispez pas... » et en même temps que lui, j'ai dit : « Prenez de la distance ! »

On a ri tous les deux, ça m'a fait du bien.

Mais je n'ai pas pour autant avancé d'un pouce sur ce que je pourrais bien faire.

C'est que je ne suis pas Ella Maillart, moi.

Elle au moins, c'est vraiment quelqu'un, qui a vraiment fait des choses. J'ai commencé à lire son livre, à cause du titre : *La vagabonde des mers*, que Marie m'avait envoyé à la clinique. J'aime le mot vagabonder. Et tout de suite, le livre m'a parlé, j'ai compris sa vie de voyageuse, sa vie de femme qui ne s'encombrait pas de sa condition de femme, le domaine des hommes, elle s'y frottait, elle s'imposait et elle réussissait. L'increvable coureuse de mers, ça, c'est un destin qui m'impressionne. Elle, elle avait la chance d'avoir du courage, de la force, de la volonté. Tout ce que je n'ai pas. Et du talent. Parce qu'en plus, ses photos de bateaux sont magnifiques.

Je n'en demanderais pas tant. Si j'avais seulement un tout petit peu de son énergie, je ne serais pas là, à tourner en rond, lamentablement. *Théo, la photo, c'était ton rayon, aussi, tu aimais tant ça…*

Le psy m'a dit : « Demandez-vous pourquoi vous ne voulez pas aller chez votre père. » S'il était devant moi, là, maintenant, je lui répondrais : « Vous avez déjà vu une photo plongée dans du révélateur ? On met une feuille blanche dans un liquide et on ne sait pas quand l'image va sortir, ni ce qu'il y a dessus. Papa, on l'a vu en négatif toute sa vie, il est toujours resté une feuille blanche et n'a jamais rien révélé. Je ne veux pas retrouver son univers. Je veux la lumière, je veux les images vraies, je ne veux plus voir la vie à l'envers. »

Anne

Port-Manech, avril

Depuis ma dispute avec Marie, je ne tourne pas rond. Je vois tout en noir, j'imagine qu'on manigance des choses dans mon dos. D'habitude, dans des cas comme ça, il me suffit de me replier dans ma grange et de me défouler sur mes sculptures. Je ne fais rien de bon avec une humeur pareille, mais au moins, ça me calme, je ne pense à rien d'autre. Là, rien à faire. Je n'arrête pas de ruminer, de pester contre Marie.

Même Lise m'énerve. Pourtant, la pauvre, elle n'y peut rien. Ce n'est tout de même pas de sa faute si j'ai une sœur aînée qui ne comprend rien à rien. L'honneur de la famille ! Tu parles ! Et le bien-être de sa sœur, elle en fait quoi ? De ses sœurs, même, je devrais dire. Quelle égoïste.

Quant à Yann… Même lui, il en prend pour son grade. Voilà que je lui prête des mauvaises intentions et que je me mets à le suspecter. Je m'en rends compte, je suis en plein délire. C'est vrai : il a la gentillesse de s'occuper un peu de Lise et de l'emmener avec lui, et voilà que je me figure qu'il lui court après ! C'est idiot puisque c'est moi qui lui demande de la sortir un peu de sa chambre, sinon elle n'en décollerait pas. D'autant plus idiot qu'il est toujours aussi chaud dans mon lit, peut-être même plus quand j'y pense. Alors, de quoi je me plains ?

Le propriétaire m'a signé une promesse de vente pour fin juin. J'ai dit oui, et j'ai aussi signé plein de papiers à son agence. Mais depuis la soirée avec Marie, je n'ose plus bouger. Je ne les ai pas appelés, je n'ai rien fait du tout, comme s'il allait se passer un miracle.

Quand Marie a téléphoné pour parler à Lise, j'ai bien compris qu'elle ne lâchait pas son idée. Pas compliqué de supposer ce qui peut se passer : les doutes du notaire, le gel de tout et… ma maison qui me file entre les doigts. Un vrai cauchemar.

Je n'ai pas touché à une sculpture depuis des semaines, je ne supporte plus Lise. Et je mange trois fois plus de chocolat que d'habitude.

Ça ne peut pas durer comme ça, je ne vais jamais tenir le coup. Il faut que je fasse quelque chose.

*
* *

Ce matin, j'en étais encore à me ronger les sangs quand le téléphone a sonné : « Tat'Anne ? » C'est comme ça que ma nièce m'appelle, ça la fait rire depuis qu'elle est petite, et avec les années, c'est devenu un signe de tendresse entre nous. « Tat'Anne, je suis en voiture et je roule vers chez toi. Tu as de quoi me faire manger ou j'achète en route ? »

Ça, ça me fait vraiment plaisir. J'adore Sarah. Si j'avais eu un enfant, j'aurais voulu une fille comme elle : chaleureuse, gaie, pleine d'idées…. Et pas les deux pieds dans le même sabot. Un peu moi, finalement, en jolie. D'ailleurs, c'est à moi qu'elle confie ses petits secrets et c'est vers moi qu'elle vient quand ça ne va pas.

Je dois avoir un air rassurant, mes kilos me donnent de la rondeur. C'est toujours sur moi qu'on vient s'épancher, confier ses peines et se faire dorloter. Toute petite déjà, Lise se glissait dans mon lit le soir, se mettait dans mes bras, et me racontait ses petits malheurs. Oh oui, j'en ai résolu des histoires de jalousies de petites filles, de tyrannies de cours d'école et d'injustice familiale ! La recette ? Toujours la même. Écouter. Dédramatiser. Donner confiance.

Quelle joie ! Le nez collé au carreau, j'attends son arrivée avec une impatience de gamine et je regarde l'horloge toutes les minutes. Elle ne m'a pas dit l'heure de son arrivée, mais elle a parlé de déjeuner. Il est largement midi passé, et j'ai faim.

La voilà enfin ! Le portail s'entrouvre, elle se faufile, des sacs plein les bras – je lui avais pourtant dit de ne rien acheter – et court vers moi. Toujours aussi mignonne, ma petite Sarah. Son jeans bien moulant lui serre la taille, elle fait plutôt minette avec ses lunettes de soleil remontées au-dessus de la tête. Et je dois dire que je la vois traverser mon jardin avec une certaine fierté : Yann a passé la tondeuse hier, et j'ai planté des primevères tout le long de l'allée. Enfin… « Mon » jardin… Pour combien de temps, encore ? Mon cœur se serre, et j'ai l'estomac qui fait des nœuds.

« Comme ça me fait plaisir de te voir, ma Tat'Anne ! Alors ? Toujours aussi douée, notre artiste. Magnifique, cette allée, dis donc. C'est superbe, cette harmonie de jaunes et de bleus. » Bien sûr, elle a remarqué, elle. Lise passe par là tous les jours, mais je n'ai pas eu un seul mot sympa sur ma bordure. Ce qu'elle a en tête, Lise, mystère.

Bras dessus, bras dessous, nous rentrons dans la maison. C'est à qui en placera une, bavardes comme nous sommes. Je descends chercher une bonne bouteille à la cave. Lise est en mer avec Yann, on va être tranquilles, on a tout l'après-midi pour nous deux.

Le soleil plonge dans la pièce, les rayons chauffent à travers la vitre. J'en profite pour ouvrir la fenêtre, on verra moins que les carreaux sont sales. Moi et le ménage…

J'attrape deux verres dans le placard, et nous nous calons dans le canapé, face à la mer. « On est bien, chez toi, tu sais. Vraiment bien. Qu'est-ce que c'est beau, cette vue ! J'avais oublié à quel point cette maison est géniale… », me dit-elle en posant sa main sur ma cuisse.

Bien sûr, on y est bien. Je le sais. Pas la peine d'en rajouter. Pourquoi tout le monde s'y met ! Mon estomac se vrille un peu plus.

« Tat'Anne… Je ne sais pas si j'ai bien fait… » dit Sarah, les yeux sur l'horizon. « Tout est si bizarre, en ce moment… »

Bizarre ? Elle aussi, elle trouve des choses bizarres ? Décidément, rien ne va. Ma voisine dirait que c'est à cause de mauvaises conjonctions planétaires, elle a peut-être raison, après tout.

« Pas bien fait de quoi ? » lui dis-je, inquiète. En fait, depuis que Lise est là, une tension dans l'air flotte en permanence, ici.

Sarah ne me répond pas. Puis, tout à coup, elle se lève, et debout devant moi, me demande où est Lise. Où est Lise ! Encore elle ! Sarah est venue pour la voir, il n'y a que Lise qui compte, décidément. Je suis déçue, et ça se voit sûrement.

« En mer. Où veux-tu qu'elle soit ! Elle y passe sa vie, maintenant. En mer avec Yann, ils sont à la pêche, et ils ne rentreront que ce soir.

— Bon, tant mieux. On est toutes les deux, c'est parfait. Je te disais, je ne sais pas si j'ai bien fait… C'est peut-être complètement fou, mais, de toute façon, c'est trop tard. C'est toi qui me diras… »

J'en ai assez, des surprises.

« Qu'est-ce qui est trop tard, grands dieux !

— Ne t'affole pas, Tat'Anne. Tu sais, tu me connais, par moments, je fais les choses par impulsion, Maman me le reproche assez. Quelque chose me pousse et, même si ce n'est pas toujours raisonnable, je ne résiste pas. Je fonce et puis ensuite, il faut bien que j'assume, hein ? Eh bien là, c'est exactement ça. » Sarah a l'air soucieuse, et elle ajoute : « Et j'ai voulu que tu sois la première… »

Je supplie Sarah d'épargner mes nerfs.

« La première à quoi ? Cesse de jouer aux devinettes, je ne suis pas d'humeur, aujourd'hui. »

Voyant ma mine défaite, Sarah s'assied de nouveau près de moi.

« OK, ma tante, je t'explique. »

Elle me raconte ses recherches chez Papa.

« Maman m'a demandé si ça ne m'ennuyait pas de chercher des traces d'une vente d'immeuble. Le tien, enfin, celui dont tu es censée hériter… »

Je l'interromps :

« Ah, ne commence pas comme ça, Sarah ! Censée hériter, ça ne me plaît pas du tout.

— Attends, attends, ne t'énerve pas. Maman était un peu gênée, elle devait se dire que c'était à elle de faire ce genre de ménage, mais je sais que ça lui coûtait trop. Alors, pour expliquer son embarras, elle m'a dit qu'elle ne tenait pas à remuer le passé, mais que si ça me perturbait d'une façon ou d'une autre, je devais le dire carrément. Mais moi, j'ai dit oui tout de suite. Tu parles d'une aubaine, l'occasion de rentrer dans l'univers hermétique d'un grand-père que je n'ai jamais connu, ça ne se refuse pas.

— Chacun son goût, ma belle. Moi, j'aurais détesté. »

Sarah me dit qu'elle avait trouvé une quantité incroyable de cartons d'archives dans l'appartement : dans les placards, à la cave, partout, dans tous les coins.

« Même la chambre de bonne est remplie jusqu'au plafond. J'ai trouvé de tout, des billets de train, des tickets d'épicerie, des livres de comptes. Imagine des feuilles, des liasses, des carnets, des reliures à n'en plus finir, qui s'entassaient en désordre dans des cartons remplis de poussière, parce qu'ils n'étaient pas fermés. Je ne savais plus où donner de la tête… »

Sarah me raconte les heures et les heures qu'elle y a passées, plusieurs week-ends de suite, revenant exprès de Londres. Tu parles d'une occupation. Je ne peux pas m'empêcher de le lui dire :

« À ton âge, tu ferais mieux de t'amuser avec les garçons ! »

Imperturbable, elle réajuste ses lunettes serre-tête, et continue son histoire, comme si elle ne m'avait pas entendue. Évidemment, elle n'a pas eu le temps d'inspecter tous les cartons.

« Mais tu sais, Tat'Anne, j'ai très bien compris que la priorité c'était de retrouver, et très vite, des traces de versement. Je te connais, je sais comment tu dois être, en ce moment, avec ce grand point d'interrogation au-dessus de ta tête. Toute paumée, pas vrai ? »

Je grogne :

« Dis-moi vite…

— J'ai donc laissé pour plus tard plein de choses très intéressantes, mais j'y retournerai, tu peux en être sûre.

— Mais enfin, Sarah, tu veux me faire avoir une crise cardiaque ? Arrête de me faire languir comme ça ! Oui ou non, est-ce que tu as trouvé quelque chose ?

— En fait, ni oui ni non. Il faut que j'aille plus loin. Il y des choses que je ne peux pas comprendre toute seule.

— Et c'est pour ça que tu viens me voir ?

— … Pas exactement, non…

— Mais alors… pourquoi ? ! »

Sarah plisse les yeux, comme la petite fille qu'elle était quand elle faisait des bêtises, les étés où je la gardais avec moi pour les vacances, et qu'elle voulait se faire pardonner en jouant de son charme. Mais là, ça ne me fait pas du tout craquer, au contraire. Je m'inquiète encore plus.

« Eh bien, tu vas voir. Attends, là. Et surtout, ne bouge pas… »

Je n'ai pas le temps d'ajouter quoi que ce soit, Sarah file vers sa voiture qu'elle a garée dans la ruelle.

Par la fenêtre, je l'épie. Je m'attends à la voir revenir avec un carton de dossiers ou quelque chose du genre. Eh bien non, elle revient avec un homme, la quarantaine, qui marche posément à côté d'elle.

« Tat'Anne, je te présente Gabriel. Vous vous êtes déjà rencontrés, je crois. »

Je dois avoir l'air bête, la bouche grande ouverte comme un poisson, muette d'étonnement. Je le dévisage, ébahie, les yeux écarquillés. Mais qu'est-ce qu'il fait là… avec Sarah ?

« Assieds-toi, Gabriel. Tu veux un verre ? »

Sans attendre la réponse, Sarah le sert et enchaîne :

« Voici Tat'Anne, ma tante adorée, dont je t'ai déjà tellement parlé. Nous avons ensemble de merveilleux souvenirs. Tu sais, c'est avec elle que j'ai passé mes meilleures vacances d'enfant. »

Je suis toujours silencieuse. Gabriel… Ça alors ! Gabriel ne dit rien non plus. Il se contente de sourire. C'est comme si un film s'était arrêté sur une image fixe.

Sarah prend les choses en main.

« Tu sais Tat'Anne, on a roulé sans s'arrêter pour venir te voir et on crève de faim. Si on mangeait ? »

Elle déballe tous ses paquets, met la table en un clin d'œil et nous voilà tous les trois devant un véritable festin. Oh, ça, elle me connaît ma petite nièce, elle sait par où il faut me prendre. J'ai une faim de loup moi aussi, il est près de deux heures, et les émotions, ça creuse. Un peu gênés au début, on s'observe mutuellement, en prenant l'air le plus naturel possible. Sarah cherche à voir si la mayonnaise prend entre Gabriel et moi, et guette toutes mes réactions. Quant à Gabriel, il est d'une aisance étonnante, et se comporte en hôte très bien élevé. Comme d'habitude quand on n'est pas tout à fait à l'aise, on commence à parler du temps, de la Bretagne, de la mer, des environs. Tout est absolument délicieux, j'adore son foie gras mi-cuit et le Sauternes est parfait.

À la fin du repas, l'ambiance est super bonne. Gabriel nous raconte qu'il a beaucoup navigué dans le coin, et je découvre un marin, dans un autre genre que Yann. Il me fait du bien, il aime la mer, lui aussi.

En me levant pour faire du café, ma tête tourne un peu ; j'ai pas mal bu, et un peu trop vite. Subitement, tout me paraît simple.

« Eh bien, mon petit Gabriel, voulez-vous visiter mon château ? »

On fait le tour de la propriété et il s'extasie, comme tout le monde, sur la vue. Il faut dire qu'elle est particulièrement splendide aujourd'hui : le temps est clair, et l'embouchure des deux rivières est d'une netteté incroyable. L'Aven et le Belon font un V superbe, ils entourent la lande toute fleurie comme deux bras amoureux autour d'elle. Des voiliers suivent le courant vers Pont-Aven. Image de beauté sereine, je ne m'en lasserai jamais.

Je lui montre aussi les granges et toutes les sculptures qui sont à l'intérieur. Il a l'air d'aimer.

« C'est là que je voudrais faire un atelier pour recevoir des élèves, lui dis-je. Enfin… si c'est possible, et que je peux enfin l'acheter, cette fichue maison. »

Sarah nous prend chacun par un bras et nous dit :

« Allez, venez, rentrons. Il faut qu'on discute tous les trois, maintenant. »

J'apporte le café, et on s'installe confortablement autour de la cheminée. Sarah prend la parole, avec son air sérieux.

« Bon, en fait c'est très simple. Premièrement : À qui appartient l'immeuble ? C'est bien joli de chercher des traces de la vente et de retrouver un éventuel virement : autant chercher une aiguille dans une meule de foin au milieu de tout ce fatras de papiers ! Deuxièmement : Il y a des mystères des deux côtés de nos familles. Il faut qu'on s'y mette à deux pour débroussailler tout ça. Côté Vautrin, Maman m'a raconté des tas de choses, sur la famille et sur mon grand-père, que j'ignorais complètement. Et côté Reminovski, Gabriel lui aussi m'a appris des choses très intéressantes. Alors, on a uni nos efforts. Et donc… Attends, il faut que tu me promettes : tout ce que je vais te dire doit rester absolument entre nous, hein ? Je te fais confiance. Tu seras la première et la seule au courant. Promis, Tat'Anne ?

— Mais oui, ne t'inquiète pas. Tu sais bien que je suis une tombe, depuis le temps… »

Sarah me raconte que Gabriel et elle se voient déjà en secret depuis plusieurs semaines. Même leurs mères ne savent rien. Elle a téléphoné un matin à la société de Papa, et a tout simplement demandé à lui parler.

« C'était un peu gonflé, parce que je ne savais pas s'il y travaillait, mais je ne risquais pas grand-chose. Dès que Gabriel a su que j'étais la petite-fille de Charles, il a immédiatement accepté mon invitation. On s'est rencontrés le lendemain dans un café, et je dois dire – n'est-ce pas Gabriel ? – qu'on s'est tout de suite bien entendus. »

Je jette discrètement un œil à Gabriel qui, comme moi, regarde avec insistance ce petit bout de bonne femme décidée. Il baisse les paupières en signe d'approbation.

« Je lui ai dit tout ce que je savais. Et lui, de son côté, il m'a parlé de mon grand-père. Je peux te dire qu'il est infiniment plus sympathique que vu de chez nous. »

Sarah marque une pause. Elle tripote sa cuillère, gravement, et prend un ton de voix solennel :

« Maintenant écoute bien, Tat'Anne. C'est pour ça qu'on a fait des kilomètres pour venir te voir… J'en ai parlé avec lui, et Gabriel est d'accord pour qu'on te dise quelque chose de *très* important. Mais bien sûr, tu gardes ça pour toi. En tout cas pour le moment, promis ? Vraiment, j'insiste. »

Évidemment, je la rassure.

« Voilà, ma tante : Gabriel renonce à faire des recherches pour l'immeuble de Clamart. Il est bien à toi, tu peux en être sûre, maintenant. Et en faire ce que tu veux. »

Je lâche carrément ma tasse.

« Pardon ? »

Pour la deuxième fois, je fixe Gabriel sans pouvoir sortir un mot.

« Eh bien oui, ma tante. Que penses-tu de cette nouvelle ? Elle valait le coup que je me déplace pour te le dire, tu ne crois pas ? »

Sarah se met à rire joyeusement. Ma tête l'amuse beaucoup, apparemment. Moi, je suis sous le choc.

« Gabriel… »

Sans réfléchir, je me lève et je le prends dans mes bras, je pleure comme une fontaine. L'étonnement, l'alcool, le sentiment que c'en est fini de mes soucis de maison, un peu tout ensemble. Mes larmes se transforment vite en un rire, tout aussi incontrôlable :

« Ça alors… Mais ça alors… Vraiment ? ! »

Je me laisse tomber dans mon fauteuil, j'essuie mes yeux, tout étourdie.

« On a beaucoup discuté et on s'est dit que la meilleure décision à prendre, c'était de laisser les choses en l'état, et de ne pas bouleverser les décisions de Grand-père. Mais cela ne nous empêchera pas de continuer à chercher, et de prendre tranquillement le temps de dépiauter tous ces monceaux de papiers, qui ont peut-être d'autres choses à nous apprendre. »

J'entends un énorme « HOURRA ! » résonner à l'intérieur de moi. Tellement fort que j'ai peur qu'il s'entende. Enfin ! Enfin, je vais pouvoir savourer la joie qui m'avait effleurée à la mort de Papa… Pardon, je veux dire, chez le notaire.

« Tu vois, Tat'Anne, je savais que c'était toi la plus remuée dans tout ça. Tu es toute seule à te débattre dans la vie, à croire à tes sculptures, même si elles ne te nourrissent pas. C'est pour ça que nous sommes venus te voir tout de suite. Tu sais comme je n'aime pas que ma tante ne soit pas heureuse.

— Ma chérie… »

Je la prends dans mes bras, Gabriel aussi ; une vraie grappe humaine. Que d'émotions ! Mais Sarah est déjà en effervescence.

« Nous partons, ma petite Tante, il faut que nous soyons à Paris ce soir. Mais avant de reprendre la route, tu sais ce qui me ferait plaisir ? Que tu nous donnes une de tes sculptures, en souvenir de cette grande journée. J'ai dit à Gabriel que tu fais des choses sublimes et il a très envie de voir.

— Mais oui, bien sûr ! Avec plaisir, même. »

Un jour comme celui-là, je leur en donnerais des brouettes. On va dans la grange, je suis encore étourdie.

« Choisissez... »

Il y en a un paquet, maintenant, de mes sculptures. De toutes les tailles, rangées à la va-comme-je-te-pousse, là où on peut encore trouver de la place. J'en ai protégé certaines sous des bâches plastiques, mais d'autres sont à même le sol, ou sur des planches, grises de poussières. Comme elles représentent presque toutes des corps humains, enchevêtrés les uns dans les autres, ça fait une ambiance bizarre, entre le macabre et la bouffonnerie.

Sarah choisit un corps de femme nue, un de mes préférés. Elle a vraiment bon goût, cette petite. Si ce n'était pas pour elle, je ne le donnerais pas. Et Gabriel le buste de... Non... Ça, c'est drôle ! Il prend un buste de Yann. Je ne dis rien. À moi aussi de réserver des surprises, il n'y a pas de raison. On verra ce que ça donne, s'ils se rencontrent un jour. Ainsi, le navigateur intello part avec mon laboureur des mers sous le bras, sans le savoir...

Lise

Port-Manech, mai

Finalement, j'ai cédé. La tension était trop forte et je ne voulais pas renoncer à mes promenades en mer. Depuis que Miquette m'accompagne, qu'elle se love au creux de mes cuisses quand je suis sagement assise à ma place, c'est le ravissement total. Si j'avais le choix, je ne rentrerais plus jamais au port.

Heureusement, les journées rallongent de plus en plus. On part au lever du jour et on ne rentre à terre que très tard. Un cortège de mouettes rieuses suit notre sillage sur le chemin du retour et les étoiles sont déjà levées quand on arrive au port. L'air est doux, la mer est belle, c'est délicieux.

Je me suis même baignée une après-midi dans une petite crique déserte, pendant que Yann s'activait sur son bateau. L'eau était encore frisquette mais je n'avais aucune envie de sortir. C'est Yann qui m'a forcée, « Tes lèvres sont toutes bleues, tu vas attraper mal ». Il m'a aidée à remonter à bord et m'a frictionnée avec une douceur infinie de ses mains énormes et un peu gauches.

Ça s'est passé tout simplement.

On rentrait. Yann était assis à côté de moi sur la caisse de bois devant la cabine, on regardait l'obscurité avancer en silence.

J'étais heureuse. Mais lui, il avait l'air affreusement triste.

Je ne pouvais pas ne pas voir qu'il était transi à cause de moi. Transi d'envie, et d'angoisse aussi. Comme si j'étais un oiseau rare posé sur son bateau, qu'un geste un peu brusque pourrait effrayer et faire partir à jamais.

Peut-être parce que, ce jour-là, on avait vu des dauphins, un élan de tendresse envers lui, le premier, m'a fait lui donner la main. Il l'a prise délicatement comme un petit animal fragile et j'ai senti tout son être fondre, se dissoudre, sans défense. Alors c'est moi qui me suis assise entre ses jambes. Je me suis appuyée contre lui et je l'ai laissé m'entourer de ses bras. Un long moment, on est restés comme ça, sans bouger. Yann tremblait et moi, je me refaisais au contact d'un corps d'homme.

Lentement, pendant des jours et des semaines, il m'a apprivoisée, et je me suis laissée aller chaque fois un peu plus. Il avait compris qu'il fallait me laisser faire, à mon rythme. Heureusement, Yann est un homme patient. Un homme simple, qui comprend les choses sans les dire. Un univers de tendresse et de douceur, derrière son air de loup de mer bourru, avec ses épaules larges, ses presque deux mètres de haut, et sa grande touffe blonde toujours plus ou moins enchevêtrée par le vent.

Il a su me prendre, c'est tout. Personne d'autre avant lui n'avait pu desceller l'huître que j'étais, close sur moi-même, enfermée dans ma solitude. Mais lui, il a su l'ouvrir et j'ai ruisselé de plaisir. Un horizon nouveau s'est ouvert en moi, aussi grand que celui de la mer qui nous entourait. Depuis ce jour-là, c'est moi qui fais la petite chatte avec lui. Je me frotte à lui et Miquette est jalouse.

On ne se parle pas beaucoup, mais nos corps le font pour nous. Leur langage est d'une richesse merveilleuse. Maintenant, nos promenades en mer sont des voyages vers nos mystérieux pays lointains. Nos pays à nous.

*
* *

Voilà maintenant des semaines que ça dure, et que je ne touche pas terre. Je suis dans mon nuage. Sur mon île. Je ressens quelque chose d'incroyable : j'ai l'impression d'être dans la vie de quelqu'un d'autre, dont j'aurais rêvé.

Par moments, je n'habite même plus mon corps : dès que je ne suis plus avec Yann, quelque chose d'irréel me décolle de là où je me trouve. Je plane sans arrêt, habitée par des images de nous dans la tête, remplie d'émotions inconnues.

Ce serait le paradis… Mais il y a Anne.

Tant que j'ai résisté à Yann, je me suis sentie complètement à l'aise vis-à-vis d'elle. Même les derniers temps, quand elle ne pouvait pas ne pas s'en rendre compte : Yann me tournait tellement autour… Mais elle avait l'air de l'accepter sans problème, elle nous poussait même sans arrêt à partir tous les deux en mer. Et moi, je n'avais rien à me reprocher. Alors…

Les choses se sont nettement embrouillées, après.

L'ambiance a totalement changé entre elle et moi. Évidemment, je ne lui ai rien dit et elle ne m'a pas questionnée non plus, mais je suis sûre qu'elle a senti quelque chose. Elle qui a été, jusque-là, tellement gentille avec sa petite sœur chérie, tout d'un coup, elle s'est mise à m'envoyer des piques et à me faire des reproches.

« Vraiment, Lise, ça ne va pas du tout… »

J'ai commencé à me sentir mal à l'aise, et j'en ai parlé à Yann, mais il m'a dit de ne pas m'en faire, qu'il n'y avait rien de sérieux entre eux. Que ce n'était pas la peine de lui en parler, pour le moment. Trop compliqué, ça ne servirait à rien.

Je n'ai rien dit, je me suis laissé convaincre par Yann. Évidemment, ça m'arrange. Mais maintenant, quand on se retrouve toutes les deux, Anne se retranche derrière sa mauvaise humeur. Et moi, je me réfugie dans ma chambre, pour préserver mon bonheur et le savourer tranquillement toute seule. Et si j'ai besoin de quelque chose et que je vais vers elle, elle m'envoie promener, l'air sombre et renfrognée. Alors que moi, au contraire d'elle, je me sens de plus en plus légère, comme si je sortais d'un grand tunnel noir.

Je me suis mise à prendre un petit déjeuner.

« C'est l'air de la mer ? » Anne n'en est pas revenue. Elle m'a dit ça avec un petit sourire mi-acide… et mi-content, parce que Anne, malgré tout, garde bien ancré en elle son incroyable côté maternel, peut-être parce qu'elle n'a pas eu d'enfant à bichonner. En tout cas, elle a eu l'air sincère, ça lui fait plaisir de me voir me remplumer. Du coup, j'ai eu droit à un petit geste tendre. Elle est allée chercher dans un placard une jolie robe rouge à fines bretelles, toute simple, en coton léger, et elle m'a dit, « Tiens, prends-la, ça fait longtemps qu'elle ne me va plus, mais je la trouve très jolie. Elle t'ira parfaitement, si tu prends encore quelques kilos. »

Ça m'a rappelé quand on mettait le souk dans les placards de Marie. Dès qu'elle n'était pas là, Anne et moi on fonçait dans sa chambre, pour nous déguiser en grande sœur. Tous les vêtements neufs, c'est elle qui les avait. Nous on était les ricochets, on usait ce qu'elle n'avait pas eu le temps de faire elle-même, elle grandissait tellement vite, disait Maman. C'était notre petite vengeance à nous, on se pavanait avec ses chaussures trop grandes, ses pulls trop longs, ses robes qui m'arrivaient jusqu'au pied et on l'imitait. Plutôt bien, d'ailleurs, si j'en crois nos fous rires.... On essayait ensuite de tout remettre à sa place, mais Marie était déjà obsessionnelle, ses piles de vêtements ressemblaient à celles des magasins. Bien sûr, on n'y arrivait jamais aussi bien, et Marie piquait des colères sans nom.

Encore du nouveau, ce matin : j'ai passé la matinée à frotter les vitres en chantonnant. J'ai même éclaté de rire toute seule : le chiffon est tombé par la fenêtre sur la tête de Miquette, qui a fait un grand bond en arrière. Éclaté de rire. Anne l'a entendu et s'est précipitée de très mauvaise humeur dans la pièce : « Qu'est-ce qu'il y a, encore ? »

J'ai aussi essayé de freiner l'alcool, mais là, franchement, c'est dur. Je me suis rendu compte à quel point je suis dépendante. Moi qui me disais, j'arrêterai quand je veux, tu parles !

Tous les matins, pendant quinze jours, j'ai décidé d'un programme de bonnes résolutions, mais à midi, déjà, je n'avais plus qu'à constater mon échec : j'étais hyper nerveuse, incapable d'y arriver. Aujourd'hui, on ne peut pas dire que je sois tirée d'affaire, loin de là, mais l'important, c'est que j'ai osé en parler à quelqu'un. Il paraît que c'est le premier pas vers la guérison. Quand j'ai vu le médecin de Pont-Aven parce que je m'étais enfoncé des épines d'oursins dans les pieds, il m'a demandé si tout allait bien, à part ça. J'ai fini par lui dire que j'avais un problème avec l'alcool. Il avait l'air compréhensif, je sentais qu'il ne jugeait pas, je crois que c'est ça qui m'a donné envie de le lui dire. Il m'a encouragée, m'a dit qu'il m'aiderait, que je pouvais compter sur lui : ce serait une affaire entre lui et moi, et d'après lui, j'avais fait le plus dur, maintenant, on y arriverait. Il m'a donné une ordonnance « pour le moral », pour passer ce cap difficile. Je l'ai remercié, il m'a répondu qu'il connaissait bien la question, il avait pas mal de patients comme moi à aider dans la région, hélas.

Il m'a aussi dit que j'étais jolie et que je n'avais pas le droit de gâcher les belles choses de la nature. Ça m'a fait tout drôle d'être draguée comme ça, il y avait un bon bout de temps que ça ne m'était pas arrivé. J'ai trouvé ça très agréable. Pour un peu, je lui aurais fait la bise en partant.

Je commence à m'ouvrir moi aussi, comme les ajoncs dans la lande qui se couvrent de mille fleurs jaunes au subtil parfum de vanille, avec le printemps. Mon cœur bourdonne d'infinies petites notes joyeuses que je suis seule à entendre. Je me sens toujours un peu coupable vis-à-vis d'Anne, mais moins. Je n'arrive pas à me dire que ce qu'on fait n'est pas bien : moi aussi, finalement, j'ai droit à ma part de bonheur ! C'est la première fois que j'en profite. Et ce bonheur, il est tellement beau que rien ni personne n'a le droit de me l'enlever.

Après tout, Anne, elle a de l'avance sur moi. Se donner du plaisir, revendiquer son bonheur, rechercher la joie, c'est même toute sa raison de vivre. « Le bonheur est dans le pré, cours-y vite, cours-y vite… Le bonheur est dans le pré. Cours-y vite, il va filer. » Elle dit tout le temps ça, Anne. Lui prendre un bout de son bonheur, ce n'est pas si grave. Yann a raison, pas la peine d'en faire une montagne. J'en suis même arrivée à me dire que c'est aussi grâce à elle, à force d'habiter avec elle et de la voir se comporter dans la vie, que je me suis donné l'autorisation de me laisser aller à mes désirs.

*
* *

Quand même.

C'est elle qui m'a recueillie quand je n'étais qu'un oiseau pitoyable tremblant sur sa branche. C'est elle qui a supporté avec patience toutes mes humeurs. C'est à elle que je dois d'avoir traversé mon désert sans trop de casse.

Et c'est grâce à elle que je vais bien, maintenant. Ça, je ne peux tout de même pas l'oublier.

Je devrais être débordante de reconnaissance envers Anne.

Au lieu de ça, en guise de remerciements, je lui vole son mec. Et, le pire de tout, je lui vole en cachette : Yann et moi, on continue à jouer les innocents, on prend l'air de rien, en sa présence. « Pas la peine de lui dire maintenant, ça compliquerait les choses pour rien », répète Yann à chaque fois que je lui dis que ça ne peut pas durer comme ça.

Au début, je répondais, « Oui, tu as peut-être raison, pas la peine de se gâcher la vie ». J'étais incapable de penser à autre chose qu'à ce qui m'arrivait. Mais j'ai eu de plus en plus de mal avec cette dissimulation et maintenant, je me dis : on ne peut pas rester comme ça.

Et puis, les choses ont aussi changé pour Anne : Yann ne la rejoint plus dans son lit, le soir. Il s'est mis à inventer des prétextes, il doit rentrer chez lui, il a à faire... Il me dépose devant le portail, et il n'entre même plus. Anne fait la tête et moi, je monte dans ma chambre et je chante en silence.

Non, on ne peut plus rester comme ça.

Cet après-midi, j'ai dit à Yann : « Bon, allez, maintenant il faut se décider. Toi, tu t'en fiches peut-être, mais moi, je me sens mal. Avec tout ce qu'elle fait pour moi, je trouve ça vraiment pas bien. Et puis, tu sais, tu dis que ça n'a pas d'importance pour elle, mais moi qui la vois tous les jours, je remarque bien qu'elle n'est plus gaie comme avant. Puisque tu ne te décides pas... Eh bien, moi, je vais lui parler, et dès ce soir. »

Yann m'a déposée devant le portail. Il m'a dit : « N'y va pas trop fort, elle est nerveuse, Anne, appelle-moi si ça ne va pas. » Et il m'a regardée partir en poussant un grand soupir qui en disait long sur son inquiétude.

*

* *

J'ai pris une bonne rasade d'air frais en traversant l'allée pour me donner du courage. Je connais Anne, elle monte vite en mayonnaise. De vieux souvenirs reviennent, comme cette fois où j'avais cassé sa boîte à musique, celle avec un clown en habit multicolore qui dansait derrière une vitre : j'adorais ce refrain mécanique et je n'arrêtais pas de remonter le ressort… jusqu'au moment où la clé m'est restée dans les mains. Anne était entrée dans une telle colère que Maman avait dû s'en mêler pour me convaincre de sortir de sous mon lit où je m'étais réfugiée.

J'ai ouvert la porte, et je suis tombée nez à nez avec elle. Ses joues étaient toutes rouges, elle avait l'air complètement excitée.

« Un grand jour, en vérité ! » C'est tout ce qu'elle m'a dit. Elle m'a plantée là et elle est sortie. Elle riait toute seule en allant vers son atelier où elle s'est enfermée jusqu'au soir. J'entendais des clac-clac-clac. Elle s'était remise à sculpter.

La première fois depuis que j'étais là.

Qu'est-ce qui se passe ? Quelqu'un est venu la voir ? Un nouvel amant ?

Ça nous arrangerait bien.

Anne

Port-Manech, juin

On peut vraiment dire que je n'ai pas de chance avec mes sœurs.

Marie veut me déposséder. Et quant à Lise… Elle me pique mon homme. Rien que ça.

Si elle croit que je ne l'ai pas vu, leur manège, il faudrait être complètement miro !

Bon, d'accord, j'ai mis du temps à l'accepter. Tout simplement, parce que ça me semblait impensable.

De la part de Yann, peut-être, je ne dis pas. On ne se connaît pas depuis longtemps, et puis… Disons que j'ai plutôt l'esprit large sur le sujet. Mais ma sœur !

Ma sœur que j'héberge depuis des mois, à qui je ne demande rien, pas un coup de main, pas un sou, rien. Je la laisse se refaire, tranquillement. Je la protège, je la bichonne, je fais tout ce que je peux pour lui redonner le sourire et voilà comment elle me remercie !

J'en ai été tellement estomaquée que je n'ai rien dit, après les avoir surpris en train de faire leurs petites affaires, là, sur ma table, dans ma cuisine. Ils ne m'ont pas vue, eux, ils me croyaient à Quimper, chez mon amie Clara. Pas de chance pour eux, je m'étais trompée de jour, elle avait un truc à faire et j'étais revenue tout de suite. Je les ai aperçus par la fenêtre, ils étaient si occupés qu'ils ne m'ont même pas entendue. Ça, on peut dire qu'il y mettait du cœur, Yann !

J'ai filé dans l'atelier. Et j'ai attendu jusqu'au soir, assise dans un coin. J'étais furieuse. Et vexée. Et déçue. Et tout, et tout...

Encore, si c'était une copine. Une petite fois en passant. Mais ma sœur ! Je n'en suis pas remise.

Et bien sûr, tout dans mon dos. Avec les sourires hypocrites par devant.

*
* *

Tant pis pour eux. Je n'allais pas, en plus, leur rendre la chose facile. Pour voir jusqu'où ils étaient capables de s'enfoncer dans leur mensonge, j'ai fait comme si je n'avais rien vu.

J'ai commencé par tyranniser Yann. Quand même, il n'allait pas s'en sortir comme ça. Ils revenaient de la mer à la nuit, Lise filait dans sa chambre et lui, il ne savait pas trop comment se comporter. Je lui disais que je l'avais attendu et que j'avais hâte qu'il me masse le dos. Les premières fois, il s'est laissé faire. Après tout, deux femmes, il avait la santé, il pouvait assumer. Et puis, il n'osait pas me dire non, comme ça, sans raison. Mais ce n'était plus comme avant. Plus besogneux. Moins inspiré. Petit à petit, il a commencé à trouver des excuses. Il avait un tour de rein, mal à la tête (mais oui), une écharde dans la main... Tout était bon. Je ne pensais pas qu'il avait autant d'imagination. Parfois, je le coinçais. « Tu as mal aux reins ? Mon pauvre vieux. Attends, pour une fois, c'est moi qui vais te faire des massages. Tu vas voir, j'ai une super crème décontractante... » Bref, je me suis vengée à ma manière.

Et puis, au bout d'un temps, je me suis lassée. Ça ne m'a plus amusée, alors je l'ai laissé tranquille. Je dois l'admettre, il a eu l'air très soulagé. Reconnaissant, même. Mais pas courageux pour autant. Il s'est mis à me fuir, et à attendre Lise devant le portail, sans sortir de sa voiture.

Je me suis dit : tous les mêmes. Dès que ça commence à fléchir côté galipettes, ils ne m'intéressent plus. Je les vois comme ils sont, et du coup je ne vois plus que leurs défauts. Les premiers temps, oui, je l'aimais bien, il était sympa, pas compliqué, tendre et vigoureux. Qualités appréciables pour un amant. Mais depuis qu'il est avec Lise, il n'est plus du tout le même. Un grand dadais amoureux, c'est d'un bête.

Voilà, c'est fait. Je me suis détachée de lui. Après la vexation, la blessure d'orgueil, – pas facile de passer par-dessus, c'est peut-être même le plus dur – j'ai pensé : pas de regret, il n'est pas pour moi. Ce n'est pas encore celui-là, le bon...

Allez ! Passons à autre chose. Au suivant ! En attendant, j'ai Loïc pour les urgences. Et puis, l'été arrive, le lit n'est plus froid.

*
* *

Avec Lise, c'est beaucoup plus compliqué. Je lui en veux, bien plus qu'à Yann. Et j'ai encore plus de mal à la supporter maintenant. Je crois que je la préférais terrée dans son coin, parce que maintenant, après l'abattement, c'est l'excitation. On dirait une chatte en chaleur, ce n'est pas plus marrant pour moi. Certains soirs, quand je suis dans mon salon à siroter une petite goutte, ça m'énerve de la sentir s'agiter là-haut, je l'entends marcher au-dessus de ma tête. Chanter, même, depuis qu'elle a ensorcelé Yann. Et en plus, elle chante faux.

C'est vrai, quoi… Je ne suis pas un hôtel ! Je préférais encore être une maison de repos. Lise plane, elle est dans ses rêves, sur son nuage, tout ce qu'on veut. Vivre d'amour et d'eau fraîche… Sauf qu'elle n'a plus l'âge. Et que c'est moi qui fournis l'eau fraîche.

Nos dîners en tête à tête sont devenus sinistres. Elle, le chat sur les genoux, pas un mot, jouant avec sa cuillère. Moi, le nez dans mon journal, faisant seule honneur à mes jolis plats. Quand j'en ai trop marre, j'essaye quand même de meubler le silence :

« Ça va ?

— Oui, ça va.

— Tu as fait quoi, aujourd'hui ?

— Oh, comme d'habitude, un tour en mer avec Yann.

— Ah bon. »

Silence.

« J'ai vu que tu as reçu une lettre de Chine. Tu as des nouvelles de Théo ?

— Oui.

— Comment il va ?

— Bien. »

Silence.

« Tu as des projets pour cet été ?

— Non.

— Tu n'aurais pas envie d'aller passer quelques jours avec Marie à Paris ? Ça te changerait…

— Non. Je suis bien, ici. »

On est mal parties, Lise et moi. C'est sûr, elle va nettement mieux. Mais elle est complètement déconnectée du réel. Qu'est-ce qu'elle va devenir ? Ou plutôt, je devrais dire : qu'est-ce que je vais bien pouvoir faire d'elle ?

Cette situation est insupportable. Mais en même temps, paradoxalement, elle m'arrange aussi. Je n'en pouvais plus de la porter à bout de bras. Quand je la vois partir pour la journée avec Yann, ça me soulage de la « partager », d'un certain côté. Au moins, je me suis remise à sculpter, c'est déjà ça.

J'ai bien essayé de la refiler un peu à Marie, mais elle refuse d'aller à Paris. Pourtant, ça m'aurait fait du bien de souffler un peu. Quant à l'envoyer chez Maman, pas possible, elle est en voyage. J'ai aussi téléphoné en douce à Pierre, pour savoir ce qu'il comptait faire. C'est sa femme, quand même, il pourrait s'en préoccuper un peu. Il m'a dit que, vraiment, il ne pouvait rien pour elle, que je lui rendais un service immense. Il a eu un accident de moto, il s'est explosé le genou ; il doit se faire opérer et ne peut pas s'occuper d'elle. « Mais de toute façon, tu sais, entre elle et moi, c'est fini depuis longtemps. Le mieux, maintenant que Théo est parti, ce serait qu'on divorce. » Quand même, il m'a proposé de m'envoyer de l'argent, pour m'aider, j'ai apprécié. Et j'ai dit oui !

Bref, tout le monde se défile et moi, je reste avec Lise sur les bras. Mais je ne me vois pas continuer comme ça pendant des mois. Et puis, ça commence à tirer sérieusement sur mes finances tout ça. Je connais Pierre, radin comme il est, je n'attends pas grand-chose de lui. Et surtout, surtout, j'en ai assez, et plus qu'assez.

Heureusement que Sarah a arrangé les choses avec Marie. Merci, ma petite Sarah, tu m'as sacrément bien tirée d'affaire, je ne l'oublierai pas, tu sais. Mais en attendant de toucher les sous de la vente, il faut bien vivre. Et puis, il faudrait déjà que je m'occupe de la vendre, cette maison de Clamart, et sérieusement, cette fois.

En plus de ça, ni Lise ni moi, on n'ose aborder la question de Yann : si on le faisait, on se disputerait, évidemment. Alors, on reste comme ça. Mais ça ne peut pas durer indéfiniment.

Et comme j'en ai gros sur la patate, je deviens mauvaise avec elle. Je lui fais des réflexions désagréables, je ne peux pas m'en empêcher. Ça sort tout seul, du genre : « Dis donc, tu pourrais faire attention avec la lumière. Tu n'es pas obligée d'allumer toutes les lampes de la maison quand même ! On voit bien que ce n'est pas toi qui paies. » Hier, je lui ai même balancé : « Dépêche-toi, ça fait une heure que j'attends la salle de bains. C'est insupportable ! Mais qu'est-ce que tu fous ? Et si tu t'épiles les jambes, ne laisse pas des poils partout, comme la dernière fois, c'est écœurant… » Et c'était moins une. Au dernier moment, je me suis mordu les lèvres, et en lui tournant le dos, j'ai rajouté, trop bas pour qu'elle entende : « Et puis d'abord, Yann, il s'en fiche complètement, des poils sur les jambes. »

*
* *

Mais oui… Mais oui, bien sûr.

Il faut seulement que je refile à Yann le bébé, tout en douceur, l'air de rien. Après tout, il n'avait qu'à y penser plus tôt, l'attrape-cœur. Et puis, ça va bien comme ça. Yann, il a un travail, lui. Et pas de famille sur le dos. Des sous qui rentrent tous les jours. Bien tranquille.

Allez, ouste ! Puisqu'ils ont l'air de se plaire ensemble, du balai. Débrouillez-vous sans moi. La bonne poire, elle a assez donné.

Pas de doute, elle est là, je la tiens, la solution.

Mais comment faire ?

En fait, il faudrait que je mette la discussion sur le tapis avec Lise. Oui, c'est ça. Il faut que j'arrête de la titiller, que je me calme, que je redevienne gentille. « Tu as l'air d'aller bien mieux. Comme je suis contente pour toi. C'est grâce à Yann, hein ? » « Ne t'en fais pas pour moi. Tu sais, je n'y tenais pas vraiment à Yann… » « Tu vas pouvoir refaire ta vie avec quelqu'un de bien », etc. Et pour finir : « Je comprendrais très bien que tu ailles habiter avec lui. Ne t'en fais pas pour moi, j'ai l'habitude de vivre seule, tu sais… »

Voilà. Il faut que je prépare ce genre de phrases. Moi, j'aurais l'air de la plus généreuse des sœurs. Beau rôle. Nickel. J'aurais même peut-être des remerciements, en plus !

C'est vrai, ça. Pourquoi je m'en fais autant ? Je ne suis pas une sainte, après tout !

Lise

Port-Manech, juin

Un matin, l'idée qui m'est venue m'a semblé une évidence.

Je m'étais endormie très tard la veille au soir, j'avais fini le livre d'Ella Maillart. Génial. Toute la nuit suivante, j'avais dormi d'un sommeil de plomb et beaucoup rêvé. Je ne me souvenais de rien en me réveillant. Les rêves s'étaient évanouis immédiatement, il m'en est seulement resté une sorte de décontraction intérieure super agréable, un relâchement total que je ne connaissais pas. « Rêves réparateurs », m'aurait dit le psy.

Je me suis levée et j'ai su ce que je devais faire.

En secret – même Yann n'a rien su – j'ai appelé le notaire et lui ai dit que je voulais vendre l'appartement de mon père le plus vite possible. Il m'a donné le numéro d'un ami à lui, agent immobilier. Je lui ai tout de suite téléphoné, et expliqué que je voulais avoir vendu dans une semaine : qu'il vide tout, qu'il donne tout à Emmaüs, qu'il s'occupe de tout.

Et voilà. Le samedi, l'appartement était vendu.

Le jour où je suis allée à Paris (comme c'est laid, une grande ville), personne n'a rien remarqué. Anne a cru que j'étais en mer avec Yann, et j'avais menti à Yann : je devais aller chez le médecin avec Anne.

J'avais juste à faire un aller-retour pour signer des papiers et autoriser Emmaüs à tout emporter. À part ses meubles hideux, ses fringues et ses dossiers, il n'y avait rien d'intéressant chez lui, ça a été vite fait. J'ai seulement gardé la magnifique icône de la Vierge Marie, le seul objet qu'on trouvait beau chez Papa, mes sœurs et moi. Je l'ai gardée pour Marie, elles portent le même prénom, je sais qu'elle l'aimait.

J'ai détesté me retrouver dans l'appartement de Papa, mais bon, ça a été quand même, je ne suis pas restée longtemps ; à peine une demi-heure, en attendant le rendez-vous.

« Un mauvais moment. Il faut savoir les passer, les mauvais moments », dirait mon psy.

*
* *

Dès le lendemain, je l'avais achetée.

Une splendeur. Imposante, racée. Généreuse. Intrépide. Tout le contraire de moi.

Je l'ai appelée « Galathée », comme les ravissantes petites bêtes que Yann remonte quelquefois avec sa pêche, bien plus élégantes que les langoustines et beaucoup plus raffinées.

Le premier à qui je l'ai montrée, c'est à Yann. Je m'étais fait belle pour l'occasion. Je n'avais pas mis mon vieux T-shirt, mais un superbe chemisier blanc et un short beige tout neuf. J'ai attendu qu'il revienne de la pêche et quand tous les poissons ont été débarqués, je l'ai pris par la main et lui ai dit, « Viens, on prend la voiture et on va à Concarneau. »

Il s'est garé près du pont-levis, et je l'ai emmené jusqu'au port. On a marché le long du môle. La journée avait été très chaude, mais à six heures du soir, une petite brise s'était levée, et la température tout à fait idyllique. Les haubans faisaient entendre leur petit cliquetis métallique, comme celui des cloches accrochées au cou des moutons dans les montagnes. Beaucoup de monde s'agitait sur les pontons : des équipages chargés de sacs avaient du mal à se croiser, et enjambaient des enfants à plat ventre qui enfonçaient leur filet à crevettes entre les bateaux en riant. Une vraie ambiance de vacances.

Là, au milieu de toute cette agitation, elle nous attendait tranquillement. Ses deux mâts en bois et sa carène effilée, d'une blancheur éclatante, se reflétaient dans l'eau calme. On l'aurait crue sortie d'une gravure ancienne.

Yann a tout de suite repéré la goélette, « Quelle belle unité, tu as vu, Lise ? » Et il s'est approché d'elle pour la regarder de plus près. Il la trouvait magnifique, « Regarde son pont en teck. Et son étrave frégatée. Du beau travail, oui, du très beau travail. Et quelle allure ! Elle fait au moins 45 pieds », m'a dit Yann, émerveillé. 45 pieds ? Ce jour-là, j'ai appris que dans la marine, on compte en pieds, pas en mètres. Et que 45 pieds, ça fait presque 15 mètres de long.

J'ai répondu : « Elle est à moi ! »

Évidemment, il ne m'a pas crue, et regardée comme si je faisais une blague pas drôle. J'ai insisté, « Mais si, je t'assure, je l'ai achetée. Pour nous. Rien que pour nous. Tu m'apprendras à m'en servir ? On ira faire de belles promenades. Et un jour, on partira et on ne reviendra jamais… D'accord ? »

Là, j'ai eu droit à nouveau à son regard en coin, gentil, mais un peu inquiet. Il cherchait à comprendre ce qui se passait dans ma tête, à savoir où j'en étais exactement avec mes délires.

J'ai escaladé le plat-bord et je suis entrée dans le cockpit. C'est seulement au moment où j'ai sorti la clé et ouvert le panneau du carré, que Yann a commencé à me prendre au sérieux. Ébahi sur le quai, il me regardait sans comprendre : « Qu'est-ce que c'est que cette histoire… »

Comment j'avais fait ? J'avais repéré la pancarte « À vendre » dans ses haubans, pendant une de nos promenades sur le port. Un numéro de téléphone était accroché à l'étrave, je l'avais appris par cœur.

*
* *

Grâce à *Galathée*, ce qui me paraissait embrouillé s'est démêlé tout seul, comme par enchantement. Et ma vie s'est remise en route.

Je dois dire qu'Anne a vraiment été formidable.

Moi, j'avais abandonné l'idée de lui parler. Le jour où je m'étais décidée, elle s'était justement remise à sculpter et elle avait retrouvé sa bonne humeur. Alors…

Un soir, Anne est montée dans ma chambre. Elle s'est installée sur le bord du lit et m'a attirée vers elle. « Ma petite sœur chérie, il faut qu'on parle, toutes les deux. Tu sais, c'est une grande joie pour moi de te voir revenir à la vie. Une grande joie, vraiment. Tu as l'air si heureuse. »

Au début, j'ai eu peur. Je me demandais où elle voulait en venir, et si tous ces jolis mots ne cachaient pas quelque chose qui allait me sauter à la figure, au détour d'une phrase. Mais elle a continué, tranquillement, gentiment. Elle avait bien remarqué que Yann n'y était pas pour rien dans le fait que j'aille mieux. Que ça ne devait pas être facile pour moi, surtout vis-à-vis d'elle. Mais je ne devais pas être gênée. Elle n'était pas amoureuse de lui, et lui non plus d'ailleurs, c'était juste comme ça. Bref, elle avait tout compris.

Classe, quand même ! Je lui ai sauté au cou et je me suis dit que j'avais vraiment de la chance. Ma sœur a un cœur réellement gros comme ça.

Ma sœur est quelqu'un d'exceptionnel.

Et solide comme un roc, avec ça. Elle ne s'est pas laissé démonter une seconde. Pas du genre à perdre les pédales. Elle a repris tout de suite sa vie sentimentale en main, il faut voir comment.

À peine trois jours plus tard, toute fière, elle m'a expliqué son plan : sa copine Clara lui avait construit un site Internet, pour faire la promo de ses cours de sculpture. Anne n'y croyait pas tellement, mais c'était l'idée de Clara, et elle ne voulait pas la contrarier. Et comme c'était gratuit… Le lancement était prévu pour septembre, mais elle pouvait déjà faire des tests et annoncer l'ouverture des stages. Eh bien, à peine une semaine plus tard, des réponses sont arrivées. Et pas mal, même. Anne a demandé plus d'informations aux intéressés pour sélectionner les stagiaires qui lui plaisaient. Et pas seulement sur le plan artistique… C'est bien Anne ! On ne la changera pas, décidément.

Elle a choisi un Espagnol qui voulait des « cours particuliers, et si possible avant l'été ». Il l'avait inondée de mails, où il lui racontait sa vie en long, en large et en travers : un veuf, paraît-il, plus tout jeune, de Barcelone ; ancien chanteur d'opéra, fou de Gauguin et de l'école de Pont-Aven, il avait envie de s'initier à la sculpture ; sa grand-mère était de Quimper, on a même eu droit à sa photo, jeune fille, avec la coiffe… En résumé, un bavard. J'ai dit à Anne de se méfier, qu'il devait la baratiner, que tout ça, c'était du bluff et de la drague Internet. Mais ça ne l'a pas calmée pour autant. Anne m'a dit, « Parfait pour moi, ça me fera réviser l'école de Pont-Aven. Et puis c'est bon pour mes finances. Un seul élève, je pourrai toujours le caser dans la maison, en attendant que les travaux soient terminés. »

*
* *

Et c'est comme ça que Carlos a débarqué un matin à Port-Manech.

Quand il est arrivé, élégant et un peu rétro, avec son gros ventre et sa grosse valise qu'il tirait derrière lui, elle l'a installé dans mon ancienne chambre avec vue sur mer, et moi j'ai déménagé tout mon barda dans la petite chambre derrière, au rez-de-chaussée. Anne a pris son petit air gêné, « Tu comprends, hein, dis, Lise ? Ça ne te dérange pas trop ? C'est un stagiaire de marque, il est habitué au confort, j'ai cru comprendre qu'il vit dans une grande maison. Et vue sur mer, je l'ai mis dans l'annonce… » Elle a ajouté : « Et puis, il paie, lui. » Et toc. Petit coup de griffe en passant. Mais petit seulement, pas méchant, une caresse de Miquette un peu appuyée, quand elle sort les ongles sans les faire entrer dans la peau. Eh bien c'est nouveau, je ne l'ai même pas pris mal. J'entends le psy : « Bien, bien… »

J'ai mis mes affaires dans le penty, derrière la cuisine. Mais pour pas longtemps, ça ne pouvait pas mieux tomber. J'ai profité de l'arrivée de l'Espagnol pour tout déballer à Anne dès le lendemain : j'avais acheté un bateau, j'allais la quitter, et m'installer avec Yann sur *Galathée*. Je lui ai dit tout ça, d'un coup, à toute vitesse, sur le pas de la porte. Je me sentais un peu gênée de partir comme une voleuse et de la laisser du jour au lendemain. Mais au moins, avec l'Espagnol, elle ne se retrouverait pas toute seule et ça m'évitait de trop culpabiliser.

Comme Yann, elle n'en est pas revenue : « Ça alors, Lise, on peut dire que tu caches bien ton jeu, toi. Tu as l'air de planer, à première vue, mais en un rien de temps, tu as vendu un appartement et acheté un bateau. Tu m'impressionnes drôlement, tu sais ! Et moi qui en suis encore à me demander comment je vais faire pour vendre la maison de Clamart… »

Et puis, elle a agité ses cheveux rouges avec sa main, comme pour faire partir la poussière. Elle est comme ça Anne, quand c'est derrière, c'est derrière, elle ne cherche pas à trouver des explications à tout, tout le contraire de Marie.

« Un bateau ? Mais c'est génial ! Je pourrai le voir quand ? » Elle avait envie de connaître *Galathée*, ça m'a émue.

*
* *

J'ai apporté mon sac et je me suis installée à bord.

La première chose que j'ai faite, c'était de déballer mes objets précieux sauvés du naufrage de Saint-Laurent : le petit bateau de pêche qu'Anne m'avait offert pour mes dix ans s'est retrouvé collé sur une étagère du carré. C'était sa place, celle qui l'attendait depuis toujours. J'ai aussi rangé le livre d'Ella Maillart bien visible de face dans la bibliothèque, je lui devais beaucoup. Merci, la « vagabonde des mers », tu m'as ouvert les yeux. Et ce n'était pas gagné d'avance, loin de là.

Pas une bouteille d'alcool à bord. Yann, ça ne le dérange pas, il n'aime pas vraiment ça. Et moi, ça fait trois semaines que je tiens bon. J'y pense tout le temps, mais je tiens. Le toubib m'a dit que c'était normal, que les flashes d'envie de boire allaient se calmer. Il fallait seulement que je suive son ordonnance. C'est dur, par moments je sens une énorme mauvaise humeur, mais en même temps, il se passe tellement de choses sublimes. *Galathée*, Yann… Et c'est bon de me retrouver dans mon corps, comme il y a très longtemps. Je dors comme un bébé, finies les insomnies.

Yann, d'habitude si réservé, j'ai bien vu qu'il était heureux lui aussi, à la façon dont il a pris les choses en main, sans me demander, presque autoritaire avec moi pour la première fois. Parce qu'il y a eu un petit problème, dont je ne m'étais pas du tout souciée en achetant le bateau : le moteur ne tournait pas rond. Yann s'en est tout de suite aperçu dès qu'il l'a mis en route : « On ne peut pas s'en servir comme ça. Tu entends ce bruit ? » Je n'entendais rien du tout. « C'est qu'il n'est plus tout jeune, ton bateau ! Et il n'a pas dû beaucoup naviguer, ces derniers temps. J'espère que ce n'est pas grave. » Je me suis inquiétée. *Galathée* était peut-être en très mauvais état, je ne m'étais pas du tout souciée de cet aspect de la question. Je l'avais acheté pour sa beauté, en faisant confiance au vendeur, sans chercher plus loin. « Attends, je vais voir ce qu'il y a. » Yann a plongé la tête dans la trappe du moteur, et en est ressorti quelques minutes après, tout souriant : « Je crois savoir ce que c'est ! »

Le lendemain, après sa pêche, il est revenu avec sa boîte à outils et a commencé à démonter tout un tas de pièces du moteur, soigneusement alignées par terre sur un journal. Je fondais d'admiration devant Yann, qui s'agitait au milieu de tout ce fatras de métal graisseux, et évidemment, j'ai pensé au garage de Pierre : un homme trifouillant dans un moteur, j'avais vu cette scène tous les jours, pendant des années, et ça ne me passionnait pas du tout. Mais là, je restais patiemment à côté de lui, je le regardais mettre tout son cœur à réparer mon bateau, et je ne voyais pas le temps passer.

La panne était plus compliquée que prévu, ça a duré des jours, il a fallu commander des pièces sur mesure, faire des essais, recommencer… Yann était content, il maîtrisait tout ça haut la main, et moi, je me disais que cette panne, c'était la meilleure façon qu'il se l'approprie à sa manière, notre *Galathée*. « Il est bien, ce bateau. Vraiment bien conçu. Très sûr. Du beau travail. »

À part les heures passées le nez dans le moteur, Yann a aussi tout exploré de fond en comble, nettoyé, bricolé çà et là des petites choses qui n'allaient pas. Et déménagé peu à peu ses affaires à bord, chaque jour il apportait une chose nouvelle.

Tout est allé vite, très vite. Trop vite ? Je ne sais pas, c'était comme ça. Il fallait nous voir, tous les deux, remplir notre caddy de vaisselle, de draps, de matériel de toute sorte, tout ce qu'il faut pour une maison, qu'on ramenait comme des trésors à bord de *Galathée*. Deux gamins. Côté rangement, il y a beaucoup de place sur ce bateau : un 45 pieds, c'est grand. Une vraie maison, avec salon, chambre d'amis… et même une douche. Une maison-tanière. Pendant la journée, on est protégé comme dans un cocon. Une carapace. Et la nuit, on est bercés par les vagues et leur clapot dans une sorte de grand couffin.

Quand le moteur a fonctionné, on a été faire un petit tour en mer, juste devant le port, pour voir si tout allait bien. Je ne faisais rien, Yann s'occupait de tout comme sur le chalutier, mais cette fois-ci, j'ai fait attention à toute la manœuvre, j'avais envie d'apprendre. Yann n'a pas été encore content du résultat, on est rentrés tout de suite et il a encore passé des heures à bricoler je ne sais quoi. Moi, à côté de lui, allongée sur la banquette, je me disais simplement que j'étais bien. Bien comme jamais.

« On pourra bientôt sortir », m'a promis Yann. Mais sortir au moteur seulement. Parce que, de là à se servir de notre maison flottante sur l'eau avec des voiles, on n'y était pas encore. Un voilier, ce n'est pas un bateau de pêche !

J'ai été voir à la librairie de Concarneau, celle qui donne sur le port. D'habitude, je ne vais jamais dans les librairies, même dans celle de Marie, ça m'impressionne trop, je n'aime pas l'ambiance. Mais cette fois, je me suis forcée et j'ai acheté un livre sur les voiliers. Yann l'a regardé. Il l'a trouvé très joli, avec de belles photos, mais n'a pas eu l'air très convaincu que ce livre allait nous aider. « Ce n'est pas dans les livres qu'on apprend la mer et les manœuvres, tu sais. La mer, je commence à la connaître. Mais les manœuvres à la voile, je dois m'y mettre. »

Il fallait donc trouver autre chose. On n'allait tout de même pas se servir seulement du moteur.

*

* *

Mais, comme je le disais, tout s'est fait en douceur, et la solution est arrivée toute seule. Comme si la vie avait tout prévu.

Ma nièce Sarah, la fille de Marie, est venue passer le week-end avec Anne. Et bien sûr, Sarah a voulu voir *Galathée*. Anne l'a emmenée à Concarneau, et elles sont arrivées au port, toutes gaies, avec leur petit air complice – Anne et Sarah s'entendent comme larrons en foire depuis toujours. Un panier de pique-nique se balançait au bras d'Anne, il faisait beau, des petits nuages très blancs moutonnaient au ras de l'horizon, une vraie journée de début d'été. Nous avions décidé de passer la journée entre filles, pendant que Yann était en mer sur son chalutier.

Anne a grimpé en premier sur le plat-bord, comme si elle était chez elle. Visiblement, elle est très contente que je me sois installée sur *Galathée*, plus sur son dos mais pas trop loin d'elle quand même. Et comme Anne a tendance à s'approprier tout ce qu'elle aime, notre voilier est devenu un peu sa résidence secondaire. Je la laisse faire, je lui dois bien ça. Sarah a eu l'air très impressionnée. J'étais fière de mon bateau, comme si son élégance, sa fière allure, déteignaient un peu sur moi. « Eh oui, Sarah. Je te présente mon héritage. On ne peut pas faire mieux pour prendre le large, tu ne crois pas ?

— … Ton héritage ?

— Eh bien oui, ma belle ; tu as devant les yeux l'appartement de Papa. »

Je m'amusais, et je jubilais intérieurement. J'avais le sentiment en disant cela d'avoir fait la chose la plus extraordinaire de ma vie, celle qui rattrapait tout, qui réparait tout. Mais Sarah, elle, ne riait pas, et ajustait nerveusement son T-shirt marin à rayure bleu et blanc, tout neuf, qu'elle avait sûrement acheté pour l'occasion. « Mais alors… Tu l'as vendu ?

— L'appartement ? Bien sûr !

— Mais… Quand ça ? Et… Mais… Qu'est-ce que tu as fait de tout ce qu'il y avait dedans ?

— Dedans ? » J'étais étonnée. « Ça t'intéressait, les vieilles nippes de ton grand-père et ses meubles ignobles ? J'ai dit à Emmaüs de tout débarrasser.

— Quoi ? Qu'est-ce que tu dis ? De tout débarrasser ! Non… Pas possible. Écoute, tante Lise. Je ne t'en avais pas parlé… Mais… J'y travaillais, tu sais, dans cet appartement. »

Sarah était sérieuse, elle a froncé le nez, expliquant qu'il y avait là-bas une montagne de papiers et de dossiers qui avaient des tas de choses à faire savoir. Marie lui avait demandé de chercher des renseignements. Il paraît que j'étais au courant, et qu'elle m'avait demandé l'autorisation. J'ai répondu que je ne savais pas, que Marie ne m'a rien dit.

Ou alors… Que si elle l'a fait, j'avais dû oublier. Évidemment, je n'étais pas tout à fait de bonne foi. Mais mes sœurs m'avaient tellement agacée avec leurs disputes et toutes leurs histoires autour de l'héritage. J'ai essayé de me souvenir de l'appartement quand j'y étais passée en coup de vent, mais non, rien, je ne voyais rien. En fait, je me rendais compte que je n'avais rien regardé. Je n'avais en tête que *Galathée*. Je n'avais pas supporté cet appartement vide. Vide de Papa. Je sentais des angoisses monter, et je ne voulais pas qu'elles m'envahissent. En regardant autour de moi la forêt joyeuse des mâts qui dansaient légèrement, je me suis rendu compte de tout le chemin que j'avais fait depuis. Une bouffée de plaisir m'a traversée, et la petite phrase d'Anne a dansé dans ma tête : *Le bonheur est dans le pré…* « Tu sais, j'ai été pas mal absente ces derniers mois. Absente dans ma tête, je veux dire.

— Oui, je sais, dit Sarah, Maman m'a un peu raconté. Elle m'a dit que tu n'allais pas fort. Je ne m'attendais pas du tout à te voir comme ça, tu m'as l'air en forme, pourtant… »

Sarah avait vraiment l'air contrariée. Anne faisait celle qui n'entendait pas, elle penchait la tête sous son chapeau de paille et déballait tranquillement le contenu de son panier dans le cockpit.

« Mais dis-moi, c'était donc si important ? Pourquoi fais-tu cette tête ?

— Pour rien, Tante Lise, pour rien. Juste qu'il y avait plusieurs cartons que Grand-père Charles avait remplis de notes sur sa famille et celle de Gabriel – tu sais, Gabriel, tu vois qui c'est ? Des années de travail sur ses recherches généalogiques qui s'en vont en fumée.

— Oh… Ce n'est que ça ? » Ça m'a rassurée. « Mais ma petite Sarah, quelle importance ? Qu'est-ce que ça t'apporte de savoir qui étaient tes grands-parents et leurs ancêtres ? Du moment que tu es heureuse, là, maintenant, qu'est-ce que ça peut bien te faire ? Laisse donc le passé où il est, va. Tu ne changeras pas pour autant, tu sais… Et la vie sera la même. »

Sarah m'a répondu avec sérieux qu'heureusement, le carton le plus intéressant était parti chez Gabriel, et puis elle a complètement changé de ton :

« Bon, allez, laisse tomber, on en reparlera une autre fois. On n'y peut plus rien, maintenant, ça ne sert à rien de se lamenter. Il y a des choses qu'on ne saura jamais. Tant pis. Alors… Tu me le fais visiter, ton palais flottant ? »

J'étais un peu gênée, je ne savais pas quoi dire. De toute façon, il n'y avait rien à dire. C'était comme ça. Et heureusement pour moi, Sarah n'avait pas l'air d'avoir envie de s'éterniser sur la question. J'avais même l'impression curieuse qu'au fond, malgré ce qu'elle laissait paraître, elle était contente, elle aussi, que le destin ait choisi de tout liquider, et de la débarrasser de quelque chose d'un peu lourd.

Pour changer de conversation, je me suis tout de suite levée et on a fait le tour du bord toutes les trois. Sarah n'était jamais montée sur un bateau, elle non plus, et comme Anne au début, elle s'est étonnée de tout.

Anne a joué les habituées, a fait ses commentaires de pro, commentant les veines du bois sur les portes, l'ébénisterie de la table du carré, tout le travail d'artiste à l'intérieur. « Et les petits rideaux à carreaux sur les hublots, ils sont chou ! » Sarah s'est assise sur la banquette et a regardé partout autour d'elle. Elle m'a posé des tas de questions sur l'aménagement, sur l'équipement, les appareils de la table à cartes. Et surtout, sur la navigation à voile. Je me sentais embarrassée, c'était tellement incongru d'avoir un magnifique bateau à voiles et de ne pas savoir s'en servir. Et je lui ai montré fièrement, mais pas très convaincue, mon nouveau livre dans la petite bibliothèque. Bien sûr, je savais qu'il ne résoudrait rien, je n'avais jamais rien appris dans les livres, je laissais cela à Marie, Marie la studieuse. Moi j'avais toujours eu un rejet devant les lignes noires bien ordonnées, elles me donnaient l'impression d'une petite colonie ennuyeuse, invention des grandes personnes pour vous obliger à rester assise, bien sage, à l'école. L'école, mon grand échec. Ce que j'aimais c'étaient les images, les photos surtout, celles qui m'emmenaient loin de ma chaise. Et puis, tout ce que j'avais appris de vraiment important, c'est la nature qui me l'avait donné. Mais là aussi, je changeais. Il y avait eu Ella Maillart…

« Pas encore hissé les voiles ? Pas possible ! Avec un si beau bateau, et ce temps magnifique, quel dommage. Pas possible, non, Lise, pas possible. Mais… Hmm… Attends. Mais oui. J'ai une idée, Lise. »

Sarah avait le regard pétillant de celle qui a une longueur d'avance sur les autres.

« Gabriel.

— Gabriel ?

— …

— Mais oui, bien sûr, s'est exclamée Anne. Mais oui, c'est évident ! Moi aussi, j'aurais dû y penser. Que je suis bête. Il adore la mer, et il la connaît bien, il a navigué sur des voiliers pendant des années dans notre coin et a sillonné l'Atlantique dans tous les sens. Et en plus c'est un garçon charmant ! »

Je me suis tournée vers Anne, intriguée. Je ne comprenais rien. Anne a pris son air d'infirmière responsable :

« Gabriel, l'héritier de Papa. Écoute, Lise, tu étais tellement dans le cirage ces derniers mois… Excuse-moi de te dire ça, mais il y a vraiment un certain nombre de choses qui te sont passées au-dessus de la tête. »

Elles m'ont raconté la visite de Sarah et de Gabriel chez Anne, et le déjeuner qu'ils avaient fait ensemble. J'ai trouvé bizarre que Sarah connaisse ce garçon, j'ai demandé pourquoi ils étaient venus ensemble voir Anne, et pourquoi moi, je n'étais au courant de rien. Anne a soupiré, elle m'a à nouveau dit que je planais ces derniers temps, mais qu'en plus, c'était confidentiel, et cela ne regardait que Sarah et elle. Elle me fermait gentiment la porte au nez.

Alors je n'ai plus posé de questions. En plus, je m'en fichais un peu, à vrai dire, j'avais d'autres choses à penser.

« Un garçon bien, je te dis… »

Anne avait l'air tout excitée.

« Nous, on sait ! Et il a hérité lui aussi, il fait presque partie de la famille. »

Et elle a fait un clin d'œil, qui se voulait discret, à Sarah, qui a ajouté :

« Tu sais, tante Lise, l'important, c'est que toi aussi, tu le trouves bien. Mais je n'ai aucun doute : il plaît à tout le monde. »

Ça m'a intriguée, tout ça. Mais j'ai objecté que Yann et moi, on ne le connaît pas, Gabriel. Et d'ailleurs, pourquoi voudrait-il naviguer avec nous ?

« Réfléchis, a dit Anne, il adore la mer. Toi, si tu embarques un skipper, ça te coûtera de l'argent, et pas mal, même, j'imagine que ça ne doit pas être donné. Mais tu ne le connaîtras pas pour autant. Alors que lui, il serait prêt à payer pour faire des croisières, je suis sûre. Et à mon avis, il ne ratera pas l'occasion d'embarquer à l'œil sur un si beau bateau, si tu l'invites en échange de ses conseils. Tu ne crois pas, Sarah ? Et puis… Il me semble qu'il aime bien Sarah. N'est-ce pas, ma belle petite nièce, qu'est-ce que tu en dis ?

En fait… Tu vois… Oui, en fait, Lise, pour bien faire… Il faudrait que tu invites aussi Sarah. »

Anne et Sarah faisaient leur petit numéro, je n'étais pas dupe.

« Oh ouiiii ! Quelle bonne idée, Tat'Anne ! Vraiment, ça, c'est une super idée. Ce serait absolument génial », s'est exclamée Sarah, qui battait des mains, comme une petite fille, sous le regard ravi d'Anne. « Oh oui, Lise ! Emmène-nous. Je suis sûre que Gabriel dira oui, tu verras. Et puis, justement, les vacances arrivent bientôt, et je n'ai pas de projet… »

Toute cette scène, elles avaient dû la préparer avant de venir, et elles devaient bien s'amuser de jouer avec moi. J'aurais pu casser leur petit montage, mais j'ai préféré faire la naïve, celle qui n'a rien remarqué, je trouvais ça encore plus comique de voir comment elles s'en sortaient pour me manipuler. Et malgré tout, j'ai trouvé Sarah attachante, une belle jeune fille toute fraîche, pleine de charme, j'aurais tellement aimé que Théo trouve une fille comme elle. Et puis, elle avait été cool avec moi, elle n'en avait pas rajouté pour ces histoires de cartons que j'avais jetés un peu hâtivement, je reconnais.

C'était plutôt précipité, mais l'idée de partir en croisière avec elle m'a plu. Gabriel serait un skipper comme un autre, elle avait raison. Et après tout, pourquoi pas ? Puisqu'elles ont l'air de dire que le fameux Gabriel est sympa. Il nous apprendrait la voile, et du coup, on pourrait plus vite en profiter, Yann et moi. Tout ça pour pas cher. Et on n'a pas trouvé d'autre solution, pour le moment.

C'est sorti tout seul :

« Allez, banco, Sarah. Adjugé ! Balade en Atlantique pendant le mois d'août. Ça te dit ?

— … Sérieux, Lise ? *Vraiment* sérieux ?

— Tout ce qu'il y a de plus sérieux. Yann est en vacances à cette date-là, et il sera d'accord, j'en suis sûre. Alors, si Gabriel est libre, embarquement le 1er août ! »

Marie

Paris, juin

Alex est rentré avec moi.

Mais il a laissé quelques affaires à l'hôtel, pour marquer son territoire. Et en partant, je l'ai entendu dire à l'hôtelier : « Gardez-moi la chambre à partir du 15 octobre, promis ? »

Depuis son retour, dès qu'il a du temps, Alex pianote sur Internet et cherche une maison du côté de Corfou. Je le laisse faire, ce n'est pas le moment de le contrarier. Son concert à Pleyel est pour demain, pas question qu'il le loupe, celui-là.

D'ailleurs, je suis plutôt rassurée, il y travaille beaucoup. Beaucoup et avec entrain. Son humeur est d'une légèreté étonnante pour la veille d'un concert : il s'amuse d'un rien, il sifflote, il me parle en grec, tout fier de ses progrès avec sa nouvelle méthode de langue. Un gamin.

J'ai même eu la surprise de recevoir la livraison d'un superbe olivier. Alex l'a installé sur la terrasse, à la meilleure place, juste à côté de mon acacia. « Ils me manquent, ces arbres, si tu savais combien. Celui-là, on l'emportera : quand on partira, et on le replantera d'où il vient. Parce qu'il est grec, tu t'en doutes ! Et j'ai choisi son âge : *exactement* trente ans. Comme pour nous, chérie, trente ans ensemble. C'est beau, un olivier trentenaire. » Je ne sais pas où il a trouvé un pareil trésor, je n'ai jamais vu un si bel arbre en pot.

Qu'on est loin de la tension habituelle ! D'habitude, la veille d'un concert, je me transforme en petite fée zen : dîner léger et équilibré, bains aux herbes relaxantes qu'il adore, douceur et tendresse. Je prépare mon étoile à affronter la salle, je fais tout ce que je peux pour le protéger, l'aider à dissoudre son anxiété et lui permettre de se concentrer. Mais ce soir, tous ces préparatifs sont inutiles. Alex est détendu, confiant. Je dois me rendre à l'évidence : il a vraiment changé.

J'ai tout de même préparé un petit dîner à huit heures précises. Une demi-heure de pause avant la reprise des exercices du soir. Alex a encore besoin de ces repères fixes.

*
* *

Sarah est avec nous, ce soir. Elle est passée à l'improviste, « quelque chose à faire à Paris » m'a-t-elle dit évasivement. Pas la peine d'essayer d'en savoir plus, Sarah tient à marquer son indépendance par ce genre de flous volontairement entretenus.

Mais je remarque, par des petits détails, qu'elle est plus apprêtée que d'habitude : un bracelet, une jolie écharpe autour du cou, des collants fins et les ongles bien faits… Et surtout, je la trouve particulièrement rayonnante. Je demande : « Dis-moi, tu es bien belle… Tu sors, ce soir ?

— Heu… non, non… J'avais des clients à voir. »

Nous retrouver ensemble dans la cuisine, comme avant, c'est rare depuis qu'elle est à Londres.

« Il manque Elsa, regrette Sarah, en s'installant à sa place, le long du mur, à côté de celle de sa sœur. L'année dernière, on était tous les quatre. Presque un an déjà, ça me semble tellement loin. »

C'est vrai, cela me paraît loin, à moi aussi. Elle nous manque à tous, la petite dernière, gâtée, romantique, idéaliste, craintive. Sarah est partie à Londres à peu près en même temps qu'Elsa à New York, notre vie familiale a changé du tout au tout ces derniers mois.

Sarah fait des apparitions fréquentes, elle laisse toujours traîner quelque chose à elle à la maison, comme pour nous déposer un peu d'elle-même en passant. J'aime bien ces petits témoins silencieux de notre intimité. Par contre, Elsa est partie depuis septembre dernier sans revenir, laissant un grand vide derrière elle. Je garde des traces discrètes d'elle, comme son vieux porte-clé en peluche, suspendu sur le clou au-dessus de la boîte à pain, pour me donner un peu l'impression qu'elle est là-haut, qu'elle va descendre de sa chambre, en retard, comme d'habitude.

« On va la retrouver bientôt, dis-je. J'ai reçu un email d'elle hier, elle arrive le 14 juillet.

— Chouette ! me répond Sarah. Je pourrai la voir avant de partir.

— Partir où ? demande son père.

— En bateau.

— En bateau, voyez-vous ça. Et pour aller où, mademoiselle ?

— Je vais faire une croisière sur un voilier cet été, nous dit Sarah toute joyeuse.

— Ah bon ! lui répond Alex étonné. Tu en as bien de la chance. Tu pars avec tes nouveaux amis anglais ?

— Non. Avec tante Lise… et… Gabriel.

— Ah oui, c'est vrai, ta tante Lise a acheté un bateau, ta mère me l'a dit. Tant mieux pour elle, il était grand temps qu'elle retrouve un projet qui lui redonne goût à la vie. Acheter un bateau, oui, pourquoi pas, après tout, c'est une idée comme une autre. Si elle veut changer de vie, au moins c'est radical. Les choses bougent, c'est normal. Quelques fois, il faut savoir transformer complètement sa façon d'être. N'est-ce pas, chérie ? » me dit-il en glissant tendrement sa main entre ma nuque et ma chemise.

« Et c'est qui, Gabriel ? Ton nouveau petit ami ?

— Mais pas du tout, Papa. Tu sais bien… Gabriel… L'héritier de Grand-père. »

Alex pose son verre, ébahi.

« QUI, tu dis ?

— Gabriel, l'héritier de Grand-père Charles. »

À ces mots, Alex s'emporte :

« Grand-père Charles, Grand-père Charles… Mais je rêve ! Tu n'as jamais connu ce monsieur, je te rappelle ! Moi non plus d'ailleurs, grand bien m'en fasse. Alors, je t'en prie, épargne-moi tes familiarités stupides… Et réponds-moi clairement, pour une fois : qu'est-ce que c'est que cette histoire ? Comment tu le connais, cet individu ? Partir en croisière avec ce… Ce… Il ne manquerait plus que ça. »

Il me regarde de travers, moi aussi, et se demande si je suis dans la combine. Mais je regarde Sarah, aussi interloquée que lui. Sarah rougit violemment, ferme les yeux un instant et laisse échapper un juron inaudible, elle se parle à elle-même, je le lis sur ses lèvres.

Avant qu'on passe à table, elle m'a demandé discrètement si Alex était au courant pour mon père, et je lui ai glissé à l'oreille que j'avais enfin pu lui parler. Mais je ne m'attendais pas à ce qu'elle en profite pour faire ce coup de théâtre, un soir comme celui-ci. La veille du concert ! Qu'est-ce qui lui prend ?

Alex se tourne à nouveau vers Sarah, les mâchoires serrées de colère.

De lui-même, il prend très souvent de la distance par rapport aux petites histoires familiales, dont il dit qu'elles sont assommantes et toujours hystérisées par les femmes, mais il a horreur d'être tenu à l'écart. Et concernant Sarah, Alex manifeste toujours une vraie possessivité à l'égard de sa fille. Entre elle et lui reviennent très vite les relents des vieux conflits de son adolescence. L'année de ses treize ans a laissé des séquelles, et aucun de nous n'a oublié les drames en série, quand il a découvert qu'elle flirtait en cachette avec le fils du voisin. Voisin pour lequel, évidemment, il avait le plus grand mépris. Leur brouille a duré des mois, c'était l'enfer à la maison : Sarah ne lâchait pas, et lui non plus. Jusqu'à ce qu'elle se lasse du garçon.

« J'attends, Sarah, explique-toi ! »

Il faut que je m'en mêle. Alex et Sarah ont le même caractère. Ardent, généreux, sensible, mais autant l'un que l'autre, susceptible et soupe au lait. Je vois arriver les nuages sombres d'une grosse dispute et ce n'est vraiment pas le moment.

Il faut que je fasse diversion, tout en évitant d'éclaircir maintenant les choses avec Sarah. Pas d'explosion surtout, pas de scène. Pour Alex. Mais pour moi aussi. Les transformations d'Alex me perturbent, je le sais. Ma connivence avec lui n'a pas ses repères habituels, il y a maintenant en permanence une zone floue entre nous, que je n'arrive pas bien à identifier. À cause de son « nouveau moi », comme il dit. Cette part de lui qui m'est inconnue et de laquelle je me sens toujours exclue. Je lutte pour réagir, parfaitement consciente que cela vient de moi, mais j'en suis si profondément touchée que je crains mes propres réactions. Et pas seulement vis-à-vis de lui… J'ai le cœur à l'envers, et Sarah pourrait en faire les frais. Je verrai ça plus tard avec elle, quand on sera seules.

Pour prendre le contre-pied de ce que je ressens vraiment, j'essaie de dédramatiser en présentant les choses avec humour : « Sarah, réponds à ton père. Ce n'est pas le moment de le rendre jaloux.

— Oui, tu as raison », embraye Sarah qui, hélas, saute sur l'occasion pour se défendre, ce qui bien sûr n'arrange rien. Je me rends immédiatement compte que c'était évidemment ce qu'il ne fallait pas dire. J'appuie là où ça fait mal. Je l'ai sûrement fait exprès, inconsciemment…

« Jaloux ! Mais vous vous moquez de moi, toutes les deux ?

— Bon, chéri, écoute… »

Je suis très contrariée, la conversation dérive dangereusement. Il faut absolument l'arrêter. Sans réfléchir, j'invente sur le vif ce qui me paraît le plus plausible.

« Je ne t'en ai pas parlé pour ne pas te perturber avant le concert…. Mais, tu sais, j'ai envoyé Sarah chez mon père pour l'histoire de l'immeuble de Clamart et… pour les besoins de l'enquête, elle a rencontré le fils de Rachel – tu sais, la femme polonaise, l'amie de mon père…

— Me perturber ? Mais pourquoi me perturber ? Je m'en fiche, moi, de ton père et de tout ce qu'il a pu faire. Ce qui m'énerve, c'est vous ! Qu'est-ce que vous manigancez, encore ? Je *veux* qu'on m'explique ce que peut bien faire ce type avec ma fille ! C'est insensé, tout de même ! »

L'œil de Sarah noircit, je crains le pire.

« Écoute Papa… Tu es bien gentil, mais maintenant, tu vas changer de ton, s'il te plaît. Je ne sais pas si tu sais, mais j'ai 29 ans, et je n'ai pas du tout envie que tu me traites comme une gamine. »

Alex est très attaché à Sarah, il estime son courage, son intelligence et son franc-parler. Et Sarah a une admiration sans limite pour son père. Mais autant ils peuvent grimper au cocotier sans que l'un désarme devant l'autre, autant, heureusement, il y a entre eux toujours une frontière qu'ils ne franchissent jamais, quand les enjeux sont vraiment importants. Une sorte de ligne jaune. Une réserve instinctive. Elle est bien là, la ligne jaune... Pourvu qu'ils se calment...

J'implore Sarah du regard pour qu'elle se reprenne, qu'elle stoppe comme elle peut la conversation, bref, pour lui rappeler notre pacte familial : aucune perturbation autour d'Alex avant un concert.

Mais ce soir, Sarah est complètement insensible à ma demande. Et elle continue, vexée.

« Papa, comme tu le sais, je n'avance jamais des conclusions que je n'ai pas étudiées par moi-même. Et je prends le plus de renseignements possibles. C'est ma déformation professionnelle, que veux-tu : quand je fais des audits dans les sociétés, je remonte le plus possible à la source. Oui, c'est pour ça que j'ai rencontré Gabriel.

— Ha ha ha ! Quel humour, ma fille, pouffe Alex. Remonter à la source. Tu me fais trop rire ! Mais... Une source... ça ne s'embarque pas sur un bateau ! Tu pourrais le faire couler ! Ha ha ha ! »

Sarah plisse les lèvres et ne se laisse pas déstabiliser.

« Je suis allée voir Gabriel, et sa mère. Plusieurs fois. J'ai aussi été voir ma tante Anne. Mais qu'est-ce que tu veux, on n'a pas pu se parler : tu étais tout le temps en Grèce. Ce n'est pas de ma faute, tout de même ! »

C'est donc bien cela, j'avais raison. Je reprends la parole, profitant d'un bref silence.

« Bon, écoutez, tous les deux. Alex, tout ça, ce sont des résurgences d'histoires anciennes. Des remous du passé de ma famille. Des retombées de la mort de Père. On s'en est passé pendant trente ans, de ma famille paternelle : elle ne va tout de même pas venir nous gâcher la vie au moment où tu as besoin de toute ta concentration ! C'est toi qui me l'as dit, à Corfou, tu te souviens ? Demain est un jour important pour ton avenir. S'il vous plaît, remettons cela à plus tard et… »

Alex me coupe :

« Allez, ça suffit, vous me fatiguez, toutes les deux avec vos cachotteries. Quant à toi, Sarah, tu es assez grande, tu fais ce que tu veux, tu pars en vacances avec qui tu veux. Assez discuté. Mais surtout, ne t'avise pas de me le mettre dans les pattes, ton Gabriel ! »

Alex pose fermement sa serviette sur la table et repousse sa chaise en faisant crisser les pieds sur le carrelage. C'est lui qui met un point final à la discussion, il reprend l'avantage sur Sarah et c'est très bien comme ça : Sarah se tait. Elle capitule, enfin.

Je jette un coup d'œil à la pendule : il est près de dix heures. Plus d'une heure de retard sur son planning de travail. Pour lui, c'est du sommeil en moins, il ne rognera pas sur son temps de répétition. À grandes enjambées, il part vers le piano. Aux premières notes, j'entends que cette conversation l'a troublé. Il a horreur de se disputer avec Sarah. Son âme ultrasensible absorbe les émotions sans filtre. La musique est son miroir.

*
* *

Les lumières ne vont pas tarder à s'éteindre dans la salle. Sur ma chaise, en coulisse, je m'impatiente. J'attends qu'Alex descende de sa loge, c'est bientôt à lui. Pourquoi n'est-il pas encore là ? J'imagine toutes les catastrophes possibles : Alex s'enfuyant, Alex ayant un malaise, Alex…

Le voilà qui arrive enfin ! Il s'arrête un instant devant moi, nerveux et de mauvaise humeur. Je lui attrape la main et la serre, fort, pour que tout mon amour passe par ma paume et se diffuse en lui. Pour me rassurer, aussi. J'ai un peu peur, je sais qu'il n'a pas encore digéré sa prise de bec avec Sarah. Il s'est dressé contre elle, elle a capitulé, mais ils n'ont pas eu le temps de faire la paix : Sarah est repartie le soir même pour Londres.

Au programme, ce soir, un concerto de Beethoven en première partie, puis quelques pièces pour piano de Ravel. Un programme qui lui va bien, heureusement.

La lumière décline, la salle devient toute noire, bourdonnante, puis silencieuse. Instant suspendu, chargé d'attente, quelques toux çà et là. C'est le moment très troublant où on sent la foule sans la voir, aveuglés par les projecteurs.

Alex s'avance vers elle, massif, dans le halo du piano illuminé. Je le vois de dos en ombre chinoise. Les rayons éblouissants traversent ses boucles grises et les transforment en une auréole argentée.

L'orchestre est prêt, il attend le signal. Mes yeux s'habituent à la puissance des spots et les visages des premiers rangs apparaissent. Surprise ! Je l'aperçois en même temps que lui : Sarah est dans le fauteuil le plus proche, juste devant le piano, très chic, veste noire décolletée et chignon, une rose rouge à la boutonnière. Elle lui fait son plus beau sourire.

Je connais assez Alex pour savoir, par le redressement imperceptible de ses épaules, qu'il a, en une seconde, récupéré tous ses moyens. Comme si son énergie avait été bloquée plusieurs heures pour se libérer en une seule fois, il joue magistralement le concerto n° 1 de Beethoven. Dès les premières mesures, je frissonne. « Équilibre parfait entre sensibilité contenue et ardeur maîtrisée », disait un article sur lui.

C'est bien ça. Alex nous offre Beethoven dans toute sa puissance.

Victor Hugo. Je vois Victor Hugo. Il est là, sous mes yeux, lui aussi monument d'énergie et de force vitale. Victor Hugo m'apparaît en plein concert ! Déformation professionnelle, dirait Sarah. Association d'idées, rectifierait Elsa.

Immobile, submergée, je retiens mon souffle. La salle aussi. C'est impressionnant, une foule immobile.

Alex est excellent, ce soir. Son public l'a retrouvé et l'applaudit avec chaleur, il est fier de lui et veut lui fait savoir.

L'échec du dernier concert est oublié.

Tout va bien.

*
* *

Après l'entracte, deuxième partie en solo. Quelques pièces de Ravel. La *Pavane pour une infante défunte* est un ravissement. Après la fougue de Beethoven, Alex nous conduit avec délicatesse dans le monde intime de Ravel. Nous sommes sous le charme. Jusqu'au bout.

C'est fini. Tonnerre d'applaudissements.

De ma chaise, je le vois saluer, rendre hommage à ceux qui sont venus l'écouter : il s'incline profondément et longtemps devant la salle. Je sais à quel point c'est important pour lui, combien il est sincère quand il les remercie de lui avoir donné la chance de jouer comme il l'a fait ce soir. « Cela s'appelle l'Egrégore, complicité que tout artiste cherche perpétuellement, la plus grande des récompenses de son travail », m'a souvent dit Alex. Et en plus, cette fois-ci, il y a Sarah parmi eux.

Je repense à notre déjeuner à Corfou, à son projet irréaliste. Il est heureux pourtant, ici, à cet instant précis. Pourquoi s'enterrer loin de tout cela, pourquoi se priver de cette

« Egrégore », de ces rencontres avec ceux qui lui permettent une telle valorisation de son talent ?

La voix d'Alex arrête mes réflexions :

« Mesdames, messieurs. Permettez-moi de bouleverser quelque peu le programme de ce soir. Ravel ne m'en voudra pas, lui qui aimait l'originalité. Lui, le compositeur exigeant qui vivait son art comme une nécessité d'absolu.

Vous serez les premiers à le savoir, et je suis très heureux de vous l'annoncer ce soir : j'ai fait le choix d'arrêter ma carrière d'interprète. Désormais, je m'avance, encore incertain et craintif, il est vrai, mais inexorablement, sur un autre chemin : celui de la création. Ce soir est donc une soirée d'adieux. Et mon plus cher cadeau est de vous offrir, tout simplement, ma sonate. En remerciement de tout ce que vous m'avez apporté. Je l'ai appelée *Kerkira*. Elle est pour vous. »

Tension dans les coulisses. La Direction ne supporte pas ce genre de fantaisie. Raideur aussi dans la salle. Elle a payé pour un programme, et n'aime généralement pas non plus les improvisations. Mais par-delà cette contraction générale, Alex nous a tellement séduits ce soir, il nous a emmenés tellement loin, que nous sommes tous entre ses mains, sous l'emprise de son charme.

Alex se met au piano. J'entends, moi aussi, *Kerkira* pour la première fois. L'enchaînement avec Ravel est saisissant.

Je ressens une immense fierté. Sarah, elle aussi, rayonne de joie. Éblouie, elle ne quitte pas une seconde son père des yeux.

La musique d'Alex m'enchante, je suis vraiment heureuse pour lui, et en même temps des idées sombres s'enchaînent à toute vitesse dans mon esprit : la composition est excellente ;

il en fera d'autres ; et tant mieux. Mais d'autres, loin de Paris ; à Corfou.

Et moi ? Et ma librairie ?

Rien n'est résolu. Je fais l'autruche et lui, il n'aborde pas la question.

Pour lui, elle est réglée.

Anne

Port-Manech, juillet

Dès que je me réveille, je cherche le corps de Carlos. Il me faut absolument son contact physique. Tout le temps. Une main glissée sous sa cuisse, un pied contre le sien. Entendre sa respiration. Sentir les battements de son cœur.

Avant Carlos, j'ai toujours voulu me noyer dans le corps de l'homme qui partageait mon lit. M'étourdir, me fondre dans les vagues du plaisir. Perdre la tête.

Là, c'est différent. Je suis au contraire totalement consciente. Tous mes sens en alerte, je l'écoute dormir. Je peux rester comme ça des heures, sans bouger d'un pouce de peur de le réveiller, juste à le regarder. Je ressens un bonheur incroyable de le sentir confiant, abandonné près de moi. Je veille sur lui, son sommeil est sacré.

Une vraie responsabilité.

Yann, il y a longtemps que je l'aurais secoué pour qu'il me saute ou qu'il aille faire le petit déjeuner !

Carlos n'est plus tout jeune. Il a près de soixante ans et il n'a pas la vigueur de Yann : quinze ans de plus, ça compte.

Yann, il tire sur ses muscles toute la journée, il est bâti comme une armoire à glace. Carlos, lui, ce n'est pas superman. Il n'est pas grand, son ventre est bien dodu, mais sa peau est douce et son regard vif et tendre en même temps. Et il chante toute la journée ! Ses vocalises lui donnent du coffre et des abdos. Des abdos, c'est précieux. Je dis ça, mais en fait, je m'en fiche complètement, ce n'est pas ça qui me fait vibrer. Ce qui m'émeut, c'est la pression de ses mains sur mes hanches, les forts battements de son cœur, la faim de ses lèvres quand il frôle les miennes. Tous ces témoins de l'émotion vraie. Là, il n'a pas une ride. Beau fixe.

Et puis, il y a cette cicatrice qui lui barre la poitrine. La première fois que je l'ai vue, je me suis affolée. Alors il a eu cette phrase merveilleuse : « Oui… Opération dou cœur. Trrriple pontage. Ne t'inquiète pas, tout va bien. Je ne sais pas si ma route sera longue, mais c'est pour ça que je veux qu'elle soit la plou larrrge possible. Et je souis heureux, parce que je sens qu'avec toi, c'est possible. Alorrrs, je chante la vie ! » Sa voix est magnifique, une voix très grave qui me trouble énormément.

Hier soir, on faisait le tour du jardin, à la fraîche, en amoureux. À l'heure délicieuse où il fait encore assez jour pour se promener sans se prendre les pieds dans tout ce qui traîne, mais plus assez pour lire. À l'heure où les grillons commencent à se mettre en sourdine et où on voit apparaître quelques étoiles dans un ciel encore clair.

Nous nous taisions, collés l'un à l'autre. Et puis, Carlos m'a lâché la main, s'est tourné vers la mer violette, il est monté debout sur le petit muret de pierre et a entamé un grand air d'opéra. Il parlait aux étoiles, levait les bras vers le ciel, et moi j'étais là, toute chose, assise par terre, médusée devant toute cette beauté. Quelle force, quelle émotion dans la voix ! Elle m'entrait dans la peau, soulevait des ondes tellement intenses que je n'étais plus que chair de poule. C'était la *Tosca*, m'a dit Carlos, le très célèbre air : « E lucevan le stelle ». Je ne savais pas que j'aimais tant l'opéra.

Oui, en vérité, un grand moment, hier soir. Un très grand moment. Dire qu'il m'a fallu attendre jusque-là.

Ce qui est formidable aussi, c'est qu'on partage plein de choses, lui et moi. Ça a l'air bête, mais c'est important. Ibiza, par exemple, théâtre de mes années de jeunesse, et des siennes aussi, même si ce n'est pas tout à fait à la même époque. C'est drôle, on faisait les mêmes promenades, on se les raconte comme si on y était ensemble. Il a une petite maison de vacances là-bas, elle est mignonne, il me l'a montrée parmi celles de son portefeuille, qui est rempli de photos, surtout de photos de famille, ses cinq enfants et douze petits-enfants ! Je les ai tous vus, ses quatre fils, sa fille et toute la petite tribu. Je leur trouve une bouille adorable, surtout les petites filles. Et lui, c'est le parfait Papy gâteau, on dirait bien : tous les anniversaires et toutes les fêtes ont lieu chez lui, il prépare tout.

Carlos est un homme calme et organisé. Déjà, maintenant, c'est lui qui prend les choses en main, ici. C'est lui qui range ce que je laisse traîner. Qu'est-ce que c'est rassurant.

Du coup, je m'énerve beaucoup moins qu'avant. On a travaillé ensemble sur les plans des granges, et il a fait plein de remarques intéressantes. Avec le tact qu'il fallait pour que je ne sois pas vexée, il m'a fait changer des idées qui me plaisaient, mais qui n'étaient pas les meilleures, je l'ai reconnu sans hésiter.

Et puis il y a tout notre monde artistique. Quand je me lève et que je dois aller à mon atelier de sculpture, ça lui paraît normal. Il respecte mon isolement et il attend tranquillement que je sorte de ma tanière, même s'il est cinq heures de l'après-midi pour déjeuner. De ma grange, entre mes coups de ciseaux, je l'entends chanter : j'adore. Heureusement, les Espagnols mangent tard. Et comme il est aussi gourmand que moi, on fait des repas somptueux à n'importe quelle heure.

Une chose nouvelle pour moi : j'ai sans arrêt envie d'être gentille avec lui, de le cajoler, de lui faire plaisir, d'aller au-devant de ses désirs. Jusqu'à maintenant, j'ai toujours été une farouche indépendante, un peu nombriliste, il faut dire, et me voilà toute tournée vers lui, tout émue quand il est content.

Bref… Le bonheur.

La saison est belle, on en profite beaucoup. Le soir, on tire nos chaises sur la terrasse après dîner et on discute de tout et de rien pendant des heures, en sirotant un petit verre de calva. Les jours passent à une vitesse incroyable. Dire qu'il était venu pour un stage d'une semaine, ça fait déjà plus d'un mois qu'il est là. Il est resté, tout simplement. Il n'a pas eu envie de partir et moi, je ne voulais pas non plus qu'il me laisse.

On est bien ensemble, c'est tout. Moi, je me sens protégée par son âge et son expérience et lui, il est tout ému par ma jeunesse. Un vrai miracle : devant lui, je me sens une princesse. Mais oui… Une princesse, même avec mes petites imperfections physiques. Du coup, je suis vraiment bien, vraiment heureuse comme jamais je ne l'ai été avec aucun homme. Et je ne veux pas que ça s'arrête.

Est-ce que c'est ça, l'amour ? Le vrai, le grand, celui qu'on attend toute sa vie, un bonheur aussi simple ? Comment le reconnaître ? Je suis fatiguée de me tromper, j'ai envie que ma maison abrite un vrai couple, avec une vraie histoire, et un vrai avenir.

J'ai si peu confiance en mon jugement, j'ai fait tellement fausse route, si souvent.

C'est fou ce que ma vie a changé depuis, en fait… oui… depuis la mort de Papa. J'ai fait des bonds énormes en quelques mois. Plus que pendant toute ma vie.

D'abord, un héritage. Une maison et un futur atelier.

Et maintenant, un homme. Peut-être un homme à moi.

Est-ce le hasard ? Ou bien est-ce que c'est moi qui change ? Et si c'est moi : est-ce que ce sont les évènements qui me changent ? Ou est-ce que je les prends autrement ?

Quelquefois, je me demande. Est-ce que j'aurais pu aimer Carlos il y a un an ?

Marie

Paris, juillet

Le Monde de la Musique a titré : « Surprise à Pleyel : Steinitz, au sommet de son art, nous livre avec bonheur sa première composition. Légèreté, rigueur de la composition, impertinence latente. Une œuvre remarquée qui révèle un indéniable talent. » Avec une belle photo d'Alex, prise au moment où il s'adresse au public, les bras grand ouverts vers le ciel.

Kerkira connaît un vrai succès, immédiatement.

J'ai reçu à la librairie une splendide orchidée. Une des plus rares, ma préférée, une orchidée bleue. Un mot tout simple était agrafé sur le papier cristal : « Love ». Alex a compris qu'il ne m'est pas facile d'adopter son nouveau « moi ». Ou plutôt ce que ça implique.

J'ai mis la fleur sur mon bureau, près de mes catalogues, à l'endroit où je fais mes recherches bibliographiques. Près du cœur de mon métier, comme pour le protéger.

Ses mutations m'émerveillent et m'inquiètent. Ce que j'ai réalisé, au concert, c'est bien ce qu'il a dit à la salle : il a *inexorablement* choisi sa nouvelle voie. Il me semble bien difficile de le faire changer d'avis, désormais, et une sorte de compte à rebours s'est déclenché. Je le sais : en septembre, il ne sera plus là. Moi qui allais toute guillerette retrouver ma tanière de livres, une tristesse me poursuit depuis Pleyel. J'ai perdu mon calme habituel, je me sens écartelée.

Ma librairie s'interpose entre lui et moi. Dilemme invraisemblable.

*
* *

Sarah m'a appelée pour me dire qu'elle passerait en début d'après-midi à la maison. Juste après le concert, elle s'était éclipsée après avoir embrassé son père et nous ne l'avons pas revue depuis. Je l'attends, partagée entre l'envie de parler avec elle de cette incroyable soirée, et l'appréhension d'une explication un peu pénible au sujet de Gabriel.

Il fait très chaud, l'air est lourd, caniculaire, chargé d'humidité, presque épais.

Je fuis la terrasse et me réfugie dans l'ombre de la cuisine. Sous mes pieds nus, le carrelage me donne une impression de fraîcheur, même si la pièce s'est transformée en serre depuis que j'y ai rapatrié toutes mes plantes fragiles qui se desséchaient sous le soleil.

Les plus atteintes baignent dans l'évier, j'arrose les autres avec soin. J'allège aussi la terre avec mes doigts, son contact m'étonne toujours, j'aime ce sensuel rappel de l'essentiel.

« Coucou p'tite Mam, c'est moi ! En plein jardinage, je vois. On se demande ce que tu fais dans une ville, toi. Tu serais bien mieux avec un grand jardin. Oh, mais tu es ravissante ! Très joli, ton nouveau T-shirt, il te va super bien. Si, Si… tu devrais plus souvent t'habiller en prune, c'est beau avec le bronzage, et c'est génial avec la couleur de tes yeux : noisette et prune, très sympa. Et Papa ? Il n'est pas là ? Dommage, j'aurais voulu lui dire encore que… Quelle merveille, son concert, mercredi. Je ne l'ai jamais entendu jouer aussi bien. Et puis… Cette incroyable surprise… Son morceau. Fabuleux. Tu savais, toi, Maman ? »

Après un bisou furtif, tout en parlant, Sarah se sert un verre d'eau, ouvre les placards les uns après les autres, attrape un bout de biscotte, regarde dans le frigo. « Je sors du train et je suis morte de faim. Si on se faisait un petit café ? »

Quelle agitation. Je lui propose une part de clafoutis aux cerises, il en reste d'hier soir. « Oh, oui ! J'adore tes clafoutis. J'en veux bien une grosse. Avec plein de cerises. »

Quand elle en fait trop, c'est que quelque chose n'arrive pas à sortir.

« Hmm ! Dé-li-cieux, Maman ! Tu me diras comment tu fais, dis ? J'aimerais bien apprendre. Mes Anglais, ils aimeraient ça, j'en suis sûre. Ah… Je suis vraiment contente d'être là, tu sais. Ça fait du bien, de se retrouver un peu à la maison. Oui, je disais… Génial, vraiment génial, Papa. Tu le savais, toi, qu'il composait ?

— Oui, je le savais.

— Et tu ne m'avais rien dit ! Normal, en fait. Ça fait tellement longtemps qu'on n'a pas été toutes les deux. Des semaines. Des mois, même. Depuis le Luxembourg. On n'a pas vraiment eu le temps de parler de toutes ces choses qui se passent.

— Pas eu le temps… En es-tu bien sûre ? Si tu veux mon avis, j'ai plutôt l'impression que tu t'es réfugiée derrière ton habituel rideau de fumée. »

Sarah plonge dans sa tasse de café :

« Oh ! Mais pourquoi tu dis ça ? On ne se voit plus trop en ce moment. C'est surtout ça… »

Je m'énerve un peu.

« Écoute, Sarah. Cesse donc de te cacher derrière ton petit doigt. Ou bien on discute vraiment toutes les deux. Ou bien tu continues à te défiler. Et dans ce cas, parlons d'autre chose, tu veux ? »

Sarah accuse le coup. Elle n'a pas l'habitude de m'entendre lui parler comme ça. C'est très rare, les tensions entre nous. Moi aussi, cela me coûte, mais il le fallait. Sarah était en train de s'enfermer.

« Oui, Maman, tu as raison. C'est vrai, je fuis la discussion avec toi. D'ailleurs... Je t'avoue... C'est pour ça que je suis venue aujourd'hui. Après mon dîner chez vous, je me suis sentie vraiment mal à l'aise, et il fallait absolument que je te parle. Et puis, entre-temps, il y a eu Pleyel. Ce qui fait que je suis venue aussi pour Papa. Pour que vous me disiez ce qui se passe. »

Et voilà. Finies les manœuvres d'approches, nous sommes dans le vif du sujet. Soulagée, Sarah dévore une bonne partie du gâteau.

« Bon. Je vais tout t'expliquer... me dit-elle, en me regardant droit dans les yeux. Et d'abord, tu m'as vraiment impressionnée, avec Papa, quand tu as essayé de le calmer en lui parlant de Gabriel et de moi. On aurait dit que tu savais tout ! Qui t'avait dit ?

— Personne. Je ne savais pas. »

Sarah me regarde, sceptique. Visiblement, elle ne me croit pas. Du coup, elle avance sur des œufs.

« Tout a commencé quand tu m'as appelée un soir à Londres pour me demander de chercher des documents chez Grand-père. Ça ne te dérange pas, toi, dis, que je l'appelle Grand-père ? Tu te souviens, j'étais ravie. Tu m'as donné les clés de Lise, et puisque tu ne voulais pas y aller avec moi, je suis rentrée toute seule dans l'univers de ton père.

Eh bien, je t'assure, c'était complètement dingue. Il fallait le voir pour le croire, une vraie marée de papiers, je n'en avais jamais vu autant de toute ma vie. Il y en avait partout. Résultat : je m'y suis complètement noyée. Et j'ai assez vite compris que, toute seule, je n'y arriverais jamais.

Je n'ai pas voulu t'en parler, parce que j'avais décidé de m'en sortir sans toi. Mais pour avoir une chance, il me fallait des repères. Alors j'ai eu une idée. Je n'avais qu'à demander directement au quatrième héritier de Grand-père : Gabriel, lui au moins, il l'avait sûrement bien connu, pour être sur son testament. Et comme j'étais sûre que tu ne serais pas d'accord avec mon idée, j'ai appelé Gabriel sans te le dire. »

Sarah reste silencieuse un moment, tout en buvant son café par petites lampées, sans se presser. Elle guette mes premières réactions. Mais je n'ai pas envie de dire quoi que ce soit. J'attends de voir comment elle va me présenter les choses.

Il fait vraiment très lourd. Mon corps moite colle au tissu de ma jupe. Une mouche épuisée vole lentement au-dessus de l'assiette, attirée par le morceau de clafoutis. Sarah la chasse vivement, termine son gâteau, avale sa dernière goutte de café et reprend :

« En fait, Maman, pour être vraiment tout à fait sincère avec toi, ce que je te dis là, c'était la raison de mon silence… mais seulement au début. »

Je ne dis toujours rien, et cela la gêne.

« Ensuite, j'avoue que j'aurais très pu te parler, et te dire où j'en étais… C'est-à-dire : nulle part ! J'avais beau brasser du vieux papier et éternuer tout ce que je savais avec cette vieille poussière, je ne trouvais absolument rien. Mais rien de rien. Pas la moindre trace. Alors… On est allés chez Anne, avec Gabriel. »

Je m'exclame :

« Chez Anne ! Mais pour quoi faire ?

— Pour lui dire que Gabriel renonçait à Clamart, poursuit Sarah, avec un air de grande fierté. Parce que j'avais réussi à le convaincre de laisser tomber toutes ces histoires, on n'aurait jamais rien trouvé, c'était la meilleure solution. Et que je voulais assister moi-même à sa joie. Je n'ai pas été déçue tu l'imagines, elle a sauté au plafond, ta sœur ! »

Mouvement de vraie colère intérieure. J'en veux beaucoup à Sarah de s'être immiscée entre Anne et moi, à propos de l'objet même de notre dispute. De quoi ai-je l'air, maintenant, vis-à-vis d'elle ? Tout bonnement de la grande sœur rigide et détestable.

J'ai déjà l'image de l'aînée, avec tout ce que cela comporte d'autorité déléguée, de transfert de responsabilité, « Surveille tes sœurs », de prérogatives enviées, « Ce n'est pas juste. Toi, tu as le droit. Pas nous… », et de la distance de l'âge, « Tu es grande, tu peux comprendre », qui me plaçait souvent, toute petite, du côté des adultes, que je le veuille ou non. Rôle valorisant, mais souvent désagréable, qui perturbait la relation complice avec mes sœurs, m'isolait d'elles, à regret. Les enfants ont besoin avant tout de jouer. J'enviais leur insouciance. Je jouais déjà à l'adulte, mais je ne l'avais pas vraiment choisi.

J'en suis sûre : je n'aurais jamais réagi comme je l'ai fait avec Anne, si j'avais été la deuxième de la famille. Mais c'est ainsi, la partition de la vie m'a mise sur la ligne du haut, il faut assumer. Et j'assume. La position d'Anne est inacceptable.

Avec son intervention Sarah rend mon rôle plus intransigeant qu'il n'est en réalité. Pour qu'elle me comprenne, il faudrait tout expliquer, la visite chez Rachel et tout ce qu'elle m'a dit. Mais je ne dirai rien, j'ai promis. Et de toute façon, je n'en ai aucune envie. Je masque donc ma mauvaise humeur.

Sarah ne s'en rend pas compte et continue :

« Mais Lise ne sait toujours rien, elle, par contre. Anne m'a dit qu'elle plane complètement. Voilà, Maman… C'est tout. Voilà pourquoi je ne t'ai rien dit. Je ne suis pas fière de moi, maintenant, je reconnais que ce n'était pas bien vis-à-vis de toi, et je m'en veux. Tu m'as dis plein de choses sur ton père, tu m'as fait confiance, tu m'as confié une mission, et moi, je ne t'ai donné aucune nouvelle. J'ai réalisé que je déraillais quand j'ai fait ma gaffe avec Papa, au dîner. Je me suis rendu compte combien cette situation devait être difficile pour toi. C'était ton père, après tout. »

Je m'insurge :

« Ta gaffe ? Tu appelles ça une gaffe, Sarah ! Mais enfin, tu savais parfaitement qu'Alex ne supporterait pas la manière dont tu lui as présenté les choses. Pour moi, c'est tout sauf une gaffe. Je dirais plutôt que c'était de la provocation, oui ! Sarah, je ne te comprends pas... Pourquoi as-tu fait ça ? Que cherchais-tu, au juste ? »

Mon irritation monte en moi un peu plus, je comprends la réaction d'Alex. Moi aussi, je me sens manipulée. Il y a autre chose derrière tout ça, son histoire ne tient pas debout.

« Et en plus... La veille d'un concert ! Pourtant, tu sais bien qu'il ne faut jamais faire de vagues avec ton père, juste avant. Je t'en veux encore, tu sais...

— Je sais, Maman. »

Sarah fait une pause, elle a l'air vraiment honteuse.

« Excuse-moi, je ne me sens pas fière de moi. Mais voilà, quand tu m'as prévenue avant le dîner que tu avais parlé avec Papa, j'ai pensé que je pouvais vous raconter. J'ai tout de suite compris ma bêtise, quand j'ai vu sa tête. Mais voir Gabriel en cachette commençait à me peser, j'avais très envie de vous le dire, et je ne savais pas par où commencer. J'ai voulu tout résumer en une seule phrase.

— Ça, pour du concentré...

— Et puis, quand Papa s'est fâché, je me suis vexée. Bêtement. Mais tu sais, je ne suis pas aveugle, je me suis bien rendu compte que j'avais fait des dégâts. Et même peut-être entre toi et Papa… »

Heureusement… Heureusement qu'Alex avait été très bon, exceptionnel même, cette soirée-là ! S'il avait échoué une seconde fois, j'aurais rendu Sarah responsable, ce qui n'aurait pas été juste non plus.

Sarah renifle, elle éclate en sanglots. En prenant à sa charge l'entière responsabilité de cette dispute, elle me désarme.

Mais surtout, je viens de comprendre. Comprendre ce que je ressentais d'elle de façon diffuse, quand elle nous avait rejoints pour le dîner, cette tension intérieure, ce désordre émotionnel qui n'est pas elle, ce sourire radieux. Sarah, comme je ne l'avais jamais vue. Oui, je viens de comprendre ce qu'elle n'a peut-être pas encore bien réalisé elle-même : Sarah est amoureuse, tout simplement.

Amoureuse de Gabriel !

Quelle malchance… Si j'ai raison, voilà qui ne simplifierait pas les choses. Pauvre Sarah, elle ne se doute de rien et ne sait pas où elle met les pieds. Et je suis coincée : comment lui dire, puisque j'ai promis le silence à Rachel. Je ne sais même pas si elle a mis son fils au courant, comme je lui avais conseillé de le faire. Si Gabriel ne sait toujours rien, Sarah n'a aucun moyen d'être avertie de cette situation pour le moins compliquée.

Je me lève et la serre dans mes bras. Je n'ai pas le cœur de soulever la question avec elle, pour savoir si j'ai vu juste. J'ai seulement envie de consoler ma fille, je vois par avance les tourments qu'elle peut traverser, si Rachel dit vrai, si…

Oh et puis, pas d'affolement, il faut que je réfléchisse. Même si Rachel est sincère, elle ne sait pas elle-même où est la vérité. Ai-je le droit d'intervenir dans la vie de ma fille, au nom d'hypothétiques présomptions ? Laissons-la tranquille, pour le moment. Non, je n'ai pas le cœur d'abîmer ces beaux instants, si importants, les premiers pour elle. J'imagine quelle aurait été ma réaction si on m'avait dit qu'Alex... Il faut que je reparle avec Rachel. À notre époque, on peut savoir la vérité, si c'est vraiment sérieux. Et puis, si ce n'est qu'une passade, pourquoi perturber Sarah pour rien. Depuis le temps qu'elle l'attend, ce moment, elle qui se plaint sans cesse d'être insensible aux garçons qu'elle rencontre.

« Bon, allez, Sarah, calme-toi. Calme-toi. De toute façon, c'est fait, c'est fait, hein ? Tu sais bien que ce qui touche mon père est un sujet sensible, allez. Mais aussi, pourquoi es-tu toujours si secrète ? Si tu faisais plus confiance, tout serait plus simple. Regarde : on n'aurait pas attendu aujourd'hui pour se parler. Allez, calme-toi. Tout ton père, tiens. De grands éclats impulsifs, et puis ensuite, vos remords sincères... N'empêche, tu aurais pu gravement perturber son concert, tu sais... »

Elle se mouche :

« Je sais, Maman. Mais c'est plus fort que moi. Quand on me vexe, je vois rouge. Et je m'en veux après. »

Sarah blottit sa tête sur mon épaule, se reprend et se fait câline. Notre tendresse retrouvée me fait beaucoup de bien.

« Tu sais, Maman... Pour réparer ma bêtise... J'y ai déjà pensé. Voilà, j'ai une idée à te proposer. Tu ne connais pas Gabriel, et moi j'ai passé des heures et des heures avec lui. Je l'ai vu aussi avec sa Maman, chez eux. C'est vraiment quelqu'un de génial. Ce que j'aimerais, c'est qu'il vienne dîner un soir à la maison. Pour que tu le connaisses. Et Papa aussi. Gabriel plaira à Papa, j'en suis sûre : il joue fabuleusement bien du violon.

— Tu as entendu ce que t'a dit ton père ?

— Oui, Maman, j'ai entendu. Mais Gabriel et Rachel sont des gens très gentils, tout simples. Ils étaient proches de Grand-père, bon. Et alors ? Ils n'ont rien à voir dans tes histoires avec lui. Pourquoi leur faire supporter ce dont ils ne sont pas responsables ? »

Rencontrer Gabriel ? Bien sûr, j'en ai envie. Je me sens un peu froissée de ne pas le connaître, moi qui étais censée m'occuper de cette « affaire ». Et puis, je pourrai me rendre compte par moi-même.

Je suis tentée de dire oui, mais il va être très difficile de faire changer d'avis à Alex. Il a prévenu Sarah : pas question qu'elle le mette « dans ses pattes », comme il dit. Et cette fois-ci, je ne veux pas me retrouver à nouveau en porte-à-faux vis-à-vis de lui.

« Ça va être difficile. Il faudrait convaincre ton père. Et alors là… Bonne chance, ma chérie.

— Laisse-moi faire, Maman. Aucun problème. »

Une lueur de défi traverse son regard.

*
* *

Le téléphone sonne.

« Ça y est, Maman, tu peux sortir ton carnet pour qu'on trouve une date pour le dîner.

— Petite sorcière. Mais, comment as-tu fait ?

— Ah ah ! C'est mon secret.

— …

— Mais je vais te le dire quand même : j'ai dit à Papa que Gabriel jouait très bien la *Sonate à Kreutzer*. Alors il m'a dit : d'accord, mais qu'il vienne avec son violon ! »

Sarah sait très bien qu'Alex adore ce morceau, et qu'il cherche toujours un violoniste qui serait en parfaite harmonie avec son style à lui. Il saute dès qu'il le peut sur chaque nouvelle occasion.

Sarah a joué de finesse, a touché la corde sensible de son père, mais elle a mis un énorme challenge sur le dos de Gabriel. Pourvu qu'il s'en sorte. Alex m'en a souvent parlé, cette sonate pour piano et violon est l'un des morceaux les plus difficiles de Beethoven : techniquement très exigeant, il demande surtout une grande complicité entre les deux interprètes. Et pour parvenir au « dialogue intime des deux instruments qui s'ouvrent progressivement l'un à l'autre », il faut autre chose que de la technique : quelque chose comme « un état de grâce », dit Alex.

Un duo de trapézistes ne prendrait pas moins de risques : s'accorder la première fois tiendrait du miracle. Les faire se rencontrer à travers cette sonate est un pari énormément risqué. Sarah suit son intuition. Espérons qu'elle aura raison.

*
* *

La famille est au complet, ce soir : Elsa est revenue hier de New York, en grande forme. Ces quelques mois aux États-Unis l'ont transformée, ma fille est devenue un vrai bout de femme, moins câline avec nous, mais beaucoup plus assurée. Quelques kilos en effet, mais qui lui vont bien. Avec ses grands yeux clairs et ses épaules arrondies, elle a quelque chose d'une madone antique. Elle dégage une sérénité étonnante pour son âge, on aurait envie de se lover dans ses bras et de s'abandonner à sa douceur. C'est la première fois que je perçois sa sensualité, que j'imagine raffinée, protectrice, apaisante, maternelle.

Encore sous la fatigue du décalage horaire, Elsa paresse sur la terrasse et sommeille à demi, allongée dans la chaise-longue, profitant tranquillement des derniers rayons du soleil.

À côté d'elle, Sarah, silencieuse, se lime les ongles avec concentration. Les épaules dorées embellies par les rayons du couchant, elle est lumineuse dans sa robe turquoise serrée à la taille qui souligne la cambrure de ses reins. Comble de raffinement, un œillet est piqué dans ses boucles remontées négligemment au-dessus de la nuque. Assorti, bien sûr, à son rouge à lèvres. Sarah est vraiment magnifique, ce soir.

Quand Gabriel sonne à la porte, Sarah se précipite à sa rencontre et je constate à quel point ils sont déjà liés. « Viens, je te présente... » lui dit-elle radieuse en passant son bras sous le sien.

Gabriel. Le voici, enfin, celui que j'ai à peine vu chez le notaire, et que j'ai tant de fois cherché à imaginer grâce aux photos vues chez Rachel. Mon cœur se serre, l'émotion est forte.

La première chose qui me frappe, c'est le beau regard clair de sa mère, les mêmes yeux gris pâle, doux et vifs. Le même visage attachant aussi, pommettes très hautes, grand front lisse. Charme subtil, élégance, un très bel homme, indiscutablement. Et, je le constate avec soulagement : aucune empreinte de mon père, pas la moindre petite ressemblance.

Un bouquet de fleurs à la main, souriant, il se laisse guider par Sarah et entre dans la pièce avec aisance, d'une démarche souple et fluide. Ni trop strict ni trop décontracté, il porte une chemise blanche col ouvert, en coton très fin d'excellente qualité et un joli pantalon de toile gris clair.

Elsa regarde la scène de loin. Je la connais assez pour savoir que, sous ses paupières presque fermées, elle ne perd pas une miette de ce qui se passe. Elsa adore la position d'observatrice, et elle est très observatrice, rien ne lui échappe. Et je sais aussi qu'on aura plus tard ses commentaires en petit comité : « Hmm, vous avez remarqué comme Sarah était coincée derrière ses airs de la fille qui veut être cool ? Pas la peine de se demander pourquoi. Elle est folle amoureuse de lui, ça se voit tout de suite. » Sarah montera sur ses grands chevaux et Elsa rira aux éclats.

« Bienvenue chez les Steinitz, Gabriel. Nous sommes heureux de te recevoir. » Je l'embrasse et le tutoie volontairement, d'emblée.

Alex nous rejoint et accueille Gabriel avec la chaleur coutumière qu'il accorde aux musiciens :

« Alors, mon garçon, comment ça va ? Ça marche, les affaires ? Pas trop assommant, de compter les clous ? » Tout en se fichant gentiment de lui, Alex lui serre franchement la main, un bras passé sur son épaule. Et sans attendre sa réponse, il poursuit :

« Il paraît que nous sommes tous les deux musiciens, n'est-ce pas ? en lorgnant sur l'étui du violon que Gabriel tient contre lui. Voilà un sujet nettement plus intéressant que la menuiserie. »

Comme d'habitude, Alex a d'une phrase borné son territoire et le message est clair : oui pour faire connaissance, non pour parler de ce qui ne l'intéresse pas, c'est-à-dire mon père et ce qui tourne autour. Gabriel sourit en retour, il a compris ; d'autant que Sarah a dû le prévenir.

Elle l'entraîne sur la terrasse.

« Gabriel, je te présente Elsa, ma petite sœur. Elle est un peu collante et très casse-pieds, mais tu verras, elle est super intelligente quand elle veut bien se bouger un peu la cervelle. Parce que son plus grand défaut, c'est qu'elle est plus paresseuse qu'un lamantin. Bon, elle a quand même réussi ses premières années de Médecine, mais on se demande vraiment comment. Pas vrai, petite chose ? »

Elsa ne prend pas la peine de répondre et se contente de lui serrer la main. Mais elle le regarde avec une insistance singulière. Je ne serais pas étonnée qu'elle soit sous son charme, elle aussi. Ce garçon a vraiment un incroyable charisme.

J'ouvre un bon champagne, l'apporte sur la terrasse et nous levons nos coupes.

« À nous, et à la musique ! » s'exclame Sarah.

Je rajoute :

« Et à Rachel. »

J'ai soudain une pensée émue pour cette femme qui ne peut plus se déplacer et qui aurait sûrement aimé être là ce soir, avec nous. Alex m'envoie un bref regard en coin, qui veut dire : « Stop ! Ne va pas plus loin. »

La discussion tourne tout de suite autour des deux terrains qui ne fâchent pas : la voile et la musique.

« Alors, comme ça, il paraît que vous partez tous les deux sur le bateau de Lise ? dit Alex. Et il est comment, ce bateau ? Pas une barcasse pourrie, j'espère… Et qui sera le capitaine ? Toi ? Tu sais naviguer, au moins ? Il ne faut pas compter sur Sarah, elle n'y connaît rien. Et moi, je ne confie pas ma fille comme ça. Quant à Lise, je n'ai aucune confiance en elle, je suis sûr qu'elle ne saurait même pas faire avancer un pédalo. »

Je constate avec plaisir qu'Alex m'a emboîté le pas avec le tutoiement, signe indéniable que le courant passe.

Alex insiste, il veut connaître les compétences de Gabriel, qui se prête gentiment au jeu, et raconte son expérience marine et ses croisières. Le récit de sa traversée de l'Atlantique en solitaire nous impressionne beaucoup. On se passionne. Sarah s'exclame :

« Des semaines sans parler à personne, un vrai cauchemar. Comme on doit s'ennuyer, tout seul…

— Et si tu t'étais cassé quelque chose, une jambe par exemple, qu'est-ce que tu aurais fait ? » lui demande Elsa.

Alex veut savoir ce qu'il cherche dans la solitude.

Quant à moi, évidemment, je lui demande s'il a emporté des livres, combien, lesquels…

La conversation va bon train. Gabriel répond amusé à toutes nos questions. Plus on comprend que son aventure n'est pas évidente, plus il devient un personnage important à nos yeux. Traverser la mer tout seul nous semble surnaturel, à nous quatre, simples terriens casaniers.

Alex met fin à notre interrogatoire :

« Bon, allez… Maintenant, à nous, mon petit Gabriel. »

Nous rentrons. Gabriel a à peine trempé ses lèvres dans sa coupe de champagne.

La baie vitrée est grande ouverte sur la terrasse. La nuit d'été est en train de tomber peu à peu, et avec elle, une délicieuse fraîcheur. Le dôme des Invalides s'illumine ; Sarah allume les spots, dehors, sous la haie des lauriers roses. Lorsqu'ils sont en fleurs, cela fait toujours beaucoup d'effet.

Je connais l'exigence d'Alex, j'espère qu'il ne sera pas déçu, ou tout au moins qu'il ne le montrera pas trop. Quand elle touche la musique, sa sincérité est parfois difficile à recevoir : il dit ouvertement ce qu'il pense, sans trop se soucier des susceptibilités.

Gabriel ne montre pas d'émotion et sort tranquillement l'instrument de son étui. Le violon est splendide. Moi, je l'ai déjà vu chez Rachel, Sarah aussi je pense, mais Alex et Elsa se rapprochent pour admirer de près le chef-d'œuvre de son grand-père.

Gabriel règle son instrument avec soin. Alex se met au piano et donne le signal. « Prêt pour la *Sonate à Kreutzer* ? Tu veux la partition ? »

Il n'en veut pas. Cela se présente bien.

Les deux hommes entrent en eux-mêmes. Et la sonate commence.

Gabriel entame seul les premières mesures. Alex le rejoint en jouant doucement, comme pour lui laisser la place. Gabriel se retient aussi : on a le sentiment que les deux instruments se cherchent, avec pudeur. Mais au bout de quelques minutes à peine, ils ont fait connaissance, les approches sont plus directes et le mouvement progresse avec de plus en plus d'assurance.

Alex et Gabriel s'ajustent de mieux en mieux, leurs instruments se répondent, vont l'un vers l'autre.

Quelle chance ! Un élan les emporte.

Sarah avait raison.

Alex a l'air très à l'aise, et surtout très joyeux, on voit à quel point il prend du plaisir à jouer ce morceau. Gabriel, lui, est concentré et replié sur lui-même, il semble même souffrir par moments. Mais ses mouvements sont limpides, magnifiques.

Superbe moment.

« Pas mal… Pas mal du tout, même ! » dit Alex à Gabriel, en nage, épuisé. De la part d'Alex, c'est un grand compliment.

Gabriel se détend, et sourit.

Alex poursuit, un brin sentencieux :

« Quelle splendeur, cette sonate. Et dire que Kreutzer n'a jamais voulu la jouer, alors qu'elle lui est dédiée ! Il la trouvait *scandaleusement incompréhensible.* Et Beethoven, lui, était béat d'admiration devant lui. Quel drôle de caractère, ce Kreutzer. Tu savais ça, Gabriel ? »

Gabriel le savait. Et il précise même à Alex qu'il s'est exercé sur les méthodes de violon de Kreutzer, d'une grande exigence technique.

« Nous recommencerons, tous les deux. Tu verras, on arrivera à quelque chose d'intéressant. Il nous suffira d'y travailler un peu, lui dit Alex. Tu as du talent, sais-tu. C'est vraiment du gâchis de ne pas le cultiver pleinement. Tu ferais mieux de t'investir dans la musique, plutôt que de te spécialiser dans les planches et les écrous. »

Gabriel ne répond pas à cette remarque. Il se contente de dire avec élégance le plaisir et la joie qu'il a eus à jouer avec un grand pianiste.

Duo de musiciens, après le concert.

Enfoncées dans le canapé, les filles sont aux anges. Sarah fond littéralement :

« Vous voyez, je vous l'avais dit, il est génial ! »

Même Elsa, d'habitude si réservée, ne cache pas son enthousiasme, autant sous le charme que sa sœur :

« Bravo. Vraiment, bravo. C'était top ! »

Moi, je pense : magnifique. Oui, mais. Dans quelques mois Alex sera ailleurs, maintenant je le sais. Pourquoi, mais pourquoi renoncer à tout cela ?

*
* *

Ce qui se passe est sidérant. Ce garçon, l'héritier inconnu il y a quelques mois, qui aurait pu devenir un intrus gênant, entre dans notre famille par la grande porte et nous séduit tous en quelques instants. Oui, littéralement sidérant.

J'essaie de me faire mon idée. Mon demi-frère ou pas ?

Je ne retrouve rien, mais alors, vraiment rien, de mon père. Ni physiquement, ni dans les traits du caractère, il est même aux antipodes. Ce charme étrange, venu d'ailleurs, la fluidité de sa présence, cette discrétion subtile… Tout le contraire de Père, carré, abrupt, massif.

Une part de moi s'en réjouit. Pour Sarah.

Et une autre cherche toujours mon père en lui, et traque encore les indices… Comme on s'évertue à résoudre une énigme, à lever un doute, comme on cherche à se forger une certitude, dont je sais pourtant qu'elle nous échappe à tous.

Lise

Port-Manech, août

Galathée a quitté le port de Concarneau le 1er août.

Avec Sarah et Gabriel à bord, Yann a largué les amarres pour une balade de quatre semaines tous ensemble. Direction : le nord de la Bretagne, avec un petit crochet vers les îles. Pour Yann, nos vacances s'annonçaient bien. Pour moi, c'était tout autre chose, je partais sur la route de ma nouvelle vie, sur la route de moi-même.

Yann et moi venions tout juste de finir l'avitaillement, quand Gabriel et Sarah sont arrivés. Ranger les bouteilles sous les planchers, caser les réserves de toutes sortes dans tous les coins disponibles du bateau, et trouver la meilleure façon de les grouper dans les équipets du carré… Yann était à l'aise, ça lui paraissait évident, mais pour moi, tout cela relevait d'un véritable tour de force, à voir la pile de cartons vides s'amonceler dans le cockpit. Deux mois pourtant, depuis que j'avais acheté *Galathée*. J'avais l'impression d'y vivre depuis longtemps mais en même temps, l'univers du bateau ne m'était pas encore complètement familier. Régulièrement, je me cognais encore la tête en sortant du carré, ce qui faisait rire Yann.

Écrasée par la chaleur, je somnolais, allongée dans le cockpit à l'ombre de la capote, pensant à Sarah, qui allait arriver avec Gabriel. Gabriel… Je ne m'étais pas beaucoup souciée de la famille, ces derniers temps. Anne me le disait souvent, quand j'étais chez elle : « J'ai l'impression d'habiter avec un fantôme. » Elle avait raison. Pendant des mois, j'avais traversé un brouillard, j'étais passée sans transition des brumes de l'angoisse à celles de l'ivresse amoureuse. Pauvre Anne, j'avais dû être un poids insupportable pour elle.

Et Marie qui faisait sa normative comme d'habitude, elle aussi lui en avait fait baver. Je la revoyais, Anne, la tête entre les mains comme si elle voulait éviter qu'elle s'ouvre comme une noix, répéter inlassablement, en tournant dans la pièce comme une âme en peine : « Tu te rends compte ! Qu'est-ce que je vais devenir… » Oui, je me rendais compte, mais je n'avais pas la force d'aller vers elle.

Il fallait d'abord que je me batte avec mes propres problèmes.

*
* *

« Coucou, Lise. C'est nous ! »

Sarah et Gabriel nous ont passé leurs sacs et sont montés à bord. J'ai tout de suite pris mon rôle de bonne maîtresse de maison, et leur ai proposé quelque chose à boire : « Oh oui, Lise. Avec plaisir ! On est morts de soif avec cette chaleur. »

Gabriel n'arrêtait pas de fixer Yann. Il était sûr, absolument sûr, de l'avoir déjà vu quelque part. Mais il ne retrouvait pas où. Sarah pouffait dans son dos, on ne pouvait pas lui tirer quoi que ce soit, personne ne comprenait pourquoi elle se tordait de rire. Finalement, elle a consenti à nous expliquer : « Sacrée Tat'Anne. Quelle farceuse. Vous savez ce qu'elle a fait ? Elle a donné à Gabriel une de ses sculptures, le jour où on a déjeuné chez elle. Eh bien… Oui, aucun doute. Le modèle… c'était toi, Yann ! »

D'habitude, j'ai horreur des présentations, je me tortille d'un pied sur l'autre sans jamais savoir quoi dire. Mais là, la tête de Gabriel était tellement drôle à voir qu'on s'est tous mis à rire et que ça a immédiatement dégelé l'ambiance.

Ensuite, Yann a fait visiter *Galathée*, tout fier. Gabriel et lui ont commencé à parler de la panne du moteur, pendant que je montrais à Sarah les cabines et toutes les petites astuces de la vie sur un bateau.

Yann a annoncé le programme : « Voilà ce que je vous propose : on va manger des crêpes à côté et on dormira au port ce soir, histoire de vous amariner un peu. Et demain matin, de bonne heure : grand départ ! J'ai vu la météo : il fera beau, autant en profiter. Gabriel, viens voir les cartes avec moi, qu'on décide où on ira. Autant faire une grande traversée, puisque l'anticyclone s'installe. J'ai pensé à Belle-Île. Ça vous va ? »

À sept heures du matin, tout le monde était prêt. Il faisait un temps magnifique, grand bleu avec de larges nuages blancs bien cotonneux qui décoraient le ciel. Mer belle. Et du vent ! Juste ce qu'il fallait, a estimé Gabriel, force 3-4, c'était parfait.

Dès la sortie du port, Gabriel, aidé par Yann, a hissé les voiles. De belles voiles blanches toutes neuves que Yann avait fait changer juste avant de partir. C'était beau comme dans les reportages de *Thalassa* sur les voiliers. Sauf que là, c'était le mien. Une vraie différence.

On s'est un peu affairés dans tous les sens ; surtout les garçons parce que Sarah et moi, on cherchait plutôt à se faire les plus discrètes possible pour ne pas gêner les manœuvres. Et puis, quand tout le monde a trouvé sa place, Yann a dit : « Bon, je vais faire la route… » et il a disparu à l'intérieur avec Gabriel, pour se concentrer à la table à cartes, choisir l'endroit où on passerait la nuit, tracer l'itinéraire et évaluer le temps qu'il nous faudrait pour arriver.

Yann connaissait un endroit magnifique, très sauvage.

« On pourrait y dormir. Je connais une petite anse, juste sous le phare des Poulains. C'est un mouillage tranquille, seulement il n'est pas très protégé par vent d'ouest. Mais à mon avis, ça ira. On aura une nuit très calme, le vent va tomber ce soir. »

Yann, c'est notre monsieur météo. Il connaît le ciel comme personne. Sarah et moi, on était d'accord pour tout. Alors on a filé droit vers Belle-Île.

Ma première traversée à bord de mon bateau a été un moment fabuleux. Gabriel m'avait mise à la barre :

« Quand le bateau est bien équilibré, laisse faire, pas la peine de forcer. La barre, tu la tiens du bout des doigts, et surtout, pas de mouvements brusques. Il suffit juste de suivre le cap et de surveiller que le vent ne change pas de direction. Très facile, tu vas voir… »

Je lui ai quand même demandé de rester à côté de moi, au cas où. Et là, je me suis sentie la reine du monde.

Galathée a filé à toute allure, ses belles voiles blanches tendues à bloc. Le vent cinglait mes joues, j'avais l'impression de traverser l'air. C'était sublime.

À un moment, j'ai senti le bateau qui commençait à vibrer sous la pression du vent, et tout d'un coup, la barre est devenue très dure à tenir et le bateau s'est mis à faire de grandes embardées à droite, pardon… à tribord. Impossible de garder le cap. *Galathée* refusait d'aller où je voulais, comme un animal qui n'en fait qu'à sa tête.

« C'est normal, le vent a forci. On est trop toilés, il y a plus de 20 nœuds de vent. On va devoir prendre un ris. » Prendre un ris, ça veut dire réduire la toile. Toute une manœuvre compliquée : Gabriel montrait ce qu'il fallait faire et Yann regardait, concentré.

Le plat-bord frisait la surface de l'eau tant on était inclinés, et l'étrave passait dans les vagues avec force. La mer commençait à moutonner, il y avait un peu d'écume au-dessus de la crête des vagues. Certaines provoquaient de grandes gerbes d'eau qui éclaboussaient tout l'arrière de *Galathée*, et nous faisaient pousser de grands cris joyeux. Gabriel a diminué les voiles, légèrement changé de cap, et tout s'est calmé : en un instant, le bateau a arrêté de *gîter*. On ne dit pas : arrêté de *pencher* ; Gabriel et Yann m'ont appris les mots marins.

Sarah a tout de suite été à l'aise, un vrai petit mousse. On avait à peine appareillé, qu'elle avait déjà décidé :

« Bon, eh bien puisqu'il faut que Yann et Lise travaillent avec Gabriel, moi, je m'occupe de la cuisine du bord, d'accord ? Et pour commencer, je vais vous faire ma nouvelle recette : un clafoutis aux cerises. Pour l'heure du thé, ça vous dit ? J'ai apporté tout ce qu'il faut. Si quelqu'un veut bien m'allumer le four… »

Le bateau bougeait pas mal à l'intérieur, mais apparemment, Sarah n'avait pas du tout l'air dérangée. On l'entendait chanter comme un petit pinson. Elle était même bien plus à l'aise que moi, et pourtant j'en avais déjà passé, des heures en mer sur le bateau de Yann. Son histoire de clafoutis, avec le vent qu'il faisait, ce n'était pas vraiment raisonnable, elle aurait pu se brûler avec le four et Yann lui a dit d'attendre qu'on soit arrivés. Mais comme elle est têtue comme une bourrique, elle s'est quand même débrouillée toute seule pour le faire en douce. La bonne odeur qui remontait dans le cockpit l'a vite trahie. « Alors, mon clafoutis, personne n'en veut ? » Non, pas tout de suite. Aucun de nous n'était tenté. Faire de l'équilibrisme avec une assiette sur les genoux dans le cockpit, non merci. On avait déjà assez de mal à s'agripper à ce qu'on pouvait attraper d'une main, pour amortir les mouvements du bateau. Et moi, je voulais profiter à fond de cette délicieuse griserie que je ressentais à bord de *Galathée*. Avec Yann, j'avais découvert la mer. Là, je venais de me rendre compte que naviguer à voiles, avec seulement le vent pour vous pousser, c'était pouvoir être encore plus en osmose avec elle, faire partie d'elle, être son enfant.

L'endroit où Yann nous a emmenés était vraiment sauvage. On se serait cru dans une île perdue du bout du monde. Et pourtant, passée la première pointe, la mer paraissait envahie de plaisanciers, à croire qu'ils s'étaient tous donné rendez-vous au mois d'août. Une petite crique déserte, adorable avec sa petite plage de sable couleur abricot. Les mouettes tournaient et riaient autour de nous, on aurait dit qu'elles nous faisaient la fête. Quant à l'eau, un vrai bonheur, transparente, pas une ride. Et Yann avait eu raison, il n'y avait plus un souffle de vent.

Yann et Gabriel ont manœuvré, choisi le meilleur endroit pour jeter l'ancre, et ferlé les voiles tous les deux pendant que Sarah et moi, on installait les coussins dans le cockpit. Et comme on avait tous une faim d'enfer après cette traversée, le clafoutis de Sarah a disparu en un rien de temps, personne n'en avait jamais mangé d'aussi bon.

À la fin de la journée je n'avais pas échangé plus de trois phrases avec Gabriel, je ne savais rien de lui, mais cela n'avait pas d'importance, la mer nous liait tous, on était bien ensemble, dès le premier soir. Yann et Gabriel se sont rapidement révélés étonnamment complices. Qui aurait pu penser qu'il y ait de telles affinités entre mon Yann, manuel, rustique, baraqué, et Gabriel, citadin, intellectuel et raffiné. Et pourtant. D'abord, ils ont la même façon d'être : discrets, plutôt silencieux, attentifs. Et puis, Yann admire énormément les connaissances théoriques de Gabriel. Il faut voir comme il l'écoute religieusement quand il nous fait ses exposés sur les flux d'air ou l'architecture marine. Quant à Gabriel, il a beaucoup de respect pour l'expérience de Yann. Sa « connaissance instinctive est irremplaçable, dit-il, et les miles parcourus en mer, c'est ça qui compte, avant tout ».

Sarah ne nous avait pas menti, Gabriel est vraiment le skipper idéal. Dès le premier soir, Yann et moi lui avons confié le bateau pour le mois, sans hésiter.

« Tu sais bien, il ne faut pas mettre deux crabes dans le même trou, comme dit le proverbe. Il nous faut un maître à bord, et un seul. Donc c'est toi qui seras le skipper de *Galathée* pendant cette croisière », lui a dit Yann, très sérieusement.

Gabriel en a été « très honoré ». Sérieux, sûr de lui, toujours de bonne humeur… et en plus, faisant attention à ce que tout le monde se sente à l'aise. Quelqu'un de bien.

Et, ce qui ne gâche rien, notre skipper est tellement beau mec qu'il ne passe jamais inaperçu : ses superbes yeux gris sans fond vous séduisent n'importe qui en un rien de temps. Il a… comment dire… quelque chose de royal, une espèce de majesté un peu distante. Et en plus de ça, son agilité de chat est époustouflante : il faut le voir monter le long du mât à la force des bras, c'est stupéfiant.

Moi, je préfère mon Yann tout d'un bloc au regard limpide, mais je reconnais qu'il a une fière allure, notre Gabriel. On ne passe pas dans un port sans que les jeunes filles de l'accueil de la capitainerie se succèdent à bord de *Galathée* pour nous proposer la livraison gratuite des courses, un vélo à la journée, la météo du jour…

Oui, un garçon sans problème. Facile à vivre. Agréable. Charmant. Mais… Quand je dis, sans problème, il faut que je précise : sans problème avec les autres. Parce que, après quelques jours avec lui, j'ai bien vu qu'il ne doit pas être aussi simple qu'il en a l'air. Gabriel est quelqu'un de très secret, qui ne parle jamais de lui. Et je ne suis pas sûre qu'il soit aussi heureux qu'il veut bien le montrer. Il m'est arrivé plusieurs fois de le surprendre, soucieux, l'air grave, perdu dans je ne sais quelles pensées. Mais dès que je me suis approchée de lui, il s'est repris, à nouveau souriant, comme s'il voulait toujours donner une bonne image de lui.

C'est aussi quelqu'un qui parle très peu d'une manière générale, la plupart du temps, il se contente de sourire, ou de hocher la tête, mais moi, ça me va bien. En mer, moins on discute, plus on écoute la vie marine.

*
* *

Un après-midi, je me suis retrouvée seule avec Gabriel sur *Galathée*. On s'était mis à l'ancre dans la baie d'Audierne, pas loin des bouées du mouillage d'attente, avant de franchir le célèbre raz de Sein. Yann et Gabriel avaient été formels : pas question de s'engager dans ce chenal des plus dangereux si les conditions favorables ne sont pas réunies. Il fallait attendre la *renverse* de la marée, pour que les vents et les courants soient dans le même sens. Alors, on aurait quelques heures tranquilles. Sinon, la mer pouvait devenir furieusement agitée, et extrêmement périlleuse. Les victimes de la baie des Trépassés en savaient quelque chose. Et pourtant, de là où on était, rien ne laissait supposer de tels tourments, la mer toute plate avait l'air calme, la baie était souriante, les pentes douces et grasses des pâturages s'étiraient jusqu'à l'eau. Les quelques maisons semblaient mener une vie parfaitement paisible.

Sarah et Yann avaient pris l'annexe pour aller sur terre faire les courses au village. Nous commencions à manquer de frais. Les conserves, ça va une journée, mais pas plus, si on peut faire autrement. Le village était loin, il fallait marcher et je n'avais pas pu aller avec eux. En me cognant dans un winch, je m'étais ouvert le genou, bêtement. Et comme le mouillage n'était pas très sûr et qu'il y avait du vent, Gabriel avait préféré rester à bord avec moi.

*
* *

J'étais seule avec lui, somnolant à demi sur le pont au soleil, et lui, pas loin, en tailleur, à l'arrière du bateau, plongé dans son livre, la casquette lui masquant une bonne partie du visage. L'occasion était trop belle. Cela faisait plus d'une semaine qu'on naviguait ensemble, on ne s'était jamais vraiment parlé. J'avais envie d'en savoir plus, sur lui, ce qu'il faisait dans la vie, comment il avait connu mon père, pourquoi il avait rencontré Sarah et Anne… J'avais envie de savoir, mais je n'osais pas poser de questions devant tout le monde.

Nous allions rester deux ou trois heures tous les deux, c'était l'idéal. J'ai préparé deux thés brûlants avec quelques feuilles de menthe fraîche, je me suis approchée de lui et me suis lancée :

« Dis-moi, Gabriel… Je voulais te demander quelque chose : Papa, c'était qui pour toi, exactement ? »

Gabriel a sorti le nez de son livre, l'a posé sur ses genoux, et m'a répondu, sans ciller, que Papa avait été l'ami de toujours de sa maman. « Un ami ? » lui répondis-je un peu provocatrice.

« Oui, un ami très proche. Très, très proche. »

Ça, je l'avais déjà compris avant de lui poser la question. Pas la peine de me faire un dessin. Si Papa avait fait de lui son héritier, ce n'était pas par hasard. J'avais juste envie qu'il me raconte Papa dans son histoire à lui. Papa, tellement lisse. Papa, toujours fuyant. Papa, inaccessible. Je voulais savoir si, avec lui, aussi, Papa était le même.

Mais non, Gabriel ne me répondait pas comme je l'attendais. Il est parti dans des explications pas possibles en prenant des tas de précautions : Charles était un ami de sa mère, rien de plus. Pour lui, c'était une sorte de bienfaiteur complice, qu'il avait toujours connu, et pour lequel il avait beaucoup d'estime et d'affection. Papa allait les voir une fois par semaine, restait dîner et ensuite, rentrait chez lui. C'est seulement avec l'héritage qu'il avait appris que Charles avait des filles. Ce qui était venu fortement compliquer sa vision des choses. Mais Charles n'était plus là pour répondre à ses questions.

Je lui ai répondu que je ne savais rien, moi non plus. Et que j'avais toujours ignoré, moi aussi, son existence et celle de sa mère. Oui, l'héritage avait fait pas mal de remous chez nous aussi. Mes sœurs s'étaient parlé, mais moi, je n'avais pas vraiment été dans le coup. J'ai fait vite, mais je lui ai tout de même raconté le départ de Théo, la clinique, ma fuite, mon séjour chez Anne. Je ne me suis pas étendue sur l'épisode Anne, Yann et moi, mais je lui ai dit que je n'avais pas été très bien dans ma peau, et complètement déconnectée de toutes ces questions après la mort de Papa.

Gabriel m'a aidée à comprendre en reprenant tout depuis le début. D'abord, il y a eu l'histoire de l'immeuble de Clamart, qui aurait appartenu à sa famille à lui, avant d'avoir été acheté par Émile, le père de Papa, pendant la guerre. Nos deux familles se connaissaient donc depuis longtemps, bien avant que Charles et Rachel ne se rencontrent. Mais comment ? Sa mère avait toujours dit à Gabriel qu'elle avait fait la connaissance de Papa par hasard, pour son travail, parce qu'il voulait faire traduire un livre polonais.

Il en était là à essayer d'y comprendre quelque chose, quand Sarah l'a appelé un matin au bureau de Papa. Il y travaille depuis quelques mois, et cherche à savoir comment marche l'entreprise dont il a hérité. Elle lui a demandé s'il voulait bien l'aider à démêler un problème : Marie se posait les mêmes questions que lui et lui avait donné la mission de trouver des preuves de cette fameuse vente dans les papiers de Papa entassés dans son appartement.

Ils étaient donc deux à rechercher une explication chacun de leur côté, et ils ont décidé de le faire ensemble. Voilà comment il a rencontré Sarah.

Je comprends enfin pourquoi Marie voulait la clé de l'appartement de Papa ; enfin, je veux dire, du mien.

Il m'a aussi parlé du carton de documents qu'il avait rapporté chez lui, sauvé du grand débarras, juste avant que je fasse tout jeter pour vendre l'appartement. Ce carton contenait pas mal d'informations que Papa avait accumulées sur la famille de Gabriel, et Gabriel avait commencé à tout éplucher pour rechercher la trace d'un certain Piotr.

« Piotr ? » Qui c'était, celui-là ? Je ne connaissais pas ce nom-là.

Gabriel m'a expliqué que, d'après lui, ce fameux Piotr devait être le pivot entre sa famille et la nôtre, et c'est pour ça qu'il voulait absolument trouver des renseignements sur lui. D'autant plus que Sarah lui avait raconté quelque chose qui l'avait beaucoup intéressé : un certain Piotr, Ukrainien ou Polonais, on ne savait pas, avait travaillé comme bûcheron chez les Vautrin, et il avait violé Charlotte, la grand-mère de Papa, dans les années 1880. Des suites de ce viol, Émile, le père de Papa, était né.

Je n'en revenais pas. C'était Gabriel qui m'apprenait des choses sur ma famille ! Une arrière-grand-mère violée ? Je n'en avais jamais entendu parler. Comment Sarah pouvait-elle savoir tout ça ? Décidément, il s'était vraiment passé beaucoup de choses pendant les quelques mois où j'étais ailleurs. Mais je n'ai rien dit à Gabriel de mon étonnement. Je ne voulais pas qu'il s'arrête, de crainte de dévoiler des secrets que je n'aurais pas dû connaître.

Je n'ai rien dit, mais j'ai redoublé d'attention en l'écoutant.

Le soleil tapait fort, mes épaules commençaient à me brûler, mais je ne voulais pas changer de place, comme si des mouvements trop importants auraient pu stopper notre conversation et me priver de toutes ces choses incroyables que j'étais en train d'apprendre de la bouche de Gabriel. D'un geste lent, j'ai juste attrapé une serviette de bains qui traînait, et l'ai jetée sur mon dos. Une sorte de fascination était en train de s'opérer. Gabriel me parlait de choses inavouées pendant des générations, qui pouvaient expliquer tant de choses. Le mutisme de Papa sur sa famille, entre autres. Ah, ça oui, comme dirait mon psy, il y en avait, des cactus dans le placard, chez les Vautrin !

Et je n'en étais qu'au début de ma surprise. Gabriel m'a expliqué : « Là, ça se complique. Il y avait aussi un Piotr chez les Reminovski, qui avait quitté la Pologne en 1910 pour retrouver sa sœur en France. Ce n'était plus un jeune homme, il avait soixante-dix ans quand il a rejoint sa sœur. Devine où ? À Clamart. Car elle habitait dans le fameux immeuble dont Anne a hérité… »

Qu'avait bien pu faire Piotr entre le viol de la fille Vautrin et son retour en France ? Gabriel n'en savait rien. Il cherchait. Il savait seulement que le Piotr de sa famille avait habité en Pologne avec son frère, dans une ferme des Carpates en pleine montagne, avant de rejoindre sa sœur à Clamart. Avec son frère bûcheron. À part ça, rien d'autre.

Gabriel me disait ça, songeur, en guise de conclusion, tout en jouant avec l'extrémité de l'écoute du génois.

« Rien d'autre ! C'est déjà pas mal, tu ne trouves pas. »

Gabriel voulait élucider les choses, aller jusqu'au bout, mais il lui manquait des informations, et il n'avait pas encore eu le temps d'examiner tout ce qu'il y avait dans le carton. Quant aux autres cartons, ils avaient disparu.

« Je comprends maintenant pourquoi Sarah était tellement contrariée quand j'ai fait tout jeter, avant de vendre l'appartement. »

Le silence s'est installé entre nous. Lui, il était devenu tout à fait grave, enfin je le voyais sous un jour qui me paraissait plus naturel. Et moi, cette histoire me tombait dessus, d'un seul coup. J'étais partie sur des hypothèses bien banales, j'imaginais des choses beaucoup plus simples, du genre liaison entre Rachel et Papa.

Mais ce n'était pas encore assez clair, j'avais besoin de mettre un peu d'ordre dans ma tête.

Tous les deux, on a résumé et on a fait des calculs : Piotr a violé Charlotte – la grand-mère de Papa – et Émile est son fils. Imaginons que ce soit le même Piotr qui soit revenu en France en 1910. Papa est né en 1911, il avait donc huit ans à cette époque.

Je lui ai demandé :

« Et Marie et Anne, elles savent déjà tout ça ?

— Certaines choses, oui. Mais pas toutes. Pas le fait que le Piotr de notre famille ait habité dans l'immeuble de Clamart, ça, c'est tout récent, je l'ai découvert avant de venir. Et je n'en ai même pas parlé à Sarah. »

J'étais assez contente d'avoir, moi aussi, ma part de confidence.

« Oui, tu as raison, ce n'est pas la peine de parler de tout ça avant d'en être sûr… »

On a continué à chercher des pistes avec les dates : Émile, le père de Papa, avait racheté l'immeuble aux Reminovski pendant la guerre, en 1942. On sait qu'il en a réglé une partie tout de suite et qu'il a fait un premier versement cette année-là. Papa avait trente et un ans à ce moment-là, il pouvait donc être au courant.

« Est-ce qu'il connaissait déjà ta maman à cette époque ?

— Non, je ne crois pas, m'a répondu Gabriel. Maman m'a dit qu'elle a rencontré Charles en 1960. »

Moi, en 1960, j'avais trois ans. J'avais trois ans quand Papa a commencé à prendre la tangente.

« Et toi, Gabriel, tu es né quand ?

— En 1965.

— Mais alors, je suis… ta *grande* sœur ? » Sans réfléchir, ça m'est sorti comme ça.

J'ai senti quelque chose se contracter en lui. Il a eu un petit sourire et il m'a dit :

« Charles n'est pas mon père, heureusement. Être son fils gâcherait tout. »

Le fait qu'il me dise ce qu'il ressentait, simplement, sans essayer de masquer ses sentiments, m'a énormément touchée. Je me suis sentie d'un coup bien plus intime avec lui.

« Gâcherait tout, mais pourquoi ? »

Gabriel n'a pas réagi tout de suite, comme s'il cherchait la bonne réponse dans sa tête. Et puis il a ajouté que leurs liens étaient beaux parce qu'ils étaient gratuits.

Et c'est sûrement grâce à cette intimité nouvelle que j'ai osé lui dire ce que je pensais :

« Toi, au moins, tu as eu l'amour d'un homme qui ne l'a jamais donné à nous, ses filles. Qu'est-ce qui compte, hein ? Le lien officiel ou l'amour que tu as reçu ? Je peux te dire que nous avons souffert de son indifférence, nous, les trois sœurs Vautrin. On porte son nom, d'accord. Marie, Anne et Lise Vautrin. Des filles. C'est qu'il n'en avait rien à faire, des filles ! Toi, tu as tout eu : la tendresse de ta mère, l'affection d'un homme qui t'a guidé. Tu n'as qu'à voir ce que tu es devenu : un bel homme, bien dans ta tête, qui a fait des études. Tu as un bon métier, et des tas de passions : la voile, le violon… Qu'est-ce que tu veux de plus ? Tu as été aimé, et beaucoup, sinon tu ne serais pas celui que tu es.

Regarde-nous, à côté. Je ne sais rien faire, j'ai tout raté. Même ma famille. Tu me vois heureuse, maintenant, mais c'est tellement nouveau que je me demande tous les jours si je ne rêve pas. Et j'ai bien cru que ça n'arriverait jamais ! Quant à Anne, à part passer de bras en bras, et quémander un peu de tendresse, elle n'a pas réussi non plus à se faire un chemin correct entre toutes ses fissures. Il y a Marie. Oui, pour elle, ça va. Mais elle a son Alex… »

Oui, j'ai dit tout ça. Une vraie tirade de grande sœur. Je me suis impressionnée moi-même. Moi, l'éternelle petite, j'étais enfin la grande sœur de quelqu'un. Gabriel m'a regardée intensément. J'ai examiné les traits de son visage, d'une finesse étonnante. Rien à voir avec Papa.

« Tu ne lui ressembles pas du tout, tu sais. »

Il m'a répondu en soupirant :

« Je sais… Je suis le portrait de ma mère. C'est Sarah qui lui ressemble. Le même regard… »

J'allais lui dire quelque chose de fort, du genre que je serais fière, moi, s'il était mon frère. Mais à ce moment-là, Sarah et

Yann sont arrivés. À grands cris, ils nous ont appelés de l'annexe pour qu'on les aide à embarquer toutes les courses. Et on s'est arrêtés net pour les aider à tout monter sur *Galathée*.

La vie du bord a repris et on n'a jamais plus reparlé de tout ça. La croisière a continué, superficielle et joyeuse, comme si on ne s'était rien dit. Je ne savais toujours rien de lui, ni de sa vie, sa mère, ses amis, son histoire à lui. Il restait pour moi un grand point d'interrogation. Mais d'avoir regardé ensemble l'autre face de « Charles-Papa » qui nous avait été cachée jusque-là avait créé un lien fort, invisible mais profond.

*
* *

Les journées ont défilé à une vitesse folle. *Galathée* a bien navigué et parcouru beaucoup de miles. Toute la journée, et quelquefois la nuit aussi, sous le ciel noir. J'ai adoré. Des embruns vous rafraîchissent la figure sans prévenir, l'eau glisse sous la coque, et elle est bien plus présente que le jour parce qu'il y a moins à voir. C'est un bonheur de guetter les étoiles, la lumière des phares, les maisons éclairées sur les côtes. Dans ce monde si profond, on touche aux confins de l'univers, quelque chose de surnaturel met nos pensées en apesanteur, on se sent petit, petit, petit… Petit et tellement peu de chose.

Mais en général, l'équipage s'arrêtait pour dormir dans les planques secrètes de Yann, ou dans des petits mouillages tranquilles que Gabriel connaissait. On y a passé des soirées merveilleuses, à lire, à nager, à écouter de la musique. Sarah et Gabriel le plus souvent à l'avant du bateau, à se raconter l'un à l'autre. Surtout Sarah, pétillante ; Gabriel, lui, l'écoutait plutôt, sobre et pudique. Et moi, en boule dans les bras de Yann, à regarder la mer.

Notre plus belle soirée a été celle de la fin de la croisière, le dernier soir. Nous avons jeté l'ancre en fin d'après-midi dans l'archipel de Glénan. L'eau y est si transparente, sur un sable tellement blanc, qu'on se serait cru aux Caraïbes. Nous avons tous plongé à l'eau, sauf Sarah, qui s'affairait dans la cuisine pour préparer notre dîner de gala : un ami de Yann rencontré en mer nous avait donné des homards énormes.

La nuit tombée, l'air était encore exceptionnellement chaud. D'après ce que disait Yann, des soirées comme celle-là sont rarissimes en Bretagne, même en août. On se serait presque crus en Méditerranée.

Pour se rafraîchir après le dîner bien arrosé (très dur, cette fois, le coca, infect avec le homard), on a tous sauté à nouveau par-dessus bord, pour un bain de minuit autour de *Galathée*.

Une lune bien pleine éclairait nos éclaboussures. La lumière argentée faisait luire nos épaules mouillées d'un éclat peu ordinaire et nous donnait l'impression de sortir d'un rêve.

*
* *

Ce bain de minuit extraordinaire, je l'ai vécu comme un symbole. Comme une initiation, un baptême vers ma vie nouvelle. C'était la première fois de mon existence que je sentais se construire quelque chose pendant mes jours à bord. Yann et moi, tout le temps ensemble, occupés aux mêmes choses. Une évidence.

Un futur (lequel ? Je m'en fichais) a commencé à se dessiner. Un futur construit sur un amour de moi, découvert par l'amour d'un homme.

Sarah et Gabriel sont partis nager plus loin dans l'eau noire, ils avaient parié d'aller jusqu'à la plage, juste en face. Ils faisaient la course en riant, on entendait leurs éclats de voix du bord. Sarah jubilait, elle respirait la santé et la joie de vivre, comme si le fait d'avoir toujours été nourrie d'amour était la chose la plus naturelle qui soit.

Yann et moi sommes remontés à bord. Yann m'a entourée d'une serviette de bain et frictionnée avec douceur, comme au début, quand je me baignais au printemps sur son bateau de pêche. Mais cette fois, j'ai fait la même chose, et je l'ai, moi aussi, enveloppé d'amour. Et puis on s'est faufilés sous la couette de notre cabine royale. Un délicieux clapot résonnait sur la coque. Je me suis tapie contre mon colosse de chair tendre, le museau dans son cou et j'ai fondu dans la volupté. Je me sentais tellement gâtée, je ne voulais pas en perdre une goutte. Et nous avons glissé dans le sommeil sans nous en rendre compte.

*
* *

Dans la nuit, un léger cliquetis métallique m'a réveillée. Yann dormait profondément.

J'étais maintenant capable de vérifier toute seule si l'amarrage était en ordre, je suis sortie furtivement de la couchette pour grimper sur le pont.

Après avoir monté les trois premières marches de l'échelle de cockpit, les yeux juste à hauteur du pont, j'ai tourné la tête vers l'avant du bateau, vers le bruit qui se faisait plus net. À travers le coupe-vent transparent de la capote, j'ai très clairement vu, sous les rayons de lune, deux corps enlacés. Derrière eux, des milliers d'étoiles tapissaient la nuit en guise de ciel de lit. Ces corps nus brillants d'eau de mer dans le halo bleuté étaient splendides.

C'était tellement beau à voir que je suis restée quelques secondes plantée là, incapable de détacher mon regard de cette vision irréelle.

*
* *

Rien ne pouvait mieux terminer cette traversée que cette image de l'amour. Spontané, sauvage, désir libre.

Le désir. Ce mot, je l'ai vu ce soir-là écrit en lettres d'or à l'intérieur de mon front. Et ce soir-là, j'en ai fait ma devise : « Vivre mon désir ou mourir. » Très fière de ma formule, je me suis fait la promesse de ne jamais plus la perdre de vue. Jamais plus. Et solennellement, j'ai pris la lune pour témoin.

Tout d'un coup, j'ai pensé à Théo. Théo avait tiré sur ses chaînes, un peu beaucoup à mon goût. Mais il avait eu raison, lui. Il vivait son désir, en Chine. Maintenant, il était installé avec Li dans une grande maison à l'américaine aux environs de Pékin. Son beau-père lui a confié la direction d'une concession automobile et tout va bien pour lui. Ce soir-là, je me suis sentie vraiment fière. Fière et proche de lui. Même à des milliers de kilomètres, je n'étais plus abandonnée. Il avait seulement compris bien avant moi.

J'ai versé une larme d'émotion sur moi-même et je suis rentrée rejoindre mon capitaine.

*
* *

Dire qu'il m'avait fallu attendre cet été-là pour découvrir la joie de la liberté.

La liberté de prendre en main mon bateau, avec Yann. Parce que je l'avais décidé.

La liberté de prendre ma vie en main, tout simplement.

Saint-Laurent était loin.

Pierre était loin.

Théo était loin.

La maison d'Anne était loin.

L'alcool était… assez loin.

Et moi, je n'avais jamais été aussi proche de moi-même.

Anne

Port-Manech, septembre

Je suis allée voir Maman : il fallait que quelqu'un m'aide à faire de l'ordre dans ma tête.

J'ai bien pensé à Marie, mais j'ai vite renoncé ; il y a encore une zone d'ombre entre nous. Je ne suis pas particulièrement rancunière, mais je n'ai pas oublié notre dispute, et quand je pense à elle, une sorte de réticence me retient, comme si un signal d'alarme se mettait à clignoter. C'est très discret et léger, mais ça suffit à me faire reculer. Et à me méfier de ma spontanéité.

Mon caractère aussi serait-il en train de se transformer ?

De toute manière, Marie est trop cérébrale pour la question qui m'intéresse. Elle me répondrait en citant ses auteurs préférés.

Donc : je suis allée voir Maman.

Maman et moi, c'est toute une histoire. Je l'avais laissée un peu tomber quand elle s'était installée avec son Gustave. Moi, j'avais mis le cap sur Ibiza. À quinze ans, la vie était belle et j'avais bien d'autres choses à découvrir que le grand amour de Maman. C'est vrai, tout le monde a eu un peu de mal à l'admettre, au début. Mais dès que j'ai donné de bonnes nouvelles, les choses se sont calmées : finalement, les parents étaient bien contents de me savoir « en sécurité ». Et légère à porter, en plus. Il n'y a que Lise qui en souffrait. Elle m'écrivait en cachette et me fendait le cœur : « Ma sœur chérie, tu n'as pas le droit de m'abandonner. Je suis toute seule et je m'ennuie. Reviens vite, s'il te plaît, je suis trop triste... » À chaque appel au secours, je lui promettais de rentrer bientôt. Mais je ne suis jamais retournée chez Maman. Pauvre Lise, elle m'a attendue des années, dans sa solitude, pendant que je m'amusais comme une petite folle.

Je l'ai trahie, Lise. Longtemps j'ai pensé que j'avais une dette envers elle. Mais maintenant, ça va mieux, je me dis que j'ai déjà pas mal remboursé, ces derniers mois.

J'ai donc passé toute mon adolescence entièrement libre et livrée à moi-même. Je vivais avec les sous que m'envoyait régulièrement Maman (merci Gustave). Quant à Papa... Autant dire qu'il avait perdu mon adresse. Le reste, c'était la débrouille. Je n'avais pas beaucoup de moyens et j'ai commencé très tôt à me priver du superflu, mais aussi, à respirer l'air de la liberté. J'ai fait mes premières sculptures à seize ans. J'en ai vendu quelques-unes pour trois sous à des touristes, ce n'est pas ça qui améliorait mon ordinaire, mais j'éprouvais une grande joie à être choisie. J'imaginais mes petites œuvres exposées sur le bahut de la cuisine, dans une maison inconnue. Une partie de moi s'en allait dans tous les coins de la planète, c'était grisant. J'avais trouvé ma voie, je savais déjà que je n'y renoncerais à aucun prix.

J'ai retrouvé Maman bien plus tard, à Nice, quand je suis rentrée en France, par obligation. Une sale maladie, à force de passer de bras en bras, ça tournait mal. Maman m'a hébergée, soignée, cajolée. Quel amour elle m'a donné ! Et quel changement, je ne la reconnaissais plus. La mère qui nous avait élevées était souvent nerveuse, tendue, même si elle faisait des efforts pour ne pas le montrer. Ma nouvelle mère niçoise était douce et tendre. Sa vie avec Gustave l'avait métamorphosée. Miracle de l'amour.

Miracle de l'amour : c'était justement pour ça que j'avais pris l'avion pour Nice. Pour passer deux jours avec elle et lui poser ces questions qui me tourmentaient nuit et jour depuis quelque temps. Comme une gamine. « Dis, Maman, quand tu as rencontré Gustave, qu'est-ce que tu as ressenti ? Comment as-tu su que c'était l'homme de ta vie ? Est-ce qu'il y a des signes ? » Comment a-t-elle fait pour savoir que c'était lui. Celui avec qui elle devait construire sa vie. Sa vraie vie.

Maman et Gustave, Marie et Alex… Les années passent et n'abîment rien du tout pour ces couples nés pour s'entendre. Au contraire, elles les rendent encore plus complices, plus tendres, c'est invraisemblable. Amoureux, en un mot. Encore. Après tout ce temps ensemble. Comment est-ce possible ?

Pour moi, qui ne compte plus les hommes qui ont partagé mon lit, c'est un vrai mystère. Et ma question, celle qui m'obsède en permanence, c'est :

« C'est quoi, le secret de l'amour qui dure ? »

*
* *

Maman m'attendait à l'aéroport, en robe légère de soie rose et sandales fines à talon haut. Des lunettes de soleil retenaient ses mèches blondies par le soleil. Je me suis dit, Tiens, exactement comme Sarah, c'était la première fois que je le remarquais. D'habitude, ça m'agaçait, son côté apprêté et séducteur. Mais ce jour-là, la vision de cette belle femme attendant tranquillement dans le hall m'avait émue. Cette femme de plus de soixante-dix ans, avec ses allures de jeune fille, c'était ma mère et j'en étais fière. J'avais la certitude de faire bien plus vieille qu'elle, avec tous les kilos de trop que je trimballe et que j'essaie de cacher sous mes savantes superpositions bouffantes.

À cet instant précis, j'ai réalisé que j'avais toujours été plus ou moins envieuse, d'elle, de sa ligne, de sa beauté, et que cela brouillait l'image que je m'en faisais. Soudain, je ne l'étais plus et je la voyais telle qu'elle était.

*
* *

Maman n'était pas joyeuse comme d'habitude, mais elle avait vraiment l'air heureuse de me voir.

Elle a attrapé mon sac, jeté ma petite valise dans le coffre et ouvert avec empressement la porte de sa super voiture décapotable, cuir bleu marine, bois verni. J'étais impressionnée.

« C'est ta voiture, Maman ?

— Mais oui, ma chérie, elle est mignonne, hein ? Gustave me l'a offerte il y a deux ans. Mais tu viens si rarement jusqu'à moi... Enfin, te voilà, quelle bonne idée tu as eue. Je me sens tellement seule, tu sais, depuis que ma petite Lise est partie. Elle me manque, tu ne peux pas savoir, on était sans arrêt ensemble, depuis toujours. Pas une journée sans la voir. Et puis, d'un coup, brusquement, plus rien. Je n'ai rien compris à ce qui s'est passé. Elle est partie en Bretagne, elle ne m'appelle plus. Je ne sais plus rien de sa vie. Parle-moi d'elle... »

Difficile de lui dire ce que je pensais, elle en aurait été blessée et elle n'y pouvait rien. Comment lui faire comprendre – mais sans lui faire de la peine – que Lise avait besoin, pour devenir adulte et être enfin heureuse, de briser ses chaînes avec son passé. Surtout avec sa Maman. Jusqu'à sa fugue, elle n'avait pas encore coupé le cordon.

« Vous étiez si fusionnelles toutes les deux.

— Quel amour, ta sœur…

— Oui, tu as raison, Maman, Lise est une femme très douce et très gentille. Mais tu sais, j'ai découvert une autre Lise, en vivant quelques mois avec elle. Quand elle est arrivée, elle était complètement ratatinée. Je crois qu'elle souffrait, elle aussi, de t'avoir quittée. Le sevrage était brutal, d'autant plus que c'est elle qui l'avait provoqué.

— Sevrage ? Quel sevrage ?

— Bon… Enfin, Maman… Je voulais dire que tu lui manquais.

— Tu crois ?

— Oh oui !

— Mais alors pourquoi est-elle partie ?

— Il faut bien que les oiseaux sortent du nid et volent de leurs propres ailes.

— Mais, pourquoi dis-tu ça, Anne ? Lise avait sa vie… Son mari… Son fils… »

Maman était toute troublée. Elle n'avait rien compris à Lise, décidément. Mais je n'étais pas venue pour justifier son départ. Et je ne voulais pas entrer dans une conversation qui aurait éloigné Maman de moi.

Pour qu'elle réponde vraiment à mes questions, j'avais besoin qu'elle m'ouvre complètement le fond de son cœur.

Une idée m'est venue, qui s'est révélée absolument géniale : « Maman… Lise est amoureuse. »

C'était la clé. Le mot magique. L'excuse à tout.

« Ah, si c'est ça, c'est différent. Son mari est un mufle. Je lui ai toujours dit qu'il fallait qu'elle prenne un amant. Oh…

Mais c'est drôlement intéressant ! Raconte... Et dis-moi tout, promis ! Il est comment ? »

J'ai mis mentalement côte à côte Yann, notre paysan des mers, et Maman, tellement sophistiquée.

« Je ne suis pas sûre qu'il te plaise...

— Aucune importance. Du moment qu'un homme l'aime, c'est le principal. Et elle ne m'a rien dit, la petite vilaine... »

L'ombre avait disparu du fond des yeux de Maman et le sourire réapparaissait sur son visage doré – doré, mais pas grillé : soleil maîtrisé. Sa fille était entre les bras d'un homme, tout allait bien.

*
* *

Maman a déposé mon sac dans sa très jolie chambre d'amis et on est allées prendre le frais sous les grands pins de sa somptueuse résidence.

Le jardin est aussi luxueux que le reste : bosquets de lauriers, gazon... Tout est tondu, taillé, rasé, il n'y a rien qui dépasse ; on dirait la tête d'un apprenti matelot dans la Marine ! Et sous nos yeux, la mer turquoise, scintillante, immobile. Trop sophistiqué à mon goût, une vraie carte postale. Mais impressionnant. Maman a approché deux transats moelleux jusqu'au bord de la petite rocaille surplombant la mer, à la limite de la pelouse. « Allez, viens, on va prendre l'apéro. »

Un pastis à portée de main, elle agitait ses doigts de pieds et inspectait le vernis rouge impeccable de ses orteils.

« Et toi, comment vas-tu, ma petite Anne ?

— Eh bien, tu vois, Maman, je vais très, très bien. Trop bien, même. Tellement bien que ça me fait peur. Parce que… Pour dire les choses… Enfin, oui. Tu sais… C'est incroyable. Mais je crois bien que, moi aussi, je suis amoureuse… »

Maman s'est redressée sur ses coussins, et m'a regardée de côté, en riant.

« Toi, ma chérie ? Toi ! »

Ça m'a vexée. Terriblement.

Du coup, je n'ai plus eu envie de parler. Qu'est-ce qui m'avait pris de venir jusqu'ici ? Une idée stupide. Et Carlos qui m'attendait à la maison… Oui. Idée idiote. Et d'abord, pourquoi ne serais-je pas amoureuse, moi aussi ? À cause de mes rondeurs ? De mes fripes bohèmes ? De mes cheveux rouges ?

Me revoilà le petit canard noir. Entre Marie, fine et élégante, et Lise, adorable femme-enfant, moi je suis le boulet disgracieux du trio. Longtemps, j'en ai souffert, mais j'en ai pris mon parti depuis un bout de temps. Et même… Je peux dire que j'en joue maintenant. Ça me donne du poids, c'est le cas de le dire. Et du naturel. Il y en a qui aiment, je suis bien placée pour le savoir. Un paquet d'hommes aime les dodues, c'est bien plus amusant que les planches-à-pain-portemanteaux. Oh, et puis, c'est comme ça… Je suis trop gourmande, je suis comme je suis. Et c'est tout.

« Je ne vois pas pourquoi tu as l'air étonnée, lui ai-je finalement répondu sur un ton aigre-doux, en piquant une olive au thym.

— C'est que… Avec toutes tes rencontres… Tu m'as toujours donné l'impression que… Que pour toi, les hommes étaient interchangeables. Une nourriture, un gâteau, une friandise. Un bien de consommation, en quelque sorte. Et puis… Tu n'as jamais eu de vraies liaisons, juste des passades. J'ai fini par me dire que c'était un choix de ta part… de ne pas t'attacher.

— Maman, tu es injuste avec moi. Très injuste, même. Si j'ai changé d'hommes, ce n'était pas volontaire. J'ai seulement passé ma vie à chercher le bon. »

J'ai gardé mon air contrarié, pour la forme, mais en fait je ne l'étais plus du tout. J'étais très rassurée, au contraire. Aux yeux de ma mère, ce n'était pas parce que j'étais enrobée que je ne pouvais pas être amoureuse, mais par choix personnel, par gourmandise affective. Plutôt flatteur, en fait.

« Chérie, ne sois pas fâchée, je ne voulais vraiment pas te faire de la peine. J'ai juste été étonnée, c'est tout. C'est que tu n'es plus toute jeune ! Et célibataire et libre depuis toujours. Bien sûr, comme tout le monde, tu as tes petits besoins… Oh et puis tu sais, je ne peux pas t'en vouloir. J'ai fait la même chose avant de rencontrer Gustave. Ton père était tellement… comment dire… Il a bien fallu que je me débrouille. »

Ça ne m'a pas plu que Maman aborde le sujet sous cet angle. Mais c'était la première fois qu'elle me parlait d'elle de façon si intime. Je ne voulais pas l'arrêter. J'étais venue pour qu'elle me parle de l'Amour avec un grand A, elle faisait juste un détour.

« Je ne l'intéressais pas du tout, ton père. Lui, c'était ses bigoteries et ses mystères. En réalité, je crois que la seule femme qu'il aimait, c'était… la Vierge Marie !

Quand j'ai eu la chance de connaître Gustave, tout a changé. C'était lui, j'avais rencontré l'Homme, mon Homme, et je l'ai su tout de suite. Oh oui ! Tout de suite. Et cela dure toujours. Mon seul regret, c'est que j'aurais aimé avoir un enfant de lui. Mais je vous avais déjà toutes les trois, et je n'étais plus toute jeune… »

Haaaaa ! On y était !

J'allais enfin pouvoir l'interroger.

Pour amorcer, j'ai lancé :

« Enfin bref, si je comprends bien, vous avez juste eu le temps de nous faire, Marie, moi et Lise. Et puis, après, plus rien. Toi et Papa, chacun dans son coin, c'est ça ? C'est sûr, ce n'était pas une vie… »

Maman a continué :

« Vraiment pas, comme tu dis. Ton père était un drôle d'homme, tu sais. Je me suis mariée avec lui pour fuir ma province, où je m'ennuyais à mourir, mais je crois que j'ai été bien punie. Quelle désolation, si tu savais… Tu peux comprendre, tu es une femme : entre nous, il n'y avait rien, si tu vois ce que je veux dire. Ou rarissimement, les premières années de notre mariage. Et encore, on ne peut pas dire que ça lui plaisait. Mais bon, j'avais Marie, et puis vous deux. Je ne voulais pas me sacrifier complètement, mais il fallait aussi que je la préserve, ma famille ! Alors, avant Gustave… Des années d'errance conjugale…. Entre la monotonie d'un couple sans intérêt et les petits plaisirs volés clandestinement… Je suis une femme, que veux-tu. Comme toi, moi aussi, j'ai eu besoin tout simplement d'être femme. Et moi aussi, comme toi, j'en ai connu, des hommes… Un peu de tout, mais il en avait qui étaient vraiment épatants. Tu vois… »

Le choc.

Maman… ! Ma Sainte Mère ! Elle !

Je n'en crois pas mes oreilles.

Rien remarqué du tout, jusqu'à Gustave.

Non, je n'avais rien vu de ses escapades. Et bêtement cru que sa vie « de femme », comme elle dit, avait commencé avec Gustave. Comment ai-je pu être aussi aveugle ? !

Dans ma tête, Maman avait été une femme bien sage, qui s'occupait de ses enfants, de sa maison, de la cuisine – et quelle bonne cuisine, un cordon bleu, Maman –, de ses copines et de ses petites vieilles, etc. Ma petite icône à moi, ma maman modèle. Mère avant tout et surtout, mère entièrement…

Tu parles !

Bien sûr, j'avais toujours su qu'ils ne s'entendaient pas du tout, avec Papa. Bien sûr, Maman avait été une belle femme, une très belle femme, même. Mais je l'imaginais courtisée, rien d'autre.

Je suis tombée de haut. Maman, volage ? Pas possible… Et ce n'est même pas pour une question de morale, on ne peut pas dire que je sois à cheval sur les principes. Encore que. Moi, je n'aurais pu passer ma vie à mentir, je ne sais pas comment ils font tous, Papa, Lise… Et maintenant, ma mère !

Des petits mensonges à droite à gauche, bon, d'accord, ça facilite la vie. Mais se planquer sans arrêt pour exister, non, je n'aurais jamais pu. Avec moi, il faut de l'air ! De l'espace ! Dehors, près de mon phare, mais aussi en profondeur.

Et quand j'en ai assez, j'en ai assez, voilà.

Et je change de mec.

Et je me tue à dire que si j'ai accumulé les histoires de cœur, c'est parce que je cherchais le bon, parce que j'ai un certain niveau d'exigence. Pas par plaisir de changer de bras. Mais visiblement, personne ne comprend.

Ça m'étouffe, toutes ces dissimulations.

« Des… aventures, tu en as eu depuis le début de ton mariage ?

— Eh bien… Non. Pas tout de suite. J'ai eu Marie, et après… »

Je me suis inquiétée :

« Et la pilule, ça n'existait pas de ce temps-là, n'est-ce pas ?

— Non, en effet, elle est arrivée en France en 1967 avec la fameuse loi Neuwirth. Quelle libération ! Formidable ! Une révolution. Les femmes françaises ont enfin pu vivre leur sexualité sans risquer d'être enceintes.

— Alors ?

— Alors, quoi ? »

Eh bien, c'est simple : après tout, mon père pourrait très bien ne pas être le mien. Et alors… Mes sœurs… ne seraient pas mes sœurs non plus. Et alors… La tête me tournait, je me suis servi un verre de pastis pur et je l'ai bu d'un trait.

« Enfin, qu'est-ce qui te prend, ma petite Anne ? »

Je me suis enfoncée dans le coussin, comme pour me ratatiner, m'empêcher de tanguer, les bras croisés. Les grillons m'irritaient les nerfs avec leur concert agaçant. La mer tranquille était une immense tache turquoise stupide devant nous, à travers les pins parasol. Elle me dérangeait, brutalement. J'avais envie d'être chez moi, devant mon océan, gris, menaçant, moutonneux. Moins glamour. Mais vrai.

J'avais une angoisse, là, maintenant.

Je me faisais tout un cinéma. Et si mon père n'était pas mon père…

J'ai insisté :

« Maman, est-ce que Papa… est mon père ?

— Ma chérie ! Mais pourquoi me poses-tu cette question ? Ton père ? Mais oui, bien sûr… ! »

Mes doutes persistaient. De sacrés nœuds étaient en train de se faire dans ma tête. Pour en avoir tous le cœur net, il n'y avait qu'une chose à faire : le déterrer et prélever un peu de son ADN. Au moins, on serait fixés.

Mais là, j'ai réalisé.

« Maman, jure-moi de ne jamais rien dire. Tu m'entends, JAMAIS à personne. C'est trop grave, trop important. Ça peut complètement détruire Lise, elle est si fragile, tu imagines si elle savait ! Continue à garder tout ça secret jusqu'à ta mort. Tu ne m'as rien dit et je n'ai rien entendu. PROMIS ? »

Maman m'a regardée avec un air navré, ses confidences n'avaient pas eu l'effet qu'elle souhaitait.

« Chérie, tu exagères, quand même. Oui, j'ai eu des aventures, c'est vrai. Mais c'est loin, maintenant, très loin. Et ça ne vaut pas la peine de te mettre dans des états pareils ! »

Il me fallait absolument la convaincre, par n'importe quel moyen, de garder le silence à jamais. J'ai utilisé tous les registres du chantage, la peine, la colère, la menace. Pour me calmer, elle a juré. Sur ma tête, celle de Gustave, la sienne, celle de mes sœurs…

Parce que… Si je ne suis pas la fille de mon père… : Adieu l'héritage. Et alors là, non, vraiment non.

PAS QUESTION que ma maison m'échappe une deuxième fois !

Marie

Paris, septembre

Une lettre dans la boîte.

Rachel.

J'éprouve une vraie joie devant cette enveloppe grise avec sa fine écriture, gracieuse et élégante. Maintenant, je peux imaginer aisément cette surprenante petite femme, blessée, fragile, mais en même temps, fière, intègre, entière. Je la connais à peine et je me rends compte qu'elle me manque. Une affection pour elle s'est éveillée depuis notre rencontre. Je n'ai pas revu Rachel depuis ma visite chez elle mais je n'ai rien fait pour. De son côté, elle ne m'a pas non plus donné le moindre signe de vie. Je me dis que Rachel éprouve peut-être une gêne vis-à-vis de moi, après m'avoir confié une part aussi intime de son histoire.

Oui, je suis contente de la retrouver à travers ce courrier ; et en même temps un peu inquiète, cette lettre me paraît un mauvais présage. Je décachette l'enveloppe immédiatement, debout dans l'entrée.

« Très chère Marie,

Je reprends la plume pour vous parler, si vous le voulez bien. Je suis tellement plus à l'aise avec l'univers des mots couchés sur une feuille de papier. Trop souvent, ceux qui sortent de ma bouche déforment ma pensée, courent trop vite, se bousculent, hésitent et finalement, façonnent des phrases tronquées, confuses, qui me trahissent et me déplaisent. Ici, je prends le temps de les choisir, les soupeser, les ordonner, et pour ce que je veux vous dire, c'est important.

Même si j'ai éprouvé une profonde joie à vous rencontrer, même si nous avons partagé toutes les deux des moments extrêmement forts, qui n'auraient pas pu se produire si vous n'aviez pas été en face de moi, même si votre magnifique sourire, et surtout votre extraordinaire écoute, ont été des sésames qui m'ont ouvert le cœur, malgré tout, j'ai besoin de retrouver ma table de travail pour revenir vers vous en toute tranquillité. L'écriture est mon abri. Mon observatoire. Ma tour de contrôle. Je m'y sens en sécurité.

Vous me comprenez, n'est-ce pas ?

Gabriel est rentré de sa croisière avec votre sœur et votre fille.

Ce séjour en leur compagnie lui a fait un bien énorme. Mon fils en est revenu transformé et j'ai retrouvé avec un bonheur indicible mon Gabriel “d'avant”. Les nuages noirs amoncelés au-dessus de nos deux têtes pendant des mois se sont dissipés, et mon fils est redevenu ce garçon délicat, sensible et attentif que j'aime tant.

Il ne m'a pas raconté grand-chose – il n'aime pas parler de lui, lui non plus… – à part son plaisir de la mer retrouvé, et de la voile, bien sûr. Mais par quelques petites réflexions, livrées de façon anodine ou détournée, j'ai senti que Sarah et Lise y étaient pour beaucoup.

C'est indéniable, Marie, depuis son retour, Gabriel va bien mieux.

Et dans les moments que je traverse, cette joie retrouvée m'est ô combien précieuse ! Car je dois avouer que je souffre de tous côtés. Le vieil édifice qui héberge mon âme usée a subi de sérieuses avaries après les grandes tempêtes qui ont soufflé sur ma vie ces derniers mois, et depuis, tout est délabré et part en quenouille.

Ma vie tourne au ralenti, je suis de moins en moins autonome. Ceci m'est extrêmement pénible, mais que faire si ce n'est accepter cet inéluctable état de fait ? J'aimerais tant pouvoir partir sans bruit, m'éteindre comme une petite flamme qui vacille et disparaître sans déranger personne.

Si vous saviez comme il m'est pénible de voir mon fils, qui a tant à faire, vouloir me revigorer à tout prix, courir en tous sens, à la moindre alerte, pour trouver le médecin qui me soulagera ou une pharmacie ouverte la nuit.

Comment lui dire que j'ai fait mon temps sur terre, et que, rassurée sur son compte puisque je le vois rasséréné, j'aimerais maintenant tirer ma révérence. Sa détermination à vouloir me maintenir en état m'émeut et me touche, bien sûr. C'est son attachement pour moi qu'il me manifeste à chaque instant… Et quel attachement ! Toute mère en serait bouleversée.

Mais je ne vous écris pas pour me plaindre.

Je voulais seulement vous remercier pour les très précieux conseils que vous m'aviez donnés. Ils m'ont permis de regagner la confiance de mon fils. La croisière m'a rendu Gabriel, mais c'est vous qui avez œuvré en sous-main pour son équilibre.

C'est vous qui m'avez recommandé de lui parler de cette nuit dramatique dans les neiges des Carpates, en l'habillant d'un peu de romantisme. Ce que j'ai fait, maladroitement sûrement, mais aussi positivement que cela m'était possible. Je voulais lui épargner un choc trop vif et préserver sa sensibilité. Je craignais beaucoup de réveiller en lui l'animosité féroce qu'il avait exprimée à l'égard de Charles, et j'ai avancé avec prudence dans mon récit. Je lui ai avoué avoir bu de la vodka avec le bûcheron, et n'être plus en état de faire la part des choses. Et, c'est vrai, j'ai fait une grande place au doute et j'ai dit à Gabriel que, selon moi, Charles aurait été incapable d'abuser de moi dans une situation de faiblesse.

Vous le savez, je vous l'ai dit, j'ai toute ma vie souhaité que mon enfant soit de lui, mais objectivement, au crépuscule de ma vie, je ne peux pas imaginer un tel acte de sa part. J'ai eu très peur que Gabriel se rebiffe à l'idée d'être le fils d'un homme modeste, d'un inconnu. Il se croyait jusque-là le fruit d'un amour de passage avec un ami de ma famille, pour lequel j'avais inventé un personnage riche en qualités artistiques, un violoniste virtuose parti faire carrière aux États-Unis.

Mais non, il n'a pas paru ébranlé, il est juste resté silencieux un instant après ces révélations.

Puis il est parti en croisière. À son retour il est revenu sur le sujet. Il m'a regardée avec tendresse et m'a dit : "Merci, Maman, de m'avoir dit tout cela", sans la moindre pointe de ressentiment ni d'animosité dans la voix. Cela a été pour moi un immense soulagement, comme vous pouvez vous en douter.

Était-ce grâce à Sarah et à Lise ? Avait-il mûri seul et digéré tout ce qui l'avait blessé ? Je l'ignorais, mais je ne voulais pas en savoir plus. Les deux hommes de ma vie se retrouvaient en harmonie, même post mortem. Cela me suffisait largement.

C'était comme si, revenant de croisière, Gabriel avait pris conscience de ma solitude et de ma détresse, comme s'il m'avait sentie dangereusement atteinte par nos discussions récentes et qu'il voulait à tout prix alléger ma peine et justifier les choix que j'avais faits au cours de mon existence.

Alors, sans doute confortée par ses paroles apaisantes, j'ai avoué mes tourments à Gabriel.

C'est une évidence, Marie : depuis la mort de votre père et notre rencontre, j'ai le cœur à vif. J'avais perdu Charles, "mon" Charles – c'est la première fois que je le nomme ainsi, j'espère ne pas vous choquer. J'avais eu la chance de recevoir le meilleur de lui, pourquoi le renier, même si c'est un privilège que vous n'avez pas connu ?

Oui, mon image de Charles avait été altérée, détériorée, piétinée, depuis sa disparition. Dès que je pensais à lui, une peine immense s'abattait sur moi. Même si je voulais à tout prix préserver le souvenir du bonheur qu'il m'avait fait connaître, des pensées noires venaient m'embrouiller et j'étais obsédée par ces questions : Qui était-il ? Qu'étais-je pour lui ? Et Gabriel ? Notre intimité n'était-elle qu'une triste mascarade ?

Sentir à nouveau mon fils fort et sûr de lui a certainement permis à mes émotions de s'épancher, ce que je n'avais jamais fait face à lui. J'ai sangloté dans ses bras, lui confiant ma peine insurmontable : Charles m'avait caché tant de choses, sur lui-même, sa vie, ses enfants, sur les liens qu'il y avait entre sa famille et la mienne… Il nous aurait utilisés, Gabriel et moi, pour servir des desseins que j'ignorais.

Il m'écoutait, me berçait comme une enfant, secouant la tête de gauche à droite comme pour désapprouver mes paroles. Nous avions changé de rôle : c'est mon fils qui cherchait à me calmer.

Il me caressait le dos de la main, l'air convaincu. "Maman, les liens du sang ne sont rien. Charles a été comme un père pour moi, c'est là l'essentiel. Grâce à lui, je suis devenu ce que je suis. C'est lui qui m'a ouvert à toutes mes passions, et c'est aussi grâce à lui que je suis ce que je suis." Et Gabriel m'a souri : "Si ce n'est pas de l'amour, tu appelles ça comment, toi ?"

Je ne savais pas, je ne savais plus. Le monde était décidément trop compliqué pour moi. Et Gabriel prenait les choses avec une telle philosophie… Je revoyais Charles agenouillé devant Gabriel petit garçon, penché sur ses devoirs, émerveillé devant ce petit bout d'homme. Gabriel me cajolait, me répétait que j'étais une mère formidable, dont il était très fier, que j'étais ce qu'il avait de plus précieux.

Mon fils en faisait beaucoup. Pourquoi un tel besoin de me tranquilliser ? Peut-être, me suis-je dit, me croit-il aux portes de l'Au-delà, et veut-il à tout prix que je parte sereine.

Lorsqu'il s'est levé du bord de mon lit, que je ne quitte plus guère, et après avoir déposé un baiser sur mon front, Marie, je dois dire qu'il avait réussi, mais pas pour les raisons qu'il croyait : je sentais Gabriel solide et déterminé, et c'est ce qui m'importait le plus. Je ne luttais plus et j'acceptais sa vérité sans chercher à évaluer sa part de sincérité.

Je me suis dit : après tout, même si Charles m'avait menti pendant des années, je ne m'en suis pas rendu compte. Par son héritage, Gabriel est devenu non seulement l'héritier de Charles, le successeur désigné, mais aussi celui qui devait incarner ce que Charles n'avait pas pu être par lui-même. Que pouvais-je envisager de plus flatteur à l'égard de Gabriel ? J'ai donc tout admis, sans discussion.

Voilà ce que je voulais vous dire, Marie.

Vous dire qu'enfin, je suis en paix avec mon fils, avec Charles et avec moi-même.

Je peux partir en toute sérénité, Gabriel n'est plus abîmé. Et mon cœur me laisse à penser que Sarah y est pour beaucoup…

Excusez-moi pour la longueur de cette lettre et les nombreux détails de nos conversations avec mon fils. J'ai souhaité vous les restituer dans leur entièreté, pour que vous puissiez mieux le connaître, le comprendre et l'apprécier.

Car si ma flamme venait à s'éteindre, acceptez que je vous confie Gabriel. Il est seul au monde, n'a pas de famille, et vous êtes l'unique personne sur cette terre en qui j'ai confiance. Vous m'avez écoutée, comprise, vous savez tout de moi. Et en vous, j'ai retrouvé mon Charles. Votre père. Mon ami.

Prenez-en soin, chère Marie, comme d'un frère. Il ne peut pas être entre de meilleures mains qu'entre les vôtres.

Je vous embrasse de tout mon cœur.

Rachel »

*
* *

Si… Si… Si…

Tous ces doutes deviennent insupportables.

Il faut que j'avance, et vite. Je sais que Rachel ne m'éclairera plus. Je dois trouver une autre piste.

Maman !

Pourquoi n'y ai-je pas pensé avant ? Bien sûr, si une personne est en mesure de m'éclairer sur la vie intime de Papa, c'est bien Maman. Jamais je ne l'ai vraiment interrogée sur Père. C'est le moment.

Ma décision est prise, instantanément et sans hésiter : en hâte je passe à la librairie, ferme le rideau de fer avec la mention « Fermeture exceptionnelle, avec nos excuses », appelle Maman : « J'arrive. » Et je prends à la va-vite quelques vêtements, mon nécessaire de toilette et j'embarque dans le premier avion pour Nice.

*
* *

Je n'ai pas demandé à Maman de venir à l'aéroport. « Ne t'en fais pas pour moi, j'ai loué une voiture. » L'épisode chez Anne n'est pas loin dans ma mémoire, je n'ai pas envie d'être coincée à nouveau. Et je ne sais pas où va me conduire la discussion que j'ai l'intention de mener avec Maman.

Je sonne à la porte de sa résidence huppée. Des années se sont passées depuis ma dernière visite. Le bâtiment a vieilli, la peinture s'écaille légèrement par endroits sur les volets de la façade, qui fait moins pimpante, mais tout de même aussi cossue. Avec ses pelouses d'un vert tendre insolent pour la région, parfaitement uniforme, on dirait un green de golf. Les allées de gravier qui les traversent sont ratissées avec un soin obsessionnel, à la manière des jardins zen. Quant aux haies de lauriers, astucieusement plantées pour préserver l'intimité des résidents tout en maintenant une belle perspective sur la mer, aucune feuille jaunie ni fleur fanée ne traîne à leurs pieds. L'ensemble donne une impression de ghetto pour grandes fortunes, sous le contrôle d'une armée de jardiniers.

Sur le seuil de sa porte, Maman apparaît, fraîche, joyeuse. « Chérie, quel bonheur de te voir ici ! Décidément, j'ai de la chance en ce moment, vous débarquez toutes les trois les unes après les autres. Dommage que vous ne me préveniez pas un peu à l'avance. Si j'avais su, j'aurais pu te préparer quelque chose de bien pour le déjeuner. Toi, je sais, c'est la bouillabaisse. Classique, mais l'excellence même du goût. Moi aussi, c'est mon plat préféré. Quelle subtilité dans toutes les saveurs marines, avec cette pointe d'exotisme safrané… Harmonie délicate des écorces d'orange, du fenouil, et du piment de Cayenne… Un délice. Mais ça ne s'improvise pas, il faut les bons produits, tu comprends. Et les bons produits, comme tu le sais, c'est ce qui fait toute la différence ! Mon petit pêcheur me rapporte tout ce que je lui commande. Des girelles, indispensable. Ultra frais. Mais c'est trop tard. Dommage… »

Comme à son habitude, tout comme Sarah, Maman dilue ses émotions, ou sa gêne, derrière un flot de paroles. Je suis la plus lointaine de ses filles, je n'ai pas vécu mes dernières années de jeune fille avec elle, et nous n'avons pas l'intimité qui la lie à mes sœurs. Pour elle, je suis hors de son champ de références : « Toi, tu travailles, tu gagnes ta vie… Ce n'est pas comme tes sœurs et moi, toujours dépendantes de quelqu'un ou de quelque chose. Tu as de la chance, toi, Marie. »

Je sais pourquoi je l'impressionne, mais elle ne le dira pas : j'appartiens au monde de l'autorité, au monde des hommes.

Elle et mes sœurs sont de celui des femmes, compassion et protection.

Je l'embrasse, et elle recule très légèrement, comme pour se mettre hors d'atteinte, sans que cela se remarque.

« Comment vas-tu, Maman ?

— Eh bien… Très bien, bien sûr ! Pourquoi me demandes-tu cela ? »

Entre Maman et moi, les choses simples deviennent souvent compliquées. Mes questions sont sujettes à suspicion. Je suis de l'univers de Père.

Nous entrons. Sa maison est parfaitement rangée, les coussins de couleur bien alignés sur le canapé, rien ne traîne, comme d'habitude. Comme chez moi. Je suis la seule de ses filles à avoir hérité de son sens de l'ordre. Des fleurs sur la cheminée. Toujours. À la maison, aussi. Par ces détails, je me rends compte à quel point une mère vous influence pour la vie. Un léger parfum d'ambiance, Guerlain, Mitsuko.

Maman est maîtresse de son monde, pimpante, impeccable, jeune, dynamique. Dans son jeans noir moulant et sa chemise rose parfaitement repassée, elle n'a pas d'âge.

Harmonie des formes et des couleurs. Sa « nécessité intérieure », comme dirait Kandinsky, qui permet à l'expression artistique de faire vibrer l'âme humaine. Par ses compositions personnelles, très élaborées, Maman sait faire vibrer la corde de la gaieté.

La terrasse sur le jardin, la mer à l'horizon entre les pins, tout cela est très élégant.

« Tu devrais refaire ta terrasse, tu ne crois pas ? Si tu mettais des lattes larges en teck massif, ça donnerait tout de suite une ambiance plus moderne. Je suis sûre que ça irait bien… »

Je ne peux pas m'en empêcher, c'est toujours le même phénomène quand je la retrouve : c'est moi qui donne les conseils, je prends tout de suite les rênes de la discussion. Elle s'efface, se laisse guider, rentre dans le jeu. Elle ne manifeste jamais aucune résistance, et me laisse parader devant elle, consentante et magnanime. Mais ainsi, elle ne dit rien d'elle.

« Oui, oui, pourquoi pas, c'est une idée… Alors, quel bon vent t'amène, Marie ? Depuis la mort de Charles, j'ai déjà eu la visite de Lise, et ensuite d'Anne. Et toi, maintenant. Ma pauvre petite Lise, c'était pour se refaire une santé. Elle était dans un tel état, si tu savais ! Quelle tristesse de la voir comme ça… Enfin, Anne me dit qu'elle va vraiment mieux maintenant, depuis qu'elle a quelqu'un. Tu le connais ? Il est comment ? Viril au moins ? »

Maman n'attend pas de réponse, elle en a déjà eu le portrait détaillé, par Anne sûrement.

« Anne, elle, je ne sais pas bien ce qu'elle voulait. Elle aussi, elle a l'air de se caser. Incroyable, tu ne trouves pas ! Tout arrive, décidément… Elle t'en a parlé, de son dernier béguin ? Ah, si mes filles pouvaient toutes trouver chaussure à leur pied, je me sentirais soulagée d'un vrai poids. Mais qu'elles prennent les choses dans le bon sens, pour une fois ! Ma grand-mère me le disait toujours : *Bonheur au lit, couple uni, Ventre et bas-ventre, et le tour est joué*. Le plumard, il n'y a que ça de vrai. Ah, si j'avais écouté ma grand-mère, je ne serais pas tombée dans cette nasse… Des années pour m'en sortir, Marie. »

Que se passe-t-il chez Maman ? Ce n'est pas son habitude, de s'exprimer avec des sentences et des proverbes, plutôt le mien. Et ce mot d'argot, ce n'est pas elle non plus.

Veut-elle me parler, elle aussi ? Sous ces expressions, je perçois une sorte de tension, une anxiété même. Est-ce la première fois ? Ou bien n'y ai-je jamais prêté attention ? Les derniers évènements changent mon regard sur elle : ma mère sait des choses, j'en suis sûre maintenant, et depuis toujours. Mais elle les dissimule derrière son babillage et ses frivolités délibérées. Et maintenant que je le sais, ses défenses me sautent aux yeux.

Il fait un peu humide, le soleil se cache derrière une brume d'automne. La fraîcheur se fait sentir et nous serions incontestablement mieux installées dans les vastes fauteuils blancs de son salon en rotonde. Mais j'ai envie d'aller dehors. Sous les pins, j'aurai plus de chance d'atteindre ses strates enfouies. Chez elle, ses objets la protègent trop, reflètent l'identité lisse et contrôlée qu'elle s'est construite. Je désigne les chaises longues qui surplombent la mer :

« On prend un thé dehors ? »

Elle me fait signe de m'installer et me rejoint avec une ravissante théière chinoise et deux coupelles de porcelaine fine assorties. J'attaque fort :

« Maman, qui était Papa ? »

Son regard se fige une fraction de seconde. Un silence fugace plane un instant entre nous. Mais c'est peut-être le fruit de mon imagination. Pourtant… D'une voix qui m'apparaît moins assurée, mais qui tente d'être le plus naturel possible, enjouée même :

« Que dis-tu ? Pourquoi cette question, Marie ? »

J'explique à Maman les nombreuses choses qui sont remontées à la surface depuis la mort de Père : Rachel, Gabriel, l'immeuble, et tout ce que cela a révélé de sa face cachée. Maman m'écoute avec la plus grande attention, visiblement mes sœurs ne lui ont pas dit grand-chose. Elles évitent le sujet, généralement.

Lorsque j'ai fini mon petit résumé, là, j'en suis sûre maintenant, une vraie gêne s'installe.

« Et dire que je m'en voulais de lui faire des enfants dans le dos. Enfin, je veux dire… l'expression est mal choisie…

Mais je lui ai camouflé tant de choses. Si je m'étais doutée qu'il avait, lui aussi, ses histoires à lui, je n'aurais pas culpabilisé autant. Et Dieu sait si j'avais des raisons, pourtant. »

J'ai touché quelque chose, je ne sais toujours pas quoi, mais c'est le moment de la bousculer. Aujourd'hui, je la sens prête à parler, ne la laissons pas filer.

Je prends les devants : « Maman, il faut que nous parlions vraiment, toutes les deux. J'ai trop de questions en tête et je suis sûre que les réponses, tu les as, toi. »

Mon ton est ferme. Ne pas mollir, surtout.

« Allez, maintenant, dis-moi ce que tu sais.

— Facile à dire !... »

Sa réponse me surprend. Je ne m'attendais pas à ce qu'elle se rende aussi vite. Cela me paraît trop précipité. Je la regarde au fond, tout au fond de ses yeux vert mousse, pour mesurer la part d'un éventuel jeu d'esquive qu'elle pourrait concevoir en défense, barrer mon incursion et s'échapper de la discussion. Mais au lieu de cela, j'y perçois un trouble, qui me déstabilise un instant.

Maman avale sa salive et joue avec une épine de pin tombée sur le plateau.

« Chérie... Oui, c'est vrai, je sais des choses... » dit-elle d'une voix sourde.

Le doux soleil d'automne s'est décidé à percer à travers les nuages, il joue maintenant avec la crête moussue des vagues derrière la pinède. Beauté convenue d'une côte d'azur.

Ma mère vient de m'ouvrir sa porte, pour la première fois, sans résistance, mais avec contrariété. Je me sens mal à l'aise, un élan de tendresse me pousse vers elle, comme pour la délivrer de cette oppression pénible. Mais je tiens bon, Maman est en train de céder. Si je m'adoucis, elle risque de reculer, et de disparaître à nouveau derrière ses habituelles parades. Elle se cale dans sa chaise longue, et regarde loin devant elle :

« Quand j'ai rencontré Charles, j'étais une jeune, toute jeune fille, candide et naïve. Je ne savais rien à rien. Et encore moins que j'étais tombée dans une drôle de famille…

— Une drôle de famille. » Je répète la phrase volontairement, pour acter cette première étape de confidence et la faire avancer plus loin.

Et Maman raconte tout, depuis le début.

Tout avait commencé parce qu'elle était venue passer ses vacances de Noël à Paris chez une copine. Pour une petite provinciale comme elle, Paris était beaucoup plus amusant que son ennuyeuse vie bourgeoise à Niort. Sa copine chantait dans la chorale de l'église Saint-Nicolas et elle l'avait accompagnée, plusieurs soirs, pour ses répétitions.

« À côté de moi, discrètement assis au bout du banc, il y avait Charles. Il était venu écouter les chanteurs, comme moi. »

Au moment de partir, Maman avait fait tomber son sac et tout le contenu s'était répandu sur le sol. Charles l'avait aidée, tous les deux à quatre pattes sur la pierre froide de l'église. Une petite boîte à pilule à laquelle Maman tenait énormément, car elle avait appartenu à son père, avait roulé quelque part, impossible de mettre la main dessus. Elle était rouge et représentait la Vierge Marie. Charles est allé dans la sacristie, a allumé tous les éclairages du chœur, comme s'il était chez lui, et a cherché la boîte. Il a ratissé l'église pendant longtemps, et l'a finalement récupérée.

« Ton père a trouvé cette petite boîte magnifique, il la regardait avec admiration et me l'a rendue comme un trésor. Cela m'a touchée. Alors, pour le remercier, je lui ai proposé de lui offrir un café, et il a accepté. »

Ils ont passé un moment ensemble, puis ont décidé de se revoir, Maman voulait aller au cinéma, mais pas toute seule. Elle ne connaissait personne à Paris.

« Il avait dix-neuf ans de plus que moi ! Tu te rends compte, il aurait pu être mon père. »

Le récit de Maman me donne une curieuse émotion. Je connaissais la date et le lieu, mais je me rends compte que je ne m'étais jamais posé la question des circonstances de leur rencontre.

« On s'est mariés, et je ne savais presque rien de lui. La seule chose qui m'importait vraiment, c'était de quitter Niort. Je voulais par-dessus tout vivre à Paris. Mais j'ai vite déchanté. La vie heureuse que j'avais imaginée en faisant mes valises pour le rejoindre n'a jamais existé. J'ai dû affronter son caractère, sombre, taciturne, distant. Moi qui ne demandais qu'à épanouir ma jeunesse et ma joie de vivre, j'étais tombée sur un éteignoir. Je passais la majorité de mon temps seule, je m'ennuyais, alors j'occupais mes journées à arpenter Paris, ses magasins, ses avenues grouillantes de monde, ses boulevards illuminés. C'est dans les vibrations de la ville que j'arrivais à trouver un peu de gaieté et de plaisir… Et puis, vous êtes venues toutes les trois, heureusement. Je vous ai consacré tout mon temps. Ou presque. »

Oui, malgré la personnalité compliquée et rude de Père, notre vie à la maison était tout de même joyeuse, grâce à Maman. L'absence de notre père était intégrée dans notre quotidien, elle ne pesait pas sur nous les filles, et notre mère jouait tous les rôles. Cela nous permettait de ne pas nous préoccuper de ce qui nous dépassait largement, et de vivre avec une insouciance enfantine, très égoïste, dans l'aura de la protection maternelle. Il n'y avait pas d'insécurité à la maison, grâce à elle ; juste un manque de *perspective* d'avenir. Nous vivions le présent avec quiétude. C'était déjà beaucoup.

« Mais puisque tu me le demandes, Marie, je vais te le dire… »

Maman avait retrouvé sa copine de la chorale, des années plus tard, par hasard. « Tu devais avoir six ou sept ans… ».

La copine avait continué à chanter dans la chorale de l'église pendant de nombreuses années. Elle s'était liée d'amitié avec le vieux sacristain, et un jour, lui avait raconté la scène du sac renversé qui s'était terminée par un mariage. Et l'aisance de Charles dans la sacristie, comme chez lui, pour éclairer l'église. Ce sacristain lui avait alors dévoilé l'enfance de Charles : il avait été pensionnaire toute sa jeunesse, dès neuf ans, dans une maison appartenant à la paroisse, une sorte de foyer pour enfants plus ou moins abandonnés, à quelques rues de l'église. Personne ne venait jamais le voir. Le sacristain l'avait repéré parce qu'il passait tout son temps dans l'église, on le voyait à toutes les messes, tous les baptêmes, les enterrements… Il l'avait pris un peu sous son aile et le faisait venir dans la sacristie, quand il préparait la messe.

Maman fait une pause avant de reprendre :

« Et sais-tu pourquoi il avait été placé en foyer ? Ce que m'a appris mon amie m'avait terrassée. Écoute bien : parce que son père était en prison. En prison, tu te rends compte ! Moi qui avais toujours cru Charles élevé par son vénérable père, veuf et courageux… Je ne l'avais pas inventé, c'est ce que m'avait dit ton père.

Tu parles. Tout cela était parfaitement faux. Il était le fils d'une crapule, oui. Et tu sais combien d'années il avait purgé en prison ? Tu ne me croiras pas… dix-huit ans ! Oui, dix-huit ans. »

Prison, prison, prison… Le mot résonne dans ma tête, comme en écho. Un mot qui change tout.

Mon père, fils d'un repris de justice. Des images d'un univers carcéral défilent, tristes, glaciales, oppressantes. Je vois des verrous, des silences, des brutalités, des hommes rigides, pas de femme, aucune femme. Et je vois un enfant seul, dans une sacristie.

*
* *

Maman n'a jamais su pourquoi Émile avait été condamné. Et n'avait jamais osé aborder ce sujet avec Père.

Cela me rappelle quelqu'un…

« Tu n'as jamais cherché à savoir par toi-même ?

— Oh si ! Cette histoire m'a terriblement effrayée, et en plus, j'étais morte de honte. Je vivais cela comme un déshonneur personnel épouvantable. Je ne pouvais pas en parler à ma mère, elle était tellement bourgeoise, elle n'aurait pas supporté. Et comme je m'étais mariée sur un coup de tête, sans sa bénédiction…

Non, je n'avais personne vers qui me tourner pour m'aider. Et je n'osais pas entamer des démarches, de peur de ternir ma réputation. Et la vôtre. Au début, j'en ai été bouleversée pendant des mois. Je regardais ton père comme un damné. Je fouillais dans ses affaires. Mais rien, aucune trace. Alors, finalement, j'ai laissé tomber mes recherches. Et puis, les choses ont repris leur cours habituel. Je vivais avec lui depuis de nombreuses années déjà, il était sinistre, oui, mais il me laissait vivre ma vie de mon côté. Nous partagions le même toit, mais n'avions rien en commun. Juste l'apparence. Pour vous, j'y tenais. Je voulais absolument que vous ayez un père, moi qui avais perdu le mien si jeune… »

Et puis, Maman m'avoue qu'elle avait pitié de Charles : un orphelinat, l'énorme culpabilité d'avoir un père en prison, la solitude épouvantable que cela avait dû faire naître dans sa tête… « Et sûrement, sûrement, un esprit de vengeance contre la terre entière. Je lui trouvais des excuses. » Là, je la reconnais bien, toujours prête à s'émouvoir et à voler au secours des victimes…

« Et puis, un jour, contre toute attente, la vie a mis Gustave sur ma route. Mon cœur s'est embrasé tellement fort que j'étais prête à prendre tous les risques pour le suivre. J'étais tombée folle amoureuse et je me serais fait découper en rondelles plutôt que de rater un rendez-vous avec lui. C'est là que cela s'est vraiment gâté entre ton père et moi. Le fragile équilibre de nos relations a volé en éclats. »

Elle reprend :

« Tu sais, chérie, j'ai porté ce secret comme une tare à cacher au monde entier. Comme une malformation, odieuse, intolérable. Je m'y étais habituée, il était bien enfermé au fond de moi, avec le temps, j'avais seulement peur qu'on découvre la vérité. Que Charles parle. Qu'il se venge, et nous entraîne tous avec lui dans le déshonneur. C'est cela qui me faisait peur. Et c'est seulement quand il est mort que j'ai respiré à fond, je me suis sentie libérée d'un énorme poids. Tu ne peux pas t'imaginer.

Et puis, tout s'était mal terminé, entre lui et moi. Cette violence déployée, cette brutalité… Toi…

— Quoi, moi ?

— Ho, toi… Toi, tu es solide, tu es forte. Tu es la seule de nous toutes qui a pu lui faire face et lui résister. »

Je pense : et peut-être même la seule à avoir perçu sa faiblesse. Nos regards croisés chez le juge, son désarroi d'homme traqué, ma réponse : « Non, monsieur le juge, je n'ai rien vu… »

« Gustave, il sait tout ?

— Non, il ne sait rien. Au départ, je n'ai pas voulu abîmer mon image dans l'esprit de Gustave, je n'ai rien dit. Ensuite, c'était trop tard. Donc, tu imagines si… »

Bien sûr, j'imagine. Aujourd'hui je ne pense pas que cela changerait grand-chose entre eux, mais je la comprends.

Et il y a des choses qui m'intéressent plus. Je la coupe et change de sujet. Je voudrais savoir si Maman pense qu'une femme comme Rachel aurait pu sortir Père de ses problèmes existentiels.

« Comment veux-tu que je le sache ! Je n'ai jamais rien compris de la façon dont ton père fonctionnait. Tu sais, pour lui, j'étais une personne stupide, indigne d'intérêt : une femme, en somme. »

Et pourtant, pendant toutes ces années, Maman ne nous a jamais laissé porter le poids qu'elle traînait en cachette. Même quand elle vivait avec Père, elle gardait tout de même toujours une forme de légèreté. D'où venait-elle ?

Maman retrouve son franc sourire.

« L'amour… Le plumard ! »

Deuxième fois qu'elle emploie ce mot d'argot, aujourd'hui.

« Je ne sais pas si tu peux comprendre, Marie. Tu es tellement cérébrale, toi… »

J'encaisse. Mais elle, elle reprend le dessus, ma question l'a remise sur ses rails. Elle s'ébroue, comme pour sortir d'un mauvais rêve. « Oh et puis, maintenant, Marie, Charles est mort et enterré, et moi j'ai une vie tellement heureuse avec Gustave. C'est du passé. Il faut ou-bli-er. »

Et pour clore la question, Maman change brusquement de sujet.

« Dernièrement, c'était Lise qui me posait beaucoup de soucis. Mais depuis que je sais qu'elle a un Jules. Tu le connais ? »

Je ne connais pas le « Jules » de Lise.

Maman se fait douce et implorante :

« Marie, garde tout ça pour toi. Toutes ces choses sont enterrées avec Charles, maintenant. Laissons-les où elles sont, d'accord ? Et puisque tu as l'air de penser qu'il a connu le bonheur grâce à une femme… – Elle ne peut s'empêcher de sourire –… eh bien, soit ! Ne cherche pas plus loin, Marie. Restons-en là. Promets-moi. »

Maman a raison, et comme elle, je pense qu'il est inutile de dévoiler tout ce passé sordide. Alors, pour la deuxième fois en quelques mois, je promets le silence.

*
* *

Désormais, moi, Marie Steinitz, née Vautrin, fille aînée de Charles Vautrin, je porte les secrets des deux femmes de mon père.

J'ai donné ma parole, je les emmènerai avec moi dans la tombe. De ce fait, sa descendance ne le jugera que sur ce que l'on sait communément de lui. Et l'Histoire composera un portrait tronqué, fragmentaire, lacunaire. Personne ne saura jamais vraiment qui il était.

Moi-même, je ne sais toujours pas. Le fils, le mari, le père, l'amant, l'ami, le bienfaiteur….

Père, personne ne saura jamais quand tu étais toi-même.

Et toi, le savais-tu ?

Marie

Port-Manech, octobre

Cette deuxième semaine d'octobre est un véritable délice : tendresse de la lumière, douceur de la température, limpidité de l'air, toutes les splendeurs de l'automne nous émerveillent. Après la grisaille humide de septembre, l'été indien arrive enfin.

Une insouciance plane dans l'air, comme s'il fallait à tout prix ne pas laisser passer le sursis des derniers beaux jours. J'ai besoin de cette trêve, avant de m'engouffrer dans le grand repli intérieur.

Je le sais, la fin d'année va être lourde. Très lourde.

Coup de chance pour Anne, elle ne pouvait pas mieux tomber, sa grande journée familiale.

« Moi aussi, Maman, j'en ai une. Et Sarah… Et Papa aussi ! », m'a dit Elsa en apportant le courrier.

Chez les Steinitz, nous avons reçu quatre cartes d'invitation, toutes avec des illustrations différentes. La mienne est une ravissante aquarelle, un massif d'hortensias bleus devant un petit muret de pierre, et en arrière-fond, la mer.

Au dos, Anne a écrit en lettres anglaises, à la plume :

Anne invite sa famille
chez elle
à partager sa joie de propriétaire
le samedi 15 octobre
à midi

Au moins, c'est clair.

Son événement est capital et elle tient à lui donner le maximum de solennité. Autant que pour une cérémonie de mariage ! Mais ça n'étonnera personne, Anne a toujours été plus ou moins décalée avec les conventions.

Et puis… Anne lance un peu une pierre dans mon jardin. Affirmer les choses officiellement, c'est évidemment pour elle une façon de se protéger, au cas où j'aurais la lubie de vouloir encore perturber son héritage.

Mais, après tout, c'est une bonne idée, cette fête. Il ne nous arrive pas si souvent d'être tous réunis et je n'ai pas revu Anne depuis cette fameuse soirée de mars entre sœurs. De l'eau a coulé sous les ponts, mais l'ambiance est toujours froide entre nous deux. Il faut bien qu'on s'en sorte.

*
* *

À midi, a dit l'invitation.

Bien disciplinés, nous arrivons presque tous en même temps à Port-Manech. Petit embouteillage de voitures dans la ruelle d'Anne. Il n'y a pas de place pour tout le monde et les manœuvres sont difficiles. Les portes s'ouvrent, éclats de voix, rires, embrassades. La tribu se retrouve, chaleureusement comme chaque fois.

Impassible et souriante, Anne attend sur le seuil de son portail et nous accueille, royale, dans une large robe de lin couleur caramel qui lui va à ravir, elle est appétissante comme une miche de pain tiède. Un turban compliqué retient ses cheveux, toujours aussi flamboyants, et de grands colliers de pacotille enchevêtrés pendent à son cou. Comme d'habitude, elle a très bien assorti les teintes et les matières : Anne tient à son côté bohème, mais bohème recherché.

À côté d'elle, un petit homme mûr, raffiné et rondelet, regarde ce cafouillage de voitures avec amusement. Je n'ai jamais vu ce monsieur. Un bon visage, souriant, calme et posé. Veste claire, pantalon sombre, ample chemise blanche ouverte, un Panama tombant légèrement en avant avec élégance, on dirait un notable sorti d'un film de Visconti. Son nouveau petit ami ? Non, certainement pas. Pas du tout le genre d'Anne, elle a toujours eu un faible pour les armoires à glace ou les sportifs mal dégrossis.

Qui est-ce alors ? Aurait-elle été jusqu'à inviter son notaire pour confirmer sa propriété ? Avec elle, je m'attends à tout.

Anne s'anime :

« Mes chéris, quelle joie de vous avoir tous près de moi aujourd'hui ! »

Voilà Maman et Gustave. Ils ont l'air en grande forme, tous les deux. Aucune trace de notre conversation sur le visage souriant de Maman. Elle porte un énorme bouquet de fleurs dans les bras, un peu à l'étroit pour marcher dans sa robe fuseau noire très décolletée dans le dos. Je la sens un peu raide, pas complètement naturelle : elle a repéré des « nouveaux » dans notre cercle. Prudence, donc, il faut qu'elle les sente, d'abord.

Le petit cortège avance vers le jardin.

Anne a préparé une très grande table sur l'herbe fraîchement tondue, juste devant la maison, au plus bel endroit de son jardin. La mer et la rivière, d'un seul coup d'œil. Quelle chance elle a. Cette maison lui va bien. Très bien, même. Je suis contente pour elle.

De longues nappes blanches recouvrent jusqu'au sol les planches posées sur des tréteaux et flottent au vent, comme des voiles. De chaque côté, Anne a installé des bancs de ferme et des chaises disparates, et de grands bouquets de feuillages d'automne trônent au milieu de la table. Tout à fait l'atmosphère d'une noce de campagne.

Près des granges, un feu brûle dans un grand trou creusé dans l'herbe. Depuis des heures, certainement, à voir l'énorme tas de braises. Un agneau entier est embroché entre deux piquets. Yann, (je suppose que c'est lui), crinière blonde, T-shirt noir, grande baraque à la Popeye, l'arrose avec soin.

Anne a vraiment réussi son décor. C'est splendide.

Sangria pour tout le monde, servie par le monsieur au Panama.

« Carlos, je te présente ma famille. Et vous tous… voici Carlos, mon premier élève. »

Carlos ?

Maman se précipite :

« Ah ! C'est donc vous ! Très heureuse de faire votre connaissance, mon cher… »

Je suis un peu vexée. Tout le monde sait, donc. Sauf moi, encore une fois. Mais il est vrai qu'Anne et moi, on ne s'est pas dit grand-chose depuis notre dispute. Ces derniers mois, je me suis bien plus préoccupée de Gabriel que de mes sœurs. Et d'Alex. J'ai des nouvelles de Lise par Sarah, qui nous a raconté leur croisière, mais la vie d'Anne m'a complètement échappé. Carlos, donc.

Après l'apéro, Anne nous emmène faire « le tour de la propriétaire » pour nous expliquer ses projets.

La procession se met en route, gaiement. Devant moi, Sarah et Elsa discutent avec Lise. Je ne sais pas de quoi elles parlent, mais Sarah et Lise partent toutes les deux d'un grand éclat de rire. Indéniablement, la croisière les a rendues complices. Voilà qui est nouveau. Jusque-là, Sarah était très proche d'Anne, mais avait assez peu d'intimité avec Lise.

Sarah a mis sa tenue des grands jours, son petit tailleur préféré, en chintz blanc très cintré. Et Elsa… Mais oui, tout arrive. Elsa aussi a fait un bel effort : une jolie chemise turquoise marocaine en voile de coton transparent, sur un jean noir ; elle est ravissante. Indiscutablement, son séjour outre-Atlantique nous l'a changée. Quant à Lise, elle a l'air d'aller très bien. Cela me fait un drôle d'effet de la voir féminine à souhait dans une ravissante robe rouge, j'ai l'impression de ne l'avoir jamais vue autrement qu'en pantalon. Et je constate qu'elle a pris de la rondeur, ce qui lui va à ravir.

Décidément, mes sœurs sont en pleine mutation, elles aussi. Il n'y a pas que chez les Steinitz.

Alex marche à côté de moi, tranquillement. Je lui prends la main. C'est décidé, Alex part la semaine prochaine pour Corfou, comme prévu. « En éclaireur », m'a-t-il dit joyeusement. Il a trouvé une grande maison à retaper : « Exactement ce que je voulais. Tu vas voir, chérie, ce sera formidable. Je vais te faire une belle maison… » Une grande et vieille bâtisse rustique, retirée en pleine campagne, à quelques centaines de mètres de la mer. « Paysage magnifique. Tranquillité assurée. Charme incontestable » dit l'annonce. Un nouveau monde, hors du monde. Un monde de méditation et de solitude, qui l'émerveille… Et me semble, à moi, bien trop retiré.

Mais ma décision est prise : je lui ai dit oui, je le suivrai. Et je lui ai promis de le rejoindre avant Noël. C'est que je ne suis pas près d'oublier l'insupportable vertige de la souffrance d'Alex cet hiver. À moi, cette fois-ci, de me faire à sa vie, si je veux continuer à la partager. Aucun doute là-dessus, je veux continuer à la partager. C'est clair pour moi, Alex est plus important que tout.

Mais le problème, c'est que, pour autant, il n'est pas tout. En le suivant, je sacrifie une part essentielle de moi : je quitte ma librairie. Ma si chère librairie. Je me suis tellement attachée à elle avec les années, que j'ai l'impression de trahir indignement une vieille amie de toujours. De lui tourner le dos, et de l'abandonner à elle-même, lâchement.

Aller vers l'inconnu, aménager une nouvelle maison, retrouver des habitudes dans un pays étranger, ce n'est pas ça qui m'inquiète le plus, même si j'ai le cœur serré de laisser la librairie, mon appartement, ma belle terrasse, Paris… J'ai peut-être tort, mais je crois que je pourrais m'y faire.

Non, ce n'est pas l'environnement de ma future vie qui me pose problème. Ce qui m'inquiète, l'inconnu qui me fait peur, c'est celui qui est en moi : en fermant la porte de ma librairie, je vais provoquer un grand vide. Que je ne conçois même pas. Que serai-je sans elle ? Tous ces fils invisibles qui m'ont reliée chaque jour avec mon métier, la chaleur de « mon antre », comme dit Alex. Mes clients fidèles. Mon vieux client au dos voûté. Mes livres, leur odeur, leur couleur, leur matière, leurs richesses… Comment m'en passer du jour au lendemain ? Comment me reconstruire au milieu des oliviers, même s'ils sont centenaires et magnifiques ? Je n'ai pas la musique, moi !

Oui, j'ai pris la décision de partir. Mais que c'est difficile. Il me faut lutter contre de vrais moments de panique et m'appuyer, de tout mon être, sur ce qui me donne une bouffée d'espoir : les yeux radieux d'Alex, quand il me parle de « notre nouvelle vie là-bas ».

Côté financier, je peux tenir à peu près un an avec mes réserves. J'ai donc un an pour me reconvertir. Me reconvertir à quoi ? Je ne sais pas. Je n'arrive pas à me projeter, quelque chose se bloque en moi.

Et la vérité, c'est que, même ma décision prise, je n'ai pas franchi le cap. Je n'ai encore rien fait pour changer les choses. Je continue à aller à la librairie chaque matin, comme d'habitude. Comme si de rien n'était. Et Alex part la semaine prochaine…

L'échéance approche et je n'ai pris aucune décision : mettre ma librairie en vente me paraît inconcevable.

*
* *

« Ici, dans ce bâtiment, ce sera le secteur des chambres d'hôtes. Je pense pouvoir aménager cinq chambres pour deux personnes, ce qui me donne la possibilité de recevoir dix stagiaires… si ce sont des jeunes qui acceptent de partager leurs chambres ! Et là, dans cette grange, ce sera le grand atelier de sculpture où je donnerai mes cours. Il aura une ouverture panoramique sur la mer, et plein de lumière. J'ai décidé de l'appeler le Pavillon Gabriel. Tu vois pourquoi ? » Anne lance un clin d'œil à Gabriel qui lui retourne un sourire complice.

Gabriel… Le plus naturellement du monde, Gabriel est parmi nous, lui aussi, aujourd'hui. En quelques mois, ce garçon a conquis toute la famille et s'est fait adopter par nous tous. Au-delà de son charme fascinant, par quel mystère a-t-il réussi à nous séduire, aussi unanimement et aussi vite ? Quelle place vacante occupe-t-il, pour être à ce point intégré spontanément ?

Je l'observe discrètement, pour essayer de percevoir le niveau d'intimité qui existe entre lui et Anne, entre lui et Lise. Pas facile de savoir. Il semble à l'aise avec nous toutes, mais il n'extériorise pas grand-chose. Sauf peut-être avec Sarah. Mais c'est elle qui va vers lui.

Maman est très intriguée. Elle ne le quitte pas des yeux et n'attend que ça, le moment où elle pourra ouvrir la discussion avec lui pour en savoir plus, par elle-même. « Dites-moi, jeune homme… »

Que lui dira Gabriel ? « Je suis un ami de Sarah » ou bien « Ma mère était l'amie de votre ex-mari » ?

Je pense à Rachel. Rachel qui s'est éteinte il y a quelques semaines, sans bruit, peu de temps après m'avoir écrit sa dernière lettre, à quelques jours de l'anniversaire de la mort de Père. Depuis sa disparition, je ressens une tristesse, un vide mais aussi une grande frustration : j'aurais aimé lui demander encore tant et tant de choses.

Gabriel a été exemplaire de dévouement. Mais Rachel n'a pas tenu le coup, et elle est partie comme elle avait vécu et comme elle le voulait : discrètement. Un matin, elle ne s'est pas réveillée.

Je les imagine toutes les deux, chacune d'un côté de Père. Ses deux femmes, la Femme-lumière et la Femme-de-l'ombre. Le lumineux Gabriel est le fils de la Femme-de-l'ombre.

« … Tout sera terminé au printemps. Et vous pourrez, bien sûr, m'envoyer des élèves.

Allez, maintenant, à table !

La bête est prête, Yann ? »

Anne nage dans le bonheur. Elle est toujours plus ou moins paniquée quand il faut faire les choses « comme il faut », je ne l'ai jamais vue détendue comme aujourd'hui. Détachée, presque. Mais je remarque que Carlos veille, en arrière-plan, effacé mais efficace. Tout en assurant discrètement l'organisation de la fête, il entoure Anne d'une attention toute paternelle, absolument pas dérangé par son côté excentrique, qui paraît même l'amuser, au contraire.

Une ribambelle de plats joliment décorés arrivent de la cuisine et nous nous mettons à table. Chose étonnante, Anne a fait un plan de table, ce qui ne lui ressemble pas du tout. Carlos est à sa droite, ce que je comprends, mais curieusement, Maman est à sa gauche.

Je suis gâtée, entre Gabriel et Gustave. Deux hommes réservés et prévenants, attentifs aux femmes. Sarah, elle, n'a pas l'air de trouver à son goût d'être entre son père et Gustave. Pas difficile de supposer qu'elle se sent trop loin de Gabriel, qui est de l'autre côté de la table. Lequel est trop, beaucoup trop près de sa sœur.

Yann est à côté de Maman. C'est risqué, je ne sais pas si j'aurais osé. Je ne le connais pas, mais il m'a l'air bien rustique pour elle. Pourtant, la sangria aidant, Maman a l'air de trouver la chose à son goût, et entame la discussion avec sa franchise légendaire :

« Alors ? C'est vous l'amant de ma petite Lise ? Vous la rendez heureuse, j'espère… »

À côté de Yann, Lise a un petit air coquin. Elle que j'ai toujours connue coiffée n'importe comment, je constate qu'elle est allée se faire faire une jolie coupe courte. Lise !

Chez le coiffeur ! Et je surprends notre chère petite sœur, d'ordinaire timide et un peu distante, en train de faufiler sa main sous la nappe vers la cuisse de Yann. Yann prend un air un peu gêné, pour la forme, mais la laisse faire avec un plaisir évident.

C'est indéniable, mes sœurs sont infiniment mieux dans leur peau que la dernière fois où nous nous sommes vues, ce fameux soir chez Anne. Je devrais m'en réjouir, et pourtant. D'une certaine façon, j'ai du mal à accepter toutes ces pertes de repères qui ont construit jusque-là mes relations avec les uns et les autres. Anne s'embourgeoise, Lise s'enhardit, Alex émerge d'une gestation créatrice inattendue et mon père, puis ma mère, me sont apparus sous un jour insoupçonné. C'est trop.

Quant à moi… Personne ici, autour de moi, ne se doute de ce que je traverse. Même pas Alex, entièrement absorbé par ses nouveaux projets. Son enthousiasme est tel qu'il lui masque mes anxiétés et mes troubles. À ses yeux, à leurs yeux à tous, je suis rigoureusement la même.

Mais je ne suis plus celle d'il y a quelques mois, installée avec certitude dans mon bonheur tranquille. Tous ces évènements m'ont fortement ébranlée, même si cela reste très secret. Même si je dissimule mes doutes derrière mon apparente assurance. Je n'ai pas encore pris de la distance avec l'affaire Père-Gabriel, et me heurte sans cesse et sans le montrer à la perspective de ce nouveau mode de vie que je dois conquérir, et pour lequel je ne fais toujours rien.

Lise et Yann servent les morceaux d'agneau rôtis au fur et à mesure qu'ils grillent sur la braise. Un régal. Tout le monde s'extasie sur le goût extraordinaire de la viande. « Elle a mariné plusieurs jours dans une préparation secrète », nous avoue Anne, enchantée de son résultat.

« Oh oui, Anne a rraison ! Un vrrrai marrrin, cette viande ! Toujourrrs a se rrreposer dans l'alcool, Ha ha ha ! Moua aussssi jou vais vous faire marrrriner ! »

Et ce disant, Carlos sert du Rioja qu'il a fait venir d'Espagne pour la circonstance, nous dit-il. Le vin coule à flot, et les discussions partent joyeusement dans tous les sens.

En face de moi, Maman rit aux éclats. Maman savoure la vie comme d'autres un toast de foie gras ou un plateau d'huîtres. Je me penche vers Gustave : « Comment fais-tu pour garder Maman aussi jeune et si belle ?

— Mais ma chère Marie, rien du tout. Abigaelle est la jeunesse même ! Les petits coups de bistouri à droite à gauche ne sont là que pour mettre le corps à hauteur de l'âme. »

Avoir été toute sa vie un chirurgien réputé et estimé, et rester modeste avec élégance, c'est tout lui. La vérité, je la connais, bien sûr. Maman est rayonnante, parce que lui, Gustave, a su donner un sens à sa vie. À nous, les filles, il a prouvé une chose essentielle : pour nos yeux d'enfants, Gustave a cautionné la réalité de l'amour, « L'amour existe, je le vis, regardez-moi ». Et maintenant que je sais de quoi il l'a sauvée, sans le savoir, le rire de Maman m'apparaît d'autant plus précieux.

Je jette un coup d'œil circulaire à la table. Sarah a le regard assombri des mauvais jours. Par contre, Elsa déborde de gaieté. Je l'entends raconter à Gabriel je ne sais trop quelle histoire abracadabrante d'homme à la mer miraculeusement rescapé. Gabriel hoche de temps en temps la tête, en souriant. Elsa a le rose aux joues, elle parle vite, agite les mains, rit beaucoup.

Maman s'accommode fort bien de son voisin. Aux questions un peu alambiquées qu'elle lui pose, du genre : « Eh bien, cher ami, comment faites-vous pour ne pas perdre le nord sur votre bateau, avec une fille comme ma petite Lise à bord ? », Yann se débrouille pour rester ce qu'il est, et répondre sans répondre tout en ne perdant pas l'estime de la future belle-mère, qui n'a pas l'air facile à manier. « J'ai de la chance, Lise aime la mer autant que moi. Peut-être plus, même. C'est étonnant comme elle s'est tout de suite sentie à l'aise sur un bateau. À croire qu'elle était née dessus. Et vous ? Vous l'aimez autant, la mer ? » Yann dévie le sujet et s'en sort avec tact. Pas si rustique que ça, en fin de compte.

En bout de table, Alex interpelle Gabriel. Protecteur et convaincant, il s'invite dans la conversation entre lui et Carlos.

«... Mais non, il n'est pas trop tard ! Tu as beaucoup de talent et tu n'as pas le droit de le gâcher. Je t'aiderai, tu verras... »

Gabriel l'écoute. Il ne s'en rend pas compte, mais le soutien que lui propose Alex est rarissime. Je ne l'ai jamais entendu s'engager de la sorte avec un musicien, mais bien sûr, Gabriel n'en sait rien. Il sourit, ne répond pas, et garde cette réserve élégante qui ne le quitte jamais, lui donnant la grâce d'un être quasi séraphique.

Carlos approuve. Avec son fort accent latin, il ajoute : « Moa oussi, je souis d'accorde avec loui. La mousique, l'Art, c'est *toute* la vie. Le rrreste... » Et il balaie l'air de sa main potelée, son Panama toujours sur la tête, mais un peu de travers.

Bien, ce Carlos.

Je suis du même avis qu'eux. Quand on a la chance de pouvoir créer ou de vivre avec l'art, on ne la gaspille pas. Ce n'est pas donné à tout le monde et cela mérite des sacrifices. Je suis bien placée pour le savoir.

Pour le dessert, Elsa a préparé un Tiramisu géant dans un grand plat de céramique. Sa spécialité est très attendue par tous ceux qui la connaissent. Carlos apporte un magnum de champagne, fait le tour de la table, et sert chacun sans bruit, cérémonieusement. C'est le dessert, l'heure des déclarations.

Anne se lève et prend la parole.

« À nous, à ma maison, à mes prochains élèves… et à l'Art ! »

Nous tendons nos verres dans sa direction. Anne mérite vraiment de réussir. Nous le lui disons tous avec chaleur, chacun à notre manière. Au milieu de la cohue générale, Lise fait tinter un couteau sur son verre et demande la parole :

« Hé… Ho ! Écoutez-moi. Tu permets, Anne, que moi aussi, je dise quelque chose ? »

Quelle assurance ! Lise la timide, la voilà qui grimpe sur sa chaise.

« Écoutez… écoutez ! J'ai une chose à vous annoncer. Nous aussi, on va changer de vie, Yann et moi. On attendait aujourd'hui pour vous le dire. »

Tout le monde les regarde. Yann n'a pas l'habitude d'être sous les projecteurs, ça se voit tout de suite.

« Bon, voilà : maintenant qu'on a un bateau à nous – et qu'on sait s'en servir, merci Gabriel – nous avons pris une grande décision. Yann et moi, on va quitter la Bretagne pour un pays où on peut passer sa vie dans l'eau. Vous vous rendez compte ? Toute l'année dans l'eau. Eh oui, il y en a qui ont de la chance. Alors ? Vous avez deviné où on va ? Aux Antilles ! Pour gagner notre vie, on fera du charter là-bas pendant les saisons touristiques. Yann la navigation et moi, la maîtresse de maison. Comme ça, on pourra être tout le temps en mer et en vivre en même temps. »

Lise descend de son perchoir et s'assied sur les genoux de Yann. Il la prend par la taille, gauchement, et redresse sa mèche blonde qui lui descend sur les yeux. Il a l'air gentil. Gentil et simple. Yann a le bon sourire de celui qui prend la vie comme elle vient.

Anne s'écrie :

« En voilà une bonne nouvelle. Formidable ! Génial ! Bravo Lise. C'est super. Vraiment une super idée. Ça alors… Formidable ! »

Pourquoi en rajoute-t-elle autant ?

Maman demande, inquiète :

« Mais… Comment vous allez faire pour aller jusque là-bas ? C'est bien trop dangereux, tous seuls, en plein milieu de la mer. Loin de tout, pendant des jours… Tu n'y connais rien, toi, ma Lise, comment ferais-tu s'il y a un problème ?

— Tu as raison, Maman. On a pensé exactement comme toi. Mais ne te fais pas de souci, tout est prévu. C'est Gabriel qui va convoyer *Galathée*, on a fait un deal avec lui. Il emmènera le bateau, mais pour que ça lui fasse plaisir à lui aussi, il fera la route en solitaire. Parce que Gabriel, ce qu'il aime, c'est ça : être seul au milieu de l'océan. Il l'a déjà fait une fois, il y a des années. Il faut juste qu'il s'y prépare un peu, mais c'est un as de la navigation, depuis le temps. Même ça, c'est prévu, hein, Gabriel ? Entraînements intensifs dès la semaine prochaine. Histoire de se remettre à fond la forme. Comme ça, tout le monde est content : Gabriel refait la traversée dont il a tellement envie, et nous… Servis sur un plateau : livraison à destination. »

Maman se précipite pour embrasser sa fille. « Mais c'est merveilleux. Tout simplement merveilleux, ce que tu nous annonces là. Quelle vie tu vas avoir ! Je t'envie, tu sais. Toute la journée au soleil dans des mers chaudes et transparentes… Mon rêve… »

Lise est aux anges.

« Oh oui, Maman ! Et voilà comment ça va se passer : Gabriel prendra la mer mi-novembre, et nous le rejoindrons dès son arrivée, environ un mois plus tard. Et… Attendez… la bonne nouvelle : vous êtes tous invités à passer le réveillon sous les palmiers. Il n'y aura pas de place pour tout le monde à bord de *Galathée*, mais on louera une paillote près d'une plage, où on jettera l'ancre. Pas mal, hein ? Qu'est-ce que vous en pensez ? »

Applaudissements enthousiastes de toute l'assemblée. La bonne humeur est montée un peu plus. Maman dit tout bas à Lise, mais je l'entends :

« Sois heureuse, ma chérie. Si ton homme sait te donner du bonheur, c'est le principal. Et il a l'air gentil, lui, au moins. Rien à voir avec l'autre, ton goujat de mari. Et puis, c'est du costaud, lui, hein ? C'est important, tu sais. Tu vois ce que je veux dire… »

Lise sourit et prend Maman par le cou.

Tout de même. Est-ce raisonnable pour Gabriel ? Il vient de perdre sa mère. Est-il en état de rester seul des semaines entières ? Rachel me l'a confié, je me sens concernée. Et puis, il a des responsabilités. À déjà presque quarante ans, on n'a plus l'âge de vivre de l'air du temps. Partir plusieurs semaines, surtout en ce moment où il cherche à s'investir dans l'affaire de Père, me paraît délicat. Je n'exprime pas ma crainte principale – sa solitude – et demande :

« Mais alors, Gabriel, qui va s'occuper de ta société pendant ce temps-là ?

— Ah Maman, je te reconnais bien là. Toujours les pieds sur terre ! déclare Sarah amusée. Ne t'inquiète pas, tout est prévu. Devine qui nous avons trouvé pour remplacer Gabriel pendant tout ce temps ? Tu ne sais pas, hein ? Avoue que tu donnes ta langue au chat. Oui ? Eh bien je vais te le dire : moi, ta fille. Pas mal, tu ne trouves pas ? On s'est dit que j'en connaissais assez pour faire le relais avec Gabriel et l'aider à piloter l'entreprise à distance pendant quelques semaines. Et puis, avec les satellites, on pourra se parler tous les jours.

Quelle aventure pour moi aussi ! Je suis tout excitée, ça m'amuse énormément. Mais attention : Gabriel a fait les choses en bonne et due forme. Il s'est adressé à ma société, j'ai un contrat de prestation de conseil signé par mon patron. »

Du coup, Carlos ressert du champagne. Ma fille, chef d'entreprise…

« Bravo, les jeunes ! Ça, c'est de l'organisation, s'exclame Anne, enchantée. Je te vois très bien en patronne, ma petite Sarah, ça t'ira comme un gant. Pas vrai Alex ? »

Alex interpellé lève son verre en signe d'approbation. De sa fille, rien ne l'étonne et il est manifestement ravi de son initiative. Sarah aux manettes ? Pourquoi pas. Alex, lui aussi, porte un toast : « À tous ceux qui prennent des risques, vivent leurs vies, leurs espoirs et leurs rêves. À la musique, à l'Art,… et à l'Aventure ! »

Maman bat des mains.

« Très bien dit, mon cher Alex. Bravo ! Et toi, Sarah, félicitations. Tu as bien raison. L'esprit d'entreprise, c'est ce qui manque, dans notre société. Les jeunes n'ont plus envie de travailler, mais toi, tu fonces. Mes compliments. Allez, Lise, tu peux nous inscrire pour le premier voyage. Payant, bien sûr. D'accord Gustave ? Tu vois, tu as déjà ta première commande. »

En réponse au toast d'Alex, Maman tend son verre dans sa direction et le termine cul sec.

« Et d'ailleurs, poursuit-elle, moi aussi j'ai une déclaration à faire. »

Dès qu'elle a un peu bu, Maman est capable de dire sans filtre tout ce qui lui passe par la tête. Nous le savons tous, mais cette fois, ça n'a pas l'air de plaire à Anne, qui s'agite sur sa chaise, tout d'un coup très nerveuse et fait tout ce qu'elle peut pour l'interrompre. « Tout à l'heure, Maman, d'accord ? Tu veux un peu plus de tiramisu ? »

Maman ne se laisse pas éconduire, repousse Anne et se lève. Anne finit par lui glisser un mot à l'oreille et se retranche derrière ses bras croisés, le visage fermé et l'air inquiète. Maman tapote l'avant-bras replié d'Anne, comme pour la rassurer, et porte la main à sa gorge, comme les grandes cantatrices, masquant son gros collier d'or. « Moi aussi, je veux dire quelque chose. Enfin, Anne… Tout de même, j'ai mon mot à dire, moi aussi ! Tout simplement… Que je suis très heureuse de voir enfin mes trois filles entre de bonnes mains. Regardez comme elles sont resplendissantes. Sincèrement, messieurs, je vous félicite.

Désormais, le bonheur de mes filles dépend de vous. Alors, maintenant, je vous préviens, je vais vous surveiller de très près. Et si vous les faites souffrir, méfiez-vous, vous aurez affaire à moi ! »

Nous avons l'habitude de ce genre de déclaration théâtrale de Maman. Mais Carlos et Yann regardent ébahis cette femme tout feu tout flamme qui déclame avec sérieux sa relation possessive à l'égard de sa couvée, ils ne savent pas sur quel pied danser, s'il faut en rire ou pas. C'est Anne qui les sort de l'embarras, manifestement ravie de reprendre la parole :

« Mes amis, au cas où vous ne l'auriez pas remarqué, Maman est une dangereuse sorcière. Elle n'a pas une grosse verrue sur le nez mais elle transforme les princes charmants en crapauds… Et la réalité en fiction ! Je l'ai déjà vue à l'œuvre, alors, oui, méfiez-vous. »

Il faut vraiment qu'Anne soit d'une humeur exquise pour apprécier une telle déclaration, elle si farouchement indépendante.

L'après-midi est déjà bien entamé et le soleil commence à perdre de son intensité. Quelques voiles à l'horizon naviguent paisiblement. Une légère brise s'est levée et agite les fines feuilles du mimosa. Les couples se dispersent dans le jardin, et les chaises longues se remplissent : c'est l'heure de la sieste.

Pendant que les moins jeunes laissent entendre des ronflements d'aise sous le soleil encore tiède, Sarah, Elsa et Gabriel s'activent à débarrasser la table. Tintement de verre et d'assiettes. Il fait si doux que la joyeuse bande décide ensuite de descendre à la mer pour se baigner. « Qui vient avec nous ? » Aucun succès. Les moins jeunes sont lovés dans les torpeurs de la digestion.

Seule Maman, qui ne fait jamais la sieste, répond à Sarah par-dessus son journal : « Allez-y sans nous. Moi, je préfère attendre les mers du Sud. Dis donc, Sarah… Qu'est-ce que tu es bien faite. Quelle belle paire de nénés ! Vous ne trouvez pas, Gabriel ? Vous aussi, d'ailleurs, vous êtes bel homme, n'est-ce pas, Sarah ? Je vous trouve très assortis tous les deux. Vous feriez un joli petit couple. »

Oui, Maman est une sorcière. Elle devine tout, mais sans le savoir. Et elle met toujours les pieds dans le plat, sans le vouloir. Sarah exulte et Elsa baisse la tête.

*
* *

Cet après-midi-là, nous sommes une famille comme toutes les familles, unie dans la joie d'une fête.

Une fête qui se situe au point de bascule de nos destinées, à toutes les trois. Les rouages de la vie se sont mis en marche plus vite qu'à l'ordinaire ces derniers mois, j'ai l'impression de les avoir entendus grincer. La disparition de Père en est une pièce maîtresse du dispositif. L'axe central.

Et il a vraiment disparu : je constate à quel point mes sœurs l'ont oublié, englouti, déjà. Elles ne regardent que vers leur avenir, et à aucun moment ne font le lien entre leurs projets et l'héritage de Père. Elles ont le cœur léger et sont enfin sur leur route. Mes sœurs prennent leur envol sur ses cendres. Quant à Maman, elle l'a précipité aux oubliettes.

Seul Gabriel, sans nul doute, regrette Père.

Qui d'autre que moi aura perçu ce voile qui de temps en temps ternit ses yeux, ce sourire un peu trop appuyé, ces silences polis. Et ce regard qui parfois part loin… quand est prononcé le nom de Charles. Mais il se garde bien de le montrer ; il fait même tout, au contraire, pour masquer sa peine. Comment pourrait-il faire autrement, dans un univers si contraire à celui qu'il vénérait ? Un univers non hostile, pas même rancunier : juste indifférent.

En observant Gabriel, je ressens à son égard un attachement étrange. Une sorte de résonance immatérielle, qui échappe à la perception normale des sens, quelque chose de diffus, d'indicible.

Est-ce toi, Père ? Toi et ta lignée de renfermés, Charlotte la recluse, Émile le détenu, Charles le cadenassé ? Ou tout simplement ton influence ? Gabriel est-il ton ambassadeur, venu vers moi pour faire la paix à ta place ?

Rachel et Gabriel, ces deux êtres qui ont compté pour toi, je les ai découverts après ta mort, c'était ton souhait, évidemment. Ils m'ont permis de connaître ta face cachée, ta part de soleil. Ton sourire vrai sur la photo, toi tenant un petit garçon par la main, ne pouvait pas mentir.

Nous trois les filles, nous étions dans la face visible, ta part sombre. C'est ainsi.

Gabriel est notre trait d'union.

*
* *

Aujourd'hui m'apparaît d'une façon limpide la réponse à ma quête : l'amour ne se mérite pas. Il est ou il n'est pas.

Apaisée par ces raisonnements, je peux enfin laisser reposer Père où il se trouve, avec ses secrets et ses contradictions.

Il est temps, pour moi aussi, de laisser au passé ce qui lui appartient. Et comme mes sœurs, de tourner résolument mon regard vers le futur. Même si ce futur m'inquiète terriblement.

Je me lève de ma chaise longue et je me blottis dans les bras d'Alex, allongé sur le dos à même le sol. Ses mains encerclent mes hanches et m'étreignent avec amour. La chaleur de son corps souple me réchauffe immédiatement l'âme.

Épilogue
Sarah

Paris, décembre

Ce fut terrible.

Des jours et des nuits à attendre, impuissante.

Des jours et des nuits à espérer, malgré tout.

Des nuits sans dormir, tendue vers une hypothétique sonnerie du téléphone.

Des jours à courir, à mobiliser tout ce que l'on peut imaginer avec un seul objectif : le retrouver.

Gabriel est parti le 28 octobre. On avait préparé ensemble sa croisière, rempli les cales, inspecté le bateau en tous sens, pris la météo. Quand il a quitté le port, les conditions étaient idéales, il était en pleine forme et heureux de ce voyage solitaire.

À la barre, toutes voiles dehors, Gabriel s'est éloigné rapidement du quai. Je l'ai suivi avec des jumelles, le plus longtemps possible. Passée la dernière bouée, après un ultime salut de la main, il ne s'est plus retourné. La mer l'avait déjà pris. J'ai attendu de ne plus voir le moindre petit point à l'horizon, et j'ai repris la route vers Paris, un gros serrement au cœur. Il me manquait déjà, et déjà, j'étais dans l'attente de notre prochain rendez-vous téléphonique : il avait équipé *Galathée* d'un téléphone par satellite, on serait donc en permanence en contact pendant toute la traversée. Notre accord : quoi qu'il arrive, Gabriel m'appellerait tous les soirs à vingt heures, heure locale pour moi.

C'est comme ça que j'ai suivi toutes les étapes de sa croisière.

J'ai vécu avec lui la pluie, les orages, la mer grosse et les belles éclaircies.

J'ai vu les poissons volants passer par-dessus le pont.

J'ai admiré les bancs de dauphins qui l'ont suivi pendant toute une journée.

J'ai tremblé quand son génois s'est emmêlé, et qu'il a dû, par gros temps, ramper jusqu'à l'avant du bateau pour réparer rapidement.

Je me suis émue de la jeune mouette qui avait élu domicile sur sa barre de flèche et revenait chaque soir lui dire bonsoir.

Et je me suis réjouie avec lui quand il m'a annoncé qu'il avait rangé ses vêtements d'hiver et sorti bermuda et casquette…

Tout se passait parfaitement bien, les miles marins filaient, et la Guadeloupe se rapprochait de plus en plus. Il avait fixé sa destination finale à Marie-Galante, où il n'était jamais allé. Surtout à cause du nom, qu'il trouvait ravissant. Et aussi des plages idylliques qu'il avait vues dans ses revues marines.

Il était convenu que je le rejoigne dès son arrivée. J'avais hâte de le voir, j'avais des choses à lui dire.

Mais.

Mais…

La veille, il m'annonçait qu'il voyait la Guadeloupe se dessiner au loin.

Puis, plus rien.

Aucune réponse sur son téléphone.

Panique.

Appel aux secours maritimes. Recherches. Silence. Recherches. Rien. Recherches. Toujours rien…

Et puis, l'atroce réalité. Son bateau avait été retrouvé. Mais vide, au large. Dérivant tout seul. Pas de Gabriel à bord. Et, étrangement (cette image m'a obsédée longtemps), son violon gisait au sol, au fond du cockpit.

Son violon. Cet instrument magnifique n'avait pas sa place à bord. Trop fragile, trop sensible à l'humidité. Et pourtant, Gabriel l'avait emporté secrètement, sans me le dire.

Qu'il soit dans le cockpit signifiait que Gabriel avait joué à l'extérieur. Juste avant.

Avant quoi ?

Tombé à l'eau… Oui, mais. Par-delà l'horreur de l'imaginer se noyer, la question qui m'a hantée, des nuits et des nuits, c'était de savoir si c'était un accident ou pas.

Les autorités maritimes m'ont assurée que, ce jour-là, la mer était absolument normale pour les Antilles, c'est-à-dire toujours un peu agitée, mais rien de plus. Pas de coups de vent, pas de grosse mer. Gabriel était un bon, un très bon marin, il avait déjà navigué dans des eaux identiques et les connaissait bien.

Alors ?

Alors si c'était un accident, mes larmes étaient des larmes de tristesse et de révolte. On m'avait pris Gabriel, alors que tout commençait. Mais si c'était un suicide (j'ai du mal à prononcer le mot), l'adieu de Gabriel m'était aussi destiné. Ça voulait dire que je n'avais rien compris. Gabriel était seul, avait toujours été seul, et moi, j'étais une mouche dans un bocal qui avait cru voir la lumière et sentir l'air de la liberté.

Je lui en voulais, j'avais été trompée.
Je m'en voulais, j'avais été aveugle.
Mes larmes étaient des larmes amères d'impuissance.

Il fallait que je trouve une explication. Je souffrais trop de cette incertitude. Alors je me suis raconté une histoire, la douleur s'est faite moins cruelle, et depuis, je m'y tiens :

Gabriel a aperçu les Antilles au loin et il s'est senti heureux. Vraiment heureux. Il arrivait à la fin de cette croisière, il avait vécu des jours et des jours dans l'isolement le plus total et il se sentait bien, maintenant. Il avait absolument eu besoin de ce temps de repli, pour faire seul son deuil après la mort de son père, et de sa mère ensuite. Je l'avais compris toute seule, c'est moi qui lui avais donné l'idée de cette traversée en solitaire…

Ces semaines en mer, c'était sa rupture entre sa vie d'avant et celle d'après.

Sa vie d'après, avec moi.

Nous n'avions pas dessiné notre avenir, mais je sentais qu'il m'aimait et que tout était possible. Simplement, il n'était pas comme moi. Gabriel n'exprimait pas ses sentiments, il les montrait par ses actes et ses décisions. Ou alors, il les faisait comprendre, par son violon. Pas étonnant qu'il ait du mal à dire les choses : toute sa vie, il avait vécu avec sa mère dans un univers de silence, où les mots n'avaient de vraie place que dans l'écriture. Quant à Charles, ce n'était pas un grand bavard, d'après ce que j'ai cru comprendre.

Quand il a vu la terre, tout heureux d'arriver au but, il a sorti son violon et il a joué pour moi. Il savait qu'il prenait des risques en montant son instrument dans le cockpit, mais c'était sa façon de me dire qu'il m'ouvrait ses bras.

Une grande voix d'amour, par-delà les océans. Rien que pour moi. Il a joué tellement intensément qu'il a fermé les yeux, comme quand il était avec Papa. Et là, une vague a déstabilisé le bateau, l'a fait partir en arrière. Il a essayé en même temps de se rattraper et de sauver son instrument qui allait tomber à l'eau. Il a sauvé son instrument.

Voilà ce qui s'est passé.

Rien d'autre.

*
* *

Il est là, ce violon, à côté de moi, je l'emporte partout, je ne m'en sépare jamais. Et quand je me sens trop seule et qu'il me manque, je le prends dans mes bras, je le serre fort et je sens Gabriel près de moi.

La vie a été dure avec nous. Elle nous a laissé quelques mois à peine. On aurait pu aller si loin, tous les deux. Dès que je l'ai rencontré, j'ai tout de suite su que c'était lui, l'homme de ma vie. Et très vite, j'ai eu envie d'un avenir ensemble.

Et au départ, j'ai eu peur, terriblement peur, que ce soit impossible.

Figurez-vous que j'ai une petite marque de fabrique très originale, exactement comme Maman. Et comme son père Charles. Je le savais par Maman. À mon pied droit, mes deux doigts de pied, l'index et le majeur, sont reliés par une petite plage de chair, comme s'ils étaient palmés. Or, j'ai constaté exactement la même particularité, au même endroit, chez Gabriel. C'était en avril l'année dernière, quand on est allés voir Tat'Anne ensemble pour la première fois. Avant d'arriver chez elle, on avait fait un petit arrêt sur une plage et couru, pieds nus, jusqu'à la mer.

Là, j'avais vu et compris. Cette marque commune ne pouvait pas être un hasard. Grand-père Charles et Rachel…

On allait voir Anne pour lui dire que Gabriel renonçait aux poursuites pour Clamart. Et moi, je découvrais au même moment que Gabriel serait mon demi-oncle.

Aussitôt, j'ai cadenassé cette hypothèse dans mon cœur et tout fait pour que ce point commun ne nous trahisse pas. Oui, c'était impensable, oui, à peine né, notre amour devenait une épreuve. Mais j'étais incapable de le détruire moi-même, et j'ai fait l'autruche, le plus longtemps possible. Je n'ai rien dit aux parents, ni à Elsa. Ni à Anne. Et pendant la croisière sur *Galathée* avec Lise et Yann, je n'ai eu qu'une inquiétude, c'est que quelqu'un remarque le doigt de pied de Gabriel, ou que Gabriel voie le mien. J'ai porté tout l'été des sandales couvrantes et par chance, Gabriel n'aime pas être pieds nus en mer, il trouve cela dangereux. Et il n'avait rien vu.

Il faut dire qu'il ne cherchait pas d'indice. Lui, il était parfaitement tranquille, il m'affirmait tout le temps que son père était un ami de sa famille, violoniste expatrié aux États-Unis et mort là-bas, on ne savait pas où. Il n'avait aucun doute.

Cette vérité, elle pouvait déranger beaucoup de monde, je le savais bien, et peut-être bien Gabriel lui-même. Mais pour moi, il comptait plus que tout, plus que les règles, plus que la morale, plus que ce que pouvait penser la terre entière. Tout ce que je voulais, c'est qu'on nous laisse tranquilles tous les deux et que personne ne mette d'obstacle entre nous. Ni ne vienne compliquer les choses par la suite. J'entendais déjà Elsa dire : « Mais voyons, Sarah, tu ne peux pas vivre avec Gabriel ! C'est ton demi-oncle. Tu imagines, si tu as un enfant avec lui ? Ce sera un vrai monstre ! » Oui, je refusais de voir les obstacles, mais ils étaient tout de même bien là, épines douloureuses plantées droit dans mon amour tout neuf.

Mais heureusement, oh oui, heureusement, c'est Gabriel lui-même qui m'a soulagée de cette peur.

Et il n'a jamais su à quel point il m'avait apaisée, quand il m'a dit être sûr que c'était le Piotr de sa famille qui avait violé Charlotte, l'arrière-grand-mère de Maman. Mon cœur est devenu plus léger : la marque de fabrique trouvait son explication dans les gènes transmis depuis plusieurs générations, elle remontait à loin, très loin, très, très loin... Si loin qu'il n'y avait plus aucune culpabilité à avoir.

Oui, j'aurais dû me réjouir totalement ; et pourtant je ne lui avais tout de même rien dit de notre petite plage de chair en commun.

Superstition.

*
* *

Maintenant je sais. Indubitablement. Oui, Piotr Reminowki avait violé Charlotte Vautrin. Gabriel avait raison, et j'en ai eu la preuve formelle.

Son fils Eugène...

C'est Lise qui m'a donné la clé sans le savoir.

Avant de partir pour les Antilles retrouver son bateau qu'elle a tout de suite vendu pour en acheter un autre, elle m'a donné le portefeuille de Grand-père : « Tiens, c'est pour toi. Les choses de famille t'intéressent, on dirait. Il était dans le tiroir de son bureau, le soir où j'avais rendez-vous avec l'agence pour vendre l'appartement. Il y a des tas de choses dedans, mais je ne l'ai pas encore ouvert. Aucune envie d'y mettre mon nez, il m'encombre, j'allais le jeter. Mais, si toi, tu le veux… »

Il y avait un petit bloc rempli de colonnes de noms, de dates de naissance, des lieux et des références de dossiers. C'était sûrement une table pour exploiter les caisses de papiers qu'il empilait chez lui.

J'étais un peu déçue.

Mais en soulevant le rabat, j'ai trouvé une feuille de papier pliée en huit.

C'était la copie d'un jugement de la cour d'Assise, datée du 16 août 1920, qui condamnait Émile Vautrin pour homicide avec préméditation à dix-huit ans de prison ferme. La victime était Piotr Reminovski, son père. Émile Vautrin avait commis un parricide.

Et c'est comme ça que j'ai appris que le père de mon grand-père était un assassin.

*
* *

Gabriel, lui, avait un ancêtre violeur.

L'amour que j'avais perdu en mer était donc né de la rencontre de deux lignées d'hors-la-loi, à travers nous deux, leurs descendants. Gabriel et moi, à égalité, et surtout, du même coup, lavés de tout soupçon de consanguinité. Elle était si lointaine qu'elle se diluait dans la nuit des temps.

Toutes ces nouvelles certitudes n'ont pas diminué ma tristesse. Comment auraient-elles pu ? Mais par contre, elles m'ont apporté une chose essentielle, celle qui me permet de vous regarder droit dans les yeux aujourd'hui, celle qui me permet de revendiquer notre amour sans honte, ni déshonneur, et de trouver, oui, je ne sais pas si vous pourrez comprendre, une vraie joie : il est devenu pur comme le cristal.

Parce que, pour tout vous dire, c'est quand j'ai su que tout était clair que j'ai pris conscience de l'énorme poids qui m'étouffait, et mesuré à quel point le côté insoutenable de notre situation m'avait coûté.

Je pensais que je ne saurais jamais surmonter ma douleur, trouver un apaisement. Et pourtant, si. Un pur cristal. Cette qualité a auréolé notre amour d'une magnifique immortalité et m'a donné la force de supporter son absence.

On est bien plus que ce qu'on imagine, disait Gabriel.

Il y avait aussi dans le portefeuille une facture de février 1914, établie par un certain Pierre Remin, importateur de bois, à l'adresse d'Émile Vautrin, et qui concernait la livraison de mille poutres de pin des Carpates. J'ai évidemment déduit que Pierre Remin, qui s'était fait passer pour un fournisseur auprès d'Émile, n'était autre que Piotr Reminovski. Je me suis dit que le père cherchait à reconquérir le fils, mais qu'il lui avait dissimulé son identité, au cas où il se ferait mal recevoir. Pressentiment ô combien pertinent…

*

* *

Voilà, vous savez, maintenant. Le sang de nos deux familles était donc mêlé bien avant que Rachel et Charles ne se rencontrent. La question du demi-oncle était donc une hypothèse sans fondement. Je peux enfin croire complètement ce que me disait Gabriel sur son père violoniste. Et admettre notre amour sans retenue.

J'ai pris la décision de ne rien dire à personne. J'ai senti d'instinct qu'il ne fallait pas. Maman est triste, elle aussi, mais cela ne changera rien et à quoi bon faire la lumière sur ce qui n'apporterait rien ?

La mort de Gabriel nous a unis autour de lui. Et à lui seul, il a racheté toutes les vicissitudes d'une généalogie bancale et insaisissable. Que demander de plus ?

Laissons dormir l'Histoire dans la mémoire des défunts.

Moi, je garderai toutes les pièces du puzzle pour moi toute seule, ce sera notre secret, mon trésor, mon privilège, mon avantage, notre connivence.

Et toi, Gabriel, où que tu sois, sache que je ne t'oublierai jamais, et que je te porte en moi pour toujours.

Remerciements

À mon mari, mon bonheur.

À mon père, ma mère, mes sœurs et mes enfants, pour leur précieux soutien.

À mes filles et belles-filles, Stéphanie, Lucie, Caroline et Hélène, et à mes amies, Nicole, Marie-Noëlle, Susanna, Anne, Marie-Élisabeth, Marie-Hélène, premières lectrices, premières critiques.

À Jacqueline, pour son avis de libraire éclairée.

À Marc, mon complice dans le monde du Livre.

À Isabelle, mon éditrice.

Ce volume a été composé
par Nord Compo.

Pour l'éditeur, le principe est d'utiliser des papiers composés de fibres naturelles, renouvelables, recyclables et fabriquées à partir de bois issus de forêts qui adoptent un système d'aménagement durable.

En outre, l'éditeur attend de ses fournisseurs de papier qu'ils s'inscrivent dans une démarche de certification environnementale reconnue.

Impression réalisée par
DUPLI-PRINT
Domont
en Décembre 2011

Imprimé en France
Dépôt légal : décembre 2011
N° d'édition : 02 – N° d'impression : 190525